W0297801

Harper
Collins

James Grippando

Zwischen Wahrheit und Lüge

Thriller

Aus dem Amerikanischen von
Marco Mewes

Harper
Collins

HarperCollins®
Band 100160

FSC
MIX
Papier
FSC® C014496

1. Auflage: Juni 2018
Deutsche Erstausgabe

Originaltitel: »Most Dangerous Place«
Erschienen bei: Harper, an imprint of HarperCollins *Publishers*, US

Published by arrangement with
Harper, an imprint of HarperCollins *Publishers* L.L.C., New York

Umschlaggestaltung: HarperCollins Germany / Deborah Kuschel, Artwork,
HarperCollins Publishers, Gregg Kulick
Umschlagabbildung: Tiffany Bjellméus / Getty Images
Lektorat: Thorben Buttke
Satz: GGP Media GmbH, Pößneck
Printed in Germany
Dieses Buch wurde auf FSC®-zertifiziertem Papier gedruckt.
ISBN 978-3-95967-213-9

www.harpercollins.de

Für Tiffany, in Liebe.
Auf ewig.

FRÜHLING

KAPITEL 1

»Unsere Kleine hat eindeutig deine Haare«, sagte Keith.

Isabelle Bornelli schenkte ihrem Ehemann ein erschöpftes Lächeln. Sie saßen seit zweiundzwanzig Stunden in einem Flugzeug von Hongkong nach Miami. Die Sitze der ersten Klasse einer Boeing 777 sind in einer 1-2-1-Formation aufgereiht. Isa und Keith wurden durch einen Gang getrennt. Links von Isa saß ihre gemeinsame fünfjährige Tochter Melany, in tiefen Schlaf versunken, den Kopf auf Isas Schoß, das Gesicht hinter Wellen aus seidigem, kastanienbraunem Haar verborgen.

»Es ist ein starkes Gen«, antwortete Isa.

Isa war eine wunderschöne Brünette, die ungern auf die Schönheitswettbewerbe ihrer Kindheit zurückblickte; doch im Alter von sechs Jahren von einer der erfolgreichsten Schönheitsakademien in Caracas entdeckt zu werden, hatte den Eifer in ihrer Mutter entfacht, Isa zu einem der begehrten »Miss«-Titel zu führen. In einem Land, dessen unvergleichliche Anzahl von »Miss Universe«-Gewinnerinnen eine Quelle seines Nationalstolzes war, waren Schönheitswettbewerbe nicht nur das Ticket armer Mädchen raus aus dem Barrio: Sie waren eine Chance auf ein besseres Leben für die ganze Familie. Doch nicht für die Bornellis. Isas Vater verabscheute Schönheitswettbewerbe und unterstützte die revolutionäre Meinung – wie der damalige Präsident Hugo Chávez es ausdrückte –, dass Schönheitsoperationen »monströs« waren. Am Ende war es Felipe Bornellis treue Unterstützung des Chávez-Regimes, mit der er die Familie aus einem zerbröckelnden Apartment in den kargen Hügeln westlich von Caracas herausholte. Isa war elf, als ihr Vater einen Diplomatenposten beim Generalkonsul der Bolivarischen Republik Venezuela in Miami zugesprochen bekam. Isa erhielt eine erstklassige Ausbildung an Miamis renommiertester International Middleschool. Und was noch besser war: Es gelang ihr, den Po-Implantaten mit zwölf, der chirurgischen Darmverkürzung mit sechzehn, einem auf die Zunge genähten Netz, welches Essen so schmerzvoll machte, dass es zur Tortur wurde, und all den anderen extremen Maßnahmen auszuweichen, mit denen die »Miss-Fabriken« die Mädchen ermunterten, ihre Jagd auf das aufrechtzuerhalten, was andere Leute als »perfekt« definierten.

Isa schob eine Locke zur Seite, die über Melanys Gesicht gefallen war, und ein Hauch von Traurigkeit legte sich auf das Lächeln einer Mutter. Dieses wunderschöne Haar verbarg außerdem die Hightech-Gerätschaft, die es Melany ermöglichte, zu hören.

»Zeit aufzuwachen, Schätzchen«, sagte Isa.

Melany hatte sich seit ihrem kurzen und einzigen Stopp in San Francisco kaum gerührt, wodurch Isa niemanden zum Sprechen gehabt hatte. Keith war Leiter der Vermögensverwaltung der Hongkonger Filiale der International Bank of Switzerland, IBS, und er hatte den gesamten Flug an seinem Laptop verbracht, es sei denn, er hatte etwas gegessen oder gedöst. Isa hatte überhaupt nicht geschlafen; das hier war kein Familienausflug.

Melany war nicht hörgeschädigt auf die Welt gekommen. Als die IBS Keith den Posten in Hongkong angeboten hatte, war Melany wie die meisten anderen zweiundzwanzig Monate alten Züricher Mädchen gewesen – was bedeutete, dass sie noch nicht ihre ganze Batterie an Impfungen gegen die Haemophilus influenzae Typ B erhalten hatte. »Hib« war allerdings nicht in Hongkongs Kinder-Immunisierungsprogramm enthalten. Zwei Monate vor ihrem dritten Geburtstag bekam Melany eine bakterielle Meningitis, ausgelöst durch Hib. Die Ärzte gaben ihr eine Überlebenschance von neunzig Prozent, was in der Theorie gut klang, bis Isa an die letzten zehn Personen dachte, denen sie Hallo gesagt hatte, und sich vorstellte, einer von ihnen wäre tot. Wochen später, als Melanys Zustand sich zu bessern begann, warnten die Ärzte vor einem Risiko von zwanzig Prozent, dass Langzeitschäden zurückbleiben könnten – alles Mögliche, von einem Hirnschaden bis zu einer Lebererkrankung, von Hörverlust bis zur Amputation einer Gliedmaße. Bis zu ihrem vierten Geburtstag war sicher und bestätigt, dass Melany am unglücklichen Ende des Spektrums gelandet war: Die Infektion hatte die winzigen, haargleichen Zellen in ihrer Hörschnecke zerstört und sie auf beiden Ohren nahezu vollständig taub zurückgelassen. Sie konnte nicht einmal Geräusche über 95 Dezibel hören – weder Rasenmäher noch Bohrmaschine, nicht einmal einen Presslufthammer.

Externe Hörhilfen waren nutzlos. Ihre einzige Hoffnung bestand in einem beidseitigen Cochlea-Implantat – einem winzigen mechanischen Gerät, das den Hörnerv stimuliert. Melanys Operation war ein Erfolg – für eine Weile. Sechs Monate nach Beginn von Melanys Gehör-Reha ging irgendetwas in ihrem rechten Ohr schief. Der Arzt in Hongkong versicherte ihnen, dass er es reparieren könne, aber Isa ging keine Risiken ein. Ein zweiter Fehlschlag würde zu einer weiteren Verknöcherung der Hörschnecke führen und Melany auf einem Ohr dauerhaft taub werden lassen, ohne jede weitere Chance auf ein Implantat. Im März flog Isa ihre Tochter nach Miami, für eine Einschätzung des Chirurgen, der als Pionier der Cochlea-Implantat-Chirurgie am Jackson Memorial Krankenhaus arbeitete. Er machte Operation Nummer eins rückgängig und schickte Melany bis zur vollständigen Heilung nach Hause. Jetzt, im April, nachdem das Risiko einer Infektion vorüber war, flogen sie zurück für Operation Nummer zwei.

»Wir landen in Kürze«, erklärte die Flugbegleiterin. »Sie müssen Ihre Tochter jetzt anschnallen.«

Isa schaltete Melanys Audio-Prozessor ein. Normalerweise

schlief sie nicht mit dem Gerät, aber es war auch keine große Sache, wenn sie es tat. Die einzigen außenliegenden Teile waren das Mikrofon und der Sprachprozessor, der hinter dem Ohr lag wie ein Hörgerät, sowie ein Transmitter, der am Kopf direkt hinter dem Ohr getragen wurde.

»Wach auf, Liebling.«

Melany öffnete blinzelnd die Augen, und Isa stieß die angehaltene Luft aus. Seit die Sache mit dem rechten Ohrimplantat schiefgelaufen war, war immerzu ein Gefühl der Erleichterung greifbar, wenn Isa die Bestätigung bekam, dass das linke noch funktionierte – dass Melanys Gehirn den Klang der Stimme ihrer Mutter vernehmen konnte, selbst wenn sie sie nicht im traditionellen Sinne »hörte«.

Melany setzte sich auf, noch immer halb schlafend, legte ihre Arme um Isas Hals und kuschelte sich an ihre Schulter. Isa warf erneut einen Blick zu ihrem Ehemann. Er tippte auf seinem Smartphone herum.

»Was tust du gerade?«, fragte Isa.

»Ich informiere Jack, dass wir pünktlich landen.«

Jack Swyteck war Keiths Freund aus der Highschool. Er holte sie am Flughafen ab.

»Du kannst keine Nachrichten aus einem Flugzeug schicken.«

»Ehrlich gesagt kann ich das doch. Ich habe genau einen Balken.«

»Ich meinte, dass es nicht erlaubt ist.«

Der Boden vibrierte unter ihren Füßen, gefolgt vom hydraulischen Surren des Fahrwerks. Die Flugbegleiterin kam zurück. »Anschnallen, bitte. Und, Sir: kein Handy.«

»Tut mir leid«, gab Keith zurück.

Isa hob Melany hoch und bugsierte sie in ihren Sitz. »Um Himmels willen, Keith. Deinetwegen werden wir noch verhaftet.«

Keith steckte sein Smartphone weg und griff dann über den Gang, um Isas Hand zu halten. »Liebling, du bist gestresst. Es wird alles gut werden. Ich verspreche es.«

»Was wird gut werden?«, fragte Melany.

Sie hatte den ersten Teil des Gesprächs ihrer Eltern verpasst – den Teil, der vornehmlich auf der Seite ihres rechten Ohrs stattgefunden hatte, dem Ohr, das repariert werden musste.

Keith fing einen sanften Kuss von seinen Lippen mit der Faust auf und reichte ihn über den Gang an Isa weiter, die ihn auf Melanys Stirn platzierte. Das brachte sie zum Lächeln.

»Alles, meine Süße«, antwortete Keith. »Wirklich *alles* wird wieder absolut gut.«

Jack Swyteck lenkte den dreirädrigen Baby-Jogger durch das überfüllte International Terminal am MIA, dem Miami International Airport. Seine Frau beeilte sich, um mit ihm Schritt zu halten, und die zweijährige Riley quietschte vor Vergnügen, als der Kinderwagen im Zickzack um die Passagiere fuhr wie ein Testwagen um Hütchen.

»Hey, Lewis Hamilton, kannst du etwas langsamer machen, bitte?«, sagte Andie.

»Wir sind zu spät«, entgegnete er.

Sie waren immer zu spät. Es war ein unabänderlicher Grundsatz des Elterndaseins, dass die Menge an Zeug, die Papa Sherpa bei jedem noch so kleinen Trip mit dem Auto aus dem Haus schleppte, im umgekehrt proportionalen Verhältnis zu Größe und Gewicht des Nachwuchses stand. Es war ebenso gut belegt, dass ganz egal, wie gut die Reise geplant war, es einfach unmöglich war, das letztendliche Ziel zu erreichen, ohne zum Auto zurückkehren zu müssen, um ein Stofftier, eine Kuscheldecke, einen klebrigen Becher oder irgendeine andere Sache zu holen, die, naturgemäß, genau die Sache war, ohne die Riley in genau diesem Augenblick nicht leben konnte.

Ein Mitarbeiter der Transportsicherheitsbehörde TSA stoppte sie am Sicherheitsschalter am Ende des Terminals. Weiter konnten sie nicht. Sie hatten das Flughafenäquivalent zur Samtkordel erreicht: ein Absperrband aus Nylon, das zwischen zwei Pfosten gespannt war. Jack suchte nach einer Stelle, die einen freien Blick auf die Ausgangstüren der US-Zollabfertigung bot, und dort warteten sie.

»Meinst du, du erkennst ihn?«, fragte Andie.

Jack hatte Keith Ingraham seit mehr als zehn Jahren nicht gesehen, und es würde das erste Mal sein, dass sie die Frau und Tochter des jeweils anderen kennenlernten.

»Ja, aber nur, weil ich sein Foto auf der Webseite der IBS nachgeschlagen habe.«

»Sicht er anders aus?«

»Sieht noch genauso aus, abgesehen von seinem rasierten Schädel.«

»Das ist ein ziemlicher Unterschied.«

»Eigentlich nicht. Sein Haaransatz wich schon im Abschlussjahr unserer Highschool nach hinten. Ich schätze, irgendwann hat er einfach das Handtuch geschmissen. Sieht gut bei ihm aus. Wie ein junger Bruce Willis.«

Riley machte ein ungewöhnliches Geräusch in ihrem Kinderwagen. Sie imitierte das ältere Paar neben ihr, das Chinesisch sprach. Andie entschuldigte sich auf Mandarin – sie hatte ein paar Grundkenntnisse auf einem ihrer Undercover-Einsätze gelernt – und sprach dann weiter.

»Warum habt ihr zwei euch aus den Augen verloren?«

»Die übliche Geschichte, vermute ich. Keith ist in Miami geblieben und hat Business an der Universität von Miami studiert. Ich bin fürs Jurastudium weggegangen. Als ich wieder nach Miami zurückkam, hat er an der Wall Street für Sherman & McKenzie gearbeitet.«

»Während du also mit einem Minimalbudget gelebt und

beim Freedom Institute Todeskandidaten verteidigt hast, hat dein alter Kumpel Keith bei S&M mit vollen Händen Geld gescheffelt.«

»Die Abkürzung lautet ›SherMac‹. Niemals ›S&M‹.«

»Witzig, aber als ich am Höhepunkt der großen Rezession siebzig Stunden die Woche Hypothekenbetrug untersucht habe, haben die meisten bei uns im Bureau den Laden und seine aufgeblähten Bilanzaufstellungen immer nur ›S&M‹ genannt: Schummeln und Mauscheln.«

Das war einer der vielen interessanten Aspekte daran, als Strafverteidiger mit einem FBI-Agenten verheiratet zu sein: Man erlebte eine überraschende Enthüllung nach der nächsten, welche Freunde dicht genug an Andie Henning und den langen Arm des Gesetzes herangekommen waren, um sich zu verbrennen, und dann doch, anders als Ikarus, heil genug davonkamen, um noch weiterzufliegen.

»Jetzt ist Keith ja bei der IBS«, sagte Jack.

»Ah, SS&M – Schweizer Schummeln und Mauscheln.«

»So viel Zynismus«, erwiderte er mit einem Lächeln.

Ein gleichmäßiger Strom reisemüder Passagiere kam aus der Abfertigung. Freunde und Familienmitglieder voller Vorfreude warteten zusammen mit Jack und begrüßten ihre Lieben mit Umarmungen, Lächeln und Freudentränen, während sie auf die andere Seite des Absperrbandes gingen. Jack behielt ein Auge auf dem Ausgang. Und endlich – selbst vom anderen Ende des langen Korridors aus erkannte er ihn augenblicklich.

»Da sind sie«, informierte er Andie.

Keith erwiderte Jacks Winken, als er und seine Familie näher kamen. Keith schob einen voll beladenen Gepäckwagen. Seine Frau und Tochter gingen Hand in Hand neben ihm.

»Wow«, sagte Andie. »Wenn seine Frau nach einem Flug um den halben Globus noch so aussieht, hat dein alter Kumpel sich eine wunderschöne Frau geangelt.«

Andie war nicht der eifersüchtige Typ, auch wenn Jack noch immer verwundert über die Art und Weise war, mit der Frauen andere Frauen bewerteten. Wenngleich er genau dasselbe gedacht hatte.

Der große Augenblick war eine typisch männliche Wiedervereinigung: gegenseitiges Rückenklopfen und Umarmungen, die keine richtigen Umarmungen waren, gefolgt von Jacks Beharren, dass er beim Tragen des Handgepäcks behilflich sein würde – ein Tauziehen, das, vorhersehbarerweise, damit endete, dass Keith die kleineren Taschen oben auf den schon völlig überladenen Gepäckwagen stapelte und versicherte: »Ich mach das schon.« Die Erwachsenen hatten die Vorstellungsrunde zur Hälfte geschafft, als Riley aus ihrer Karre krabbelte, um Hallo zu sagen. Sie wollte vom Fleck weg Melanys neue beste Freundin sein. Melany war etwas zurückhaltender oder vielleicht nur erschöpft.

Jack setzte Riley zurück in die Karre, und sie wollten gerade aufbrechen, als zwei Polizisten sich näherten. Jack erkannte die Uniformen des Miami-Dade Police Departments. Der Größere der beiden sprach.

»Isabelle Bornelli?«, fragte er.

Ihre Karawane blieb stehen, bevor sie richtig gestartet war. Das Lächeln erlosch, und ein plötzliches Unwohlsein befiel die Gruppe.

»Ja«, antwortete sie.

»Sie sind verhaftet.«

Der zweite MDPD-Officer ging auf Isa zu und fesselte mit präzisen Bewegungen ihre Hände hinter dem Rücken mit Handschellen zusammen. Sie wehrte sich nicht.

»Whoa«, sagte Keith. »Was geht hier vor?«

Der verhaftende Polizist verlas Isa ihre allseits bekannten Rechte, aber Keith sprach weiter. »Das ist verrückt. Hören Sie, wenn es hier um die SMS geht, die ich aus dem Flugzeug gesendet habe, ich …«

»Keith, hör auf zu reden«, mahnte Jack mit fester Stimme, als er in den Strafverteidiger-Modus schaltete.

»Nein, ich muss wissen, worum es hier geht.«

»Keith, hör auf das, was ich dir sage«, mahnte Jack.

Keith drängte weiter. »Wofür wird meine Frau verhaftet?«

Die Miene des Polizisten blieb steinern. »Mord.«

»Was!?«

»Sie wird verhaftet wegen des Mordes an Gabriel Sosa«, sagte der Officer.

Die nächsten Worte taumelten Keith aus dem Mund. »Was … wie? Ich … wir kennen niemanden namens …«

»Keith, ich meine das sehr ernst«, knurrte Jack. »Hör sofort auf zu reden. Isa, beantworte keine Fragen, und sprich mit der Polizei über gar nichts. Sag nur, dass du mit deinem Anwalt sprechen willst. Verstehst du das?«

Der Ausdruck auf ihrem Gesicht war purer Schrecken, aber sie nickte.

»Mommy, wohin gehst du?«, fragte Melany mit sorgenvoller Stimme.

»Geben Sie ihr dreißig Sekunden mit ihrer Tochter«, bat Jack die Polizisten, und sie taten es. Isa ging runter auf ein Knie und versuchte, Melany die Situation zu erklären. Eine Traube Schaulustiger hatte sich versammelt und formte einen groben Halbkreis auf der zugänglichen Seite des TSA-Absperrbands. Jack trat einen halben Schritt näher an den Officer heran und sprach laut genug, um verstanden, aber nicht belauscht zu werden.

»Ich bin Anwalt«, erklärte Jack.

»Sind Sie *ihr* Anwalt?«, fragte der Officer.

»Er ist es jetzt«, antwortete Keith.

»Ich möchte den Haftbefehl sehen.«

Der Officer reichte Jack eine Kopie. Es war bloß eine Seite, wie üblich, wenig mehr als ein Hinweis auf die entsprechenden

Passagen des Strafgesetzbuchs sowie ein Zitat des Beschlusses des Richters, wonach, basierend auf der eidesstattlichen Versicherung eines MDPD-Detectives, hinreichender Verdacht bestünde, dass Isa Bornelli das angeführte Verbrechen begangen habe. Alle weiteren Details stünden in der zugrundeliegenden eidesstattlichen Versicherung des Detectives, die Jack sich vom Gericht oder der Staatsanwaltschaft besorgen müsste.

»Gehen wir, Ma'am«, sagte der Officer.

Isa versuchte instinktiv, ihre Tochter zu umarmen, doch die Handschellen ließen das nicht zu. Sie kämpfte mit den Tränen, als sie Melany auf die Wange küsste, und ihre Knie zitterten, als sie sich erhob.

Jack reichte Keith eine Visitenkarte und sagte ihm, dass er sie in Isas Vordertasche stecken solle, was er auch tat. »Da steht meine Handynummer drauf«, erklärte ihr Jack. »Wir folgen Ihnen ins ...«

Jack stoppte. Er wollte das Wort »Untersuchungsgefängnis« nicht vor den Kindern in den Mund nehmen. »Dorthin, wo man Sie hinbringt«, sagte er. »Aber rufen Sie mich an, falls Sie sprechen müssen, bevor wir dort sind.«

Isa antwortete nichts; sie sah aus wie betäubt. Keith wollte gerade für eine letzte Umarmung zu ihr gehen, doch Melany begann zu weinen, also ging er stattdessen zu ihr und nahm sie auf den Arm.

»Ist in Ordnung, Baby. Mommy geht nur für ein nettes Gespräch mit den freundlichen Polizisten mit«, erklärte er ihr mit einer Stimme, die nicht einmal Riley getäuscht hätte, geschweige denn eine Fünfjährige.

Die Polizisten brachten Isa weg, aber nicht in Richtung Hauptausgang des Terminals. Sie zogen sich auf die andere Seite des Absperrbandes zurück, und ein TSA-Agent eskortierte sie durch den Sicherheitsbereich, was es ihrem Anwalt und sogar ihrem Ehemann unmöglich machte, ihnen zu folgen.

»Wir lieben dich!«, rief Keith ihr hinterher, und sprach damit auch für Melany.

Isa schaute über ihre Schulter zurück, während die Polizisten sie weiter und weiter von ihrer Familie fortbrachten. Jack beobachtete sehr genau ihren Gesichtsausdruck und warf dann einen kurzen Blick hinüber zu Keith, bevor er wieder zu Isa sah. Ihr Blick konzentrierte sich ganz auf Keith, doch Jack konnte ihr einen kurzen Augenkontakt abringen, bevor sie wieder wegschaute.

Jack teilte seine Gedanken nicht mit Keith, doch von seiner Position aus gab es keinen Zweifel an dem, was Isa ihrem Ehemann ohne Worte mitgeteilt hatte:

Sie kannte Gabriel Sosa. Isa wusste genau, worum es hier ging.

KAPITEL 2

Jack und Keith eilten zu seinem Wagen im Flamingo-Parkhaus. Andie stellte sich für ein Taxi an und brachte die Mädchen in ihr Haus auf Key Biscane.

Jack telefonierte über die Freisprechanlage, während er in Richtung Flughafenausgang fuhr. Die Geschäftszeit war bereits um, also rief er Abe Beckham zu Hause an. Abe war der leitende Prozessanwalt im Büro der Staatsanwaltschaft des Miami-Dade-Countys, einer von etlichen Anklägern, an die man sich in einem Fall von Mord wenden konnte. Er war nicht direkt ein Freund, aber Jack hatte zwei Mordprozesse gegen ihn geführt, und zwischen ihnen herrschte gegenseitiger Respekt.

»Tut mir leid, nicht mein Fall«, sagte Abe. »Der gehört Sylvia Hunt.«

»Sylvia kenne ich nicht.«

»Ich lasse sie wissen, dass Sie sie sprechen wollen.«

»Ich muss so schnell wie möglich mit ihr sprechen. Heute Abend, um genau zu sein.«

»Ich sehe, was ich tun kann.«

Jack dankte ihm und unterbrach die Verbindung. Es gab mehr als eine Route zum Untersuchungsgefängnis, doch die abendliche Rushhour war vorbei, also fuhr Jack auf den Dolphin Expressway.

»Glaubst du, die Staatsanwältin ruft dich an?«, fragte Keith.

Jack behielt den Blick auf der Straße. »Wenn wir in den nächsten fünf Minuten nichts von ihr hören, werde ich sie anrufen.«

Keith stieß einen schweren Seufzer aus. »Nun, so hatte ich dir meine Frau jedenfalls nicht vorstellen wollen.«

Jack hätte ein Freund sein und ihn schlicht und ergreifend beschwichtigen können, doch er war mental im Anwaltsmodus. »Wie gut kennst du sie, Keith?«

»Wir sind seit sechs Jahren verheiratet. Was für eine Frage soll das sein?«

»Ich fragte nicht, wie lange. Ich fragte, wie *gut*. Wie lange arbeitest du in der Woche für gewöhnlich? Siebzig, achtzig Stunden?«

»Wir verbringen gemeinsam Zeit.«

Gemeinsam: Code für *nicht genug*. »Du bist viel unterwegs, vermute ich.«

»Einmal die Woche nach Zürich. Alle paar Wochen nach Singapur oder Tokio, je nachdem, wo wir das Asien-Privatvermögen-Meeting haben. Dann gibt es noch die Gelegenheitstrips – Akquisitionen, Events bei hochklassigen Kunden; solche Dinge.«

»Also bist du im Durchschnitt ... was? Drei Nächte die Woche zu Hause?«

»Manchmal vier. Wenn du andeuten willst, dass ich die Frau nicht wirklich kenne, die ich geheiratet habe, und sich herausstellt, dass sie eine Mörderin ist, dann bist du völlig verrückt geworden.«

»Ich stelle nur die Fragen, die ich stellen muss. Hat Isa irgendwelche Vorstrafen?«

»Nein.«

»Bist du sicher?«

»Ich habe sie nie überprüfen lassen, falls das deine Frage ist.«

»Was weißt du über ihre Familie?«

»Ihre Mutter starb, bevor ich Isa kennenlernte. Ihr Vater lebt in Caracas – zumindest ist das der Stand, den ich habe. Ich habe ihn nie getroffen. Er und Isa haben keinen Kontakt. Isa wollte ihn nicht einmal zu unserer Hochzeit einladen.«

»Warum nicht?«

»Politik. Er war ein alter Kumpel von Chávez, als Isa noch jung war. Ich will ihr keine Worte in den Mund legen und behaupten, dass sie rebelliert, aber hätte die Tochter eines Parteibuchbesitzers der Vereinigten Sozialistischen Partei einen größeren Kapitalisten heiraten können als den Vermögensmanager einer Schweizer Bank?«

Es hatte eine Zeit gegeben, in der Jack, ein junger Strafverteidiger, der Insassen des Todestrakts vertrat, nicht mehr mit Harry Swyteck gesprochen hatte, dem »Law and Order«-Gouverneur, der mehr Todesurteile unterzeichnet hatte als jeder seiner Vorgänger in Floridas Geschichte. Jack hatte den Leuten ebenfalls immer erzählt, es ginge um Politik; doch es ging niemals *nur* um Politik.

»Ich denke, ich kenne das Gefühl«, sagte Jack.

»Diese ganze Sache muss ein Irrtum sein«, sagte Keith. »Isa hat seit Jahren keinen Fuß nach Miami gesetzt. Sie hat die Universität hier nach ihrem ersten Jahr verlassen und ihren Abschluss in Zürich gemacht. Sie hat an ihrer Doktorarbeit in Psychologie gearbeitet, als ich sie kennenlernte.«

»Isa hat einen Doktortitel?«, fragte Jack, und klang überraschter, als es seine Absicht gewesen war.

»Noch nicht. Das ruht, seit Melany geboren wurde. Ehrlich gesagt, ruht so ziemlich alles, seit die Probleme mit dem Ohr angefangen haben. Das ist Isas Vollzeitbeschäftigung.«

Jack lenkte den Wagen auf die rechte Spur der Schnellstraße und nahm die Ausfahrt an der Twelfth Street. Sein Handy klingelte, als sie an der roten Ampel am Ende der Rampe warteten. Es war Sylvia Hunt. Sie war nicht bereit, viel am Telefon zu sagen, wollte Jack aber per E-Mail eine Kopie der eidesstattlichen Aussage zukommen lassen, die den Haftbefehl ermöglicht hatte, was im Grunde alles war, was Jack sich wünschte. Eine Frage jedoch wollte er sofort beantwortet haben:

»Wann wurde Gabriel Sosa ermordet?«

»Vor zwölf Jahren, diesen Monat«, antwortete Hunt. »Siebzehnter April, um genau zu sein.«

»Also war das ein bisher ungelöster Fall?«

»Ja.«

»Ich nehme an, es gibt irgendeinen neuen Beweis, der Isa Bornelli mutmaßlich mit dem Verbrechen in Verbindung bringt?«

»Ja. Das steht in der eidesstattlichen Aussage, die für den hinreichenden Tatverdacht gesorgt hat.«

»Sie können mir nicht einfach sagen, was es ist?«

»Ich bereite mich auf eine Aufhebungsanhörung in einem anderen Fall vor. Ich bin im Augenblick nicht auf Ms. Bornelli konzentriert und möchte mir nicht vorwerfen lassen, irgendetwas falsch wiederzugeben. Lesen Sie die Eidesstattliche, und dann bin ich gerne bereit, einen Termin zu vereinbaren, damit wir uns zusammensetzen und das besprechen können.«

Einige Ankläger gingen lieber auf Nummer sicher, vor allem bei Strafverteidigern, mit denen sie nie zuvor zu tun gehabt hatten.

»Sie schicken die E-Mail jetzt los?«, fragte Jack.

»Sobald wir auflegen.«

»Okay. Eine letzte kurze Frage. Mir ist aufgefallen, dass der Haftbefehl Mord mit besonderen Umständen aufführt. Was sind das für besondere Umstände?«

»Entführung und Folter.«

Die Ampel wurde grün. Dasselbe galt für Keiths Gesicht.

»Mit ›Entführung‹ meinen Sie, um Lösegeld zu erpressen?«, fragte Jack.

»Ich muss jetzt wirklich zurück zu meinem anderen Fall. Lesen Sie die Eidesstattliche, bitte.«

Jack bedankte sich bei der Staatsanwältin, legte auf und fädelte sich in den Verkehr Richtung Justizgebäude ein. Keith sah aus, als wäre ihm wirklich übel.

»Alles in Ordnung?«, fragte Jack.

»Entführung und Folter? Ernsthaft? Das ist ein beschissener Albtraum.«

Jack wollte die Angelegenheit nicht schlimmer machen, als sie ohnehin schon war, doch er brauchte Antworten. »Wo war Isa diesen Monat vor zwölf Jahren?«

Keith Keith holte noch einmal tief Luft. »Sie war Studentin.«

»Wo?«

Jack schaute in Keiths Richtung, doch der starrte durch die Windschutzscheibe, wie hypnotisiert von der Kette roter Rücklichter vor ihnen. »Hier. An der Universität von Miami.«

Sie fuhren schweigend weiter. Keiner von ihnen musste aussprechen, dass der kürzeste Weg aus dem Schlamassel – das wasserdichte Alibi, dass Isa seit dem College überhaupt nicht mehr in den USA gewesen war – sich bereits in Luft aufgelöst hatte.

KAPITEL 3

Das Gerichtsgebäude war dunkel, doch die Lichter im Untersuchungsgefängnis auf der anderen Straßenseite – die Lucky Thirteenth Street, wie man sie nannte – brannten noch. Jack parkte auf dem Geschworenen-Parkplatz, der jetzt nach Ende des Verhandlungstages leer war. Es war nach acht Uhr, als er und Keith durch den Besuchereingang im Erdgeschoss schritten.

Das mehrstöckige Gebäude, in dem die Angeklagten während ihres Prozesses untergebracht waren, lag nördlich der Innenstadt von Miami und beherbergte 170 Insassen, die auf ihre Verhandlung warteten, wegen Anklagen, die das gesamte juristische Spektrum von Verkehrsvergehen bis hin zu Mord abdeckten. Männer und Frauen waren auf unterschiedlichen Etagen untergebracht, doch es galten für beide dieselben Besuchsregeln. Familienbesuche erlaubten keinerlei Körperkontakt, und Besuche außerhalb der normalen Zeiten wurden nur mit einem Gerichtsbeschluss genehmigt.

»Wollen Sie sagen, ich darf meine Frau nicht sehen?«, fragte Keith.

Sie waren im Eingangsbereich und standen auf der Besucherseite der Glasscheibe am Schalter, an dem die Gäste sich eintragen konnten. Die Vollzugsbeamtin antwortete aus dem Inneren der Kabine und sprach in ein Schwanenhalsmikrofon: »Besuchszeiten für die weiblichen Insassen sind donnerstags und samstags, siebzehn Uhr dreißig bis einundzwanzig Uhr fünfzehn«, erklärte sie.

Keith blinzelte, und Jack konnte beinahe den Nebel des Jetlags sehen, der ihn umwehte. »Heute ist Dienstag«, erklärte Jack.

»Ich komme den ganzen Weg aus Hongkong«, sagte Keith. »Es muss doch Ausnahmen geben.«

»Nur für Anwälte und Kautionsagenten«, erklärte die Beamtin.

»Wie schnell kann ich ein Kautionsagent werden?«, fragte er, aber Jack wusste, dass er es nicht ernst meinte – jedenfalls nicht völlig.

Jack beugte sich dichter an das Glas und besprach mit der Beamtin einen Anwaltsbesuch. Ein kurzer Check am Computer bestätigte, dass man Isa bereits erkennungsdienstlich behandelt und ins System aufgenommen hatte und dass Jack Swyteck als ihre Rechtsberatung eingetragen war. Isa saß in einer vorläufigen Arrestzelle und wartete darauf, dass ihr ein Bett zugeteilt wurde. Jack und Keith nahmen im Warteraum Platz. Nach etwa fünfzehn Minuten eskortierte ein Wärter Jack in das Besprechungszimmer für Anwaltsgespräche, in dem Isa ihn erwartete.

Jack trat ein. Der Wärter schloss die Tür und verriegelte sie von außen, sodass Jack und seine neueste Mandantin alleine waren.

Isa saß an einem kleinen Tisch, noch immer in der Kleidung, die sie auf dem Flug von Hongkong getragen hatte. Sie stand auf, um Jack zu begrüßen, als er näher kam.

»Danke, dass Sie gekommen sind.«

»Ich bin froh, dass ich helfen kann.«

Sie sank wieder auf ihren Stuhl, und Jack setzte sich ihr gegenüber auf die andere Seite des Tisches. Sie waren von fensterlosen, gelb gestrichenen Betonschalenwänden umgeben. Helles Neonlicht verlieh dem Raum die gemütliche Atmosphäre einer Werkstatt.

»Wie geht es Ihnen?«, fragte Jack.

Sie zuckte mit den Schultern. »Ich funktioniere irgendwie. Es ist alles ziemlich surreal.«

»Verständlich.«

Sie verschränkte die Arme, als wäre ihr kalt, doch vermutlich war es die gesamte Erfahrung, die ihr Unwohlsein bereitete –

ganz zu schweigen von der Tatsache, dass Jack ein alter Freund ihres Ehemanns war. Keith hatte erwähnt, dass das weniger als perfekte Umstände für ein Wiedersehen waren, und für Isa musste es sich noch unangenehmer anfühlen. Jack beschloss, die Sache direkt anzusprechen.

»Hören Sie, ich möchte nicht, dass Sie sich dazu verpflichtet fühlen, mich als Ihren Anwalt zu engagieren. Das ist zufällig mein Beruf, was kurzfristig sehr praktisch ist. Aber die Wahl des Anwalts ist eine sehr persönliche Entscheidung.«

»Danke, dass Sie das sagen.«

»Ich bin bereit, Ihnen so lange zu helfen, wie Sie meine Hilfe möchten. Aber sobald wir die ganzen einleitenden Angelegenheiten abgehakt haben, kann ich Ihnen eine kurze Liste mit erstklassigen Strafverteidigern geben, die Sie sich anschauen können, damit Sie selbst eine Entscheidung treffen können.«

»Keith hat mir alles über Sie erzählt und über die Arbeit, die Sie am Freedom Institute geleistet haben. Sie klingen ziemlich erstklassig für mich.«

Das Freedom Institute, an dem Jack seine Karriere direkt nach dem Jura-Abschluss begonnen hatte, war sein Einstieg in die Welt der Mordprozesse gewesen. »Darüber können wir später noch sprechen. Für den Augenblick kümmern wir uns um das drängendste Problem. Ich habe einige Fragen. Aber zuerst: Gibt es irgendetwas, das Sie mich fragen möchten?«

»Wie geht es Melany?«

»Ihr geht es gut. Andie hat sie mit unserer Tochter zu uns nach Hause geholt.«

»Sagen Sie Keith, dass es in Ordnung ist, wenn Melany ihren Audioprozessor auch beim Schlafen tragen will. Wenn sie in einem fremden Haus übernachtet, fühlt sie sich vielleicht verloren, wenn sie nicht auf beiden Ohren hören kann.«

»Das werde ich ihm bestimmt sagen. Er ist hier, im Warteraum.« Jack erklärte die Einschränkungen für Familienbesuch.

»Donnerstags und samstags? Ich werde Donnerstag doch bestimmt gar nicht mehr hier sein, oder?«

Jack zögerte eine Spur zu lange.

»Ich muss meine Familie sehen«, erklärte Isa, »und ich kann meine Tochter nicht *hierher* bringen. Wie schnell können Sie mich rausholen?«

»Lassen Sie mich erklären, wie das Prozedere vonstatten geht. Die Anklageerhebung ist Ihr erster Auftritt vor Gericht. Das wird nicht vor morgen passieren. Sie werden mit allen anderen Beschuldigten zusammengeworfen, etwa ab neun Uhr dreißig.«

»Ich muss die Nacht also hier verbringen?«

»Ja.«

Isa atmete ein und aus, als fände sie sich damit ab. »In Ordnung. Damit komme ich klar. Und dann komme ich raus?«

»Ich werde versuchen, die Staatsanwaltschaft dazu zu bewegen, dem zuzustimmen.«

»Glauben Sie, dass der Staatsanwalt das tun wird?«

»Die Staatsanwältin«, korrigierte Jack. »Bisher habe ich nur einmal mit ihr telefoniert. Sie hat versprochen, mir eine Kopie der Aussage des MDPD-Detectives zu schicken, die als Beweis gegen Sie vorliegt. Ich musste mein Handy am Besuchereingang zurücklassen, aber vor zwanzig Minuten hatte ich noch keine E-Mail erhalten. Falls sie noch nicht eingetroffen ist, wenn ich mein Handy abhole, wende ich mich an ihre Vorgesetzte.«

»Das klingt nach keinem guten Start. Was ist, wenn die Staatsanwältin nicht zustimmt, mich gehen zu lassen? Wird der Richter mich gehen lassen?«

Sie hatte den ersten Brocken schlechter Nachrichten nicht gut weggesteckt, und Jack versuchte, behutsam zu sein.

»Die vorherrschende Rechtsmeinung sieht bei einem Mordfall die Aussetzung der Haft gegen Kaution nicht vor. Das heißt, es wäre nur in einem Ausnahmefall möglich.«

Es war, als hätte Jack ihr gegen die Brust geschlagen. Sie schaute weg und dann wieder in seine Richtung. »Ich kann nicht *hierbleiben*. Melany hat am Freitag ihre Operation.«

»Das könnten wir zu unserem Vorteil nutzen.«

»Es geht nicht darum, ob wir das *benutzen* können. Sie ist fünf Jahre alt. Sie kann nicht ohne ihre Mommy gehen.«

»Tut mir leid. Was ich sagen wollte, war, dass wir hier eine Situation haben, in der mildernde Umstände für Ihre Entlassung sprechen.«

»Ja«, sagte sie, »jede Menge mildernde Umstände. Angefangen mit der Tatsache, dass ich es nicht getan habe. Ich habe Gabriel Sosa nicht umgebracht.«

»Ich bekomme nicht immer die Antwort auf diese Frage von meinen Mandanten. Sie beeinflusst definitiv nicht meine Entscheidung, einen Fall anzunehmen. Alles, was ich möchte, ist die Wahrheit.«

»Das ist die Wahrheit. Ich habe ihn nicht getötet.«

Jack antwortete nicht sofort. Er ließ ihr einen Augenblick, mit ihrer Beteuerung »der Wahrheit« zu leben, um ihr Verhalten einschätzen zu können. Es war nicht direkt ein Lügendetektortest, aber er bemerkte, dass sie kein Bedürfnis verspürte, das Schweigen mit Geplapper zu füllen.

»In Ordnung. Wenn das der Weg ist, den Sie einschlagen wollen, dann müssen wir ihn bis ans Ende gehen. Wissen Sie, wer ihn umgebracht hat?«

»Nein.«

»Gehen wir noch etwas weiter zurück, ganz bis zum Anfang. Nennen Sie es die Intuition eines Anwalts, aber als die Polizei Sie am Flughafen weggebracht hat, hatte ich den Eindruck, dass Sie den Namen Gabriel Sosa vorher schon gehört hatten.«

»M-hm.«

»Also erzählen Sie es mir: Wer ist Gabriel Sosa? Oder wer *war* er?«

Sie atmete tief durch. »Ein Junge, den ich am College kannte.«

»Wir gut kannten Sie ihn?«

»Nicht so gut, wie ich geglaubt hatte.«

»Was meinen Sie damit?«

Sie zögerte, und Jack war sich sicher, dass sie ihm gleich etwas erzählen würde, das sie nicht einmal ihrem Ehemann je erzählt hatte.

»Er hat mich vergewaltigt«, sagte sie.

Jack hatte einen Punkt in seiner Karriere erreicht, an dem er wirklich überzeugt davon war, schon alles gehört zu haben. Und dann kam so etwas.

»Es tut mir leid, Isa. Aber ich fürchte, Sie werden mir alles darüber erzählen müssen.«

KAPITEL 4

»Ich möchte bitte telefonieren«, sagte Isa dem Wärter.

Das Treffen mit Jack hatte bis halb zehn Uhr abends gedauert. Er hatte sie davor gewarnt, dass die Untersuchungshaft überfüllt sein würde, was erklärte, dass sie immer noch auf ein Bett wartete. Er hatte ihr außerdem erklärt, dass eine Anklage wegen Mordes eine Zelle in Haftschutzstufe Eins mit sich brachte, dem Hochsicherheitstrakt. Sie würde am Tag eine Stunde zum Duschen und zum Sitzen im Tagesraum haben. Sie hatte Zugriff auf Bücher vom Bibliothekswagen, die sie mit zurück in ihre Zelle nehmen konnte, aber Insassen der Stufe Eins hatten keinen Zugriff auf Fernseher oder Computer. Und was am wichtigsten war: Sie konnte R-Gespräche vom Gefängnistelefon aus führen. Ein Wärter eskortierte Isa von ihrer Zelle zum Gefängnistelefon, und Isa stellte sich am Ende der Schlange an. Wenigstens ein halbes Dutzend Häftlinge waren vor ihr dran, je nachdem wie viele von ihnen noch einen weiteren Platz für einen Freund oder Zellengenossen frei hielten. Alles, was Isa tun konnte, war warten. Ein bisschen mehr Zeit, um sich ihre Worte zu überlegen, war vielleicht eine gute Sache. Sie musste und wollte mit Melany sprechen – falls sie um diese Uhrzeit noch wach war –, aber sie wusste noch immer nicht, wie sie das alles erklären sollte. Isa versuchte, sich etwas im Kopf zurechtzulegen, aber es war schwer, sich zu konzentrieren. Seit dem Augenblick, als die Polizisten sie am Flughafen weggebracht hatten, fühlte sie sich wie losgelöst von der Realität. Keine Uhr. Kein Handy. Sprechen verboten. Am wenigsten gefiel ihr die Art, wie der Wärter sie ansah. Es war nicht das erste Mal, dass ein Mann sie mit den Augen ausgezogen hatte, aber in dieser Situation, in der sie buchstäblich seine Gefangene war, war es besonders gruselig.

»Ich gehe nirgendwohin«, sagte sie ihm. »Sie müssen hier nicht mit mir warten.«

Der Wärter schien zu verstehen, was sie meinte. Er schätzte kurz ihre Wartezeit ein und sagte dann: »Ich bin in einer Stunde zurück.«

Sechsundfünfzig Minuten verstrichen. Der Wärter war noch nicht zurückgekehrt, und Isa wartete noch immer in der Schlange. Der Tag lastete schwer auf ihr. Sie hätte in einem Kingsize-Bett im Luxushotel liegen und ihren Jetlag ausschlafen sollen. Stattdessen war sie gezwungen gewesen, endlose Zeitspannen unerklärlichen Wartens zu ertragen, unterbrochen von hektischen Schüben sinnloser Aktivität, die von nichts anderem motiviert zu sein schienen als den persönlichen Launen der Wachleute. Etliche Treppen hoch und wieder runter. Hinein in verschiedene Zellen und wieder hinaus. Man hatte ihr Handschellen angelegt und wieder abgenommen und wieder angelegt. Die Durchsuchung ihres Körpers hatte sich als besonders einprägsam erwiesen.

»Hey, benutzt du das Telefon oder nicht?«, fragte die Gefangene hinter ihr.

Isa öffnete die Augen. Sie wäre beinahe im Stehen eingeschlafen. Endlich war sie dran. Sie ging zum Telefon und ihre Hand zitterte, als sie die Nummer von Jacks Zuhause wählte.

Bitte, jemand muss rangehen.

Beim vierten Klingeln hörte sie Jack, der Hallo sagte. Er wollte gerade das Telefon an Keith weiterreichen, als Isa ihn stoppte.

»Haben Sie es ihm erzählt?« Am Ende ihres Treffens hatte sie Jack gebeten, Keith alles zu erzählen.

»Habe ich.«

»Also weiß er, dass ich …«

»Isa, Stopp«, unterbrach Jack. »Erinnern Sie sich, was ich über Gefängnistelefone gesagt habe.«

Jack hatte ihr überzeugende Beispiele von Männern und Frauen gegeben, die sich, im übertragenen Sinne, aus den Telefonleitungen einen Strick gedreht hatten. Das Schild an der Wand – ALLE ANRUFE WERDEN VON DER STRAFVERFOLGUNGSBEHÖRDE ÜBERWACHT – verstärkte seine Worte. Sie hatte strikten Befehl, weder Gabriel Sosa noch den sexuellen Übergriff noch irgendetwas anderes über ihren Fall zu besprechen.

»Ich verstehe«, sagte Isa. »Kennt Keith die Regeln?«

»Ja, wir haben sie besprochen. Er wartet darauf, mit Ihnen zu reden. Lassen Sie mich ihn holen.«

Es brauchte nur ein paar Sekunden, bis Keith ans Telefon kam, doch es schien viel länger zu dauern, bis er endlich etwas sagte.

»Ich weiß nicht mal, wo ich anfangen soll, Liebling.«

»Das kann ich mir vorstellen«, antwortete sie.

»Ich verstehe einfach nicht, weshalb du mir nie etwas davon erzählt hast.«

Es war klar, dass er von der Vergewaltigung sprach. »Keith, du weißt, dass wir darüber im Augenblick nicht sprechen können. Mach diesen Anruf nicht schwerer, als er ohnehin schon ist.«

»Tut mir leid. Das war nicht meine Absicht.«

»Ist in Ordnung«, sagte sie, und sprach dann das Thema an, das sie wirklich beschäftigte. »Ich mache mir Sorgen um Melany.«

»Das brauchst du nicht. Ihr geht es ziemlich gut. Sie hat die ganze Zeit mit Jacks und Andies Tochter gespielt, bis sie ins Bett musste.«

»Melany schläft?«

»Nein. Ich meinte Riley. Melany hat auf dem Flug so tief geschlafen, dass sie mindestens bis Mitternacht wach sein wird. Warte, ich hole sie.«

Isa packte das Telefon fester. Das Warten erschien ihr viel länger, als es in Wirklichkeit dauerte. Sie hoffte, dass sie stark genug war, um das durchzustehen.

»Hi, Mommy.«

Die zarte Stimme – sie brachte Isa beinahe um. »Hi, Baby. Hast du heute eine neue Freundin gefunden?«

»Ja. Wann sehe ich dich wieder?«

Eine zweite, beinahe tödliche Wunde. »Schon bald. Ist Riley nett?«

»Ja, sie ist wirklich nett. Schläfst du heute Nacht hier?«

»Nein, meine Süße. Heute Nacht nicht.«

»Warum nicht?«

»Heute Nacht kann ich nicht.«

»Warum nicht?«

Isa kämpfte mit sich und schalt sich im Stillen dafür, sich keine Antwort überlegt zu haben. »Heute ist deine Nacht mit Daddy.«

Melany antwortete nicht. Aus der Leitung drang gedämpftes Schluchzen. Isa schloss die Augen und öffnete sie dann. Sie versuchte, den Schlag zu dämpfen. »Nicht weinen, großes Mädchen. Bitte weine nicht.«

Sie konnte Keith im Hintergrund hören, wie er Melany versicherte, dass alles gut werden würde.

»Gute Nacht, Mommy. Ich hab dich lieb.«

Das war genug, um Isa zum Weinen zu bringen, aber sie tat es nicht. »Ich hab dich auch lieb.«

Keith nahm das Telefon wieder an sich. »Bist du in Ordnung?«

»Ganz und gar nicht«, antwortete Isa.

Er gab ihr einen Moment. »Also, ich würde dem nicht allzu viel Bedeutung beimessen. Es geht ihr wirklich gut. Ich glaube, sie ist einfach nur müde.«

Sie wusste, dass Keith versuchte sie zu trösten, aber es half nicht. »Bist du morgen bei meiner Anklageverlesung?«, fragte sie.

»Natürlich.«

»Jack sagte, ich werde Sträflingskleidung tragen. Bring Melany nicht mit.«

»Nein, das verstehe ich.«

»Und achte darauf, was im Fernsehen läuft, wenn sie im Zimmer ist. Jack meinte, der Fall könnte die Medien interessieren. Ich will nicht, dass Melany etwas davon sieht.«

»Ehrlich gesagt, ich wusste nicht, ob ich es sagen sollte, aber es gab einen kurzen Beitrag in den Abendnachrichten.«

Natürlich gab es das. *Ehemalige Studentin aus Miami verhaftet wegen Mordes an ihrem Vergewaltiger.* So eine knackige Schlagzeile konnte viral gehen. »Ich kann nicht glauben, dass mir das alles geschieht.«

»Mach dir keine Sorgen um Dinge, die du nicht kontrollieren kannst. Das ist Jacks Aufgabe.«

Ein Kloß bildete sich in ihrem Hals. Sie hoffte, dass sie seine Worte richtig interpretierte, aber es schien, als wolle er ihr sagen: *»Ich glaube an dich, ich weiß, dass du unschuldig bist.«*

Die Frau, die nach ihr dran war, grunzte etwas in der Art, dass Isas Zeit um wäre. Isa wusste nicht, dass es ein Zeitlimit gab, aber die Frau war gebaut wie ein Boxchampion, und sie wollte nicht, dass ihre erste Nacht im Gefängnis damit endete, dass man ihr die Seele aus dem Leib prügelte.

»Keith, ich muss jetzt Schluss machen«, sagte sie ins Telefon.

»Okay. Hey, wir stehen das durch.«

»Ich weiß.«

»Ich liebe dich.«

»Ich liebe dich auch.«

Sie verabschiedeten sich. Isa legte auf, und die nächste Gefangene stieß sie praktisch zu Boden, als sie ans Telefon stürmte. Isa trat beiseite und wartete auf den Wärter. Die »eine Stunde«, nach der er hatte zurückkommen wollen, war schon lange vorbei. Isa konnte nur hoffen, dass sie immer noch Probleme hatten, ein Bett für sie zu finden.

Vielleicht lassen sie mich nach Hause gehen.

Es war eine kurzlebige Hoffnung. Die Rückkehr des Wärters ließ sie augenblicklich platzen.

»Wir haben ein Bett für dich, Herzchen«, sagte er.

Ich bin nicht dein »Herzchen«. Sie dachte es, sprach es jedoch nicht aus.

Isa folgte dem Wärter den langen Korridor hinab. Sie schaute stur geradeaus, den Blick wie einen Laser fokussiert, und vermied jeden Augenkontakt mit jedem, der in den Zellen saß, die sie links und rechts passierten. Am Ende des Zellenblocks öffnete sich summend eine Tür. Sie gingen weiter in den Osttrakt.

»Sie haben Glück«, sagte der Wärter. »Keine Zellen im Ebene-Eins-Bereich, also bleiben Sie heute Nacht hier, bei den Nutten und Fixern.«

Isa antwortete nicht. Sie hatte nicht das Gefühl, Glück zu haben.

Es hieß »Licht aus«, als sie die ihr zugewiesene Zelle erreichten. Isa trat leise ein und achtete darauf, ihre Zellengenossin nicht zu stören, die oben auf der Doppelpritsche schlief, während sie in die untere stieg. Das Bett quietschte, als sie sich hineinlegte. Die Zellentür schloss sich, und dann traf die Realität sie mit voller Wucht.

Ich bin im Gefängnis. Ich bin wirklich im Gefängnis.

Sie fühlte sich eingesperrt in jedem Sinne des Wortes. Ihrem Anwalt zu erzählen, wie sie auf dem College von ihrem Date vergewaltigt worden war, hatte sich ganz und gar nicht als befreiend herausgestellt. Es hatte lediglich eine Vergangenheit aufgewirbelt, die sie jahrelang erfolgreich abgeschottet und verdrängt hatte.

Sie dachte wieder an den Fernsehbericht, den Keith erwähnt hatte. Sie musste nicht fragen, wie schlimm es war. Und sie hatte keinen Zweifel, dass es noch schlimmer werden würde – dass die Geschichte immer weiter ausgeschmückt werden würde, während die Nachricht ihren Weg von Miami nach Hongkong und wieder zurück um den Erdball bis zu ihrer alten Heimat in Caracas nahm. Ihr gesamtes Leben lang hatte Isa gegen Widrigkeiten gekämpft. Eine Mutter, die sie in die Schönheitsakademien gedrängt hatte. Ein Vater, der sie dafür verurteilt hatte.

Und jetzt würde ihr College-Albtraum einen Namen haben, den man auf der ganzen Welt kannte: Gabriel Sosa.

Sie versuchte die Augen zu schließen, doch die unheimliche Stimme der Frau auf der oberen Pritsche erschreckte sie.

»Also, was haste angestellt, um hier zu landen?«

»Nichts«, antwortete Isa, die Stimme kaum ein Piepen.

Die Frau kicherte heiser. »Genau wie wir alle.« Sie ließ ihren Kopf über den Rand der Matratze hängen und sah zu Isa hinab. Ihre langen Dreadlocks baumelten in den Schatten. »Komm schon, Prinzesschen. Mir kannste's verraten.«

»Wirklich, ich habe gar nichts getan.«

Das Lächeln der Frau versickerte. »Du hältst mich für 'ne Ratte, richtig?«

»Was? Nein, ich …«

»Du meinst, wenn du mir verrätst, was du getan hast, renn ich damit zum Staatsanwalt und handel mir 'nen süßen Deal aus, um meinen eigenen Arsch zu retten.«

»Das habe ich nicht gesagt.« *Aber jetzt, wo du es erwähnst …*

»Dreckige Schlampe. Rennst rum und schimpfst andere 'ne Ratte. Schlaf besser mit ei'm offenen Auge.«

Isa hielt den Atem an und betete zu Gott, dass die Frau nicht von ihrem Bett heruntersprang, um das Gespräch von Angesicht zu Angesicht fortzuführen – oder noch schlimmer, von Faust zu Angesicht. Die Matratze über ihr bewegte sich nicht, was das Nächstliegende zu einem Gefühl der Erleichterung auslöste, das Isa empfunden hatte, seit sie hier eingetroffen war. Schlaf jedoch stand nicht zur Debatte. Sie lag wach in der Stille des Gefängnisses, lauschte, versuchte sich an das zu gewöhnen, was sie als »normale« Gefängnisgeräusche bezeichnen könnte. Überleben bedeutete die Fähigkeit, jedes Geräusch schnell identifizieren zu können, jede Bewegung, alles, was nicht normal war.

Schlaf mit ei'm offenen Auge.

Ihr gesamtes Erwachsenenleben hatte Isa Geheimnisse gehabt, aber nie zuvor hatte sie es mit einem Rechtssystem zu tun gehabt, das die Absicht verfolgte, ihr Innerstes nach außen zu kehren und es der ganzen Welt zu präsentieren. Es war geradezu furchterregend, und sie konnte die Gefühle kaum im Zaum halten, die sich in ihr aufstauten und darum bettelten, rausgelassen zu werden. Sie war um die Welt geflogen, um bei ihrer Tochter zu sein, wenn Melany sie am dringendsten brauchte. Und jetzt würde sie vielleicht nie wieder bei ihr sein.

Isa kämpfte darum, sie bei sich zu behalten, doch eine Träne fiel in der Dunkelheit. Und dann eine weitere. Die Worte, die sie mit Melany getauscht hatte, hallten in ihrem Kopf wider.

Nicht weinen, großes Mädchen. Bitte weine nicht.

»Heulst du da unten, Prinzesschen?«

Die Stimme ihrer Zellengenossin ließ sie erschaudern. »Nein.«

Plötzlich hingen die Dreadlocks wieder in der Dunkelheit herab, und Isa konnte die Augen ihrer Zellengenossin glänzen sehen. »Doch, klar heulst du.«

»Tu ich *nicht*«, protestierte sie, doch ihre Stimme brach.

»Oh, armes Prinzesschen. Es war Tayshawn, wegen dem du dir vor Angst in die Hosen machst, richtig?«

»Wer ist Tayshawn?«

»Der Wärter, der dich hergebracht hat. Jeder weiß, dass er auf Latina-Mösen steht.«

Isa wurde es eiskalt. Ihre Instinkte hatten ins Schwarze getroffen. *Ich bin nicht dein Herzchen.*

»Dir wird nichts passieren, Prinzesschen. Du hast mich als Zellenpartnerin.«

»Was bedeutet das?«

»Das heißt, ich guck nicht weg, wenn Tayshawn hier für irgendeine erlogene Inspektion reinspaziert und dir seinen dicken Schwanz in den Hals schiebt. Wird nicht passieren«, erklärte sie und verschwand wieder auf ihrer Pritsche, um ihr Versprechen in der Dunkelheit zu beenden:

»Heute Nacht zumindest nicht.«

KAPITEL 5

Jack war um fünf Uhr morgens in der Innenstadt von Miami, rechtzeitig für sein erstes Interview mit dem Regionalfernsehen. Es standen vier davon an, und sie alle würden noch vor Isas Anklageverlesung ausgestrahlt werden. Um halb sechs war er verkabelt und am Aufnahmeort.

»Guten Morgen, Miami!«, sagte die herausgeputzte und perfekt blondierte Moderatorin in die Kamera.

Normalerweise würde Jack so früh nicht die Medien ins Boot holen, doch in diesem Fall war es gerechtfertigt. Sylvia Hunt hatte ihm die versprochene E-Mail nie zugeschickt. Jack hatte versucht, die Information an ihr vorbei zu beschaffen, doch die Staatsanwaltschaft rief ihn nicht zurück. Jack war klar, dass die Anklage keinerlei Absicht hegte, die eidesstattliche Aussage mit ihm zu teilen, in der der Mordermittler des MDPD die Beweise darlegte, die den hinreichenden Verdacht bildeten, der zu Isas Verhaftung geführt hatte.

»Neben mir habe ich heute Morgen den in Miami ansässigen Strafverteidiger Jack Swyteck.«

Rechtlich gesehen war die Staatsanwaltschaft nicht dazu verpflichtet, die Aussage zu teilen; die Verteidigung könnte sich eine Kopie aus der Gerichtsakte geben lassen – aber nicht vor neun Uhr morgens, wenn das Büro öffnete. Also musste Jack eine Nachricht an das gesamte Büro der Staatsanwaltschaft schicken: Wenn sie nicht willig waren, die Höflichkeit an den Tag zu legen, die Aussage vor Isas Anklageverlesung zu teilen, dann war es ein Riesenfehler, eine Pressemitteilung herauszugeben, bevor Jack ins Gericht konnte, um sich seine eigene Kopie zu holen.

»Mr. Swyteck, Sie haben bereits Dutzende von Mordfällen verhandelt. Erzählen Sie uns ein wenig über das ziemlich unorthodoxe Verhalten der Staatsanwaltschaft gegenüber Ihrer neuesten Mandantin.«

»Wenn ich ehrlich bin, dann hat sich die Anklage als ungewöhnlich schweigsam erwiesen. Ich weiß also praktisch gar nichts über den Fall, mit Ausnahme der Informationen, die die Staatsanwältin freundlicherweise in ihre Pressemitteilung gesetzt hat, die sie gestern kurz vor den Spätnachrichten herausgegeben hat.«

»Nun, wir wissen aus der Pressemitteilung, dass Ihre Mandantin eine einundreißigjährige Frau ist. Im Alter von neunzehn schrieb sie sich an der Universität von Miami ein, und im Frühling ihres ersten Jahres wurde sie das Opfer eines sexuellen Übergriffs. Heute, all die Jahre später, wird sie verhaftet und des Mordes angeklagt, mutmaßlich an dem Mann, der sie vergewaltigt hat. Habe ich alle Anschuldigungen korrekt wiedergegeben?«

»Ja, das ist im Grunde der Vorwurf der Anklage. Und vielen Dank, dass Sie den Namen meiner Mandantin nicht nennen – auch wenn ihr Name in der Pressemitteilung der Staatsanwaltschaft steht.«

»Lassen Sie uns darüber sprechen. Wie ich höre, hat Sie das ziemlich aufgeregt.«

»Offen gestanden bin ich entsetzt.«

»Warum?«

»Die eindeutige Schlussfolgerung der Pressemitteilung ist, dass die Staatsanwaltschaft davon ausgeht, das Motiv meiner Mandantin für den Mord an Gabriel Sosa sei die Tatsache, dass er sie sexuell misshandelt hat. Wie die meisten Staaten in diesem Land hat Florida ein Opferschutzgesetz, das es den Strafverfolgungsbehörden verbietet, den Namen eines Vergewaltigungsopfers an die Medien weiterzugeben. Der Sinn dahinter besteht darin, sie kein zweites Mal zum Opfer zu machen: erst durch den Übergriff selber und ein zweites Mal, wenn ihre Identität öffentlich bekannt wird. Die Staatsanwaltschaft von Miami hat dieses Gesetz ignoriert und vertritt offensichtlich den Standpunkt, dass ein Vergewaltigungsopfer, dem vorgeworfen wird, seinen Peiniger ermordet zu haben, kein Recht auf einen derartigen Schutz hat.«

»Aber warten Sie kurz: Sollten solche Opferschutzgesetze in dieser Situation denn gültig sein?«

»Meiner Ansicht nach ja. Sehen Sie, meine Mandantin ist an dem Mord, den man ihr vorwirft, so lange unschuldig, bis ihre Schuld bewiesen ist. Das Einzige, was wir mit Sicherheit wissen, ist, dass sie sexuell angegriffen wurde. Ich mag einer Nachrichtenredaktion nicht vorwerfen, wenn diese in gutem Glauben beschließt, dass ein Opferschutz hier nicht greift. Aber ich denke nicht, dass das Büro der Staatsanwaltschaft den Ton angeben sollte und ihren Namen wenige Stunden nach ihrer Verhaftung in einer Pressemitteilung herausgeben sollte.«

»Dem würde ich zustimmen. Als redaktionelle Anmerkung muss ich unseren Zuschauern gestehen, dass dieser Sender die Identität von Mr. Swytecks Mandantin in den Elf-Uhr-Nachrichten gestern Abend veröffentlicht hat. Wir taten das auf Basis der Informationen der Pressemitteilung der Staatsanwaltschaft. Ich weiß nicht, wie unsere offizielle Haltung in Zukunft sein wird. Aber aus Prinzip kann ich Ihnen versichern, dass diese *Good Morning Miami*-Moderatorin ihren Namen definitiv nicht wiederholen wird.

Vielen Dank, dass Sie heute Morgen bei uns waren und Ihren faszinierenden Fall und dieses wichtige Thema mit uns besprochen haben, Mr. Swyteck.«

»Sehr gerne.«

»Als Nächstes: Ein Live-Interview aus dem Mercy Hospital mit der englischen Touristin Ginger Radley, die auf wundersame Weise einen Sturz aus dem zwanzigsten Stock überlebte, nachdem ihr Bungee-Seil, schnapp, einfach durchgerissen ist. Das ist ein Ginger-Schnaps, Miami Style! Gleich, in *Good Morning Miami*.«

Jack nahm sein angestecktes Mikrofon ab und verließ das Nachrichten-Set, heilfroh, dass er das nicht tagtäglich als Beruf machen musste.

Sylvia Hunt stand in ihrem Schlafzimmer, starrte auf den Flachbildfernseher an der Wand – und schäumte vor Wut. Jack Swyteck bei *Good Morning Miami* war etwas, das sie nicht erwartet hatte.

Sylvia Hunt war kein Mensch, der sich von einem Strafverteidiger austricksen ließ. Sie hatte sich ihre Sporen vor Richtern und Geschworenen verdient, als Anklägerin für Verbrechen im Erwachsenenstrafrecht, hatte Sechzig-Stunden-Wochen unter der Aufsicht erfahrener Staatsanwälte geschoben, hatte die astronomische Summe von vierzigtausend Dollar im Jahr verdient. Eine unübertroffene Mischung aus Kompetenz im Gerichtssaal und unermüdlicher Vorbereitung hatten ihr Türen geöffnet, und sie hätte in jede Abteilung gehen können. Sie entschied sich für sexuelle Übergriffe, wo sie mehr Fälle vor Gericht brachte und mehr Verurteilungen erzielte als irgendjemand sonst im Staat Florida. Sie war die jüngste Staatsanwältin im Büro von Miami, die den Titel »Senior Trial Counsel« trug, was sie in einen Eliteclub erhob: zu den wenigen erfahrenen Staatsanwälten, die die Anklage in den umstrittensten und kompliziertesten Mordfällen leiteten. Es war eine Ehre und eine Auszeichnung, die sie sich verdient hatte.

Und ganz sicher hatte sie diesen Fleck auf ihrer Weste nicht verdient.

Sylvia nahm ihr Handy vom Nachttisch. Es war voll geladen, genau wie sie. Es war ihr egal, ob es erst sechs Uhr war. Sie rief ihre Chefin zu Hause an und holte sie aus dem Bett.

»Swyteck macht die Morgenrunde.«

Carmen Benitez hatte die Hälfte ihrer vierten Legislaturperiode als Bundesstaatsanwältin hinter sich. Niemand stellte ihre

Hingabe an den Job infrage. Sie arbeitete bis in die Nächte, an Wochenenden und Feiertagen. Anrufe um ein oder zwei Uhr morgens waren kein Problem. Aber sie war nie dafür bekannt gewesen, eine Frühaufsteherin zu sein.

»Zeichnen Sie es mit dem Festplattenrekorder auf«, sagte Benitez. »Ich gehe wieder schlafen.«

»Nein, warten Sie. Wir werden pulverisiert, weil wir den Namen eines Vergewaltigungsopfers in der Pressemitteilung über Isabelle Bornelli gestern Abend herausgegeben haben.«

Die Staatsanwältin zögerte, und Sylvia konnte ihre Irritation durch die Leitung spüren. »Moment mal – das haben wir nicht getan.«

»Doch, *haben* wir. Ich habe den Sender angerufen, um es zu bestätigen. Sie haben mir eine Kopie der Mitteilung geschickt. Isabelle Bornellis Name steht drin.«

Benitez stöhnte durch die Leitung. »Oh Mann.«

»Ja, ›Oh Mann‹ trifft es gut. Das ist nicht die Version der Pressemitteilung, die ich durchgesehen und freigegeben habe. Ich sagte, dass ihr Name nicht drinstehen soll – nicht, solange die Presse nicht von selbst die Entscheidung trifft und die Katze aus dem Sack lässt.«

»Offensichtlich hat jemand in der Presseabteilung Scheiße gebaut.«

Es war nicht das erste Mal. »Das ist keine sehr befriedigende Erklärung. Unterschätzen Sie das nicht, Carmen. Wir werden einen Riesen-Shitstorm von den Gruppierungen für Opferschutz ernten. Das garantiere ich.«

»Wir werden die Schadenskontrolle besprechen müssen. Wann ist die Anklageverlesung?«

»Halb zehn.«

»Das lässt uns nicht viel Zeit.«

»Ich kann Sie in dreißig Minuten im Büro sehen«, sagte Sylvia.

»Ohhhhh«, erwiderte Carmen. Es war irgendeine Mischung aus einem Gähnen und einem Stöhnen.

»Das verstehe ich als Ja. Wir sehen uns in dreißig Minuten.«

Sylvia legte auf, nahm sich die Fernbedienung und wechselte den Kanal. Da war er wieder, Isas Spitzenanwalt, auf einem anderen Sender: »Ich denke, es ist eine traurige Situation, wenn das Büro der Staatsanwaltschaft derartig gegen den Geist, wenn schon nicht die Paragraphen, des Schutzes von Vergewaltigungsopfern verstößt.«

Sylvia schaltete den Fernseher aus und schnappte sich ihre Handtasche. Ihr Zorn schwelte noch immer, doch als sie in Richtung Tür ging, warf sie einen Blick auf das gerahmte Foto ihrer Eltern, das sie auf ihrer Kommode aufbewahrte. Sie waren Partner in jedem Sinne des Wortes gewesen. Über dreißig Jahre lang verheiratet, und sie hatten sogar ihre eigene Anwaltskanzlei gehabt – Hunt & Hunt –, als Sylvia in Pensacola aufgewachsen war. Sie waren lange genug tot, dass der Schmerz nicht mehr so stark war, und Sylvia gelang ein kleines Lächeln, als sie sich an etwas erinnerte, das ihr Vater stets zu sagen gepflegt hatte, wann immer der gegnerische Anwalt eine Linie überschritt:

»Diesmal sind Sie dem falschen Hund auf den Schwanz getreten, Mr. Swyteck«, sagte sie auf ihrem Weg nach draußen.

KAPITEL 6

Gerichtssaal eins bis fünf des Richard-E.-Gersten-Gerichtsgebäudes war zum Bersten gefüllt.

Anklageverlesungen bei schweren Straftaten begannen jeden Wochentag um neun Uhr. Die Fallliste an diesem Mittwoch beinhaltete auch Isabelle Bornelli und jede Person, die im Miami-Dade-County während der letzten vierundzwanzig Stunden wegen eines Verbrechens verhaftet worden war. Diese tägliche Routine fand in einem weitläufigen, alten Raum mit hohen Decken und einer langen Mahagoni-Brüstung statt, die die öffentlichen Sitzplätze vom institutionalisierten Teil des Justizsystems trennte. Ein junger Hilfsanwalt der Staatsanwaltschaft saß am Tisch des Staates vor einer leeren Geschworenenbank und arbeitete sich durch einen Stapel Akten, eine nach der anderen, immer wenn ein neuer Fall aufgerufen wurde. Jack sah aus der ersten Reihe der öffentlichen Plätze aus zu und wartete darauf, an die Reihe zu kommen, während die Angeklagten-Parade voller bewaffneter Raubüberfälle, betrunkener Autofahrer und anderer Täter ihre Unschuld beteuerte und anschließend entweder auf Kaution freigelassen oder wieder in die Obhut des Staates übergeben wurde. Keith saß links von ihm auf der langen Sitzbank.

»Mehr Zuschauer hier, als ich erwartet hätte«, merkte Keith an. Er sprach leise, um nicht die siebente Anklageverlesung des Morgens zu stören, die gerade auf der anderen Seite der hüfthohen Absperrung abgehalten wurde.

Beide Seiten, Jack und das Büro der Staatsanwaltschaft, hatten den öffentlichen Aufschrei unterschätzt, der Isas Verhaftung folgte. Interessierte Beobachter füllten etliche Reihen der öffentlichen Sitzplätze. Der Bereich für die Medien war bis zur Kapazitätsgrenze belastet. Die gestrige Pressemitteilung der Staatsanwaltschaft hatte eine Menge regionales Interesse erregt, aber erst nach Jacks morgendlichen Interviews hatten die Medien wirklich Feuer für den Fall gefangen. Das Internet quoll bereits über vor Tweets, Blogeinträgen und anderem elektronischen Geplapper über die wunderschöne ehemalige Studentin aus Miami, die sich in Hongkong »versteckt gehalten« hatte und schließlich für den Mord an dem jungen Mann verhaftet worden war, der sie auf dem College vergewaltigt hatte.

»Wann sehe ich Isa?«, fragte Keith.

Hoffentlich nicht allzu bald. Ein Anwalt aus dem Freedom Institute stand in der Warteschlange des Gerichtsbüros, um eine Kopie der eidesstattlichen Aussage zu bekommen, die zu schicken Sylvia Hunt sich geweigert hatte, und Jack wollte sie vor der Anklageverlesung haben. »Isa ist Nummer elf im Zeitplan. Der Polizist wird sie hereinbringen, wenn sie an der Reihe ist.«

»Nächster Fall«, verkündete Richter Gonzalez. Er kam schnell voran. Sie waren bei Nummer neun.

Richter Gonzalez war der älteste Richter in den Reihen der Strafgerichtsbarkeit. Einige waren der Ansicht, ihm fehle inzwischen die Ausdauer für langwierige Prozesse, aber er schien noch immer Freude an dem fieberhaften Tempo der Anklageverlesungen zu haben. Es war etliche Monate her, dass Jack zuletzt vor ihm einen Fall verhandelt hatte. Es war der Traum jedes Strafverteidigers gewesen: Die Verhandlung hatte um 9:07 Uhr begonnen und wurde um 9:08 Uhr für beendet erklärt. Die Staatsanwaltschaft hatte die Anklage gegen eine ältere Frau fallengelassen, die Jack an seine eigene *abuela* erinnert hatte. Sie hatte aus Kuba gestammt und war vor Castros Regime in der ersten Flüchtlingswelle auf einem *balsa* geflohen, und sie hatte sich nicht beherrschen können, als ein ahnungsloser College-Student ihren Zigarrenladen mit einem T-Shirt betreten hatte, auf dem Che Guevara abgebildet gewesen war. Hätte die Staatsanwaltschaft die Anklage nicht fallengelassen, hätte

Richter Gonzalez es getan. Er hätte darauf hingewiesen, dass seine fünfköpfige Familie auf einem selbst gebastelten Floß aus Kuba geflohen war und dass sie hier in Miami waren, nicht in der Volksrepublik Berkeley.

Jack fragte sich, ob Richter Gonzalez irgendetwas von der morgendlichen Berichterstattung gesehen hatte, die erwähnte, dass Isas Vater unter Hugo Chávez gedient hatte, Fidel Castros Protegé. Es war eine Komplikation, die Isa nicht gebrauchen konnte – schon gar nicht vor Richter Gonzalez.

»Fall Nummer siebzehn null-drei null-eins«, rief der Gerichtsdiener. »Der Staat Florida gegen Isabelle Bornelli.«

»Vergewaltigungsopfer haben Rechte!«, rief eine Frau aus der hinteren Reihe.

Richter Gonzalez ließ seinen Hammer auf das Brettchen knallen. »Ich dulde keine Unruhe in meinem Gerichtssaal.«

Schweigen. Es war ein einmaliger Ausbruch gewesen, eindeutig keine koordinierte Aktion. Jack hatte keine Demonstranten auf seinem Weg ins Gerichtsgebäude bemerkt, aber er spürte, dass etwas brodelte. Den Fall mit den Rechten von Vergewaltigungsopfern aufzuladen, konnte sehr leicht nach hinten losgehen, aber Jack hätte nicht seinen Job als Strafverteidiger gemacht, wenn er nicht bereits darüber nachdachte, wie es seiner Mandantin helfen könnte.

Die Seitentür wurde geöffnet, und ein Polizist brachte Isa in den Gerichtssaal.

»Oh mein Gott«, sagte Keith leise, wie im Reflex. Es war das erste Mal, dass er seine Frau in Gefängniskleidung oder Hand- und Fußfesseln sah. Jack erhob sich, trat durch die Schwingtür in der Absperrung und traf seine Mandantin am Tisch der Verteidigung. Isa suchte kurz den Augenkontakt mit Keith, dann sah sie Jack direkt an.

»Jack, Sie *müssen* mich aus dem Gefängnis holen«, flüsterte sie.

In ihrer Stimme lag Verzweiflung, und Jack hätte deswegen gerne nachgehakt, aber Anklageverlesungen liefen zügig ab, und jetzt war nicht die Zeit dafür.

»Guten Morgen, Ms. Hunt«, sagte Richter Gonzalez mit einem Lächeln. »Ich habe nicht mehr häufig das Vergnügen, Sie bei einer Anklageverlesung zu sehen.«

Der Hilfsanwalt, der die ersten zehn Verlesungen abgehalten hatte, trat beiseite. Sylvia Hunt nahm den vordersten Platz am Tisch der Anklage ein. Für *Der Staat gegen Bornelli* holten sie die schweren Geschütze heraus.

»Ich mache inzwischen nicht mehr viele Verlesungen«, antwortete sie.

»Nun, es ist immer ein Vergnügen, Sie dabeizuhaben. Das Gleiche gilt für Sie, Mr. Sweet. Verzeihung, Swat …«

»Jack Swyteck für die Verteidigung von Isabelle Bornelli, Euer Ehren.«

Es gab keinen einzigen grauhaarigen Richter in Florida, der nicht wusste, wie man den Namen des ehemaligen Gouverneurs aussprach, und Jack deutete Richter Gonzalez' geistigen Schluckauf entweder als Anzeichen von Alzheimer oder eine Animosität ihm gegenüber – beides keine allzu guten Vorzeichen für seine Mandantin.

»Guten Morgen, Ihnen beiden. Ms. Hunt, könnte ich das Datum und die Uhrzeit von Ms. Bornellis Verhaftung erfahren?«

»Gestern, etwa gegen neunzehn Uhr zwanzig.«

»Ms. Bornelli, der Zweck dieser Anhörung besteht darin, Sie über gewisse Rechte aufzuklären, die Ihnen zustehen, Sie über die Anklagepunkte zu informieren, die Ihnen im Einklang mit den Gesetzen des Staates Florida vorgeworfen werden, und um zu untersuchen, unter welchen Bedingungen, falls überhaupt, Sie vor der Verhandlung freigelassen werden können. Verstehen Sie das?«

»Ja, Euer Ehren«, antwortete Isa.

»Sie haben das Recht zu schweigen«, sagte der Richter, und zum zweiten Mal in ebenso vielen Tagen lauschte Isa der vollständigen Verlesung ihrer verfassungsmäßigen Rechte. Sie wirkte dabei nicht weniger betäubt als beim ersten Mal, bemerkte Jack.

»Wir verzichten auf die Verlesung der Anklageschrift«, sagte Jack.

»Das ist in Ordnung. Ms. Bornelli, wie bekennen Sie sich?«

»Nicht schuldig, Euer Ehren.«

»So wird es ins Protokoll aufgenommen.« Der Blick des Richters schwenkte zur anderen Seite des Gerichtssaals. »Ms. Hunt, welchen Antrag stellt die Staatsanwaltschaft zur Frage der Kaution?«

»Richter, dank Mr. Swytecks Wirbelwind-Tour durch die Frühstückssendungen heute Morgen sind wir uns sehr wohl seiner Ansicht bewusst, dass die Regeln in diesem Fall anders lauten sollten, da Ms. Bornelli das mutmaßliche Opfer eines sexuellen Übergriffs ist. Wie das Gericht weiß, habe ich erfolgreich in unzähligen Fällen von Sexualverbrechen die Anklage geführt, und ich bin sehr sensibel, wenn es um die Rechte von Opfern in unserem Strafvollzugssystem geht. Doch in diesem Fall ist Ms. Bornelli nicht die Klägerin. Sie ist die *Angeklagte* – angeklagt des Mordes. Laut Gesetz ist in einem Mordfall die Freilassung auf Kaution ausgeschlossen, solange kein eindeutiger Beweis dafür vorgelegt wird, dass bei der angeklagten Person kein Fluchtrisiko vorliegt. Wir bitten das Gericht dringlichst darum, dem Gesetz Folge zu leisten.«

»Welche Beweise haben Sie dafür, dass die Angeklagte ein Fluchtrisiko *birgt*?«, fragte der Richter.

Hunt hatte gute Arbeit geleistet, die Sache mit dem Opferschutzgesetz zu entschärfen. Jack erwartete, dass sie sich die Frage des Richters schnappen und damit vorstürmen würde, Richtung Ziellinie, und von Verteidigung auf Angriff umschaltete.

»Ms. Bornelli ist venezolanische Staatsangehörige. Sie zog im Alter von elf Jahren hierher, als ihr Vater einen diplomatischen Posten im Generalkonsulat der Chávez-Regierung bekleidete.«

Richter Gonzalez setzte sich interessiert auf. »Ist das so?«

Jack sträubte sich alles. Es war nicht wirklich eine Frage. Der Richter hätte ebenso gut sagen können: *»Das ist alles, was ich hören musste.«*

Die Anklägerin sprach weiter. »Sie war eine neunzehnjährige College-Studentin als sie, wie sie sagt, Opfer einer sexuellen Misshandlung von Mr. Sosa wurde. Seine Leiche wurde sechs Wochen später nahe den Florida Everglades gefunden. Die Detectives des MDPD ermittelten seit zwei Monaten in dem Mordfall, als Ms. Bornelli Miami verließ und in die Schweiz zog. Die Mordermittlung verlief im Sande. Vor zwei Jahren, genau zu der Zeit, als das MDPD den Fall wieder öffnete, zog Ms. Bornelli nach China.«

Ein kommunistisches Land, bemerkte Jack. Hunt wusste, wie sie ihre Karten vor diesem Richter auszuspielen hatte, aber der Schlag ging unter die Gürtellinie.

»Hongkong«, warf Jack ein und stand auf.

»Ja, Hongkong«, sagte Hunt. »Aber seit Hongkong unter die Kontrolle der kommunistischen chinesischen Regierung geraten ist, sind Auslieferungsverfahren aus Hongkong extrem schwierig geworden. Jeder Zug, den die Angeklagte seit dem Tod von Mr. Sosa gemacht hat, ist ein berechnender und eindeutiger Versuch gewesen, der Anklage zu entgehen, was ihr Fluchtrisiko bestätigt. Eine Kaution sollte abgelehnt werden.«

Der Richter schüttelte den Kopf, aber nicht als Ablehnung. Er war dabei, ein Urteil zu fällen. »Nun, ich muss sagen …«

»Richter, darf ich etwas erwidern?«, fragte Jack, so zwecklos es auch sein mochte.

»Ganz kurz.«

»Meine Mandantin verließ Miami, weil sie hier vergewaltigt wurde. Sie wollte diesen Ort hinter sich lassen und woanders neu beginnen. Sie lebte acht Jahre in der Schweiz, weil sie einen Doktortitel an der Universität von Zürich erwarb und einen Mann heiratete, der für die IBS arbeitet. Sie zogen gemeinsam nach Hongkong, weil ihr Ehemann – Mr. Keith Ingraham, der hier in der vordersten Reihe sitzt – zum Leiter des IBS-Büros in Hongkong befördert wurde.«

»Ist Mr. Ingraham Schweizer?«

»Nein«, sagte Jack.

»Er ist US-Bürger«, erklärte die Anklägerin. »Was einen weiteren interessanten Punkt aufwirft. Seit er nach Hongkong gezogen ist, ist Mr. Ingraham bei vierzehn unterschiedlichen Gelegenheiten in die USA gereist. Die Angeklagte hat ihn lediglich bei zwei dieser Reisen begleitet, beide Male im Zusammenhang mit einer medizinischen Behandlung ihrer Tochter. Wir versuchen immer noch, Beweise von der kommunistischen Regierung Chinas zu erhalten«, fügte sie an und spielte die Kommunismus-Karte ein weiteres Mal, »aber wir glauben, dass diese beiden Reisen die *einzigen* Reisen von Ms. Bornelli außerhalb von Hongkong waren, seit sie dorthin gezogen ist.«

Der Richter schien bereit, sein Urteil zu fällen, und nahm den Hammer in die Hand. »Sie sagen also, Ms. Hunt, dass seitdem das Miami Dade Police Department den Fall wieder geöffnet hat, die Angeklagte auf einer Insel am anderen Ende der Welt gelebt hat, versteckt in China, von wo sie höchstwahrscheinlich nicht ausgeliefert werden kann.«

»Exakt. Ich möchte außerdem darauf hinweisen, dass sie augenblicklich für kommenden Samstag einen Flug nach Hongkong auf ihren Namen gebucht hat.«

»Ist das so?« Ein weiteres Urteil, keine Frage.

»Euer Ehren, es wird allmählich lächerlich«, sagte Jack. »Meine Mandantin kam nach Miami, weil ihre Tochter nahezu taub auf einem Ohr ist. Am Freitag soll sie im Jackson Memorial Krankenhaus von einem der führenden Cochlea-Implantat-Experten der Welt operiert werden.«

»Was Mr. Swyteck jedoch versäumt, dem Gericht mitzuteilen, Euer Ehren, ist, dass der Ehemann der Angeklagten, sowie ihre Tochter, erst in zwölf Tagen einen Rückflug gebucht haben. Ms. Bornellis Tochter kann nicht direkt nach einer Ohrenoperation fliegen, aber diese nicht berufstätige Hausfrau und Mutter, die keinen dringenden Grund hat, nach Hongkong zurückzukehren, soll bereits einen Tag nach der OP ihrer Tochter zurückfliegen. Die einzig logische Schlussfolgerung besteht darin, dass die Angeklagte wild entschlossen ist, Miami so schnell wie möglich zu verlassen und nach China zurückzukehren. Sie birgt ein enormes Fluchtrisiko. Eine Kaution sollte abgelehnt werden.«

Jack sah zu seiner Mandantin. Isa hatte ihm nichts über die seltsamen Flugpläne erzählt.

»Euer Ehren, ich würde gern …«

»Ich habe genug gehört, Mr. Swyteck.«

»Richter, wenn ich dürfte. Ich würde gern eine volle Beweisaufnahmeanhörung beantragen, um diese Dinge genauer zu erörtern, bevor das Gericht eine endgültige Kautionsentscheidung fällt.«

»Das geht in Ordnung. Cynthia, wann habe ich eine Stunde frei?«

Die Assistentin des Richters blätterte durch den Kalender. »Morgen in zwei Wochen, um elf Uhr.«

»Tragen Sie es ein«, sagte der Richter. »Bis dahin bleibt die Gefangene in Untersuchungshaft.«

Isa packte Jack am Arm. »Ich muss bei Melanys Operation dabei sein«, sagte sie mit Nachdruck, aber leise genug, dass nur Jack es hören konnte.

Jack tat, was ihm möglich war. »Richter, ich möchte vorschlagen, dass man Vorkehrungen trifft, um meine Mandantin zeitweilig aus der Haft zu entlassen, damit sie ihrer Tochter am Freitag bei der Operation beistehen kann. Vielleicht ein Acht-Stunden-Fenster.«

»Vielleicht heben einmal alle Steuerzahler im Publikum die Hand, die sich darauf freuen, eine Polizeieskorte zum Krankenhaus und zurück zu bezahlen. Niemand? Abgelehnt.«

»Sie könnte mit einer Fußfessel ausgestattet werden.«

»Dieses Gericht lässt in Mordfällen niemanden mit einer Fußfessel herumlaufen. Die Gefangene verbleibt in Untersuchungshaft. Keine Kaution«, sagte Gonzalez und unterstrich dies mit einem Schlag seines Hammers.

Der Gerichtsdiener rief den nächsten Fall auf. Eine weitere Anwältin und ihr Mandant eilten nach vorne und nahmen Jacks und Isas Platz am Tisch der Verteidigung ein.

Jack und Isa gingen zur Absperrung. Keith stand auf der anderen Seite und tat sein Bestes, um seine Frau über das Geländer hinweg zu umarmen. Der Polizist kam und packte Isa am Arm.

»Jack, ich kann nicht noch eine Nacht an diesem Ort verbringen«, flüsterte Isa – aber voller Nachdruck. Die Verzweiflung, die Jack zuvor in ihren Augen gesehen hatte, war in Panik umgeschlagen. »Das können Sie nicht zulassen!«

»Ich komme heute Nachmittag vorbei. Wir haben eine Menge zu besprechen.«

»Jack, wegen des Flugtickets …«

»Mr. Swyteck«, rief der Richter von seiner Bank, »könnten Sie Ihre Mandantenbesprechung bitte ins Untersuchungsgefängnis verlegen?«

Jack bat das Gericht um Entschuldigung. Der Polizist eskortierte Isa durch den Gerichtssaal zum Gefangenenausgang. Sie blickte über ihre Schulter und formte mit dem Mund die Worte *Ich liebe dich* in Richtung ihres Mannes, dann verschwand sie hinter der schweren Tür.

Die nächste Anklageverlesung lief bereits, also gingen Jack und Keith schweigend den Mittelgang entlang auf die Doppeltüren am Ende des Gerichtssaals zu. Die Staatsanwältin folgte ihnen, und als sie die Türen erreichten, hielt sie Jack einen Aktenordner hin. »Hier ist die versprochene Aussage, die den hinreichenden Tatverdacht zur Anklage geliefert hat«, sagte sie mit einer Stimme, wie man sie in einer Kirche benutzte. »Tut mir leid, dass ich es gestern Abend nicht geschafft habe. Ich habe heftigen Widerstand vom MDPD erhalten, weil ich sie Ihnen ohne Schwärzungen übergeben wollte. Es hat sich in ein furchtbares bürokratisches Theater verwandelt. Ich konnte es einfach nicht mehr rechtzeitig klären.«

»Das ist doch ein Haufen Scheiße«, sagte Keith.

Sie waren weit außerhalb von Richter Gonzalez' Hörweite, dennoch warf Jack seinem Freund einen Blick zu, dass er den Mund halten sollte. Die Staatsanwältin stieß die Glastür auf und trat in die Eingangshalle.

»Ich vertraue ihr nicht«, sagte Keith.

Jack blickte durch das Glas und sah zu, wie sie direkt auf eine Traube Reporter zumarschierte, die vor dem Gerichtssaal stand. Sie verteilte Kopien der Aussage, die sie Jack bis zum Ende der Anklageverlesung vorenthalten hatte.

»Ich wünschte, ich könnte dir widersprechen«, gab Jack zurück.

KAPITEL 7

Jack begann, Keith auszuquetschen, sobald sie außerhalb des Gerichtsgebäudes und ein gutes Stück von allen Personen entfernt waren, die etwas hätten mithören können. Es stimmte nicht buchstäblich, dass die Wände in einem Gerichtsgebäude Ohren hatten, doch in einer Welt, in der jeder Mensch mit einem Social-Media-Account die Macht eines Journalisten besaß, war das alte Sprichwort zutreffender als jemals zuvor.

»Was hat es mit Isas Flugticket auf sich?«, wollte Jack wissen. Sie gingen nebeneinander die Granitstufen hinab.

»Ich weiß ganz ehrlich nicht, wovon die Anklägerin gesprochen hat. Ich habe unsere Tickets gesehen. Wir haben alle denselben Flug nach Hause. Wenn irgendjemand die Flüge geändert und früher nach Hause abgereist wäre, dann ich.«

»Ist es möglich, dass Isa zwei Rückflugtickets gekauft hat? Nur für den Fall?«

Sie blieben am Kantstein stehen, direkt auf der anderen Straßenseite vom Parkplatz. »Für welchen Fall?«, fragte Keith.

»Für den Fall, dass sie früher aus Miami rausmüsste als geplant«, antwortete Jack.

Keith dachte darüber nach. »Jetzt bist du es, der wie die Anklage klingt.«

»Manchmal ist das mein Job.«

Jacks Büro lag nur einige Blocks vom Gerichtsgebäude entfernt. Keith fuhr. Jack stöpselte das Navi ein, damit er vom Beifahrersitz aus keine Anweisungen geben musste, während er die Aussage des MDPD-Ermittlers durchblätterte. Er las ihn ein zweites Mal, laut – damit Keith ebenfalls erfuhr, was drinstand –, als sie in die Einfahrt des alten Hauses nahe dem Miami River einbogen.

»Das ist dein Büro?«, fragte Keith, als das Fahrzeug zum Stehen kam.

Das neunzig Jahre alte Haus, erbaut von Floridas Pionierin Julia Tuttle, beherbergte das Freedom Institute. Die rote Ziegelfassade musste gereinigt werden, die Vorderveranda brauchte frische Farbe, und mehr als ein paar Dachziegel fehlten. Äußerlich hatte sich wenig geändert, seit Jack als junger Anwalt direkt aus der juristischen Fakultät hierher gewechselt war. Vier Jahre lang hatte er die Schuldigen verteidigt, dann hatte es ihm gereicht, und er hatte seine eigene Kanzlei eröffnet. Zehn Jahre später, als sein Mentor starb und das Freedom Institute am Rande des finanziellen Aus stand, hatte Jack einen Plan ersonnen, um es zu retten.

»Das Gebäude gehört dem Institute. Ich bin hier nur Mieter«, erklärte Jack.

Keith zog die Fliegentür auf. Die Angel knackte, als würde sie ein Jahrhundert voller Rost abschütteln. »Wieso?«, wollte er wissen.

Dieselbe Frage hatte Jack auch von seiner Frau gehört. Technisch gesehen war Jack nicht der Leiter des Freedom Institute. Das war Neils Tochter. Aber Jack stand quasi täglich mit Rat und Tat zur Seite, und seine überteuerten Mietzahlungen halfen, das Institut am Leben zu halten. Oder wie sein Buchhalter sagte: »Die Zeit, die Sie ihnen opfern, ist Zeit, die Sie keinem zahlenden Mandanten in Rechnung stellen können, und Ihre Miete ist höher, als sie sein sollte.«

»Ich liebe das Ambiente«, antwortete Jack.

Noch ein Knacken, als würde die Fliegentür aus den Angeln fallen, dann blieb sie in offener Position stehen. »Ich habe auch ein tolles Ambiente, aber dazu noch einen Blick über den Hafen von Hongkong.«

Sie gingen hinein, und die Art, wie Keith nach einem ersten Blick kurz stockte, ließ Jack lächeln. Das Äußere brauchte ein wenig Arbeit, doch die Innenrenovierung war ein Grund für Stolz. Die Originalböden aus Dade-County-Pinie waren frisch geschliffen und versiegelt. Die hohen Decken und Stuckleisten waren restauriert worden. Das obere Schlafzimmer, vorher unbewohnbar, war nun voll nutzbar, wodurch die Empfangshalle nicht länger gleichzeitig als Aktenlager voller Kartons dienen musste. Die heruntergekommene Röhrenbeleuchtung, die etwa von 1970 gestammt hatte, war zusammen mit dem gesamten elektrischen System des Gebäudes ausgewechselt worden. Das Wohnzimmer war jetzt ein beeindruckender Empfangsbereich, geschmückt mit orientalischen Teppichen, echten Antiquitäten und Seidenvorhängen.

»Das ist teures Zeug«, sagte Keith, während er den jakobinischen Sekretär im Foyer bewunderte.

»Wir haben es günstig von einer Gruppe Investment-Banker erhalten, die so gierig war, dass nicht mal ich sie vor dem Gefängnis bewahren konnte.«

»Touché«, gab Keith zurück.

Jacks Assistentin saß am Empfangsschalter, und er machte seinen Freund mit Bonnie »Der Roadrunner« bekannt, ein Spitzname, den sie sich verdient hatte, weil sie nur eine Geschwindigkeit kannte – Vollgas –, wenn sie durchs Büro flitzte. Der Rest der Truppe war bei Gericht.

Jack führte Keith in sein Büro – ehemals das Esszimmer –, um das Geschäftliche zu besprechen. Jack saß hinter seinem Schreibtisch und Keith in dem gestreiften Lehnsessel ihm gegenüber.

»Was hältst du von der Aussage?«, fragte Keith.

Jack wollte nicht seine eigene Meinung mit Keith besprechen. »Jetzt ist vielleicht ein guter Augenblick, einige Dinge klarzustellen. Meine Mandantin ist Isa.«

»Natürlich.«

»Worauf ich hinauswill, ist, dass ich interessiert bin, deine Reaktion auf die Aussage zu erfahren. Aber meine Meinung darüber ist etwas, das ich mit Isa besprechen werde.«

»Ich bin mir sicher, dass sie wollen würde, dass wir darüber sprechen.«

»So funktioniert die Anwalts-Mandanten-Beziehung nicht.«

Keith sah nicht glücklich aus. »In Ordnung, wenn das die Regeln sind.«

Jack hatte die Aussage im Auto laut vorgelesen, doch jetzt reichte er sie Keith und ließ sie ihn still noch einmal lesen, was dieser auch tat.

»Meine Reaktion sieht so aus, dass hier nicht viel drinsteht«, sagte Keith.

»Juristisch betrachtet braucht es nicht viel, um einen hinreichenden Verdacht zu etablieren, der eine Festnahme rechtfertigt.«

»Das ist etwas, das ich nicht verstehe. Wo ist die Grand Jury bei all dem?«

Die Grand Jury oder das Große Geschworenengericht waren die zwölf bis dreiundzwanzig Bürger, denen die Staatsanwaltschaft in einem nicht öffentlichen Verfahren traditionell ihre Beweise vorlegen musste, damit die Grand Jury entscheiden konnte, ob Anklage erhoben wird oder nicht. Früher auf der ganzen Welt vertreten, waren die USA inzwischen einer der wenigen verbliebenen Staaten, die das Konzept überhaupt noch aufrechterhielten. Und selbst hier wurde es immer weiter abgesetzt.

»Eine Anklage vor einer Grand Jury ist in Florida nicht notwendig, solange die Staatsanwaltschaft nicht für die Todesstrafe plädiert. Manchmal bringt die Staatsanwaltschaft auch andere Fälle vor die Grand Jury, dann aber aus taktischen Gründen. In diesem Fall würde ich vermuten, dass sie erst in letzter Minute herausgefunden haben, dass Isa nach Miami kommt. Sie hatten keine Zeit, die Beweise vor einer Grand Jury auszubreiten, also sind sie den schnelleren Weg gegangen. Sie haben etwas zusammengeschustert, das sich ›Criminal Information‹ nennt, eine Art aufs Notwendigste reduzierte Anklage, und haben dazu irgendeine eidesstattliche Aussage herausgekramt, die gerade genug hergibt, dass irgendein Richter einen Haftbefehl unterschreibt.«

»Es scheint mir, als sollte mehr dazu nötig sein, um jemanden wegen Mordes verhaften zu können. Im Wesentlichen steht in dieser Aussage nichts anderes, als dass Isa mit ihrem Freund und einem seiner Kumpels an einem Freitagabend im April in eine Bar ging. Sie hat auf Gabriel Sosa gezeigt und ihrem Freund erzählt, dass Sosa sie irgendwann im März in ihrem Zimmer im Studentenwohnheim vergewaltigt habe.«

»Nun, da steht noch mehr als das«, entgegnete Jack, als er die Aussage wieder an sich nahm. »Hier steht, dass basierend auf dem Plan, der von Isabelle Bornelli geschmiedet und ausgeführt wurde, zwei Mitverschwörer, im Folgenden als John Doe 1 und John Doe 2 bezeichnet, Gabriel Sosa gewaltsam entführten, ermordeten und die Leiche entsorgten.«

»Ich dachte, du wolltest nur zuhören, was ich denke.«

»Ich kann so viel dazu sagen, dass ich vernünftige Fragen stellen kann. Wusstest du, dass sie sexuell angegriffen wurde?«

»Nein.«

Jack dachte nach und trat im Geiste einen Schritt von den Details zurück. »Ist Isa der Typ Mensch, der an Vergebung glaubt?«

»Du meinst im spirituellen Sinne?«

»In jedem Sinne.«

»Isa hat ein großes Herz. Ja, ich würde sagen, sie ist kein nachtragender Mensch.«

»Aber sie hat für den Rest ihres Lebens mit ihrem Vater gebrochen, oder?«

»Nun … sie hat mir erzählt, das wäre etwas Politisches.«

Jack machte sich eine Notiz, die Frage auf seinem nächsten Besuch bei Isa anzusprechen, und fuhr dann mit seiner Liste offener Fragen fort.

»Stimmt es, dass Isa, mit Ausnahme der beiden kürzlichen medizinischen Reisen mit Melany, Hongkong seit fast zwei Jahren nicht verlassen hat?«

Keith dachte einen Augenblick darüber nach. »Ich muss sagen, ich habe mir nie Gedanken darüber gemacht, bis die Staatsanwältin das erwähnt hat. Ich war so beschäftigt mit der Arbeit, und Isa war so beschäftigt mit der Reha für Melanys Sprach- und Hörverständnis, dass mir vermutlich gar nicht aufgefallen ist, dass wir keinen Urlaub gemacht haben.«

»Und in euren acht gemeinsamen Jahren in Zürich seid ihr kein einziges Mal in die Staaten gekommen?«

»Ich schon. Isa nicht, nein.«

»Du hast nie gesagt: ›Hey Liebling, wieso kommst du nicht mit mir auf den Trip? Wir gucken uns eine Broadway-Show in New York an. Tanken etwas Sonne in South Beach.‹ Irgend so etwas?«

»Könnte schon sein. Aber es war nicht so, dass sie nichts zu tun hatte. Sie war Doktorandin, bevor wir Melany bekommen haben.«

»Haben Isa und Melany je deine Eltern getroffen?«

»Ja. Ich habe sie einige Male einfliegen lassen, um uns zu besuchen.«

»Wo haben sie gelebt, als du mit Isa in Zürich warst?«

»Hier in Miami. Sie sind vor etwa einem Jahr nach North Carolina gezogen, als Dad in den Ruhestand ging.«

»Du konntest Isa also nicht dazu bewegen, nach Miami zu fliegen, noch bevor Melany krank wurde, mitten in einem eiskalten Schweizer Winter? War sie so beschäftigt mit ihrer Doktorarbeit?«

»Es ging nicht nur darum. Ich glaube, es hatte wieder etwas mit Politik zu tun.«

»Wie meinst du das?«

»Ich habe es dir schon gesagt. Ihr Vater war Diplomat für

Chávez im Generalkonsulat von Miami. Und das über Jahre.«

»Was hat das mit Isas Besuchen in Miami zu tun?«

»Ihr Vater hat Miami nicht einfach nur verlassen. Das ganze Konsulat wurde wegen der Terrordrohungen geschlossen.«

»Terrordrohungen? Du meinst, wie al-Qaida?«

»Nein. Exilkubaner. Hier«, sagte er und holte sein Smartphone heraus. »Vielleicht finde ich die Webseite, die Isa mir gezeigt hat.«

»Was für eine Webseite?«

»Die des Generalkonsulats. Ich glaube, ihre Dependance ist immer noch geschlossen. Da ist es.« Er reichte Jack sein Telefon.

Jack las laut vor: »Die Regierung der Bolivarischen Republik Venezuela bestätigt mit großer Sorge den Anstieg von Drohungen gegen venezolanisches Botschaftspersonal in Miami, Florida. Von daher bleibt unser Büro in Miami geschlossen, bis die kriminellen und terroristischen Personen und Organisationen, die unter dem Schutz der US-Regierung in Florida geduldet werden, keine weitere Gefahr für die persönliche Sicherheit unserer Mitarbeiter mehr darstellen.«

»Ich vermute, sie reden von der Gemeinschaft der Exilkubaner«, sagte Keith.

»Als ob Richter Gonzalez ein Terrorist wäre.«

»Er war heute nicht sehr nett zu meiner Frau«, erwiderte Keith.

Keith war nicht der erste Freund, der vergaß, dass Jack selbst Halbkubaner war. Seine Mutter war kurz nach seiner Geburt gestorben, und er war von seinem weißen Vater und seiner Stiefmutter aufgezogen worden – »ein halbkubanischer Junge, gefangen im Körper eines Gringo«, hatte seine *abuela* immer gesagt. Sie hatte versucht, ihm alles über Kuba beizubringen, nachdem sie Castros Reich endlich entkommen war und Miami erreichte, als Jack bereits über dreißig war. Bisher gab sie ihm eine Eins für seine Mühen, aber eine Drei minus für die Ausführung.

»Du willst mir also sagen, dass Isa wegen dieser angeblichen Terrorwarnung nicht nach Miami kommen wollte?«

»Das hat sie mir jedenfalls erzählt. Wenn ich ehrlich bin, wirkte das auf mich ziemlich übertrieben. Mit dem Wissen, das ich heute habe, wird mir klar, dass es wohl nicht um Politik ging. Sie wollte aus demselben Grund nicht zurück, aus dem sie abgehauen ist: Sie wollte nicht wieder an die Vergewaltigung erinnert werden.«

Den Punkt hatte Jack auch bei der Anklageverlesung hervorgehoben. »Das ergibt Sinn.«

»Ja«, stimmte Keith zu. »Aber da ist etwas, das für mich *keinen* Sinn ergibt: Die ganze Argumentation der Staatsanwaltschaft beruht darauf, dass Isa sich in Hongkong versteckt gehalten hätte. Wenn das der Fall gewesen wäre, weshalb hätte sie dann ausgerechnet Miami als Ort für Melanys Operation ausgesucht?«

»Die erste Operation wurde verpfuscht.«

»Richtig. Also fliegt man nach Australien. Nach Westeuropa. Meinetwegen nach Boston, wenn es schon die USA sein müssen.«

»Ich sehe, worauf du hinauswillst«, sagte Jack. »Aber ich habe zugesehen, wie meine eigene Frau sich vor meinen Augen verwandelt hat, nachdem Riley geboren wurde. Eure Tochter drohte, auf dem rechten Ohr dauerhaft taub zu werden, wenn die zweite Operation nicht ordentlich durchgeführt wird. Da bringt eine Löwenmutter ihr Kind nicht zu Dr. Irgendwer in Australien. Wenn sie es sich leisten kann – und das könnt ihr –, dann bringt sie es zu dem Arzt, der das Cochlea-Implantat erfunden hat.«

»Da hast du vermutlich recht«, sagte Keith. »Wo wir von Sachen sprechen, die ich mir leisten kann … von außen sieht dieser Laden noch immer wie das Haus der Clampetts von den Beverly Hillbillies aus, bevor Jed auf das Essen geschossen hat.«

»Was tust du da?«, fragte Jack. Keith hatte sein Scheckbuch herausgeholt.

»Ich habe mich erkundigt. In einem Fall wie diesem, wurde mir gesagt, ist ein Budget von hunderttausend Dollar eine angemessene Summe.«

»Du gibst mir einen Scheck?«

»Nun, einige deiner Mandanten mögen Aktenkoffer voller Bargeld bevorzugen, aber …«

»Das meine ich nicht. Ich will keine hunderttausend Dollar von dir.«

»Bitte. Wir sind alte Freunde, aber ich glaube fest daran, dass man das bekommt, wofür man bezahlt. Ich will nichts umsonst haben.«

»Wir werden uns etwas überlegen.«

»Nein, lass uns das jetzt regeln. Die letzten zwei Tage waren die schlimmsten meines Lebens. Gib mir nicht noch etwas, um das ich mir Sorgen machen muss. Ich will, dass dieser Fall ganz oben auf deiner Liste steht. Nimm den Scheck und lass es damit gut sein. Bitte.«

Keith schob das Stück Papier halb über den Schreibtisch, sodass Jack danach greifen konnte. Das waren nicht mehr die Zeiten des alten Jack Swyteck, der sich erst später Sorgen darum machen musste, bezahlt zu werden. Jack hatte eine Frau und eine Tochter. Er nahm den Scheck. »Du *hast* meine Fliegentür kaputt gemacht.«

Keith erwiderte das Lächeln, und Bonnie trat ein. »Entschuldigen Sie die Störung. Hier ist ein Mann, der Sie sehen will, Jack. Er sagte, er müsse Sie dringend sprechen.«

»Wer ist es?«

»Sein Name ist Felipe Bornelli.«

Jack und Keith wechselten einen Blick. »Das ist Isas Vater«, stellte Keith fest.

»Wusstest du, dass er in der Stadt ist?«, fragte Jack.

»Nein.«

»Was soll ich ihm sagen?«, erkundigte sich Bonnie.

»Sagen Sie ihm, dass ich in einer Minute bei ihm bin«, antwortete Jack.

Bonnie ging und Jack nahm den Telefonhörer hoch.

»Wen rufst du an?«, wollte Keith wissen.

»Deine Frau, falls ich sie erreiche«, sagte Jack. »Ich muss wissen, was zur Hölle hier los ist.«

KAPITEL 8

Es war nur ein kurzer Spaziergang für Sylvia Hunt vom Gerichtsgebäude zu ihrem Büro.

Der offizielle Name des Gebäudes, in dem das Büro der Staatsanwaltschaft des Bezirks Miami-Dade untergebracht war, lautete Graham Building, doch Sylvia nannte es »Bumerang«. Das Gebäude hatte zwei Flügel, und seine Form glich tatsächlich der eines Bumerangs, doch ihre Bezeichnung hatte mehr damit zu tun, dass es den Anschein hatte, dass sie das Gebäude niemals verlassen konnte, ohne sofort wieder zurückzukehren.

Dieses Mal jedoch fühlte es sich eher so an, als ob ein echter Bumerang herangeflogen kam, schnell und präzise, und ihr völlig unvermittelt mitten ins Gesicht krachte.

»Vergewaltigungsopfer haben Rechte! Vergewaltigungsopfer haben Rechte!«

Die Rufe folgten Sylvia die ganze Strecke über die Straße und den Gehweg entlang. Sie wurden angeführt von der Frau, die sich im Gerichtssaal zu Beginn der Verlesung die Ermahnung von Richter Gonzalez eingefangen hatte. Ein knappes Dutzend weiterer Demonstranten hatten sich vor dem Graham Building versammelt, die meisten davon junge Frauen. Ihre Schilder und Plakate richteten sich nicht an Isa, sondern an das grundsätzliche Thema von Opferrechten, auch wenn Sylvia keine Verbindungen zu RAINN sah, »Rape, Abuse & Incest National Network« – dem nationalen Netzwerk für Opfer von Vergewaltigung, Missbrauch und Inzest –, oder anderen führenden Organisationen, die sie im Laufe der Jahre unterstützt hatte. Es war eine kleine, aber laute Gruppe, und Sylvia wusste, dass die Nachrichtensendungen am Nachmittag sie größer und lauter aussehen lassen würden, als sie war. Eine Reporterin und ihr Kameramann von den regionalen *Action News* näherten sich, als Sylvia die Demonstranten passierte.

»Ms. Hunt, haben Sie zwiespältige Gefühle, weil Sie ein Vergewaltigungsopfer anklagen?«

Die Kamera lief, und Sylvia ging weiter. Die Reporterin hielt mit ihr Schritt und streckte ihr ein Mikrofon unter die Nase.

»Glauben Sie, dass es gerecht ist, ein Vergewaltigungsopfer des Mordes anzuklagen?«

Ein Windstoß fegte an ihnen vorbei, als sie sich dem Gebäude näherten, und Sylvia musste sich die Haare aus dem Gesicht halten. Die Gruppe von Demonstranten folgte der Reporterin, unbeirrt weiter rufend: *»Vergewaltigungsopfer haben Rechte!«*

»Ich kann die Beweislage im Augenblick nicht kommentieren«, erklärte Sylvia und ging etwas schneller.

»Ich frage nicht nach Beweisen. Ich frage, ob Sie es für fair halten, ein Vergewaltigungsopfer vor dem Prozess festzuhalten und es wie einen Serienmörder zu behandeln.«

Sylvia blieb an der Drehtür stehen, die den Haupteingang bildete, und suchte verzweifelt nach einem nachrichtentauglichen, aber unverbindlichen Zitat. »Für Ms. Bornelli besteht erhöhte Fluchtgefahr. Richter Gonzalez hat sich an geltendes Recht gehalten, sie festzusetzen, bis sie für den Mord an Gabriel Sosa vor Gericht gestellt wurde.«

»Aber viele Leute sind der Ansicht …«

»Das ist alles, was ich im Augenblick kommentieren kann«, würgte Sylvia sie ab und eilte dann ins Gebäude.

Die *Action-News*-Reporterin und ihr Kameramann blieben draußen bei den Demonstranten. Sylvia durchquerte mit schnellem Schritt die Lobby und stieg in einen der Fahrstühle. Sie war allein in der Kabine, als sie in die oberste Etage fuhr, und sie sprach kein Wort mit irgendjemandem auf dem Weg in ihr Büro. Sie schloss die Tür, setzte sich hinter ihren Schreibtisch und holte tief Luft.

Haben Sie zwiespältige Gefühle, weil Sie ein Vergewaltigungsopfer anklagen?

Natürlich hatte sie die. Die Entscheidung, Isa wegen Mordes anzuklagen, hatte ihr schwer zu schaffen gemacht; sie hätte sie auch wegen etwas Geringerem anklagen können. Sylvia hatte die Ablehnung der Kaution nicht ohne Gewissensbisse vertreten, doch wenn sie in diesem Falle einer vorläufigen Entlassung bis zum Prozessbeginn zugestimmt hätte, hätte sie damit einen gefährlichen Präzedenzfall geschaffen, den irgendein Strafverteidiger in einem zukünftigen Mordprozess gegen sie hätte verwenden können. Zunächst hatte Sylvia sich auch dagegen gesträubt, Isa vor der Operation ihrer Tochter verhaften zu lassen, doch die Einheit zur Festnahme von Kapitalverbrechern des MDPD hatte sie davon überzeugt, dass das Fluchtrisiko zu groß war.

Es klopfte an ihrer Bürotür, und Carmen Benitez wartete gar nicht erst auf eine Erlaubnis, bevor sie eintrat. Sie trug eine Akte unter den Arm geklemmt, die sie sich in den Schoß legte, nachdem sie sich gesetzt hatte.

»Wie geht es Ihnen, Sylvia?«

»Mir geht es gut.«

»Das ist die Antwort, die ich erwartet habe.« Sie lächelte ein wenig, wie ein stolzes Elternteil, und wurde dann wieder ernst. »Ich habe von dem ›Vergewaltigungsopfer haben Rechte‹-Zwischenfall bei Gericht gehört.«

»Keine große Sache. Es war nur ein Mal.«

»Der Sicherheitsdienst hat mir eine E-Mail wegen des *Action-News*-Überfalls geschickt. Und wegen der Demonstranten vor dem Haus.«

»Ja, da war noch was.«

»Hören Sie. Ich weiß, dass in der langen Liste von Fällen, die ich Ihnen übertragen habe, dieser nicht ihr Favorit ist. Sie werden einiges ertragen müssen, weil sie ein Vergewaltigungsopfer anklagen.«

»Das wusste ich, als ich den Fall angenommen habe. Ich habe

Ihnen gesagt, dass ich es mache. Damit ist die Sache für mich erledigt.«

Benitez schwieg, und Sylvia spürte, wie schwer die Sorge in ihrem Blick wog. »Ich bin mir nicht sicher, dass die Sache damit erledigt ist. Irgendetwas macht Ihnen zu schaffen. Ich weiß, dass Sie kein Problem mit den Medien haben, ganz egal, wie reißerisch die sich gebärden. Sind es die Demonstranten? Treffen die einen Nerv?«

Sylvia schüttelte den Kopf. »Nein.«

»Was ist es dann?«

Sylvia atmete durch. Die Sache fühlte sich allmählich an wie eine Beichte. »Ich habe etwas getan, das ich sonst nie tue. Ich habe gelogen.«

»Hoffentlich nicht vor Gericht.«

»Nein. Jack Swyteck rief mich gestern Abend an und bat um eine Kopie der eidesstattlichen Aussage, auf der die Festnahme beruht. Ich habe ihm gesagt, dass ich sie ihm schicke. Das habe ich nicht getan.«

»Na und? Er kann sich seine eigene Kopie aus der Gerichtsakte anfertigen lassen.«

»Ich habe ein Versprechen gegeben, und heute Morgen habe ich mir irgendeine schwachsinnige Ausrede einfallen lassen, weshalb ich dieses Versprechen gebrochen habe.«

»Hört sich für mich so an, als würden Sie aus einer Mücke einen Elefanten machen.«

Sylvia wandte kurz den Blick ab, bevor sie ihre Chefin wieder ansah. »Es ist Teil eines größeren Problems. Die Beweise in der Aussage sind extrem schwach.«

»Das ist nicht unüblich.«

»Dessen bin ich mir bewusst. Aber in einem Fall wie diesem fühlt sich das falsch an. Und das war der Grund dafür, dass ich Swyteck ins Gesicht gelogen habe.«

»Ich kann Ihnen nicht folgen.«

»Die Beweise in dieser Aussage sind derartig fadenscheinig, dass jeder Strafverteidiger ohne Probleme den Eindruck erwecken könnte, bei dem Fall handele es sich um eine Hexenjagd seitens der Anklage. Gegen das Opfer einer Vergewaltigung. Hätte ich Swyteck die Aussage gestern Abend geschickt, hätte er uns bei der Anklageverlesung heute Morgen öffentlich blamiert. Deswegen habe ich sie ihm nicht geschickt.«

»Das wird sich ändern«, antwortete Benitez. »Bei der Voranhörung werden wir einige Karten auf den Tisch legen müssen.«

»So lange will ich nicht warten«, sagte Sylvia. »Ich will nicht zwischen jetzt und der Voranhörung meine ganze Energie darauf verwenden müssen, die Öffentlichkeit davon zu überzeugen, dass dieser Fall seine Berechtigung hat.«

»Dann sprechen Sie nicht mit den Medien.«

»Das ist keine Alternative. Swyteck hat die Schlacht bereits in die Medien getragen. Wenn wir schweigen, wird es nur noch schlimmer werden.«

»Was schlagen Sie vor?«

»Ich will vor die Grand Jury, ich will eine Anklage, und ich will eine Position, um öffentlich erklären zu können, dass dieser Fall nicht allein auf der Laune einer fehlgeleiteten Staatsanwältin beruht.«

Benitez dachte darüber nach. »Nun, es wäre nicht das erste Mal, dass ein Fall noch vor die Grand Jury gebracht wird, auch wenn der Staat bereits Anklage erhoben hat.«

»Und ich glaube, dass es in diesem Fall sinnvoll wäre«, antwortete Sylvia.

Ihre Chefin schien zuzustimmen, wenn auch vielleicht aus anderen Gründen. »Es könnte uns auch einen taktischen Vorteil verschaffen. Mir gefällt die Idee nicht, dass Swyteck unsere Zeugen bei einer Voranhörung ins Kreuzverhör nimmt. Darüber müssten wir uns keine Sorgen machen, wenn wir vor die Grand Jury treten.«

Das war ein stichhaltiger Punkt. Das Gesetz in Florida verlangte eine Voranhörung, welche die Stichhaltigkeit der Beweise seitens der Anklage vor dem eigentlichen Prozess belegen sollte, wenn es keine Anklage von einer Grand Jury gab. »Sie stimmen also zu?«, fragte Sylvia.

»Ja. Wir müssen die Vorstellung ändern, es gäbe keine öffentliche Unterstützung für diese Anklage.«

»Vielen Dank«, sagte Sylvia.

Benitez nahm die zum Bersten gefüllte Mappe aus ihrem Schoß und legte sie auf Sylvias Schreibtisch, als sie aufstand. »Ich will nicht, dass Sie die sofort lesen. Behalten Sie sie einfach. Sehen Sie hinein, wenn der Prozess steinig wird und Sie unsicher werden, ob es richtig war, in diesem Fall eine Anklage zu erheben.«

»Was ist da drin?«

»Briefe«, antwortete die Oberstaatsanwältin. »Von Gabriel Sosas Mutter.«

Sylvia wagte einen kurzen Blick. »Das sind ziemlich viele.«

»Vor neun Jahren sagte ihr ein Ermittler, dass jede Spur in dem Fall kalt geworden sei. Seitdem hat Fatima mir jeden Monat, ohne Unterlass, einen Brief geschrieben, in dem sie mich anfleht, Gerechtigkeit für ihren Sohn zu suchen.«

»Haben Sie ihr je geantwortet?«

»Das habe ich. Ich habe ihr erzählt, wie froh ich darüber bin, dass die beste Staatsanwältin an dem Fall sitzt, die man sich dafür nur vorstellen kann.«

Sylvia antwortet nicht, wusste die Worte jedoch zu schätzen.

»Machen Sie weiterhin so gute Arbeit«, sagte Benitez und schloss die Tür auf ihrem Weg nach draußen.

Sylvia nahm die Akte. Es war verführerisch, wenigstens einen der Briefe zu lesen, doch sie hielt sich an den Rat ihrer Chefin. Sie legte die Briefe in ihre Schreibtischschublade, für die schweren Stunden auf dem Weg, der vor ihr lag.

KAPITEL 9

Jack saß an seinem Schreibtisch, das Telefon in der Hand, und versuchte es einzufädeln, dass Isa ihn zurückrief.

Einen Gefangenen im Untersuchungsgefängnis ans Telefon zu bekommen, konnte sich als ähnlich schwierig erweisen wie beim Papst, selbst als Anwalt, der dringend seinen Mandanten sprechen musste. Es wäre auch egal gewesen, wenn Jack angerufen hätte, um ihr zu sagen: »Ihr Mann ist an Eisenbahnschienen gekettet, eine Lokomotive rast heran, und er steckt wirklich in Schwierigkeiten.« Der Tanz lief immer gleich ab. Und dieses Mal war keine Ausnahme, direkt vom ersten Schritt an.

»Sie heißt Jezebel, sagen Sie?«

»Nein – *Isabelle*. Isabelle Bornelli.«

»Tut mir leid, wir haben keine Gefangene mit diesem Namen.«

»Doch, ich kann Ihnen versichern, dass …«

»Einen Augenblick bitte.«

Jack hing seit fünf Minuten in der Warteschleife.

Die Tür wurde geöffnet, und Bonnie der Roadrunner streckte den Kopf ins Büro. »Mr. Bornelli bat mich, Ihnen mitzuteilen, dass er lediglich hergekommen ist, um Ihnen einen Gefallen zu tun, und dass er wieder gehen wird, wenn Sie ihn nicht jetzt sofort empfangen.«

»Wow«, sagte Keith. »Isa hat nicht übertrieben. Er *ist* ein aufgeblasenes Arschloch.«

»Das hier hat keinen Zweck«, sagte Jack, als er das Telefon auflegte. »Bonnie, weiß er, dass Keith bei mir ist?«

»Ich habe ihm nicht erzählt, mit wem Sie gerade zusammensitzen.«

Es fühlte sich nach einer seltsamen Frage an, aber Jack stellte sie Keith dennoch: »Bist du in der Stimmung, deinen Schwiegervater kennenzulernen?«

»Ich bin mir nicht sicher, aber es erscheint mir ziemlich idiotisch, zur Hintertür rauszuschleichen.«

Jack gab ihm recht. »Bonnie, bringen Sie ihn bitte herein.«

Sie verschwand in ihrer typischen Eile und kehrte wie der Blitz zurück, diesmal mit Mr. Bornelli. Jack und Keith standen auf, um sich vorzustellen.

»Ein unerwartetes Vergnügen«, sagte er, als er zum ersten Mal die Hand seines Schwiegersohnes schüttelte.

Felipe Bornelli sprach perfektes Englisch, trotz des schweren spanischen Akzents. Er war nicht viel größer als seine Tochter und nicht annähernd gut aussehend genug, um für Isas Schönheit verantwortlich zu sein; Jack konnte nur vermuten, dass Isas Mutter eine echte Augenweide gewesen sein musste. Sein Haar war von einem erlesenen silbernen Schimmer, und er trug es streng nach hinten gekämmt wie die Figur Gordon Gekko in den *Wall-Street*-Filmen. Er strahlte auch dieselbe Intensität aus – er sprach ein kleines bisschen zu schnell, schüttelte die Hände ein kleines bisschen zu fest und wartete nicht darauf, dass andere zu Ende sprachen, bevor er selbst etwas sagte.

»Keith wollte gerade geh…«

»Bitte, bleiben Sie«, sagte Bornelli.

»Ich möchte mich nicht einmischen in …«

»Es ist absolut keine Einmischung. Um ehrlich zu sein würde ich es begrüßen, wenn Sie hören, was ich Mr. Swyteck zu sagen habe.«

Sie gingen zur Sitzecke hinüber, und jeder nahm auf einem der Stühle Platz, die um einen Kaffeetisch standen. Sie saßen vor einem Kamin, der seit den Tagen Lyndon B. Johnsons kein Stück Holz mehr gesehen hatte. *Eine weitere Sache, die repariert werden muss.*

»Weiß Ihre Tochter, dass Sie hier sind?«, erkundigte sich Jack.

Felipe schlug die Beine übereinander und ermöglichte Jack einen Blick auf auffallend gelbe Zehennägel. Das Golfhemd und die Chinos waren absolut angemessen, aber zu viele Männer in Miami erlagen dem Irrtum, dass der lässige Geschäftslook offene Sandalen benötigen würde.

»Sie meinen *hier* in Ihrem Büro oder dass ich *hier* nach Miami gekommen bin?«, fragte Felipe.

»Beides.«

»Auf beides lautet die Antwort Nein.«

»Wann haben Sie sie das letzte Mal gesprochen?«

»Vor neuneinhalb Jahren. Auf der Beerdigung ihrer Mutter.«

»Das war, bevor Isa und Keith sich kennenlernten?«, fragte Jack und versuchte, die zeitliche Abfolge zu konkretisieren.

»Ja«, antwortete Keith. »Aber wir haben Ihnen eine Einladung zu unserer Hochzeit geschickt.«

»Haben Sie persönlich meine Einladung zur Post gebracht?«, fragte Bornelli.

»Nein, nicht persönlich. Isa hat sich darum gekümmert.«

»Ich habe nie eine Einladung erhalten.«

Es war möglich, dass er log, doch Keiths Gesichtsausdruck zufolge war es ebenso gut möglich, dass Isa gelogen hatte, als sie sagte, dass sie die Einladung abgeschickt hatte. Jack wechselte das Thema, aber nur ein bisschen. »Wäre es zu persönlich, Sie zu fragen, weswegen Sie und Ihre Tochter nicht mehr miteinander sprechen?«

»Sie hat es Ihnen nicht erzählt?«, fragte Bornelli.

»Es wäre hilfreich, Ihre Seite der Geschichte zu hören.«

»Nun, abgesehen davon, dass sie zu persönlich ist, liegt Ihre Frage viel zu weit von dem entfernt, weswegen ich hergekommen bin.«

»Das ist in Ordnung«, sagte Jack. »Also, weshalb sind Sie hier?«

»Es liegt mir fern, in irgendeiner Weise respektlos Ihnen

gegenüber zu sein, Sir. Aber ich muss offen sprechen: Ich bin nicht einverstanden mit der Wahl des Anwalts, die meine Tochter für ihre Rechtsvertretung getroffen hat.«

Keith stieß ein nervöses Lachen aus, aber Jack wusste auf der Stelle, dass der Mann es todernst meinte. »Ich bedauere, das zu hören«, sagte er und beließ es dabei.

»Ich denke, dass ich Ihnen sagen sollte, weshalb«, sagte Bornelli.

»Ich denke, dass das keine Rolle spielt«, entgegnete Jack.

Bornelli sprach dennoch weiter: »Sie wissen womöglich, dass ich im hiesigen Generalkonsulat Venezuelas gedient habe.«

»Ich hörte davon«, antwortete Jack.

»Und für den Großteil meiner Dienstzeit war der Gouverneur von Florida, wie sie sicher wissen, Harry Swyteck.«

»Er wurde zwei Mal gewählt, also gab es mit Sicherheit eine zeitliche Überschneidung.«

»Es war mehr als eine Überschneidung«, gab Bornelli zurück. »Gegnerschaft wäre das treffendere Wort. Vielleicht sogar Feindschaft.«

Gouverneur Swyteck hatte keine kubanischen Wurzeln, doch Jacks Mutter war als Teenagerin mit der »Operation Pedro Pan« nach Miami gekommen, einem humanitären Hilfsprogramm, bei dem Tausende kubanische Eltern – darunter Jacks *abuela* – ihre Kinder in eines der letzten Flugzeuge gesteckt hatten, die noch aus Havanna in Richtung Miami abgeflogen waren. Abuelas Plan war gewesen, sich später dort mit ihrer Tochter zu treffen. Das hatte sie nie geschafft, denn es dauerte weitere dreißig Jahre, bis sie es aus Kuba herausschaffte und ihren Enkelsohn kennenlernen konnte. Miamis Exilkubaner-Gemeinde hatte nie einen besseren Freund im Haus des Gouverneurs angetroffen als Harry Swyteck.

»Ernsthaft?«, fragte Jack. »Sie sind hierhergekommen, weil mein Vater stramm anti-Castro und anti-Chávez war?«

»Sie verniedlichen das«, gab der Mann zurück, und in seiner Stimme lag eine Spur Verärgerung. »Aber ja, ich meine es ernst. Ich werde meine Tochter nicht von einem Anwalt vertreten lassen, dessen Nachname Swyteck lautet.«

Jack rutschte auf seinem Stuhl vor. »Lassen Sie mich Ihnen etwas erklären, Mr. Bornelli. Wir stimmen darüber nicht ab. Die Wahl des Anwalts ist nicht Ihre Entscheidung. Es ist Isas.«

»Und meine«, sagte Keith.

»Nein«, widersprach Jack deutlich. »Ausschließlich Isas.«

Es gefiel Jack nicht, Keith vor Isas Vater zurechtzuweisen, und es war deutlich, dass es Keith ebenso wenig gefiel, aber es musste gesagt werden.

»Ich habe nur die Interessen meiner Tochter im Blick«, sagte Bornelli.

Das bezweifelte Jack, beschloss aber, die Konfrontation nicht weiter zu befeuern. »Ihre guten Absichten sind irrelevant. Isa hat mich ausgewählt. Damit ist die Sache erledigt.«

»Da bin ich anderer Meinung«, entgegnete Bornelli, dessen Stimme nun deutlich schärfer wurde. »Es ist mein Recht, den Anwalt auszuwählen, der der Schande ein Ende setzt, die meine Tochter über den Familiennamen gebracht hat.«

»Welche Schande?«, fragte Jack. »Ihre Tochter ist unschuldig, bis ihre Schuld bewiesen wurde.«

»Ich spreche nicht von dem Mord an Gabriel Sosa.«

Die Worte trafen Jack wie ein Schlag in den Magen. Keith sah aus, als würde er gleich explodieren.

»Warten Sie einen Augenblick«, sagte Jack, der es kaum glauben konnte. »Wollen Sie andeuten, dass Isa Ihrer Familie Schande gebracht hat, weil sie vergewaltigt wurde?«

Bornellis Miene verhärtete sich. »Wer sagt, dass sie vergewaltigt wurde?«

»Isa sagt das«, antwortete Keith.

»Ganz genau«, gab Bornelli zurück.

»Ficken Sie sich«, stieß Keith aus, und Jack musste wie ein Ringrichter hinübergreifen, um ihn auf seinem Stuhl zu halten.

»In Ordnung, in Ordnung«, sagte Jack und versuchte, die Situation zu beruhigen. »Auf die Gefahr hin, diesem Gespräch durch eine Nachfrage mehr Wert zukommen zu lassen, als es verdient hat, beiße ich einmal an. Mr. Bornelli, haben Sie Beweise, dass Isa *nicht* vergewaltigt wurde?«

Felipe dachte nach, als suche er nach der perfekten Antwort. »Was auch immer ich an Beweisen besitzen mag, ich werde sie sehr gerne teilen – mit Isas neuem Anwalt. Nun, ich denke, ich habe mich klar ausgedrückt. Ich muss los«, sagte er und stand auf. »Die Herren, es war mir ein Vergnügen. Vielen Dank für Ihre Zeit.«

Diesmal gab es kein Händeschütteln. Jack und Keith sahen zu, wie der Mann sich selbst zur Tür brachte und den Raum verließ.

»Ich sollte ihm sein Drecksmaul stopfen«, zischte Keith.

»Lass ihn gehen«, erwiderte Jack.

»Der kommt hier rein und versucht dich zu feuern. Dann nennt er meine Frau vor meinen Augen eine Lügnerin. Was glaubt der denn? Dass Isa sein Eigentum ist?«

»Das ist die falsche Frage«, sagte Jack.

Keith sah ihn verwirrt an, sodass Jack es erklärte: »Die Frage lautet: Glaubt *Isa*, dass Isa sein Eigentum ist?«

KAPITEL 10

Um vier Uhr nachmittags absolvierte Jack seinen zweiten Besuch bei Isa im Untersuchungsgefängnis.

Es war nur ein kurzer Spaziergang vom Büro der Staatsanwaltschaft, wo er einen großen Teil des Nachmittags zugebracht hatte, um eine außergerichtliche Einigung auszuhandeln – nicht für Isa, sondern für den Besitzer einer kleinen, örtlichen *farmacia*, die durch den neu eröffneten »El Walmart« auf der anderen Straßenseite aus dem Geschäft gedrängt worden war. Der Vermieter weigerte sich, Jacks Mandanten die restlichen Jahre seines Pachtvertrages zu erlassen, und nun stand er unter dem Vorwurf, das Gebäude abgefackelt zu haben, um aus der Pacht herauszukommen. Jack hatte darum gekämpft, dass er nicht ins Gefängnis musste, aber seine Möglichkeiten bei einem Hobby-Feuerteufel, der so dicht an der Feuerquelle gestanden hatte, dass er sich die eigenen Augenbrauen weggesengt hatte, waren begrenzt.

Jack und Isa saßen zu zweit an demselben Tisch in demselben fensterlosen Raum, in dem sie sich das erste Mal getroffen hatten. Sie trug ihr Haar in einem Pferdeschwanz. Ihre Fingernägel, einst wunderschön manikürt, waren aus Sicherheitsgründen kurz geschnitten worden, doch der Nagel an ihrem linken Zeigefinger war deutlich kürzer, als es die Sicherheitsvorschriften der Untersuchungshaft verlangten. Jack sah, dass sie daran gekaut hatte.

»Ich vermute mal, Sie haben die Nachricht nie erhalten, dass Sie mich anrufen sollten«, begann Jack.

»Nein. Ich hätte angerufen, wenn ich gekonnt hätte.«

»Ich wollte mit Ihnen sprechen, weil Ihr Vater unerwartet in meinem Büro aufgetaucht ist.«

Sie sah ehrlich überrascht aus. Jack gab ihr eine kurze Wiedergabe des Gesprächs, und während die Geschichte fortschritt, wurde es immer schwerer, zu erkennen, ob sie eher verletzt oder wütend war.

»Er hat mir nie geglaubt.« Ihr Blick driftete ab, und sie schüttelte langsam den Kopf, als wäre sie immer noch erstaunt. »Mein eigener Vater hat mir nie geglaubt, dass ich vergewaltigt wurde.«

Jack gab ihr einen Augenblick, um sich zu sammeln. Offensichtlich war die Erinnerung noch immer sehr schmerzvoll. »Sie meinen, von Anfang an?«

»Ja.«

»Erzählen Sie mir davon.«

Sie sprach leise. »Nachdem es passiert war, wusste ich nicht, was ich tun sollte.«

Jack hätte sie bitten können, in ihrer Erzählung etwas weiter zurückzugehen – er musste mehr über das »es« erfahren –, doch die Tatsache, dass sie die Vergewaltigung nach all den Jahren noch immer als »es« bezeichnete, verriet ihm, wie schwer es ihr fiel, darüber zu sprechen. Zum Wohle des Augenblicks würde er sie »es« überspringen und mit dem »nachdem« anfangen lassen.

»Wo waren Sie?«

»In meinem Wohnheimzimmer. Alleine. Gabriel hat mich dort auf dem Boden liegen lassen. Ich muss dort wenigstens, ich weiß nicht, eine Stunde gelegen haben. Vielleicht länger. Ich habe mich so wertlos gefühlt – wie ein Ding. Ich wollte nicht mehr existieren. Ich habe eine Decke um mich geschlungen und konnte nicht aufhören zu heulen.«

»Wo war Ihre Mitbewohnerin?«

»Sie war übers Wochenende nach Hause gefahren. Wir waren ohnehin nicht wirklich befreundet. Sie ist niemand, dem ich mich anvertraut hätte.«

»Dachten Sie daran, die Polizei zu rufen?«

»Und was hätte ich denen erzählen sollen? Ich bin auf ein

Date gegangen und habe ihn mit auf mein Zimmer genommen. Hätten Sie Gabe gefragt, dann ›hatten wir Sex‹«, erklärte sie, und machte Anführungszeichen mit den Fingern. »Was hätte die Polizei tun sollen, außer dass sie mir ein noch schlechteres Gefühl gegeben hätte?«

»Was haben Sie also getan?«

»Ich habe zu Hause angerufen. Ich wollte mit meiner Mutter sprechen.«

»Hat das geholfen?«

»Unglücklicherweise ging mein Vater ans Telefon.«

»Haben Sie ihm erzählt, was passiert war?«

»Ich wünschte, ich hätte es nicht getan.«

»Was meinen Sie damit?«

»Ich wollte nicht mit *ihm* darüber sprechen. Ich wollte meine Mutter. Aber er hörte die Panik in meiner Stimme, und er wollte das Telefon nicht weiterreichen, bevor ich ihm nicht erzähle, welches Problem ich habe. Was *›mit mir nicht stimme‹*, um es in seinen Worten zu sagen.«

»Also haben Sie es ihm erzählt?«

»Ich habe es versucht. Ich kam bis zu der Stelle, an der ich Gabriel in mein Zimmer eingeladen habe, und das war alles, was mein Vater hören musste. Er hat mich angebrüllt. *›Was? Du lädst einen Mann ein, auf deiner Bettkante zu sitzen, wenn deine Mitbewohnerin nicht da ist! Was dachtest du, was passieren würde?‹*«

Die Reaktion überraschte Jack nicht, und das nicht nur, weil er Isas Vater kennengelernt hatte. Dieselben Fragen stellte man häufig auch Frauen mit blauen Augen und gebrochenen Rippen.

»Es tut mir leid, dass Sie das durchmachen mussten«, sagte Jack. »Es tut mir auch leid, Ihnen sagen zu müssen, dass Ihr Vater seine Meinung nicht geändert hat.«

»Das überrascht mich nicht. Mein Vater würde niemals zugeben, dass er falschlag. Er entschuldigt sich nie.«

»Haben Sie Ihrer Mutter von dem Überfall erzählt?«

»Ja. Nicht an dem Abend, aber später.«

»Hat sie Ihnen geglaubt?«

»Ja, natürlich.«

»Hatte sie keinen Einfluss auf die Meinung Ihres Vaters?«

»Nicht in diesem Fall. Die ganze Situation ist sehr verkorkst. Mein Vater gab mir *und* meiner Mutter die Schuld für das, was geschehen ist.«

»Ich kann Ihnen nicht folgen.«

Sie machte eine Pause, als überlege sie, wo sie anfangen sollte. »Während ich im Bornelli-Haus heranwuchs, habe ich meine Eltern nicht sehr häufig streiten gehört.«

»Hatten sie eine glückliche Ehe?«

»Im Grunde nicht. Meine Mutter hat sich einfach allem gefügt, was mein Vater sagte. Nur nicht, wenn es um Schönheitswettbewerbe ging.«

»Schönheitswettbewerbe?«

Sie nickte. »Ich war sechs Jahre alt, als meine Mutter mich zu meinem ersten Wettbewerb anmeldete. Ich habe gewonnen, was das Schlimmste war, das mir hätte passieren können. Von diesem Moment an war meine Mutter wie eine Million anderer Mütter in Venezuela. Sie hatte ein Bild von Hugo Chávez in der Küche hängen, und trotzdem gab sie das halbe Budget der Familie dafür aus, ihre Tochter auf eine Schönheitsakademie zu schicken, und fuhr sie Hunderte Kilometer zum nächsten Wettbewerb. Als würde sie denken: ›Ja, ich bin Revolutionärin … aber bitte, bitte lasst meine Tochter zur Miss Venezuela heranwachsen.‹«

»Wie fühlten Sie sich dabei?«

»Ich habe es gehasst. Aber nicht annähernd so sehr wie mein Vater. Ich erinnere mich, als ich etwa neun oder zehn war, hatten wir einen Wettbewerb, der knapp fünf Autostunden entfernt lag. Also standen wir um vier Uhr morgens auf. Meine

Mutter ließ mich in der Küche meinen Gang in Pumps üben, bevor wir losfuhren. Ja, zehnjährige Mädchen liefen dort in High Heels. Wie auch immer, ich vermute, all die Klick-Klack-Geräusche auf dem Küchenboden haben meinen Vater aufgeweckt. Er kam aus dem Schlafzimmer, warf einen Blick auf mich und brüllte meine Mutter an: ›*Du verwandelst sie in eine Hure! Sie sieht aus wie eine Nutte!*‹ Und damit meinte er nicht nur die Schuhe. Man lernt, sich auf eine gewisse Art zu geben, etwas auszustrahlen. Es geht dabei um Verführung. Wir werden in sehr jungen Jahren hypersexualisiert. Und damit hatte mein Vater große Probleme.«

»Das muss ein Ende gefunden haben, als Ihr Vater den Posten im Konsulat annahm.«

»Ganz und gar nicht. Ich war elf, als wir nach Miami zogen. Das ist das Alter, in dem ein paar Gänge hochgeschaltet wird. Die venezolanische Gemeinschaft hier ist riesig. Meine Mutter fand eine Akademie in South Beach, direkt neben einer der Modelagenturen. Wunderschöne Mädchen aus Venezuela, Brasilien, Argentinien, die alle ihre Ausbildung in den Staaten erhielten, während sie ihr Schönheitstraining absolvierten.«

»Wie lange ging das so?«

»Bis ich vierzehn war. Das *Ocean*-Magazin brachte einen Artikel über südamerikanische Schönheitsakademien in Südflorida. Ich war eines der Mädchen, die darin vorgestellt wurden. Meinen Vater brachte das in große Verlegenheit. Ich glaube, Chávez wollte ihn deswegen sogar wieder nach Hause holen.«

»Also hat er mit der Faust auf den Tisch gehauen?«

»Nein. Meiner Mutter ins Gesicht. So hart, dass er sie ohnmächtig schlug.«

Auch Jack fühlte sich, als wäre er geschlagen worden. »Das tut mir furchtbar leid.«

»Ja, es war wirklich abscheulich.«

Jack formulierte seine nächste Frage besonders vorsichtig. »Hat Ihre Mutter das der Polizei gemeldet?«

»Natürlich nicht«, antwortete Isa, und dann konnte Jack förmlich sehen, wie die Rädchen in ihrem Kopf sich zu drehen begannen. »Wollen Sie damit andeuten, das wäre der Grund, weshalb *ich* nicht die Polizei anrief?«

Ihre Antwort erinnerte Jack daran, dass er seine Küchenpsychologie an einer studierten Psychologin anwandte. »Ich weiß nicht. Was denken Sie?«

»Ich denke, dass wir mit diesem Thema fertig sind«, antwortete Isa, und ihr Blick wurde strenger. »Worüber ich wirklich sprechen will, ist, wie ich hier wieder rauskomme.«

»Sie haben gehört, was der Richter gesagt hat. Wir haben eine Anhörung in zwei Wochen.«

»Das ist zu spät.«

»Meine Assistentin arbeitet daran. Ich kann nichts versprechen, aber Bonnie arbeitet seit zwanzig Jahren für mich, und wenn es irgendeinen Weg gibt, um die Sekretärin des Richters dazu zu bewegen, uns einen früheren Termin im Kalender des Richters zu geben, wird Bonnie ihn finden.«

»Ich kann wirklich nicht hierbleiben«, sagte sie.

»Bedenken Sie, dass wir Arbeit vor uns haben, bevor Sie wieder vor den Richter treten. Es ist unsere Aufgabe, zu beweisen, dass Sie kein Fluchtrisiko darstellen. Eine Sache, die wir erklären müssen, ist, weshalb sie ein Flugticket gebucht haben, um mit Ihrer Familie in zwei Wochen nach Hause zu fliegen, und ein zweites, um ohne Melany einen Tag nach ihrer Operation nach Hause zu fliegen. Ich bin mir sicher, Sie können verstehen, dass das wie ein Notfallfluchtplan aussieht.«

»Natürlich sieht es danach aus. Genau das ist es ja auch.«

Jack war sich nicht sicher, ob er sie richtig verstanden hatte. »Sie haben den früheren Flug als Fluchtplan gebucht?«

»Ja.«

»Um wovor zu fliehen?«

»Oh, keine Ahnung«, sagte sie spöttisch. »Was wäre die richtige Antwort? Meine Dämonen? Die Drohungen der Exilkubaner, die die venezolanische Botschaft geschlossen haben? Mein Vater?«

»Das ist nicht der Augenblick, um schnippisch zu werden.«

»Tut mir leid, aber es steht mir bis hier. Ich bin nach Miami gekommen, um am Tag ihrer Operation bei meiner Tochter zu sein. Und wo bin ich stattdessen? In diese Zelle gesperrt, bekleidet mit diesem wunderschönen Gefängnis-Overall, und versuche meinem Anwalt zu sagen, wie er ein dämliches Flugticket auf einer Anhörung erklären soll, die noch zwei Wochen entfernt liegt. Ich muss am Freitag bei meiner Tochter sein, und ich brauche einen Anwalt, der mich rechtzeitig hier herausholt, damit ich dort sein kann.«

»Ich verstehe Ihre Frustration. Aber eine Kaution bei Mord ist die Ausnahme, nicht die Regel.«

»Wollen Sie mir sagen, es sei unmöglich?«

»Nein. Aber es wird nicht vor Freitag passieren. Können Sie die Operation um ein paar Wochen nach hinten verschieben?«

»Theoretisch ja. Aber mit jedem Tag, den wir warten, verringern sich die Chancen, dass Melany wieder vollständig gesund wird. So gerne ich also dabei wäre, ist das keine Option. Keith wird sie begleiten müssen.«

»Das halte ich für die richtige Entscheidung.«

»Ja. Aber sie ist trotzdem beschissen.«

»Unglücklicherweise ist das nicht die einzige schwere Entscheidung, die Sie treffen müssen. Wenn ich ehrlich bin, ist die nächste vermutlich sogar noch schwerer.«

»Was für eine?«

»Werden Sie mir erzählen, weshalb Sie ein Notfallticket nach Hongkong gebucht haben? Wovor dachten Sie, fliehen zu müssen? Wovor hatten Sie Angst?« Jack lehnte sich vor, um seiner

Frage mehr Nachdruck zu verleihen. »Bevor Sie in Hongkong mit Ihrer Familie ins Flugzeug gestiegen sind, Isa, was wussten Sie über die Ermittlungen im Mordfall von Gabriel Sosa?«

Ihre Blicke trafen sich, doch niemand sprach.

Jack packte zusammen und stand auf.

»Wo gehen Sie hin?«, wollte Isa wissen.

»Ich lasse Sie darüber schlafen. Denken Sie gut darüber nach. Und machen Sie sich klar, dass wir morgen erneut darüber sprechen werden. Und dass es sehr schlecht für unsere Beziehung sein wird, wenn Sie versuchen, mich zu verarschen.«

Sie antwortete nicht.

Jack klopfte an die Tür. Sie wurde geöffnet, und der Wärter trat ein.

»Es tut mir leid, dass Sie nicht für Melany da sein können«, sagte Jack. »Das tut es wirklich.«

Er verließ das Besprechungszimmer, und seine Schritte hallten den Korridor entlang, als er in Richtung Besucherausgang ging.

KAPITEL 11

Es war noch nicht einmal fünf Uhr morgens, als Keith und Melany ihr Hotelzimmer im Four Seasons verließen, mit dem Fahrstuhl nach unten fuhren und in der Zufahrt zum Hotel auf ihr Auto warteten. Eine Stretchlimousine fuhr vor, und vier junge Frauen stiegen aus. Vorsichtig traten sie mit ihren Zwölf-Zentimeter-Absätzen und engen Röckchen auf die unebenen Gehwegplatten. Sie lachten über irgendetwas, ein albernes Lachen, das verriet, dass sie noch immer die Auswirkungen einer Nacht in South Beach mit zu vielen Red Bull und Wodka spürten.

»Cooler Ohrstöpsel«, sagte die Blonde, als sie an Melany vorbeiging. Eine der anderen Damen gab ihr zischend zu verstehen, dass sie leise sein sollte, und sagte: »Das ist kein *Ohrstöpsel*«, doch damit löste sie nur eine weitere Runde Gekicher aus, die den ganzen Weg bis in die Lobby anhielt.

Die Limo fuhr weiter, und Jacks Frau hielt vor ihnen.

»Da ist sie!«, rief Melany und meinte Riley.

Die Neuigkeit, dass Mommy nicht bei ihrer Operation dabei sein würde, hatte Melany beinahe untröstlich gemacht. Es war Andies Idee gewesen, dass Riley mit ins Krankenhaus kommen sollte, was half, die Tränen zu stoppen. Keith hoffte, dass es wenigstens bis zum Abschluss der OP-Vorbereitungen andauern würde.

Keith schnallte Melany in dem extra Kindersitz auf der Rückbank an und stieg auf den Beifahrersitz neben Andie. Die Brickell Avenue führte mitten durchs Herz von Miamis Finanzbezirk, und der Verkehr vor Sonnenaufgang war schwach, wodurch es nur zehn Minuten dauerte, um von ihrem Hotel ins Krankenhaus zu kommen.

»Habt ihr ein Apartment gefunden?«, fragte Andie.

Jack hatte Keith gewarnt, dass dieses Martyrium vermutlich kein schnelles Ende finden würde. Keith hatte das mit seinem Vorgesetzten besprochen, und die Führungsetage hatte beschlossen, Keith für die nächsten vier Wochen aus dem Miami-Büro der IBS heraus arbeiten zu lassen. Anschließend würden sie die Lage neu einschätzen.

»Wir ziehen heute Nachmittag ein. Voll möbliert. Wir brauchen nicht mal das Gebäude zu wechseln. Nur unsere Koffer packen und in den Fahrstuhl steigen.« Das Four Seasons stellte beides zur Verfügung, Hotelzimmer und Wohnapartments. »Wir wohnen im einundsechzigsten Stock, was Melany ziemlich cool findet.«

Als der grüne Pfeil aufleuchtete, bog Andie links ab und fuhr auf die Schnellstraße. »Die Aussicht muss traumhaft sein.«

»Ja«, sagte Keith ohne große Überzeugung. »Wenn man auf den Westbalkon tritt, kann man alles sehen, bis zum Untersuchungsgefängnis.«

Sie waren die Ersten auf Dr. Balkanys Operationsplanung für den Tag, und sie waren früher auf der Station als erwartet. Die Frau am Empfang führte sie ins Wartezimmer. Keith und Andie setzten sich in eine Ecke, während Melany versuchte, Riley die Hongkong-Version von Hip-Hop beizubringen.

Andie lächelte. »Melany ist ein tolles Kind.«

»Sie hat Musik immer geliebt. Sie wird für sie niemals so klingen wie für dich oder mich oder auch nur so, wie sie sich früher für Melany angehört hat, vor der Meningitis. Aber das scheint ihr egal zu sein. Sie liebt es immer noch, zu tanzen.«

»Das ist großartig.«

»Ja, ist es. Isa gebührt viel von dem Dank. Die Implantatstechnik ist ein Wunder, aber ein Kind mit einem Cochlea-Implantat auf ein normales Leben vorzubereiten, ist Arbeit. Isa hat sich wirklich reingehängt.«

»Ich bin mir sicher, dir steht auch ein wenig Anerkennung dafür zu.«

Er lächelte schwach, ein trauriges Lächeln. »Im Grunde nicht. Ich liebe Melany von ganzem Herzen. Die Leute sagen, ich wäre ein guter Vater. Aber das macht mir nur deutlich, dass meine Aufgabe meistens darin besteht, der ›Spaß-Papi‹ zu sein, mit dem sie spielt, der ihr abends vorliest, sie auf die Schlittschuhbahn mitnimmt, wo sie so tut, als wäre sie Elsa aus *Die Eiskönigin*. Es war Isa, die mitten in der Nacht aufstand, wenn Melany Angst hatte. Isa, die sie getröstet hat oder sie zum Arzt brachte, wenn sie krank war. Isa, die wusste, was sie sagen musste oder wie sie sie beruhigen konnte, wenn sie sich aufregte.«

Andies Blick wanderte zu Riley. »Es ist Arbeit, eine Mutter zu sein. Dafür kann ich mich verbürgen.«

»Oh, da hörst du keinen Widerspruch von mir. Isa hat an ihrer Doktorarbeit geschrieben, als wir geheiratet haben. Wenn ich so zurückblicke, habe ich es beinahe als selbstverständlich vorausgesetzt, dass sie ihr Studium unterbricht, um Mutter und Hausfrau zu werden.«

»Es ist gut, dass dir das klargeworden ist.«

»Dem war nicht immer so. Ich habe sie nie persönlich kritisiert, aber gedanklich habe ich diese Entscheidung manchmal hinterfragt – dass sie sich ausschließlich auf ihre Mutterrolle konzentriert hat und keine von diesen Supermamas war, die es irgendwie schaffen, alles zu regeln: Ehemann, Kinder, Karriere, Triathlons in der Freizeit. Du weißt, wovon ich spreche.«

Andie schwieg, und Keith wurde klar, dass er mit einer Supermama sprach. »Tut mir leid, ich wollte kein Urteil fällen oder irgendwen vergleichen.«

»Ist schon in Ordnung.«

»Es ist nur so, dass die Gedanken in Umständen wie diesen manchmal in eine seltsame Richtung schweifen. Das hier ist nichts, auf das ich mich vorbereitet habe. Es war wie ein Lichtschalter. Peng: Melanys Mutter ist … nicht weg, aber plötzlich nicht mehr da. Ich meine, ich erzähle Isa ständig, wie wunderschön sie ist. Aber ich kann mich absolut nicht erinnern, wann ich ihr jemals gesagt hätte, was für eine großartige Mutter sie ist. Was für großartige Arbeit sie mit Melany leistet. Ich rede wirres Zeug. Vermutlich ergibt das alles gar keinen Sinn.«

»Es ergibt jede Menge Sinn«, widersprach Andie.

»Tut es das?«

»Ja«, bestätigte Andie, und er konnte an ihrer Stimme hören, dass sie es ernst meinte. »Mehr, als dir bewusst ist.«

Sylvia Hunt und ein junger Nachwuchsstaatsanwalt betraten den Grand-Jury-Saal um drei Minuten nach acht Uhr morgens. Vor ihnen saßen dreiundzwanzig Geschworene, die einen Eid abgelegt hatten, alles geheim zu halten, was vor ihnen besprochen wurde, und alle Beweise gegen Isabelle Bornelli in Betracht zu ziehen.

Das Verfahren hatte am Donnerstagnachmittag begonnen. Sylvia hatte die Anklage laut vorgelesen, das Gesetz erklärt und den Geschworenen einen groben Überblick über die Beweise gegeben, die sie präsentieren wollte. Am Abend hatten sie die Sitzung vertagt. Am Freitagmorgen war die Anklage bereit, ihren ersten Zeugen aufzurufen.

»Fangen wir an«, sagte Sylvia.

Ihr Assistenzanwalt öffnete die Tür, und zwei Florida-State-troopers führten den Zeugen herein.

Alles, was der Grand Jury präsentiert wurde, würde früher oder später auch der Verteidigung offenbart werden, und Sylvia hatte keinerlei Absichten, sich in ihre Karten schauen zu lassen. Sie und die Oberstaatsanwältin, ihre Chefin Carmen Benitez, waren sich darüber einig, dass die richtige Strategie darin bestand, der Grand Jury gerade so viele Beweise zu präsentieren, dass diese eine Anklage aussprechen würden – womit sie jeden

Zweifel aus dem Weg geräumt hätten, dass der Fall gegen Isabelle Bornelli nicht genug hergab, um einen Gerichtsprozess zu rechtfertigen. Je nachdem, wie die Sache heute morgen lief, sollte ein Zeuge dafür ausreichend sein.

»Bitte nennen Sie Ihren Namen fürs Protokoll«, sagte Sylvia.

»David Kaval.«

Kaval wirkte entspannt und saß zusammengesunken auf dem Hartholzstuhl. Seine Tätowierungen blähten sich auf, als er die Arme vor der Brust verschränkte. Er brauchte eine Rasur und einen ordentlichen Haarschnitt, doch er war gut aussehend, und Sylvia unterstellte ihm ein gewisses »Geschworenen-Charisma« unter der rauen Schale. Der zottelige, ungeschliffene Look war ausreichend für diese Veranstaltung. Für die eigentliche Verhandlung würde Sylvia ihn herausputzen, ordentlich anziehen und ihn wie den bescheidenen, verantwortungsvollen Architekten aussehen lassen, den die Frauen in romantischen Komödien nach Hause zu Mami und Papi brachten, bevor sie ihn für »den Einen« fallen ließen.

Auf die Fußfesseln und die orangefarbene Gefängniskluft zu verzichten könnte ebenfalls nicht schaden.

»Mr. Kaval, wie lautet Ihr derzeitiger Wohnort?«

»Raiford, Florida.«

»Wo genau in Raiford leben Sie?«

»Im Staatsgefängnis von Florida.«

»Sitzen Sie zurzeit eine Haftstrafe ab?«

»Japp.«

»Für welches Verbrechen?«

»Bewaffneter Raubüberfall.«

Sylvia warf einen Blick zu den Geschworenen. Sie hatte ihre Aufmerksamkeit. »Zu welcher Strafe wurden Sie verurteilt?«

»Zehn Jahre Haft im Staatsgefängnis.«

»Wie viel haben Sie noch abzusitzen?«

»Etwa zwei Jahre.«

»Werden Sie im Augenblick noch weiterer Verbrechen angeklagt?«

»Ja. Verschwörung. Aber das hat nichts mit dem Überfall zu tun.«

Die Anklägerin nickte bestätigend. »Die Anklage wegen Verschwörung steht in Verbindung zu dem, worüber wir heute hier sprechen werden, ist das zutreffend?«

»Ja.«

»Sind Sie betreffend dieser Anklage zu einer Übereinkunft mit dem Staat Florida gekommen?«

»Ja.«

»Könnten Sie den Geschworenen diese Übereinkunft bitte darlegen?«

Er drehte sich in seinem Stuhl um und sah die Geschworenen der Grand Jury an. »Ich werde mich schuldig bekennen und eine Verurteilung von zehn Jahren erhalten. Doch die bereits abgesessene Zeit wird mir angerechnet.«

»Unterm Strich werden Sie also zwei Verurteilungen wegen schwerer Straftaten haben und werden eine Gesamtzeit von zehn Jahren im Staatsgefängnis abgesessen haben. Dann sind Sie frei. Ist das richtig?«

»Genau, das habe ich gerade gesagt.«

»Und was wird von Ihnen erwartet, damit es zu dieser Übereinkunft kommt?«

»Ich muss gegen Isabelle Bornelli aussagen.«

»Sie müssen *wahrheitsgemäß* in dem Fall gegen Isabelle Bornelli aussagen, ist das zutreffend?«

»Ja. Wahrheitsgemäß aussagen.«

»Ich danke Ihnen.« Die Staatsanwältin trat näher und signalisierte den Geschworenen dadurch, dass der folgende Teil wichtig war. »Mr. Kaval, kennen Sie die Angeklagte, Isabelle Bornelli?«

»Ja, das tue ich.«

»Woher kennen Sie sie?«

Er lächelte ein wenig. »Ich war ihr fester Freund auf dem College.«

Sylvia schaute erneut zu den Geschworenen. Einige machten sich Notizen – ein gutes Zeichen. »Also, Mr. Kaval, ich werde mit Ihnen nun zu Ms. Bornellis erstem Jahr am College zurückkehren. Zu einem ganz bestimmten Abend. Einem Freitagabend.«

Keith blickte zur Wanduhr im Wartezimmer. Es war zehn Uhr sieben. Ganze zwei Minuten dieses Morgens waren vergangen, seit er das letzte Mal auf die Uhr gesehen hatte.

Andie war bis zum Beginn der Operation geblieben, dann hatte sie Riley zur Vorschule bringen müssen, bevor sie selbst zur Arbeit fuhr. Die Zeit verging langsamer, wenn man niemanden hatte, mit dem man reden konnte. Die Operation sollte drei Stunden dauern, und die waren erst vor wenigen Minuten abgelaufen. Keith machte sich keine Sorgen – zumindest nicht mehr als notwendig. Aber eine Information der Schwester über Melanys Zustand wäre schön gewesen.

Er stand auf und ging in Richtung Empfangsschalter, als die automatische Tür sich öffnete. Dr. Balkany kam aus dem OP-Trakt. Und er lächelte.

»Alles ist hervorragend gelaufen«, verkündete er.

Keith hätte ihn umarmen können. Tatsächlich tat er es, aber er wollte Einzelheiten. »Wenn Sie hervorragend sagen, dann meinen Sie …«

»Nun, hundertprozentig wissen wir es erst, wenn der Schnitt verheilt ist und die äußeren Komponenten angepasst wurden. Aber ich gehe fest davon aus, dass sie auf dem rechten Ohr ebenso gut wird hören können wie auf dem linken.«

Keith atmete auf. Sie hatten ein paar gute Neuigkeiten bitter nötig, und diese hätte nicht besser sein können. »Ich danke Ihnen vielmals, Doktor. Wann kann ich sie sehen?«

»Sie ist noch im Aufwachraum. Wir haben eine normale Anästhesie verwendet, sie wird aber bald aufwachen. Die Schwester bringt Sie zu ihr.«

Keith dankte ihm erneut, und wenige Minuten später holte die Schwester ihn ab. Sie führte ihn durch ein Labyrinth aus Fluren mit farbigen Linien am Boden. Die grüne Linie führte zum Aufwachbereich. Melany lag in Bett Nummer 3, durch einen Plastikvorhang an der Decke von den anderen Patienten abgetrennt. Eine andere Schwester überprüfte gerade den Verband hinter Melanys Ohr, als Keith eintrat. Der Chirurg hatte einen fünf Zentimeter großen Teil von ihrem Schädel rasiert, aber Melany hatte mehr als genug Haare, um ihn zu bedecken.

Mit einem Knopfdruck hob die Schwester die Matratze an, sodass Melany in einer beinahe sitzenden Position lag, aber ihre Augen hatten sich noch nicht richtig geöffnet.

»Wie fühlst du dich, großes Mädchen?«

Melany antwortete nicht.

»Sie ist noch immer ziemlich schläfrig«, erklärte die Schwester.

Sie trug außerdem nicht den äußeren Audioprozessor am linken Ohr, also hätte sie ihn auch nicht gehört, wenn sie bei vollem Bewusstsein gewesen wäre. Der neue Audioprozessor würde erst programmiert und eingestellt werden, wenn sie nach Hongkong zurückkehrten – falls sie nach Hongkong zurückkehrten.

Keith stand am Seitenteil des Betts und nahm die Hand seiner Tochter. Langsam kam sie zu sich. Die Schwester holte Melanys funktionierenden Prozessor aus der Tasche mit ihren persönlichen Habseligkeiten und befestigte ihn hinter ihrem linken Ohr. Es dauerte nur eine Minute, doch die reichte, dass sich die letzten Nebel der Betäubung lichten konnten, sodass sie ihren Vater erkannte.

»Willkommen zurück«, sagte Keith.

Melany lächelte. Er beugte sich über das Seitenteil, um sie zu umarmen. Sie schlang ihre Ärmchen um seinen Hals und drückte die Luft aus ihm raus.

»Mommy«, sagte sie, ihn noch immer umarmend.

Offensichtlich hatte der Nebel sich doch noch nicht ganz gelichtet. »Nein, Süße. Ich bin's, Daddy.«

»Mommy, Mommy! Sie steht direkt hinter dir!«

Keith drehte sich um, den Mund staunend geöffnet.

Isa stand am Fußende des Betts. Sie trug die Kleidung, die sie auf dem Flug aus Hongkong getragen hatte.

»Wa-a-s?«, sagte er, doch die Laute schienen ihm wie mit einer mehrsekündigen Verzögerung über die Lippen zu kommen. Isa kam zu ihm, und sie umarmten sich, bis sie lachten. Dann war Melany an der Reihe.

»Du bist zurück!«, sagte Melany, als Isa sie in die Arme schloss.

»Ja, Süße. Ich bin wieder da.«

KAPITEL 12

Jack verbrachte den Morgen am Zivilgericht in der Innenstadt, kilometerweit entfernt von seinen üblichen juristischen Treffpunkten. Er versuchte, einen äußerst skeptischen Richter davon zu überzeugen, dass elf Jahre keine zu lange Wartezeit für seine Mandantin waren, um den College-Professor zu verklagen, der sie hatte durchfallen lassen, nachdem sie sich geweigert hatte, das zu tun, was er von einem halben Dutzend anderer Frauen im Austausch für einen bestandenen Kurs verlangt hatte. Als Jack das Gebäude verließ, schaltete er sein Handy wieder ein und wappnete sich dafür, seiner Mandantin zu erklären, dass sie Widerspruch gegen die Klageabweisung des Richters einlegen könne, als Keiths SMS auf seinem Bildschirm erschien.

Isa ist auf Kaution raus. Ruf mich an!

Jack musste die Nachricht zweimal lesen, und selbst dann verstand er sie nicht ganz. Er stieg zwei weitere Steinstufen hinab und beeilte sich, eine möglichst große Entfernung zwischen sein Handy und das neunzig Jahre alte Gerichtsgebäude mit seiner imposanten Kalksteinfassade und den dorischen Säulen zu bringen – und seinem traditionell schlechten Handyempfang. Manche Leute waren der Ansicht, das alte Gebäude falle auseinander, doch aus Sicht der Funkkommunikation war es eine regelrechte Festung. Jack hatte den ganzen Morgen keinen einzigen Balken gehabt.

Er fand einen Sitzplatz an der Bushaltestelle an der Ecke und rief Keiths Handy an. Es ging niemand ran, was frustrierend war. Er hatte am Donnerstag drei Nachrichten für Isa im Untersuchungsgefängnis hinterlassen und keinerlei Rückmeldung erhalten. Jacks letztes Gespräch mit seiner Mandantin war am Mittwoch gewesen, als er ihr gesagt hatte, dass es keine

Chance gab, dass sie rechtzeitig für Melanys Operation wieder freikäme.

Sein Handy klingelte. Keiths Nummer leuchtete auf dem Display auf, doch Isa war in der Leitung.

»Überraschung!«, sagte sie, die Stimme voll freudiger Erregung.

»Sie nehmen mir das Wort aus dem Mund. Wo sind Sie?«

»In einem Taxi, auf dem Rückweg vom Krankenhaus. Keith und Melany sind bei mir.«

Melany. Jack hatte viele Fragen, aber eine davon schien wichtiger als die anderen. »Wie ist die Operation verlaufen?«

»Absolut perfekt. Als ich im Krankenhaus eintraf, war die Operation bereits vorbei, aber ich war dort, als sie aufgewacht ist. Es war der wunderbarste Augenblick in meinem Leben. Ich bin Manny so dankbar.«

»Manny? Wer ist Manny?«

»Manuel Espinosa. Er sagt, er kennt Sie.«

Espinosa war ein prominenter und erfolgreicher Anwalt, aber keiner, von dem Jack eine hohe Meinung hatte. »Aalglatt« wäre eine höfliche Art, ihn zu umschreiben. »Ich kenne Espinosa. Aber was hat er mit der Sache zu tun?«

»Ich war wirklich deprimiert nach unserem Gespräch am Mittwoch. Meine Zellengenossin – die mich ehrlich gesagt zu Tode erschrocken hat, als ich sie das erste Mal sah – entpuppte sich als großartige Hilfe. Sie empfahl mir, dass ich Espinosa anrufen solle. Also habe ich das getan.«

Der Bus hielt an der Station, und der Fahrer öffnete die Türen. Jack regte sich nicht.

»Sie haben einen anderen Anwalt angerufen?«, fragte er. Eine Wolke aus Abgasen umwehte ihn, als der Bus abfuhr.

»Ja. Ich hoffe, Sie sind nicht böse.«

»Ich bin nicht böse. Ich muss das nur verstehen. Entziehen Sie mir den Fall?«

»Nein! Ganz und gar nicht. Mannys Spezialgebiet sind Kautionen.«

Jack wusste, dass das nicht stimmte. »Hat er Ihnen das so erzählt?«

»Ja. Er hat mir garantiert, dass er mich auf Kaution rausholen würde.«

»Isa, kein Anwalt kann das bei einem Fall von Mord garantieren.«

»Nun, er hat es. Und er hat mich rausgeholt.«

»Das ergibt für mich immer noch keinen Sinn. Ich habe nie einen Anruf aus dem Büro des Richters über eine Anhörung erhalten. Ich habe nie von der Staatsanwaltschaft gehört oder von Espinosa. Ich habe Ihnen eben gesagt, dass ich nicht böse bin, aber ehrlich gesagt bin ich es doch. So arbeite ich nicht. So kann ich nicht arbeiten.«

»Es tut mir leid. Das klingt vielleicht selbstsüchtig, aber Ihre Gefühle waren nicht das Wichtigste, was ich bei der Sache im Kopf hatte. Ich wollte nur …«

Sie hielt inne, und Jack konnte die Emotionen in ihrer Stimme hören.

»Ich wollte nur bei meiner Tochter sein.«

»Das verstehe ich«, sagte Jack. »Es geht nicht um mich. Wir können einen einfachen Mandatswechsel beantragen, und Manny wird Ihr neuer Anwalt. Keine große Sache.«

»Wovon sprechen Sie? Ich möchte Sie beide.«

»Sie wollen, dass wir Sie gemeinschaftlich vertreten?«

»Ja. Keith wird Sie beide bezahlen. Sie werden ein großartiges Team sein.«

»Ich bin mir da nicht so sicher.«

»Bitte, Jack. Lassen Sie uns alle in Mannys Büro treffen. Er kann erklären, wie er mich auf Kaution rausbekommen hat, und dann schmieden wir alle gemeinsam einen Plan, wie wir weiter vorgehen.«

An Ersterem hatte Jack eindeutig großes Interesse – wie Manny das geschafft hatte. »In Ordnung«, sagte er. »Ich vereinbare etwas mit Espinosa.«

»Großartig. Und danke, Jack. Ich hätte Espinosa niemals kontaktiert, wenn Sie nicht so ehrlich gewesen wären, dass Sie es nicht schaffen können.«

Das fühlte sich nicht direkt wie ein Kompliment an, aber er vermutete, dass sie es nett meinte. »Jederzeit«, sagte er.

Sie beendete das Gespräch, und bevor Jack auch nur die Telefonnummer heraussuchen konnte, rief Espinosas Sekretärin an, um den Ein-Uhr-Termin in den Räumen von Espinosas Partnerkanzlei bestätigen zu lassen. Jack war nur einige Blocks entfernt – er musste nicht einmal ins Auto steigen –, also stimmte er zu.

Er erhob sich von der Bank und ging die Flagler Street hinauf. Der Handyempfang wurde immer besser, und weitere Nachrichten strömten in seinen Posteingang, während er in Richtung von Espinosas Büro ging.

Eine Sprachnachricht um 9:52 Uhr, von Sylvia Hunt, erregte seine Aufmerksamkeit.

Er drückte sich das Telefon ans Ohr und versuchte, über das aufgeregte Geschnatter von etwa fünfzig brasilianischen Touristen hinwegzulauschen, die zu ihren grün-gelben Reisebussen zurückkehrten, nachdem sie die Elektronikläden leergeräumt hatten.

»Jack, ich versuche schon den ganzen Morgen, Sie zu erreichen«, sagte die Staatsanwältin, »aber Ihre Sekretärin meinte, Sie wären bei Gericht. Die Oberstaatsanwältin und ich haben uns mit Manuel Espinosa getroffen, und er hat uns das Schreiben gezeigt, unterzeichnet von Isabelle Bornelli, in dem steht, dass er tatsächlich ihr Anwalt ist. Wie auch immer, ich wollte Sie wissen lassen, dass wir Mr. Espinosas Anschuldigungen überprüft und zugestimmt haben, Ms. Bornelli für eine

Kaution von hunderttausend Dollar freizulassen. Rufen Sie mich an, wenn Sie irgendwelche Fragen haben.«

Mr. Espinosas Anschuldigungen?

Jack hätte am liebsten sofort zurückgerufen, doch er würde jegliche Glaubwürdigkeit verlieren, wenn Sylvia Hunt erfuhr, wie unwissend er war.

Nimm niemals Freunde als Mandanten.

Jack beschleunigte seinen Schritt die Flagler entlang, denn er wollte keine einzige Minute zu spät zu seinem Treffen mit Espinosa kommen.

KAPITEL 13

Das Treffen begann um kurz nach ein Uhr. Jack, Isa und Manny saßen an einem runden Tisch in Mannys geräumigem Büro. Jack verstand die Sitzordnung als versöhnliche Geste – eine Art Olivenzweig. Espinosa hätte Isa und Jack in die Lehnsessel setzen können, die vor seinem Schreibtisch standen, und er hätte die ganze Sache aus einer Position der Macht heraus steuern können. Der runde Tisch überließ keinem der Anwälte sichtbar die Kontrolle.

»Als Erstes, Jack, sollen Sie wissen, dass das hier keine feindliche Übernahme ist. Ich bin nicht an Bord gekommen, um Sie zu ersetzen. Wir glauben, dass wir als Team stärker sind.«

»Damit könnte ich leben.«

»Ich bin so erleichtert, das von Ihnen zu hören«, sagte Isa. Diese »Erleichterung« sah man ihr am ganzen Gesicht an. Eine Dusche und der Kleiderwechsel waren Teil der Verwandlung, aber die Sache ging tiefer. Dass sie für Melany hatte »da sein« können, hatte aus Isa einen neuen Menschen gemacht.

»Aber wir müssen auch wie ein Team arbeiten«, stellte Jack klar.

»Einverstanden«, antwortete Manny.

»Einige Differenzen sind lediglich eine Frage der Arbeitsweise. Bei anderen geht es allerdings ums Prinzip.«

»So läuft das in der Welt«, stimmte Manny zu.

»Das ist nicht direkt das, was ich sagen will«, erklärte Jack. »Lassen Sie mich mit einem konkreten Beispiel beginnen. Ich garantiere meinen Mandanten niemals irgendwelche Ergebnisse. Als ich am Telefon mit Isa sprach, sagte sie mir, Sie hätten ihr garantiert, dass sie auf Kaution freikäme.«

Espinosa lächelte. »Für sie mag das wie eine Garantie *geklungen* haben. Aber so habe ich es nie gesagt.«

»Doch, das war genau das Wort, das Sie gebraucht haben«, widersprach Isa. »›Ich *garantiere*.‹«

Er lächelte noch immer, wenn man ihm auch ansah, dass er sich etwas unwohl fühlte. »Nun, falls ich dieses Wort verwendet habe, dann muss das gewesen sein, nachdem Sie mir erzählt haben, was Ihnen in Ihrer Zelle zugestoßen ist.«

Jack sah zu Isa. »Was ist passiert?«

Sie senkte den Blick.

Manny antwortete: »Ein männlicher Vollzugsbeamter plante, sich sexuell an ihr zu vergehen.«

Jack ließ die Ruhe einen Moment stehen. »Es könnte mir nicht mehr leidtun, zu erfahren, dass Ihnen das zugestoßen ist, Isa. Und bitte verzeihen Sie, dass ich nachhake, aber ich muss die Fakten kennen. Der Plan wurde hoffentlich nie durchgeführt?«

»Nein«, sagte Isa.

»Wie haben Sie davon erfahren?«

Sie holte Luft, und das Leuchten, das Jack gerade noch an ihr bewundert hatte, schien zu verblassen.

»Zunächst war es bloß ein Gefühl, das ich wegen dieses speziellen Wärters hatte. Ich habe versucht, es nicht an mich heranzulassen. Ich sagte mir, dass ich paranoid wäre – dass das Wiederaufleben von Gabriel Sosa mich einen Vergewaltiger in jedem Mann sehen ließ, der Kontrolle über mich hat. Aber es zeigte sich, dass ich mir das nicht bloß eingebildet habe.«

Jack wartete darauf, dass sie weitererzählte, doch sie schwieg.

»Ihre Zellengenossin hat es ihr verraten.«

»Sie sagte mir, dass der Wärter einen Plan habe«, erklärte Isa.

»Kann ich fragen, wie der Plan aussah?«

Isa hielt den Kopf in den Händen, die Ellenbogen auf den Tisch gestützt. »Müssen wir unbedingt darüber reden?«

»Tut mir leid.«

Manny antwortete wieder für sie. »Kurz gesagt: Die Sicherheitskameras in jeder Zelle nehmen nicht jede Minute des Tages auf. Sie werden durch Bewegung aktiviert. Der Wächter nutzte Zwang und Nötigung, um Isas Zellengenossin dazu zu bringen, regungslos vor dem Kamerasensor zu stehen – und sie damit im Grunde auszuschalten –, während er sich über Isa hermachen wollte.«

»Hätte das funktioniert?«, wollte Jack wissen.

»Glücklicherweise werden wir das nie herausfinden. Die Zellengenossin erzählte es Isa und gab ihr meinen Namen. Wir haben uns heute Morgen getroffen, ich ging mit der Sache zur Staatsanwältin, und innerhalb von zwanzig Minuten hatten wir einen Deal.«

»Das ist schnell.«

»Ich hatte das Gefühl, dass die Staatsanwältin weiß, dass sie mit ihrer Anklage wegen Mordes zu weit gegangen ist, und das gesamte Team das Strafverfolgungsäquivalent von Kaufreue verspürt. Alles, was ich tun musste, war, die Schlagzeile der nächsten Morgenausgabe zu zitieren, der sie knapp entgangen waren: ›Vergewaltigungsopfer eingesperrt und erneut vergewaltigt, nachdem Staatsanwaltschaft Kaution verweigerte.‹ Sie sind sofort eingeknickt.«

»Jetzt verstehe ich auch die Nachricht, die ich heute Morgen von Sylvia Hunt erhalten habe. Sie hat irgendwelche Anschuldigungen angedeutet.«

»Oh, sie hat Sie angerufen?«

»Ja. Interessant ist, dass keiner von Ihnen beiden das für nötig hielt.«

»Das war meine Entscheidung«, sagte Isa leise.

»Es geht hier nicht darum, ob irgendwelche Gefühle verletzt wurden, aber ich hätte gerne eine Erklärung«, sagte Jack.

»Um es kurz zu machen: Ich wollte nicht, dass Keith etwas

davon erfährt. Er hätte sich nur Sorgen um etwas gemacht, auf das er keinen Einfluss hat. Aus demselben Grund habe ich ihm nie etwas von Gabriel Sosa erzählt. Ich wollte nicht, dass unsere Ehe zu einer einzigen, langen Therapiesitzung wird, bei der mein Ehemann mich jedes Mal, wenn wir miteinander schlafen, fragt: ›*Oh, ist das okay für dich, Liebling? War das zu traumatisch für dich?*‹ Ich habe keinen Grund dafür gesehen, dass er es wissen muss. Das war etwas, mit dem ich selbst klarkommen musste.«

Jack fragte sich, ob das alte Sprichwort über Anwälte – »Der Anwalt, der sich selbst vertritt, hat einen Idioten zum Mandaten« – auch auf Psychologen zutraf. »Ich verstehe, was Sie meinen, und das ist Ihre Entscheidung. Aber ich bin nicht Keith.«

»Aber ich hatte Sorge, dass Sie es Keith erzählen, wenn Sie es wissen.«

»Nein. Ich gebe nichts von dem, was Sie mir erzählen, an Keith weiter.«

»Ich weiß«, sagte sie.

»Tun Sie das? Denn wenn Sie nicht wirklich daran glauben, kann ich Sie nicht vertreten.«

Sie machte eine Pause, bevor sie antwortete: »Es tut mir leid. Sie haben recht. Es wird nicht wieder vorkommen.«

Jack hatte keine Ahnung, ob er ihr Glauben schenken konnte. Aber er wusste, wie das herauszufinden war: mit einer Testfrage.

»Am Mittwoch sprachen wir über den Flug, den Sie für den Tag nach Melanys Operation nach Hongkong gebucht haben. Sie sagten, die Staatsanwältin habe recht: Es wäre ein Notfallfluchtplan. Ich muss wissen, was Sie dachten, wovor Sie eventuell würden fliehen müssen.«

»In Ordnung, dann werde ich es Ihnen erzählen: vor meinem Freund vom College. David Kaval.«

»Was ließ Sie glauben, dass Sie vor ihm würden fliehen müssen?«

»Weil er vollkommen verrückt ist«, antwortete Isa. »Ich weiß, das ist kein Ausdruck, den jemand mit einem Abschluss in Psychologie benutzen würde, aber glauben Sie mir, wenn ich Ihnen sage: David Kaval ist verrückt.«

»Ist er noch in Miami?«

»Ich habe keine Ahnung, wo er ist.«

»Weshalb dachten Sie, dass Sie vor ihm fliehen müssten?«

»Weil …«, begann sie zu antworten, bevor sie verstummte. Sie schien mit der Antwort zu ringen. »Lassen Sie es mich so sagen: Als ich die Universität von Miami verließ, um das Studium in der Schweiz abzuschließen, ging es mir gleichermaßen darum, von David Kaval wegzukommen wie von der Erinnerung an Gabriel Sosa. Er ist nicht einfach nur verrückt. Er ist gruselig verrückt.«

Jack hatte eine lange Liste von Anschlussfragen im Kopf, doch Isas Handy klingelte. Sie ging ran, und ein Lächeln ließ ihr Gesicht erstrahlen. »Es ist Melany«, erklärte sie ihren Anwälten. Jack lauschte ihrem Ende des Gesprächs.

»Hey, Süße. Bist du ein braves Mädchen und ruhst dich aus? … Dir ist langweilig … Oh, ja, Daddy ist sehr beschäftigt, Schätzchen. Aber ich bin hier gleich fertig. Ich bin bald zu Hause … Fünfzehn Minuten, versprochen. Okay? … Ich hab dich auch lieb.«

Sie beendete das Gespräch. »Die Herren, David Kaval ist eine sehr lange Geschichte, und im Augenblick muss ich bei Melany sein. Können wir das später fortsetzen?«

»Natürlich«, antwortete Manny.

Jack hätte gerne mehr über Kaval erfahren, doch es war nicht dringlich genug, um Isa von ihrer Tochter fernzuhalten. Und es konnte nicht schaden, wenn er Kaval zunächst selbst durchleuchtete, bevor er mit Isa ausführlich über ihn sprach.

»Kein Problem«, sagte er.

Isa bedankte sich bei den beiden und verließ das Büro. Manny stand auf und gab Jack die Hand. »Ich freue mich darauf, mit Ihnen zu arbeiten, Jack. Das dürfte interessant werden.«

»Ja«, erwiderte Jack. »Es wird auf jeden Fall interessant sein.«

KAPITEL 14

Freitagabend war Date-Abend. Das Hauptereignis war das Adele-Konzert in der Arena; doch vorher gab es noch ein frühes Abendessen. Jack bestellte sich Churrasco mit Chimi churri, und Andie entschied sich für peruanische Ceviche mit Avocado. Eine Flasche Malbec stand auf dem Tisch zwischen ihnen.

Sie saßen in einem ihrer Lieblings-Straßencafés am ruhigeren Ende der Miami Avenue, dort, wo das Wohngebiet allmählich in die Restaurant-Meile überging. Weiter südlich erinnerten verstreut herumstehende Flammenbäume und einige altspanische Häuser an die Zeit vor den Wolkenkratzern, als Mary Brickell das Gebiet im echten Miami-Stil erschlossen hatte. Sie hatte wunderschöne, breite Alleen entworfen und dann einzelne Grundstücke ihrer weitläufigen Ländereien verkauft, um die irrwitzig Reichen anzulocken, damit sie ihre Anwesen am Wasser errichten. Einige dieser ersten Villen standen noch und waren im Besitz solcher Leute wie Sylvester Stallone und Madonna gewesen, als Jack seine erste Kanzlei eröffnet hatte, aber nicht einmal die passten so richtig in die Brickell Avenue. Was die Gegend um Brickell für Einheimische so attraktiv machte, waren die vornehmen Bars und Restaurants, die darüber hinaus äußerst beliebt bei der wohlhabenden südamerikanischen Bevölkerung waren, die den umliegenden Immobilienmarkt in Schwung hielt.

Jacks Smartphone vibrierte auf dem Tisch. Er warf einen Blick auf die Nummer und steckte es weg.

»Wer war das?« Es war eine Frage, die Andie nicht gestellt hätte, bevor Riley geboren war. Irgendetwas am Muttersein hatte ihr »Ich muss es wissen«-Gen aktiviert, als wäre jeder Anruf, der ein Date unterbrach, ein Hinweis darauf, dass eine vorwitzige Zweijährige ihre Gabel in den Toaster gesteckt hatte und nun mit Vollgas in die Notaufnahme gefahren wurde.

»Ein weiterer Reporter«, antwortete Jack. »Sie rufen schon den ganzen Tag an, seit Isa freigelassen wurde.«

»Musst du zurückrufen?«

»Nein.«

»Bist du sicher?«

»Ich könnte nicht mal, wenn ich es wollte. Manny hat Isas Freilassung ausgehandelt. Ein Teil seiner Abmachung mit der Staatsanwaltschaft bestand darin, dass er nicht mit der Presse reden würde, bevor die interne Untersuchung des Fehlverhaltens des Wärters abgeschlossen ist.«

»Bist du auch an diese Abmachung gebunden?«

»Ja. Manny und ich vertreten Isa gemeinschaftlich.« Jack beließ es dabei. Sie hatten die Regel, nicht allzu viel über Jacks Fälle zu reden, aber es gab immer die Grauzonen am Rand, wenn das normale Gespräch zwischen Mann und Frau die Geheimhaltungsregeln zwischen Strafanwalt und FBI-Agent übertrumpfte.

»Wie läuft es denn?«, fragte Andie. »Zwischen dir und Manny, meine ich.«

»Wir werden sehen.«

»Du weißt, dass er zu neunzig Prozent Drogenfälle behandelt, oder?«

»Woher weißt du das?«

»Einer unserer Agents aus der Drogenabteilung hat mir eine SMS geschrieben. ›*Hey, Henning, dein Mann hat einen neuen Tiefpunkt erreicht.*‹«

Den meisten Kollegen von Andie war es lieber, wenn Jack die Insassen des Todestrakts verteidigte als Drogendealer. »Ist das ein Problem für dich?«, fragte er.

»Nein. Für dich?«

Er schwieg.

»Es *ist* ein Problem für dich, richtig?«, hakte sie nach.

»Es sind nicht die Mandanten aus der Drogenszene.«

»Was denn dann?«

Jack zögerte. Ihre Frage ging ein wenig über die »Grauzone am Rand« hinaus.

»Ich bin mir nicht sicher, dass wir darüber sprechen sollten.«

»Jack, ich bin deine Frau. Offensichtlich beschäftigt dich etwas, das dafür sorgt, dass du keine sehr angenehme Gesellschaft auf unserem Date bist. Rede mit mir.«

Es ging ihm ohnehin durch den Kopf, und das Gespräch, das er und Keith in seinem Büro mit Felipe Bornelli geführt hatten, war kein Geheimnis. Er legte die Gabel weg und erzählte ihr davon.

Andie schenkte neuen Wein ein, hörte zu und sparte sich ihre Kommentare auf, bis Jack fertig war. »Also will Isas Vater dich von dem Fall weghaben?«

»Das hat er mir jedenfalls gesagt«, antwortete Jack.

»Denkst du, *er* hat Manny Espinosa aufgetrieben, um dich zu ersetzen?«

Andie hatte das Talent, immer genau zu wissen, was er dachte. »Nach dem, was Manny, Keith oder Isa mir erzählt haben, hat er die Sache nicht eingefädelt. Um ehrlich zu sein: Bei dem, was Isa mir über ihre Beziehung zu ihrem Vater erzählt hat, würde sie in einer Million Jahren keinen Anwalt engagieren, den er ihr empfohlen hat.«

»Wie kam sie an Mannys Namen?«

»Von ihrer Zellengenossin.«

»Dieselbe Zellengenossin die meinte, dass ein Vollzugsbeamter plante, Isa zu vergewaltigen?«

Jack stutzte. »Woher weißt du davon? Das wurde nicht publik gemacht.«

»Die Zivilrechtsabteilung des Justizministeriums wurde eingeschaltet. Unsere Abteilung soll die Sache untersuchen. Ich breche keine Regeln, wenn ich dir das erzähle. Es wird morgen in der Zeitung stehen.«

Jack nahm einen Schluck aus seinem Weinglas – mehr als nur einen Schluck. Er konnte die Male nicht mehr zählen, bei denen er mit Andie über einen seiner Fälle gesprochen hatte, voller Sorge, sich zu »verplappern«, nur um am Ende herauszufinden, dass sie mehr darüber wusste als er.

»Klingt vernünftig, das FBI einzuschalten«, sagte er. »Aber um zu deinem ersten Punkt zurückzukommen – wer Manny angeheuert hat –, etwas kommt mir seltsam beim Ablauf der Ereignisse vor. Am Mittwoch lehnt der Richter die Kaution ab. Zwei Stunden später taucht Felipe Bornelli in Miami auf, um mir zu erzählen, dass ihm der Anwalt nicht passt, den seine Tochter engagiert hat. Und weniger als achtundvierzig Stunden später holt Manuel Espinosa sie aus dem Gefängnis, und Isa frisst ihm aus der Hand.«

»Niemand hält dich für einen schlechten Anwalt, Jack. Lass dein Ego mal beiseite: Weshalb sollte Isas Vater Espinosa anheuern?«

»Ich weiß es nicht. Ich kaufe ihm seine Geschichte nicht ab, dass er nicht will, dass Gouverneur Swytecks Sohn seine Tochter vertritt. Aber ich habe ganz klar das Gefühl gehabt, dass er Kontrolle über den Fall haben will.«

»Was wirst du deswegen tun?«

Jack dachte nach. »Ich könnte noch einmal mit Isa sprechen.«

Sie schüttelte den Kopf. »Vorher.«

»Ich könnte direkt zu Felipe gehen.«

Sie verzog das Gesicht. »Oder?«

Jack dachte einen Augenblick nach. »Ich könne mit Isas Zellengenossin sprechen.«

»Bingo. Und auch auf das Risiko hin, hier eine Grenze zu überschreiten: Du möchtest das vielleicht tun, bevor das FBI sie befragt.«

Sie waren wieder in jener Grauzone, aber Jack war froh darum. »Jetzt geht es mir besser. Danke.«

»Gern geschehen«, gab sie zurück, und Jack spürte, wie ihr Fuß sich um seinen Knöchel legte. »Ich werde mir etwas überlegen, womit du es mir zurückzahlen kannst.«

Er lächelte hoffnungsvoll. »Wie groß schätzt du die Chancen ein, dass Riley heute Nacht in ihrem eigenen Bett bleibt?«

In letzter Zeit schien Riley immer, wenn Mommy und Daddy gemeinsam ausgingen, schlechte Träume zu haben. Ihre letzten beiden Ausgeh-Abende waren in einer Pyjamaparty geendet: Jack, Andie, Riley und Dora the Explorer.

»Fifty-fifty.«

»Glaubst du, sie lässt uns allein, wenn wir auf einen Stapel Bibeln schwören, dass es nichts gibt, worüber sie sich Sorgen machen müsste – dass sie ein Einzelkind bleiben wird?«

Andie lachte. »Unser kleines Mädchen ist klug, Jack. Aber nicht so klug.«

Dieser Freitag war ihre erste Nacht in dem neuen Apartment im Wohnkomplex des Four Seasons, und Keith verstaute gerade die Einkäufe im Kühlschrank. Lieferdienste waren die populärste Methode, in der Gegend um Brickell einzukaufen. Die meisten Geschäfte boten sogar an, die Waren für ihre Kunden einzuräumen, aber Keith mochte es, wenn die Dinge »genau so« sortiert waren – Milchprodukte auf dem obersten Regal, Wasserflaschen und Softdrinks unten, die Mindesthaltbarkeitsdaten nach vorne gerichtet. Er konnte nicht anders, als das selbst zu tun. Aber er gab gutes Trinkgeld.

»Wow, *gracias*«, sagte der Lieferant.

Ein wenig Trockengut stand noch auf dem Küchentresen, doch alle verderblichen Waren waren inzwischen verstaut. Melany schlief tief und fest in ihrem neuen Zimmer, das direkt neben dem Schlafzimmer ihrer Eltern lag. Isa hatte gesagt, dass sie erschöpft wäre und sich hinlegen wollte, doch Keith fand sie draußen auf der Terrasse, die man an einem Ende vom Schlafzimmer und am anderen von der kleinen Essnische aus betreten konnte. Sie trug einen Bademantel, ihre Haare wurden hinten von einer Klammer zusammengehalten. Er stellte sich neben sie an die Brüstung.

»Kannst du nicht schlafen?«, fragte er.

»Nein«, antwortete sie leise.

Das überraschte ihn nicht. Er fragte sich, welche Albträume ihr aus dem Untersuchungsgefängnis nach Hause gefolgt waren.

Ihr Apartment ging nach Norden raus, was einen spektakulären Ausblick bot. Das Finanzzentrum Miamis lag ihnen zu Füßen, und sie konnten beinahe den Arm ausstrecken und die Lichter entlang der Biscayne Bay berühren.

»Ein bisschen wie in Hongkong«, sagte er.

»Ja. Das hat Melany auch gesagt.« Isas Stimme klang tonlos, und trotz der sich vor ihnen ausbreitenden Aussicht schien sie übermäßig konzentriert, als hätte sie etwas von besonderem Interesse entdeckt.

»Alles in Ordnung?«, fragte er.

Ihr Blick blieb auf einem Punkt haften. »Siehst du das Gebäude dort unten? Auf der Westseite der Brickell Avenue, direkt neben dem Marriott?«, fragte sie, und zeigte mit dem Finger in die Richtung.

»Das mit der Glasfront an der Ecke?«

»M-hm. Als ich als kleines Mädchen in Miami gelebt habe, lag dort das Büro des Generalkonsulats der Bolivarischen Republik Venezuela. Wo mein Vater gearbeitet hat.«

»Bist du je dort gewesen?«

»Nein. Kein einziges Mal.«

Sie hatten sich nie wirklich über ihren Vater unterhalten, und Keith war sich nicht sicher, ob dies der richtige Augenblick dafür war. Aber er war immer noch aufgebracht wegen der Art, mit der Felipe in Jacks Büro aufgetaucht war, um deutlich zu machen, dass er Jack von dem Fall weghaben wollte. »Er ist ein ungewöhnlicher Mann«, sagte Keith.

»Das kannst du laut sagen. Es ist seltsam, welche Bilder von den Menschen wir im Kopf behalten. Wenn ich ihn mir vorstelle, sehe ich meinen Vater immer in einem dieser roten T-Shirts, die jeder in der Chávez-Regierung trug. Ein rotes T-Shirt und eine Windjacke in den Farben der venezolanischen Flagge.«

»Das hat er nicht getragen, als Jack und ich mit ihm gesprochen haben.«

»Hast du seitdem wieder von ihm gehört?«

»Nein«, antwortete Keith. »Hast du?«

»Ich würde dir erzählen, wenn es so wäre.«

»Würdest du das?«

Sie sah ihn an. »Ja, Keith. Wieso fragst du das überhaupt?«

Die Frage überraschte ihn angesichts all der Geheimnisse, die während der letzten beiden Tage aufgedeckt worden waren. Aber ihm war nicht an einem Streit gelegen. »Ich wollte nur sichergehen, dass er nicht hier ist, um Ärger zu machen.«

»Darum werde ich mir keine Gedanken machen. Manny und Jack kriegen das geregelt.«

Ihm fiel auf, dass sie Manny als Erstes genannt hatte. »Okay. Aber ich will nicht, dass du allzu begeistert von Manny bist.«

»Wie meinst du das?«

Er wählte seine Worte sehr sorgfältig. »Dein Vater hat nicht einfach nur gesagt, dass er Jack von dem Fall weghaben will. Er sagte, dass er plant, Informationen zu teilen, die deine Behauptung infrage stellen, dass Gabriel Sosa dich angegriffen hätte.«

Isa schloss langsam die Augen und öffnete sie wieder, während sie den Treffer verarbeitete. »Er ist …« Sie suchte nach dem richtigen Wort. »Er ist einfach unglaublich.«

Sie schwiegen. Keith dachte an seine eigene Tochter – wie er reagieren würde, wenn eine neunzehnjährige Melany anriefe, um ihm zu erzählen, dass man sie vergewaltigt hätte. »Ich komme einfach nicht über die Reaktion deines Vaters hinweg. Wie kann er einfach so als Erstes jede Möglichkeit ausschlagen, dass du vergewaltigt worden bist?«

Isa zögerte, als widerstrebte es ihr, darüber zu reden. »Du kennst meinen Vater nicht. Ich kann nicht behaupten, dass ich mich in allen Einzelheiten an das Telefonat erinnere, nachdem, was mir gerade zugestoßen war. Ich war bereits wie betäubt, und als er anfing, mir die Hölle dafür heißzumachen, dass ich beim ersten Date einen Jungen auf mein Zimmer eingeladen habe, bin ich einfach ... ich weiß nicht, in eine Schockstarre gefallen.«

Keith spürte den Zorn in sich aufsteigen, wusste jedoch nicht, ob er ihn zeigen sollte. Er wusste nicht, wie er mit den Gefühlen oder den plötzlichen Veränderungen umgehen sollte, die ihr gemeinsames Leben beherrschten, seit sie in Miami gelandet waren.

»Es war ein großer Fehler, ihn nicht anzuzeigen«, sagte Isa.

»Du kannst dir deswegen keine Vorwürfe machen.«

»Ich habe nach dem Gespräch mit meinem Vater aufgelegt und wusste nicht, was ich tun sollte. Ich weiß nicht, wie viel Zeit vergangen war, doch plötzlich überfiel mich eine weitere Panikattacke. Was, wenn ich schwanger war? Ich ging in die Campus-Klinik, um einen Arzt aufzusuchen. Die Schwester am Tresen muss gespürt haben, wie verstört ich war. Sie fragte, ob ich der Polizei irgendetwas melden wolle. Alles, was ich hören konnte, war die donnernde Stimme meines Vaters in meinem Kopf. Nicht einmal mein eigener Vater glaubte mir, dass ich vergewaltigt worden war. Also sagte ich Nein. Ich habe nichts zu melden. Als ich zur Ärztin ins Zimmer ging, sagte ich ihr, dass ich ungeschützten Sex gehabt hätte. Ich bekam die Pille danach. Und damit war die Sache erledigt.«

»Du hast das getan, was du für das Beste hieltest«, sagte Keith.

Ihr stiegen Tränen in die Augen. »Ich habe in dem Augenblick gar nicht gedacht. Ich habe mich so geschämt. Ich habe mich schuldig gefühlt. Ich wollte niemandem davon erzählen, weil ich nicht wollte, dass irgendjemand davon erfährt.«

Keith hielt sie in der Dunkelheit in den Armen. »Alles ist in Ordnung«, sagte er ihr. »Jetzt ist alles in Ordnung.«

»Ich versuche noch einmal, mich hinzulegen«, sagte sie. »Ich brauche Schlaf.«

»Ich komme mit dir.«

Keith öffnete die Tür, und gemeinsam gingen sie hinein. Isa marschierte direkt ins Bett. Keith machte einen Umweg über das Badezimmer, und als er ins Schlafzimmer kam, schlief Isa bereits. Leise stieg er unter die Bettdecke und legte seinen Kopf auf das Kissen. Die Klimaanlage sprang an und ging wieder aus. Er sah nicht auf die Uhr, aber die Klimaanlage wiederholte ihren Zyklus noch zwei Mal, und noch immer war er nicht imstande einzuschlafen. Auch er schämte sich. Und fühlte sich schuldig. Er dachte an die Dinge, die er und Isa im Schlafzimmer getan hatten, an die Dinge, die er ihr im Moment der Leidenschaft gesagt hatte, und fragte sich, ob sie sich dabei innerlich gewunden hatte. Sex war immer eine der Stärken ihrer Beziehung gewesen. Zumindest hatte er das stets geglaubt. War er so blind? Hatte sie versucht, es ihm zu sagen, und er hatte es nicht bemerkt?

Er beobachtete sie eine Weile beim Schlafen und legte ihr eine Hand auf die Schulter … sie zuckte bei der leichten Berührung zusammen und setzte sich schlagartig im Bett auf. Sie konnte kaum atmen.

»Du hast mich erschreckt«, sagte sie.

Keith tröstete sie, und sie legte sich wieder hin. Doch es war, als schlafe sie mit einem offenen Auge.

Keith machte sich Sorgen, was nun geschehen würde. Sie hatten noch nicht einmal den schwierigen Teil erreicht. Er fragte sich, wie er und Isa die Sache überstehen würden, wie Melany es verkraften würde, wenn ein Prozess seine Frau zwang, das traumatischste Erlebnis, das einer Frau widerfahren konnte, öffentlich in einem Gerichtssaal noch einmal zu durchleben.

Er wollte ihr durch die Haare streichen und ihr einen sanften Kuss auf die Schläfe geben, doch er tat es nicht. Er wagte es nicht, die Ruhe zu stören, die sie endlich gefunden hatte.

KAPITEL 15

Jack erwachte früh am Samstagmorgen. Andie schlief am gegenüberliegenden Rand der Matratze. Zwischen ihnen, seitlich ausgestreckt wie der mittlere Strich im Buchstaben »H«, lag Riley. Leise glitt er aus dem Bett und versuchte sie nicht zu wecken, doch sie war bereits wach.

»Daddy, lass uns Swiper spielen.«

Swiper war der diebische, orangefarbene Fuchs in *Dora, the Explorer*, Rileys Lieblingssendung im Fernsehen. Er stahl einfach alles. Wertvolle Steine. Blaubeeren vom Blaubeerhügel. Jacks und Andies Sexleben.

Ich könnte den Fuchs erwürgen.

»Wie wäre es, wenn wir Mommy Frühstück machen«, flüsterte Jack.

Sie fand die Idee großartig, und gemeinsam schlichen sie auf Zehenspitzen aus dem Schlafzimmer wie Swiper mit seiner Beute.

Die Aussicht aus der Küche war eines der Dinge, die Jack an diesem Haus so liebte, und eine Aura der Nostalgie färbte seinen Genuss des morgendlichen Sonnenlichts, das auf der Bucht jenseits ihres winzigen Gartens funkelte. Dies waren ihre letzten Monate auf Key Biscane, und Jack begann bereits, es zu vermissen. Für acht Jahre war er eine »Key Ratte« gewesen, schon als Single, noch bevor er Andie getroffen hatte. Das verdankte er einem Schnäppchen-Mietvertrag, mit dem er eines der original »Mackle-Häuser« ergattert hatte. Hunderte der Zwei-Zimmer-Schuhkartons aus Beton waren für die Veteranen des Zweiten Weltkriegs erbaut worden, die tapfer genug waren, an einem Ort zu leben, der seinerzeit wenig mehr als ein moskitoverseuchter Sumpf gewesen war. Jacks war das letzte »Mackle« am Wasser. Da der Besitzer nicht gewillt war, den Mietvertrag zu verlängern, bestand Jacks einzige Hoffnung, das alte Haus vor dem Bulldozer zu retten, in einem Lotto-Ticket, das mindestens sieben Millionen Dollar wert war.

»Wir machen Pfannkuchen. Okay, Daddy?«

»Perfekt«, sagte Jack, während er den Blick durch die Küche schweifen ließ. Er hatte keine Ahnung, wo sie die kleine Pancake-Pfanne aufbewahrten, aber er war bereits einigermaßen stolz auf sich, weil er wusste, dass er eine brauchte.

Das *Tick-Tick-Tick* von Hundepfoten auf dem Fliesenboden hallte durch den Flur, und ein verschlafener Golden Retriever trottete in die Küche. »Hey Max«, sagte Jack, als er die Glastür zum Garten öffnete. »Zeit für deine Morgentoilette, Kumpel?«

»Max hat schon Töpfchen gemacht«, sagte Riley. Sie deutete auf die Pfütze im Familienzimmer. Max war ziemlich stubenrein und sein einer Unfall pro Jahr war jedes Mal die Schuld eines Vollidioten namens Jack, der am Abend zuvor vergessen hatte, ihn rauszulassen.

Jack nahm sich eine Rolle Küchenpapier und wischte den Lake Okeechobee auf, als sein Handy klingelte, das er über Nacht zum Aufladen auf dem Küchentresen hatte liegen lassen. Es war ein neuer Klingelton: »Hello« von Adele. Sie hatte es auf dem Konzert am Vorabend als Zugabe gesungen, und auf der Fahrt nach Hause hatte Andie es ihm aufs Handy geladen.

»Oh, Mommys Lieblingslied!«, rief Riley und sang dann alleine, mit ihrem eigenen Text:

»Hello from the other kitty …«

Die Vorstellung, wie Riley und ihre Mutter im SUV durch die Stadt fuhren, während sie ihre Adele-Hello-Kitty-Parodie sangen, ließ Jack lächeln. Doch die Stimme am Telefon war die von Manny, und die trieb ihm das Lächeln schnell wieder vom Gesicht.

»Guten Morgen, Jack. Tut mir leid, Sie am Samstag zu stören, aber ich habe gerade mit Sylvia Hunt telefoniert.«

»Weswegen?«

»Sie sind ihr ziemlich aufs Dach gestiegen, weil sie die Aussage nicht mit Ihnen geteilt hat, deshalb wollte sie uns dieses Mal im Voraus warnen.«

»Was meinen Sie mit ›dieses Mal‹? Sie hat ihre Meinung wegen der Kaution nicht geändert, oder?«

»Nein. Sie ist mit dem Fall vor die Grand Jury getreten, die ihr diesmal eine ordentliche Anklage zugesprochen hat. Sie wird die Anklageschrift um neun Uhr morgens veröffentlichen.«

»Wieso noch eine ordentliche Anklage? Gibt es weitere Anklagepunkte?«

»Die Gründe wollte sie mir nicht verraten. Aus strategischen Gründen, nehme ich an.«

Jack konnte durchaus einen strategischen Nutzen darin erkennen, dass die Staatsanwaltschaft, nachdem die Anklage eines Vergewaltigungsopfers sich als kontrovers herausgestellt hatte, ihrem Fall durch den Segen einer Grand Jury mehr Autorität verleihen wollte. Aber er hatte zu viele Mordfälle verhandelt, um nicht wenigstens kurz an den fünften Verfassungszusatz zu denken, der die Bestätigung einer Anklage durch eine Grand Jury nur in einem einzigen Fall zur unumgänglichen Notwendigkeit machte: Wenn der Staat eine Todesstrafe anstrebte.

»Hoffen wir, dass es nur strategische Gründe hat«, sagte er.

KAPITEL 16

Das Team traf sich um neun Uhr dreißig im Freedom Institute. Jack, Manny und Isa versammelten sich um den Resopal-Tisch im sogenannten Konferenzraum. Keith wartete in Jacks Büro, wo er von der Besprechung der Anwälte mit ihrer Mandantin nichts mitbekam.

Die Innenrenovierung des Freedom Institutes hatte das Gebäude ziemlich verändert, aber nicht, ohne ein paar nostalgische Werte zu erhalten. Ein Raum hatte sich überhaupt nicht verändert, und würde das – nach einstimmigem Beschluss des Teams – auch niemals tun: Die Originalküche aus den sechziger Jahren war eine Zeitkapsel zu Ehren von Jacks Mentor. Hier war nicht bloß der Ort, an dem die Anwälte und ihre Angestellten seit der Gründung des Institutes ihre Lunchtüten geöffnet hatten, sondern er diente auch als der meistgenutzte (und einzige) Konferenzraum. An der Wand über der Kaffeemaschine hing dasselbe gerahmte Foto von Bobby Kennedy, das einst an Neils Wand im Studentenwohnheim von Harvard gehangen hatte.

»Ich glaube, Keith ist böse, dass wir ihn weiterhin ausschließen«, sagte Isa.

»Er weiß, dass er nicht unser Mandant ist«, antwortete Jack. »Es ist wichtig, dass Sie das ebenfalls verstehen.«

»Sind die Sachen, die Mann und Frau einander erzählen, nicht irgendwie geheim oder vertraulich?«

»Bis zu einem gewissen Grad«, sagte Jack. »Aber es gibt keinen vernünftigen Grund, weshalb Keith hier sein sollte. Falls er jemals unter Eid Fragen beantworten muss, dann ist es besser, wenn er so wenig weiß wie möglich. Jedes Mal, wenn er sagt: ›Ich verweigere die Aussage, da die Gespräche zwischen meiner Frau und mir vertraulich sind‹, klingt es, als hätten Sie etwas zu verbergen.«

»Könnte Keith als Zeuge im Prozess aufgerufen werden?«, wollte sie wissen.

»Es ist unmöglich, das jetzt schon vorherzusagen«, antwortete Jack. »Konzentrieren wir uns für den Augenblick auf das, was wir wissen. Die Anklage erhebt zwei Anschuldigungen gegen Sie. Erstens: Mord in Verbindung mit einer Entführung. Zweitens: Verabredung zum Mord. Letzteres bedeutet, dass Ihre Übereinkunft mit anderen, Gabriel Sosa zu ermorden, bereits als Straftat gilt.«

»Ich hatte mit niemandem eine Übereinkunft«, erwiderte Isa.

»Die Anschuldigung wegen Mordes besagt, dass Sie an der Entführung und Gefangennahme von Gabriel Sosa beteiligt waren. Während dieser Entführung hat jemand – aber nicht Sie – Gabriel getötet.«

»Jetzt bin ich verwirrt. Werde ich wegen Entführung oder wegen Mordes angeklagt?«

»Wegen Mordes«, antwortete Jack.

»Das erscheint mir nicht besonders fair.«

»Das ist gängige Praxis. Menschen wurden hingerichtet, weil sie den Fluchtwagen gefahren haben, obwohl es ihr Komplize war, der tatsächlich die Waffe abgefeuert und den Bankangestellten erschossen hat. Es macht keinen Unterschied, wer den Mord verübt hat. Wenn Sie an einem Verbrechen wie einer Entführung oder einem Raubüberfall beteiligt waren, und irgendjemand endet tot auf dem Boden, dann machen Sie sich des Mordes strafbar. So funktioniert die Regel.«

»Sie sagten ›hingerichtet‹. Muss ich mit der Todesstrafe rechnen?«

»Nein«, antwortete Jack. »Ich hatte mir kurz Sorgen deswegen gemacht, als ich hörte, dass der Fall einer Grand Jury vorgelegt wurde. Es ist möglich, dass die Staatsanwaltschaft die Todesstrafe beantragt hat, aber die Geschworenen haben nicht angebissen. Der aktuellen Anklageschrift zufolge gibt es, selbst falls Sie in sämtlichen Anklagepunkten schuldig gesprochen werden, keine Gefahr einer Todesstrafe.«

»Dann nehme ich das als die gute Nachricht für heute«, sagte Isa. »Aber wie schlimm könnte meine Strafe werden?«

»Im schlimmsten Fall?«, fragte Jack.

»Ja, im schlimmsten Fall.«

»Lebenslänglich ohne Aussicht auf Bewährung.«

Sie sank ein wenig auf ihrem Stuhl zusammen. Das war keine Todesstrafe, aber es war beängstigend genug.

»Dazu wird es nicht kommen«, sagte Manny.

»Wie können Sie da so sicher sein?«, fragte Isa.

»Das ist kein Fall, den die Anklage bis vor den Richter bringen will. Solange Sie bereit sind, für eine geringere Strafe Ihre Schuld einzugestehen, braucht Ihnen lebenslänglich ohne Bewährung nicht einmal durch den Kopf zu gehen.«

»Ich werde mich nicht für etwas schuldig bekennen, das ich nicht getan habe. Nicht einmal wenn Sie sagen, dass es mir eine ›geringere Strafe‹ einbringt.«

Jack und Manny wechselten einen Blick, als würden sie sich beide fragen, wie viele Tausende Male der andere eine ähnliche Beteuerung von seinen Mandanten bereits gehört hatte.

»Schauen wir uns die Anklageschrift einmal an«, schlug Jack vor.

»Bevor wir damit anfangen«, unterbrach Manny, »möchte ich bloß sagen, dass wir als Ihre Anwälte uns sehr darüber im Klaren sind, dass jede Geschichte immer zwei Seiten hat. Eine Anklage erzählt immer nur eine Seite – die des Staates.«

»Okay.«

»Ich sollte außerdem hinzufügen, dass die Anklageschrift nicht sämtliche Beweise aufführt, welche die Staatsanwaltschaft der Grand Jury präsentiert hat. Das kommt erst später, wenn wir die richtigen Protokolle der Anhörung erhalten.«

»Wann wird das sein?«, fragte Isa.

»Bald«, antwortete Manny. »Wir werden mit der Staatsanwältin einen Terminplan ausarbeiten. Aber ich wollte nicht unterbrechen. Machen Sie weiter, Jack.«

»Danke. Die ersten paar Absätze geben noch einmal die bisherigen Anschuldigungen wieder. Sie sind mit Ihrem Freund und dessen Freund in eine Bar gegangen. Sie haben auf Gabriel Sosa gezeigt und gesagt, er habe Sie im Frühling desselben Jahres in Ihrem Wohnheimzimmer vergewaltigt.«

»Und wie ich vorher schon sagte, ist das alles auch so passiert.«

»Wer war der Freund Ihres Freundes?«

»Ich erinnere mich nicht an seinen Namen. Ich bin mir nicht einmal sicher, ob ich ihn je kannte. Ich habe ihn weder vorher noch hinterher je gesehen.«

»Die Anklageschrift nennt seinen Namen ebenfalls nicht«, erklärte Jack. »Aber wenn ich raten müsste, dann würde ich darauf tippen, dass die Protokolle uns verraten werden, dass der Hauptzeuge Ihr damaliger Freund ist, David Kaval.«

»Ich sagte Ihnen doch, ich weiß nicht, wo er ist.«

»Mein Ermittler hat ihn gestern Abend aufgespürt«, sagte Jack. »Er sitzt im Staatsgefängnis von Florida eine Strafe wegen bewaffneten Raubüberfalls ab.«

»Was es umso wahrscheinlicher macht, dass er gegen Sie aussagen wird«, fügte Manny hinzu. »Vermutlich hat er einen Deal mit der Staatsanwaltschaft.«

»Davon gehe ich aus«, sagte Jack. »Wer auch immer der Informant ist, die Anklageschrift behauptet, dass Sie, als Sosa die Bar verließ und zu seinem Auto ging, gemeinsam mit Ihrem Freund und dessen Freund Sosa in einem weißen Van gefolgt seien. Stimmt das?«

»Das stimmt.«

Jack zögerte. Er hatte erwartet, dass sie das Gegenteil behaupten würde. »Wieso sind Sie ihm gefolgt?«

»David sagte, dass wir ihm Angst einjagen würden.«

»Auf welche Weise?«

»Das weiß ich nicht. Das hat David nicht gesagt.«

»Wem gehörte der Van?«

»Er gehörte Davids Freund. Ich wollte nicht mal mitfahren.«

»Aber Sie taten es trotzdem.«

»Ja.«

Der alte Kühlschrank hinter Jack knurrte. Isas Antwort hing in der Luft, bis das elektrische Stöhnen verstummte und Jack weitersprach. »Hier steht weiterhin: ›Nach einer Fahrt von etwa einer Meile rammte der Van mutwillig Sosas Auto. Als Sosa ausstieg, um den Schaden zu betrachten, sprangen Isas Freund und sein Kumpel aus dem Van und stellten Sosa zur Rede.‹ Stimmt das?«

Sie antwortete nicht.

Jack versuchte es erneut. »Ist das so passiert, Isa?«

»Ja.«

Ein weiteres unerwartetes Geständnis. »Wie haben Kaval und sein Freund Sosa zur Rede gestellt?«

»Wir fuhren an den Straßenrand, so wie jeder es nach einem Zusammenstoß im Verkehr getan hätte. Sosa stand zwischen dem Kofferraum seines Wagens und der vorderen Stoßstange des Vans. David und sein Freund haben ihn dort von beiden Seiten eingekesselt, David auf der Fahrerseite und sein größerer Freund auf der anderen Seite. So war Gabriel gefangen und konnte nirgendwohin fliehen.«

»Wo waren Sie?«

»Auf dem Vordersitz des Vans.«

»Konnten Sie hören, was gesprochen wurde?«

»Nein.«

»Haben Sie gesehen, dass irgendjemand Sosa berührt hat?«

»David hat ihn geschubst.«

»Fest?«

»Nein. Das war so ein Schulhofgeschubse. Sie haben versucht, ihm Angst zu machen. Ich stieg aus dem Van und habe David gesagt, dass er aufhören soll. Aber er hat mich ignoriert. Er hat Gabriel wieder geschubst.«

»Fester?«

»Mmm-hmm. Er hat ihn zu Boden gestoßen und angefangen, ihn anzubrüllen. ›Steh auf! Steh auf, du Schlappschwanz!‹«

»Was taten Sie?«

»Ich habe David angeschrien. Ich sagte, dass er damit aufhören und Gabriel in Ruhe lassen soll. Aber er hat nur zurückgeschrien: ›Verschwinde hier, Isa! Los! Verzieh dich!‹«

»Was haben Sie getan?«

Sie holte tief Luft und begann zu zittern. »Ich rannte.«

»Wohin?«

»In mein Zimmer im Wohnheim. Wir waren weniger als einen Kilometer vom Campus entfernt. Ich begann zu rennen und blieb nicht stehen, bis ich dort war. Dann habe ich die Tür verriegelt.«

»Haben Sie die Polizei informiert?«

Sie wandte den Blick ab und starrte auf den Tisch. »Nein.«

»Warum nicht?«

Sie brauchte ein paar Sekunden, dann sah sie Jack an. »Haben Sie irgendeine Vorstellung davon, was David mir angetan hätte, wenn ich die Polizei gerufen hätte?«

»Angesichts der Tatsache, dass er im Augenblick wegen eines Gewaltverbrechens im Gefängnis sitzt, kann ich mir das durchaus vorstellen«, antwortete Jack.

»Dazu reicht Ihre Vorstellungskraft nicht aus«, entgegnete Isa. »Zumindest hoffe ich das für Sie.«

Jack würde noch mehr über ihren ehemaligen Freund erfahren müssen, doch zuerst wollte er die Ereignisse durchgehen. »Wann haben Sie wieder von David und seinem Freund gehört?«

»Von seinem Freund habe ich nie wieder etwas gehört. David rief mich am nächsten Morgen an.«

»Wie verlief das Gespräch?«

»Ich sagte: ›Ich hoffe, ihr habt ihm nicht wehgetan.‹ Und David sagte, das hätten sie nicht. Sie hätten ihm bloß Angst gemacht. ›Der hat sich in die Hosen geschissen‹, waren seine exakten Worte. Und dann sagte er: ›Du kannst jetzt unbesorgt schlafen. Du musst dir keine Sorgen mehr machen, dass er noch mal auftaucht und dich belästigt.‹«

»Was haben Sie geglaubt, was er damit meinte?«

»Dass Gabriel so eine Angst hatte, dass er es nicht mal mehr wagen würde, auch nur meinen Postleitzahlenbereich zu betreten.«

»Ihnen kam nicht in den Sinn, dass er Sie nicht mehr belästigen würde, weil er tot war?«

»Nein.«

Der alte Kühlschrank jaulte erneut los. Jack gab dem Elektromotor einen Augenblick, bis er nicht mehr kreischte, und als wieder Ruhe herrschte, gab er Isa noch ein paar Sekunden, um ihre Antwort zu überdenken. Doch sie fügte nichts mehr hinzu.

»Gibt es sonst noch etwas, das Sie uns erzählen wollen?«, fragte er.

»Nein. Das war alles.«

Jack warf einen Blick auf seine Notizen, um sicherzugehen, dass er alle notwendigen Folgefragen notiert hatte. Dann warf er einen erneuten Blick auf die Anklageschrift. »Die Anklage erzählt die Geschichte anders. Hier steht, dass Ihr Freund und sein Kumpel Gabriel hinten in den Van geworfen hätten und mit ihm in eine Werkstatt gefahren seien. Und hier steht, Sie wären dabei gewesen.«

»Das ist nicht wahr. Ich bin in mein Wohnheim gerannt.«

»Hier steht, dass Sosa in der Werkstatt über mehrere Stunden systematisch gefoltert worden sei. Am Samstagmorgen dann wurde seine misshandelte Leiche neben der Krome Avenue im südlichen Miami-Dade County abgeladen.«

»Ich weiß nichts von irgendeiner Folter oder dem Fund einer Leiche. Das Letzte, was ich gesehen habe, war, wie Gabriel zwischen dem Van und seinem Auto stand und die beiden ihn provoziert haben.«

»Wieso sind Sie weggerannt?«, fragte Jack.

Sie antwortete nicht sofort, aber ihre Körpersprache verriet Jack, dass sie sich dieselbe Frage viele Male selbst gestellt hatte. »Ich weiß es nicht. Ich hatte Angst. Ich war wütend. Ich konnte den Anblick von Gabriel Sosa nicht erneut ertragen. Ich wusste plötzlich, dass ich dort keine Sekunde länger bleiben konnte. Also rannte ich.«

»Bevor Kaval und sein Freund Sosa in die Werkstatt brachten?«

»Ja. Ich höre gerade das erste Mal von irgendeiner Werkstatt.«

»Die letzte Zeile der Anklageschrift behauptet, dass die ganze Sache von Isabelle Bornelli geplant, durchgeführt und geleitet worden wäre.«

»Das klingt nicht mal wie etwas, das David sagen würde.«

»Es sind nicht seine exakten Worte. Dies ist eine Zusammenfassung, die die Anklage verfasst hat.«

»Wer immer das gesagt hat, es ist einfach nicht wahr.«

Jack lehnte sich leicht über den Tisch, nicht um Isa einzuschüchtern, sondern um sie wissen zu lassen, dass ihm etwas Sorgen bereitete. »Lassen Sie mich Ihnen eine Frage stellen, Isa. Was hatten Sie geglaubt, was geschehen würde, als Sie vor Ihrem Freund in der Bar auf Gabriel Sosa zeigten?«

»Ich weiß nicht.«

»Das wird nicht ausreichen«, sagte Jack.

Sie sammelte sich, bevor sie antwortete: »Ich dachte, er würde Gabriel sagen, dass er nicht mit dem durchkommen würde, was er mir angetan hat. Dass er ihm sagen würde, dass er besser zweimal darüber nachdenken sollte, mich noch einmal aufzusuchen.«

»Ihm *sagen*?«, fragte Jack. »Seien wir ehrlich, Isa. Sie wussten, dass er mehr tun würde, als einen freundlichen Plausch abhalten.«

»Ich dachte, er würde tun, was jeder Mann tun würde, wenn er den Mann findet, der seine Freundin vergewaltigt hat. Aber diese ganze Behauptung, dass ich einen Plan geschmiedet hätte, um Gabriel zu *töten*, ist vollkommen verrückt.«

Manny stand auf und lehnte sich an den Küchentresen. »Vor allem, wenn er sie gar nicht vergewaltigt hat.«

»Wie bitte?«, fragte Isa.

»Es gab keinen Grund für Sie, vor Ihrem Freund auf Gabriel Sosa zu zeigen, ihn zu entführen oder ihm Angst einzujagen – und schon gar nicht, ihn zu ermorden –, wenn, wie Sie der Ärztin in der Campus-Klinik erzählt haben, zwischen Ihnen und Gabriel nichts anderes vorgefallen ist, als ungeschützter Geschlechtsverkehr.«

»Aber das ist nicht das, was passiert ist«, sagte sie.

»Das ist hier nicht die Frage«, erwiderte Manny. »Kann die Staatsanwaltschaft *beweisen*, dass mehr als das zwischen Ihnen geschehen ist?«

»Ich verstehe nicht, was Sie meinen«, sagte Isa.

»Technisch gesehen muss die Staatsanwaltschaft Ihnen ein Motiv nachweisen. Aber in einem Fall wie diesem, wenn der Staat kein Motiv nachweisen kann, wird kein Geschworener Sie verurteilen.«

»Aber sie sollten mich ohnehin nicht verurteilen. Ich habe nichts getan.«

»Hören Sie nur, was ich sage. Es gibt keine Möglichkeit, dass die Staatsanwaltschaft beweisen kann, dass Sie vergewaltigt wurden. Sie haben es nicht angezeigt. Ihr Angreifer ist tot. Es gab keine medizinische Untersuchung Ihres Körpers, um eine Vergewaltigung nachzuweisen. Wenn Jack und ich recht haben, dann beruht der ganze Fall auf der Aussage Ihres Ex-Freundes, der ein verurteilter Straftäter ist und wegen bewaffneten Raubüberfalls im Gefängnis sitzt. Wir werden ihn im Zeugenstand in Fetzen reißen und ihn als einen Mistkerl dastehen lassen, der für sich selbst einen hübschen Deal rausschlagen wollte, im Austausch für seine Aussage gegen Sie.«

»Aber was soll ich denn jetzt tun?«, fragte Isa. »Wollen Sie, dass ich lüge und behaupte, ich wäre nicht vergewaltigt worden?«

»Nein«, sagte Manny mit ruhiger, tonloser Stimme. »Ich will, dass Sie die Klappe halten.«

Isa zuckte zurück.

»Ich will, dass wir *alle* die Klappe halten«, erklärte Manny. »Wir müssen aufhören, der Anklage, der Presse oder irgendwem sonst zu erzählen, dass Sie vergewaltigt wurden. Ich will nicht, dass wir dort draußen irgendetwas erzählen, das im Prozess gegen uns verwendet werden könnte, um zu beweisen, dass Gabriel Sosa Sie attackiert hat. Denn so wie die Dinge im Augenblick stehen, sehe ich nicht, wie die Staatsanwaltschaft beweisen könnte, dass Sie vergewaltigt wurden. Und wenn es keine Vergewaltigung gab, gibt es kein Motiv. Und ohne Motiv gibt es keine Verurteilung.«

»Die Strategie gefällt mir nicht«, erwiderte Isa. »Sie gefällt mir kein Stück.«

Manny zuckte mit den Schultern. »Dann gefällt es Ihnen vielleicht, den Rest Ihres Lebens im Gefängnis zu verbringen.«

Sie warf Jack einen verzweifelten, hilfesuchenden Blick zu.

»Manny, schalten Sie mal einen Gang zurück«, warf Jack ein.

»Ich stelle die Dinge nur so da, wie sie sind«, sagte Manny.

»Nein, Sie stellen sie so da, wie Sie sie gerne hätten.«

»Was meinen Sie, Jack?«, fragte Isa.

Jack hatte immer noch seine Zweifel, was Manny betraf, doch er hatte ihm zugehört, ohne ihm Böses zu unterstellen. »Das hier ist die schwerste Entscheidung, mit der sich ein Strafverteidiger konfrontiert sehen kann: Sollte ich lautstark erklären, weshalb ich unschuldig bin, oder sollte ich schweigen und erklären, dass der Staat meine Schuld nicht über berechtigte Zweifel hinaus beweisen kann?«

»Aber Sie stimmen Manny zu?«

Er sah nur Isa an, als er sprach. Er spürte, dass sie die Bestätigung brauchte. »Bis zu einem gewissen Punkt. Wenn Sie öffentlich verkünden, dass Sie vergewaltigt wurden, dann kann diese Stellungnahme im Zuge der Beweisregeln bei einem Prozess gegen Sie verwendet werden. Es wäre ein Geständnis. Ich stimme daher zu, dass Sie keine öffentliche Stellungnahme abgeben sollten.«

»Gut«, sagte Manny. »Dann sind wir ja alle an Bord.«

»Nicht so schnell«, sagte Jack und richtete den Blick auf seinen Kollegen. »Ich stimme nicht zu, dass wir *alle* die Klappe halten sollten. Die Anklage verdient jeden Krümel des Shitstorms, den sie dafür kassiert, Isa des Mordes anzuklagen. Wenn die Anwälte den Medien erzählen, dass Isa vergewaltigt wurde, kann die Staatsanwaltschaft das im Prozess nicht gegen unsere Mandantin verwenden.«

»Das ist nun wirklich Haarspalterei«, gab Manny zurück.

»Nein«, sagte Jack. »Das ist ein wichtiger Punkt. Ja, Isa sollte schweigen. Aber ihre Anwälte werden weiterhin die Medien bearbeiten und den Druck auf das Büro der Staatsanwaltschaft dafür aufrechterhalten, dass sie eine Anklage wegen Mordes angestrebt haben, obwohl die Anklage – wenn überhaupt – viel leichter hätte ausfallen müssen.«

»Wollen Sie damit sagen, dass ich bei dem Prozess nicht aussagen werde?«, fragte Isa.

»Das ist eine Entscheidung, um die wir uns kümmern werden, wenn es so weit ist«, antwortete Jack. »Im Augenblick besteht das Ziel darin, dass Sie vor dem Prozess keine öffentliche Stellungnahme abgeben, die es der Anklage erleichtert, diesen Fall zu gewinnen.«

Isa atmete durch. »Ich schätze, damit kann ich leben.«

Manny schüttelte den Kopf. »Nun Jack, in der Theorie ist das wirklich hübsch, aber es ist nun einmal eine Tatsache, dass *niemand* von uns irgendetwas über die Vergewaltigung sagen darf.«

»Warum?«, wollte Isa wissen.

»Weil das die Abmachung ist, die ich mit Sylvia Hunt getroffen habe. Sie hat zugestimmt, dass die Staatsanwaltschaft sich nicht länger gegen eine Kaution stemmt, solange wir uns bereit erklären, in dem Thema keinen weiteren Kommentar abzugeben, bis die interne Untersuchung des Fehlverhaltens des Wärters abgeschlossen ist.«

»Dass Sie die Untersuchung nicht kommentieren, bedeutet doch nicht, dass Sie und Jack nicht mehr darüber sprechen können, was Gabriel Sosa getan hat«, erwiderte sie und sah dann zu Jack. »Oder?«

»Ich habe einem Blanko-Maulkorb zugestimmt«, erklärte Manny. »Die Verteidigung darf nicht mit der Presse sprechen. Punkt.«

Plötzlich wurde Jack so einiges klar. Manny hatte sich bereits fest für seine Strategie entschieden – dass Sosa Isa nicht vergewaltigt hatte –, und er hatte im Alleingang die gesamte gemeinschaftliche Verteidigung darauf ausgerichtet.

»Das erscheint mir nicht wie das beste Ergebnis«, wandte Isa ein.

»Es ist das best*mögliche* Ergebnis«, erwiderte Manny. »Sie sind aus dem Gefängnis raus.«

Isa schloss die Augen und massierte sich die Nasenwurzel. »Ich bekomme von der Sache allmählich Kopfschmerzen.«

»Für einen Morgen haben wir genug besprochen«, sagte Jack.

»Wann treffen wir uns wieder?«, fragte Isa.

»Bald«, antwortete Jack, bevor er Manny ansah. »Aber zuerst müssen Ihre Anwälte sich miteinander unterhalten. Eine schöne, ehrliche Unterhaltung. Nur wir beide.«

»In Ordnung, rufen Sie mich an, wenn Sie mich brauchen«, sagte Isa. »Ich danke Ihnen beiden«, fügte sie hinzu und verließ dann das Zimmer.

»Ich muss auch los«, verkündete Manny. »Wenn ich mich beeile, schaffe ich noch meinen Abschlag in La Gorce.«

»Ich meinte es ernst, als ich sagte, dass wir zwei Anwälte etwas zu besprechen haben«, sagte Jack.

Der Kühlschrank begann wieder zu raunen. Manny trat ihm gegen die Seite, und er verstummte. »Süße kleine Einrichtung haben Sie hier, Swyteck. Lassen Sie uns das Gespräch in meinem Büro führen.«

Jack stand auf. Er wollte keinen Streit mit Manny, während Keith und Isa noch im Nebenzimmer saßen, aber es fiel ihm schwer, die Ruhe zu bewahren. »Sie wollen es also auf die harte Tour, Manny?«

»Ich habe keine Ahnung, wovon Sie sprechen.«

»Wenn wir als Team arbeiten sollen, dann müssen Sie aufhören, sich wie der Kapitän an Bord zu benehmen.«

»Ich bin der Kapitän. Sie waren nicht derjenige, der Isa auf Kaution rausgeholt hat.«

»Genau davon spreche ich, Manny. Ich habe kein einziges schlechtes Wort über Sie gegenüber Isa verloren. Und trotzdem ist alles, was Sie sagen und tun, genau berechnet, sie davon zu überzeugen, dass das hier eine Ein-Anwalt-Operation ist. Sie entscheiden, was wir den Medien gegenüber sagen. Sie entscheiden die Verteidigungsstrategie. Sie sind der Rechtszauberer, der seine Mandantin mit einem Wink seines Zauberstabs aus dem Gefängnis holt.«

»Ich versichere Ihnen, Jack, es war keine Magie.«

»Daran habe ich keinen Zweifel. Aber, oh Mann, was für ein unglaublicher Zufall, wie Ihnen dieser Fall in den Schoß geplumpst ist, nur wenige Stunden, nachdem Isas Vater in mein Büro kam – in meine ›süße kleine Einrichtung‹ – und mir erzählt, dass er nicht will, dass ich seine Tochter als Anwalt vertrete, und dass er seine Beweise, wonach seine Tochter nicht vergewaltigt wurde, nur mit ihrem neuen Anwalt teilt.«

»Jack«, sagte er mit einem tadelnden Händeschütteln. »Werfen Sie mir unlautere Methoden vor?«

»Wie viele venezolanische Mandanten haben Sie, Manny?«

»Ich hatte eine Menge venezolanische Mandanten. Liegt in der Natur meiner Branche. Caracas ist das neue Medellín.«

»Lassen Sie mich die Frage umformulieren: Wie viele venezolanische Mandanten mit dem Namen Bornelli vertreten Sie?«

Er lächelte schwach, bevor er wieder ernst wurde. »Genauso viele wie Sie, Jack. Genauso viele wie Sie.«

Jack hielt seinem Blick stand.

»Mein Vierer wartet im Country Club auf mich«, sagte er und sah als Erster weg.

Jacks Blick blieb auf ihm ruhen wie ein Laser, bis sein Mitanwalt selbst hinausfand und die Tür hinter sich schloss.

KAPITEL 17

Jack fuhr mittags nach Coconut Grove. Der Trip stand in Beziehung zu Isas Fall, aber es war nicht direkt ein Arbeitsessen. Er besuchte Theo Knight.

Theo war Jacks bester Freund, Barkeeper, Therapeut, Vertrauter und von Zeit zu Zeit Ermittler. Außerdem war er ein früherer Mandant, ein ehemaliges Gangmitglied, das mit Leichtigkeit tot in den Straßen von Overtown Village oder Liberty City hätte enden können. Stattdessen war er in der Todeszelle gelandet, für einen Mord, den er nicht begangen hatte. Jack hatte ihm buchstäblich das Leben gerettet. Mit der Entschädigungssumme vom Staat hatte Theo seine eigene Kneipe eröffnet – die er Sparky's getauft hatte, ein Wortspiel und doppelter Mittelfinger an »Old Sparky«, wie der Spitzname des elektrischen Stuhls lautete, dem er hatte entkommen können. Sparky's Erfolg hatte zu einer zweiten Bar in Coconut Grove geführt: Cy's Place.

Cy's Place war eher für seine abendlichen Auftritte von Jazzmusikern bekannt als für sein Mittagsmenü, und so hatte Jack freie Wahl bei den Barstühlen. Er setzte sich vor den Fernseher, auf dem zu jeder Zeit der Sportsender ESPN lief. Theo kam herüber, langte über den Tresen und gab Jack eines dieser mehrstufigen Händeschütteldinger, die Jack sich nie merken konnte, auch wenn Theo ihn manchmal seinen Bruder nannte.

»Was geht, Kumpel?«

»Alles beim Alten«, erwiderte Jack.

»Haste Hunger? Wie wär's mit'm Riley Spezial?«

Theo hatte sich selbst zu Onkel Theo erklärt, und das Riley Spezial war ein Hotdog-Würstchen ohne Brot, in hundert winzige Stückchen geschnitten.

»Nein danke, wir nennen es nicht umsonst das *Riley* Spezial.«

»Du hättest meine kleine Nichte mitbringen können, weißt du.«

»Nächstes Mal.«

Andie war nicht allzu begeistert davon, eine Zweijährige in eine Bar mitzunehmen und sie mit Hotdog-Würstchen zu füttern. Aber was in Cy's Place geschah, blieb auch in Cy's Place – bis zu ihrem letzten Besuch, als Riley nach Hause gekommen war und angefangen hatte, ihre eigene Version von *»Neunundneunzig Flaschen mit Bier an der Wand«* zu singen.

»Is' deine Frau noch sauer auf mich, weil ich Riley das Rückwärtszählen beigebracht hab?«

»Zuerst einmal: Sie war nicht wütend. Und zweitens glaube ich nicht, dass neunzig-zehnig, elfzig-zwölfzig als zählen durchgeht, und schon gar nicht als rückwärts zählen.«

»Hey, es war ihr erster Versuch, okay?«

Das Pärchen, das am anderen Ende der Bar saß, erforderte Theos Aufmerksamkeit. Er ließ Jack zurück, um sie zu bedienen.

Jack wusste, dass Theo nicht scherzte, wenn er darum bat, dass Jack Riley öfter mitbringen möge. Nachdem er vier Jahre seines Lebens an jemandes Verbrechen verloren hatte, befand sich Theo in einem dauerhaften »Alles, was es wert ist, getan zu werden, ist es wert, es möglichst oft zu tun«-Status. Theo war nicht nur ein Onkel; er würde als Willie Mays aller Onkels in die Annalen eingehen. Wie der legendäre Baseballspieler, der als bester Allrounder aller Zeiten galt. Cy's Place war nicht einfach nur ein Jazz-Club: der Laden war die Wiedergeburt von Miamis Schwarzenviertel Overtown zu dessen glanzvollsten Zeiten. Niemand musste Jack daran erinnern, was für ein besonderer Ort das hier war. Knarrende Holzdielen, rote Ziegelwände und hohe Decken lieferten das perfekte Gerüst für den Club, den zu besitzen sich Theos Großonkel immer gewünscht hatte. Jugendstil-Kronleuchter spendeten genau das richtige Stimmungslicht. Nachts standen vollbesetzte Cafétische vor der kleinen Bühne, auf der Live-Musik gespielt wurde. Und was noch wichtiger war, auf genau diesen Barhockern waren auf der Eröffnungsfeier des Clubs die ersten Funken zwischen Jack und FBI-Agent Andie Henning geflogen. Sie hatten bis zwei Uhr morgens geredet und gelacht, während sie Onkel Cy gelauscht hatten, der ihnen durch sein Saxofon eine Kostprobe von Miamis altem Overtown Village spendiert hatte. Einige Monate später, an Jacks zweitem Jahrestag seines neununddreißigsten Geburtstags, hatte Jack ihr den Antrag gemacht. Schöne Erinnerungen.

Warum scheint das alles eine Million Jahre zurückzuliegen?

»Bin in einer Sekunde wieder da«, sagte Theo, als er an Jack vorbei in die Küche flitzte. »Ich hab Infos für dich.«

Jack hatte gewusst, dass Theo ihn nicht enttäuschen würde. Andie hatte Jack einen guten Tipp gegeben: Wenn er die Wahrheit hinter der Kaution erfahren wollte, musste Jack mit Isas Zellengenossin sprechen, bevor das Justizministerium sie wegen der Untersuchung des Fehlverhaltens des Wärters in die Finger bekam. Die Chancen, dass sie mit Jack persönlich sprach, waren allerdings gering. Das war der perfekte Job für Theo.

Die Doppelschwingtür zur Küche schwang auf. Theo eilte heraus, brachte zwei Sandwiches ans andere Ende der Bar und kam zu Jack zurück.

»Konntest du ein Treffen vereinbaren?«

»Japp. Und du brauchst dir keinen Kopf zu machen, dass ich dafür irgendwas Illegales getan hätte. Niemanden geschmiert, niemanden bedroht.«

»Wie hast du das angestellt?«

»Eine meiner ehemaligen Kellnerinnen sitzt dort drüben ein. Drogenvergehen. Ich habe sie gefragt, ob sie Foneesha Johnson kennt. Das tut sie, und sie hat ein gutes Wort für mich eingelegt. Foneesha und ich haben uns heute Morgen getroffen.«

»Wie lief es?«

»Ziemlich gut. Ich gehe mit ihr zu einem Spiel der Heat, wenn sie in sechs Monaten freigesprochen wird. Und in etwa fünfundzwanzig Jahren, wenn sie es nicht wird.«

»Ich meinte ... du weißt, was ich meinte.«

»Yeah, weiß ich. Aber es macht einfach Spaß, dich zu verarschen. Weißt du, ich denke, dass die Chancen wirklich gut stehen, dass sie freigesprochen wird. Weißt du, wieso?«

»Vermutlich nicht, weil sie unschuldig ist.«

»Stimmt haargenau. Sie hat sich 'nen erstklassigen Anwalt geangelt.«

»Ja. Ich weiß. Ihr Anwalt ist Manuel Espinosa.«

»Aber wusstest du *das*? Manny vertritt sie gratis.«

»Manny verteidigt sie gratis?«

»Ist hier irgendein scheiß Papagei reingeflogen?«

»Tut mir leid«, sagte Jack. »Ich versuche nur, das zu verstehen. Manny ist Anwalt für Drogenfälle. Der würde nicht mal seine eigene Mutter umsonst vertreten.«

»Ohne Scheiß? Aber es muss stimmen, Kumpel. Auf keinen Fall kann sich Foneesha Johnson einen Manuel Espinosa leisten.«

Das war ein schlagendes Argument. »Okay. Also, wie hat Isas Zellengenossin sich einen Gratis-Anwalt geangelt?«

»Laut Foneesha hat er sie kontaktiert. Er hat ihr angeboten, sie umsonst zu vertreten, wenn sie sich persönlich mit ihm trifft. Da hat sie zugeschlagen.«

»Das kann doch nicht alles gewesen sein.«

»Ist es auch nicht. Aber von hier an wurde sie ein bisschen vage. Also, um den Gratis-Anwalt zu bekommen, musste sie etwas als Gegenleistung tun.«

»Und was für ein Etwas wäre das?«

»Einen Gefallen. Und ich meine keinen sexuellen Gefallen.«

»Ich *weiß*, dass du keinen *sexuellen* meinst. Theo, spuck es einfach aus.«

Theo beugte sich vor, als wolle er ihm das größte Geheimnis der Welt verraten. »Sie musste dabei helfen, Isa auf Kaution freizubekommen.«

»Wie?«

»Das wollte sie mir nicht sagen. Nun, zumindest gestern wollte sie es mir nicht verraten. Sie sagte, sie würde es mir beim Spiel der Heat erzählen. Kommst du an Tickets ran? Ich nehme alles. Sogar gegen die jämmerlichen Knicks.«

»Theo, vergiss die Heat, okay? Was du mir gerade erzählst, ist eine Bombe.«

»Na, wenn's 'ne Bombe ist, dann gegen Golden State.«

»Fein. Du kannst jedes Spiel kriegen, das du willst. Halt einfach für sechzig Sekunden die Klappe und lass mich das sortieren.« Jack schloss die Augen und öffnete sie dann wieder, während er laut nachdachte. »Also, Manny hat mir Folgendes erzählt. Versuch, die zeitliche Reihenfolge im Kopf zu behalten. Ein Wärter ging zu Isas Zellengenossin. Er versuchte, sie dazu zu nötigen, Teil seines Plans zu sein, um Isa sexuell zu nötigen.«

»Davon hat mir Foneesha nichts erzählt.«

»Das ist in Ordnung. Hör erst mal zu. Die Zellengenossin ging zu Isa und erzählte ihr von dem Plan des Wärters.«

»Und dann hat Isa dich angerufen?«

»Nein«, sagte Jack und schüttelte den Kopf. »Sie rief Manny an. Weil Manny Foneeshas Anwalt war.«

Sie sahen einander an, während sie versuchten, den Sinn in dem Ganzen zu erkennen.

»Das passt nicht richtig«, sagte Theo. »Foneesha hat mir erzählt, dass Manny umsonst für sie arbeitet, wenn sie verspricht dabei zu helfen, Isa aus dem Knast zu kriegen.«

»Richtig«, sagte Jack. »Und Manny behauptet das Gegenteil – dass er angeboten habe, Isa aus dem Gefängnis zu holen, weil er bereits Foneeshas Anwalt war.«

»Was glaubst du, was wirklich passiert ist?«, fragte Theo.

»Keine Ahnung.«

»Was glaubst, was passiert sein könnte? Worst-Case-Szenario?«

Jack dachte einen Augenblick darüber nach. »Manny hat herausgefunden, wer sich mit Isa die Zelle teilt. Manny traf sich mit Foneesha und bot ihr an, sie unentgeltlich zu vertreten, wenn sie Isa erzählt, dass der Wärter plant, sie zu vergewaltigen.«

»Also glaubst du nicht, dass der Wärter wirklich vorhatte, ihr etwas anzutun?«

»Du hast mich nach dem Worst-Case-Szenario gefragt.«

»Du glaubst, Manny hat Foneesha die Worte in den Mund gelegt?«

»Ich sage bloß, dass das *möglich* ist.«

»Whoa. Für so 'ne Scheiße kann ein Anwalt seine Zulassung verlieren.«

»Ja, kann er«, sagte Jack. »Wenn es jemand beweisen kann.«

»Aber irgendwas habe ich verpasst. Weshalb sollte Manny Isa überhaupt auf Kaution rausholen wollen? Er war nicht ihr Anwalt. Das warst du.«

»Stimmt. Aber das wäre eine Möglichkeit, um ihr Anwalt zu werden.«

»Komm schon, Mann. Ich hab den Kerl gegoogelt. Espinosa hat mehr als genug Kunden mit dicker Brieftasche.«

Jack dachte an das Gespräch zurück, das er mit Isas Vater in seinem Büro geführt hatte – Felipe Bornellis offene und ehrliche Absage an den Anwalt, den Isabella engagiert hatte.

»Vielleicht geht es gar nicht darum, dass Manny einen neuen Mandanten brauchte«, sagte Jack. »Vielleicht geht es nicht mal darum, dass Isa einen neuen Anwalt brauchte. Es könnte um Kontrolle gehen.«

»Kontrolle über was?«

»Über Isa«, sagte Jack. »Und ihren Fall.«

»Das ist harter Scheiß«, sagte Theo und wischte die Bar ab. »Hängt natürlich alles davon ab.«

»Von was?«

»Ob man irgendetwas von dem glauben kann, was Foneesha so rumposaunt.«

»Du hast ihr ausreichend vertraut, um sie zu einem Heat-Spiel einzuladen.«

Theo lachte.

»Was ist so witzig?«

»Ich würde sie nicht mal einladen, auf dem Sitz neben mir zu hocken, wenn ich 'nen Ebola-Anzug trage. Die Karten sind für mich und mein Mädchen – Riley.«

»Also hast du keine weiteren Pläne mit Foneesha?«

»Nah. Ich hatte Glück, einen Besuch bei ihr zu bekommen. Ich hab rausgeholt, was ich konnte. Aber betrachte ihre Worte nicht als Evangelium.«

»In Ordnung.« Jack klopfte mit den Knöcheln auf die Bar und stieg von seinem Hocker. »Danke dir, Kumpel. Ich nehme das erst mal so mit.«

KAPITEL 18

Etwa um zwei Uhr nachmittags betrat Sylvia das Village of Merrick Park, ein offenes Einkaufszentrum voll kostspieliger Geschäfte in Coral Gables. Sie gab ihr Auto beim Parkservice ab und folgte der Reihe hochgewachsener Königspalmen in die Mitte des offenen Innenhofs. Eine junge Frau saß auf einer Bank vor dem Springbrunnen. Sylvia hatte sie seit beinahe fünf Jahren nicht gesehen, doch als sie sich von hinten näherte, erkannte sie sofort die Haltung, die Frisur, und die Form der Schultern.

»Hallo, meine Liebe«, sagte Sylvia.

Die Frau drehte sich um und hielt erschrocken den Atem an. Sylvia lächelte traurig. *Immer noch schreckhaft.*

Sylvia war seit nahezu fünf Jahren nicht mehr hier gewesen – nicht seit ihrem letzten Treffen mit »Jane Doe«. Valerie Hinds war inzwischen vierundzwanzig Jahre alt. Sylvia hatte sie kennengelernt, als sie siebzehn und in der elften Klasse der Coral Gables High School gewesen war. Das Einkaufszentrum war für die Schüler und Schülerinnen Sperrgebiet während der Unterrichtszeiten, was es zum perfekten Treffpunkt machte, weil Valerie nicht gewollt hatte, dass einer ihrer Klassenkameraden sah, wie sie sich mit einer Staatsanwältin traf. Sie hatte nicht gewollt, dass jemand von dem sexuellen Angriff auf sie erfuhr.

Sylvia hatte die drei Männer angeklagt, die Valerie mit einem Messer bedroht und vergewaltigt hatten.

Valerie stand auf und umarmte sie. »Es ist schön, Sie zu sehen.«

Sie setzten sich nebeneinander auf die Bank, im Schatten der Palmenblätter, umringt von Geschäften wie Tiffany, Gucci und Ähnlichem. Sie brachten sich kurz auf den neuesten Stand. Valerie war verlobt. Sie zeigte Sylvia den Ring.

»Glückwunsch!«, sagte Sylvia, und umarmte die junge Frau erneut.

Valerie dankte ihr und lächelte. Dann wurde sie ernst. »Ich hab ihm nichts erzählt.«

»Worüber?«

»Uns. Was mir zugestoßen ist.«

»Ich verstehe«, sagte Sylvia. Sie war nicht überrascht. Die Vorstellung, bei einem Prozess aussagen zu müssen, war so furchteinflößend für Valerie gewesen, dass sie Sylvia angefleht hatte, die Sache außergerichtlich zu regeln – die Anklage notfalls sogar fallenzulassen, wenn es nötig wäre – damit sie ihren Angreifern nicht vor Gericht gegenübertreten musste. Sylvia hatte unzählige Stunden damit verbracht, sie zu unterstützen, zu trösten, ihr zu erzählen, dass alles in Ordnung käme. Doch am Ende hatten sie sich außergerichtlich geeinigt. Valerie hatte es nicht über sich bringen können.

»Als wir darüber sprachen, den Fall vor Gericht zu bringen, erwähnten Sie das Opferschutzgesetz, das verhindern würde, dass mein Name in den Medien genannt werden darf.«

»Das ist richtig. Diesen Schutz genießen Sie noch immer.«

»Aber jetzt höre ich, dass Sie an diesem Fall gegen Isabelle Bornelli arbeiten. Ich habe mich gefragt, ob die Staatsanwaltschaft ihre Einstellung geändert hat. Ist die Identität von Vergewaltigungsopfern nicht länger geschützt?«

»Bei Isabelle Bornelli liegt die Sache vollkommen anders«, erklärte Sylvia.

»Ich wollte nur sichergehen.«

»Seien Sie ganz beruhigt. Es gibt nichts, worüber Sie sich Sorgen machen müssten.«

»Wissen Sie, ich möchte *wirklich* nicht, dass jemand dort draußen davon erfährt«, sagte Valerie, und ihre alte Furcht war wieder deutlich zu erkennen. »Ich möchte weder mit meinem Mann noch mit sonst jemandem darüber sprechen. Es ist vorbei. Ich will, dass es hinter mir liegt. Verstehen Sie, was ich sage?«

»Das tue ich«, sagte Sylvia. *Besser als jeder andere.*

Valerie atmete durch. »Kann ich Sie etwas fragen?«

»Natürlich.«

»Wieso klagen Sie Isabelle Bornelli an?«

»Ich bin Staatsanwältin«, antwortete Sylvia. »Eine Grand Jury hat hinreichenden Tatverdacht festgestellt. Sie muss für ein mögliches Verbrechen angeklagt werden.«

»Das verstehe ich. Aber ich meinte mit meiner Frage etwas anderes: Warum müssen *Sie* es tun?«

Sylvias Blick wanderte hinüber zum Springbrunnen und dann wieder zu Jane Doe.

»Das hört sich vielleicht seltsam an, aber dass ausgerechnet Sie mich das fragen, bestätigt mich nur: Ich *sollte* es sein.«

»Sie haben recht«, sagte Valerie. »Das klingt seltsam.«

Schweigen hing zwischen ihnen. Dann stand Valerie auf.

»Okay. Es war schön, Sie zu sehen, Ms. Hunt.«

Ms. Hunt. So hatte Valerie sie genannt, als sie ein Teenager gewesen war. »Ich denke, Sie können mich inzwischen gerne Sylvia nennen.«

»Ich bleibe lieber bei Ms. Hunt«, erwiderte sie. »Danke, dass Sie Zeit für mich hatten.«

Sylvia sah zu, als die junge Frau sich umdrehte und davonging. *Ms. Hunt.* Es war ein niederschmetternder Schlag und warf in Sylvia die Frage auf, wie viele weitere Jane Does sich genauso fühlten: verraten.

Sylvia stand auf. Es war Samstag und einer der wenigen Tage, an denen sie keine Arbeit zu erledigen hatte. Sie hätte einen Schaufensterbummel im Zentrum machen können oder eine Freundin anrufen, ob sie zusammen zu Mittag essen wollten. Stattdessen ging sie zurück zum Parkservice und ließ sich ihr Auto bringen. Sie fuhr in Richtung ihres Büros.

Dies schien der richtige Augenblick zu sein, um Carmen Benitez' Ratschlag zu folgen. Plötzlich verspürte sie das Bedürfnis, sich an ihren Schreibtisch zu setzen, den Aktenordner aufzuschlagen, den Carmen ihr gegeben hatte, und einen oder zwei der Briefe von Gabriel Sosas Mutter zu lesen.

KAPITEL 19

Jack befreite sich von einem Siebzehn-Uhr-Bartschatten, die linke Gesichtshälfte noch mit Rasierschaum bedeckt, als Andie ins Badezimmer kam.

»Unser Babysitter schläft«, sagte sie, als ihr Gesicht im Spiegel erschien.

Jack nahm den Rasierer vom Kinn und sprach mit ihrem Spiegelbild: »Jetzt schon?«

Andie legte ihr Smartphone neben das Waschbecken und zeigte ihm das Beweisfoto: Ein Bild von Jacks Großmutter in ihrem Fernsehsessel, die Augen geschlossen und der Mund weit geöffnet. Riley saß vor ihr auf dem Boden und schminkte sich mit Lippenstift. Max lag direkt neben ihr und fragte sich vermutlich, wie der Farbton Dusty Rose No. 23 wohl schmeckte.

»Die Farbe steht ihr«, sagte Jack.

»Nicht witzig«, antwortete Andie. »Ich liebe Abuela, und ich weiß, dass sie Riley liebt. Es ist toll, dass sie unabhängig ist und noch immer in ihrem eigenen Haus wohnt, aber sie ist zu alt, um mit einer Zweijährigen allein zu sein. Es ist mir egal, wie sehr sie das Gegenteil behauptet. Du musst die Sache endgültig klären.«

Abuela hatte ihr ganzes Großmutter-Sein bei Jack verpasst, da sie erst einen Weg aus Kuba gefunden hatte, als er bereits erwachsen gewesen war. Es würde ihr das Herz brechen, dass sie »zu alt« sein sollte, um mit ihrer Urenkelin allein sein zu können, aber Jack wusste, dass Andie recht hatte. »Ich werd's ihr sagen«, antwortete er. »Kannst du für heute Abend Verstärkung rufen?«

»Ich versuch's.«

Jack rasierte sich zu Ende und ging ins Schlafzimmer, um sich ein Hemd rauszusuchen.

Eines der Dinge, die er an dem alten Mackle-Haus nicht vermissen würde, war der Schlafzimmerschrank, der gerade groß genug war, um Andies Garderobe zu beherbergen. Jack bewahrte seine Sachen auf einer Extrastange an der Wand auf. Er versuchte gerade, sich zwischen einem langärmeligen und einem kurzärmeligen Hemd zu entscheiden, als der Fernseher an der Wand seine Aufmerksamkeit auf sich zog. Ein Foto von Isa blitzte auf dem Bildschirm auf. Die Nachrichten hatten Neuigkeiten im Bornelli-Fall. Unter ihrem Namen hing ein roter Kasten mit fetten, weißen Buchstaben:

»RACHEMORD«, BEHAUPTET MIAMIS STAATSANWÄLTIN.

Jack griff sich die Fernbedienung und stellte die Lautstärke hoch. Der Sprecher der *Action News* beendete seine einleitenden Worte, und die Meldung wechselte zu einem vorher aufgezeichneten Beitrag. Sylvia Hunt stand am Podium des Presseraums im Graham Building und verlas eine Stellungnahme zur Anklage der Grand Jury:

»Es ist von Bedeutung zu verstehen, was dieser Fall ist und was er nicht ist«, sagte die Anklägerin. »Dies ist kein zweideutiger Fall, in dem eine Jury entscheiden muss, ob Ms. Bornelli im Rahmen eines unübersichtlichen Angriffs in Notwehr gehandelt hat. Es ist kein Fall, in dem das Opfer eines sexuellen Übergriffs aus Angst oder Verzweiflung gegen ihren Angreifer zurückgeschlagen hat, weil er nicht aufhören wollte, sie zu verfolgen und zu quälen. Dies war ein sorgfältig geplanter, kaltblütiger Akt der Vergeltung, der Wochen nach dem sexuellen Übergriff stattfand. Das Opfer in diesem Fall, Mr. Sosa, erlitt mehrere Stichwunden. Dazu gehört der Verlust dreier Finger seiner linken Hand – Abwehrverletzungen, die ein unbewaffnetes Opfer erleidet, wenn es einen grausamen Angriff abwehrt. Dies war, in einfachen Worten, ein Rachemord.«

Der Sprecher erschien wieder auf dem Bildschirm und beendete die Meldung. Isas Foto verschwand, und die Nachrichten widmeten sich einem Häuserbrand in Miami Shores, doch dieses eine Wort hatte sich in Jacks Hirn eingebrannt: *Rachemord*.

Die Staatsanwältin und ihr PR-Team hatten endlich einen Aufhänger für ihren Fall gefunden. Und einen guten. Einen, der eine Antwort der Verteidigung erforderte.

Ob das Manny nun gefiel oder nicht.

Keith und Isa joggten gemeinsam an der Brickell Avenue entlang. Eine Fünfjährige brachte ihren Baby-Jogger ans Limit, aber Melany war klein für ihr Alter und musste auch mal aus dem Apartment raus.

Der Finanzbezirk ist samstags ruhig, und der abendliche Ansturm auf die nahe gelegene »Restaurant-Meile« hatte noch nicht begonnen. Auswärts zu essen war äußerst beliebt, und da der Frühling sich bereits wie ein Sommer anfühlte, würden die Straßencafés bis zum Sonnenuntergang leer bleiben. Es war beinahe zu heiß zum Joggen. An der Halbmeilen-Markierung keuchte Keith schwer genug, dass Isa sich Sorgen machte. Das Berufsleben eines Bankers fand eher im Sitzen statt, wenn man die Sprintstrecken durch Flughäfen nicht mitzählte, und Keith war nicht mehr der Mann, der sie zum Cross-Country-Skifahren nach Zermatt führte oder zum Wandern im Schatten des Matterhorns. Sie erlöste ihn von den Pflichten des Kinderwagenschiebens, als sie die Westkurve der Brickell Avenue erreichten, wo die verschiedenartig genutzten Hochhäuser den reinen Wohnzwecken dienenden Eigenheimen wichen. Nach einer Meile war Keiths Hemd schweißgetränkt. Er brauchte eine Pause.

»Komm, nur noch bis zur Kirche«, sagte Isa, und sie liefen weiter.

Eingekuschelt zwischen den umliegenden, hoch aufragenden Riesen aus Stahl und Glas an der Wasserseite der Brickell Avenue steht die St. Jude Melkite Catholic Church, eines der wenigen übrig gebliebenen historischen Gebäude in der Gegend. Die einzige Kirche in Miami, die aus Indiana-Bedford-Kalkstein erbaut worden war – demselben Gestein, das die Fassaden des Empire State Building und des Pentagon ziert. Die St. Jude hatte etlichen kräftigen Hurrikans getrotzt und, was noch beeindruckender war, etlichen Baubooms, die unzählige andere Perlen der Architekturkunst dem Gott der Abrissbirne geopfert hatten.

Sie hielten draußen vor der Kirche, im Schatten der Palmen.

»Bist du in Ordnung, Daddy?«, fragte Melany voller Sorge.

»M-hm«, antwortete er schnaufend. »Mir geht's …«, zwei weitere Atemzüge, »super.«

»Ich muss mal Kacka«, erklärte Melany.

»Okay«, sagte Keith. »Fahren wir – mit dem Taxi – zurück nach …«

»Ehrlich, Keith?«

»Sorry«, sagte er noch immer völlig atemlos. »Ich hab Schmerzen.«

»Ich muss ganz dringend«, drängelte Melany und verzog das Gesicht.

Isa joggte die Granitstufen hinauf und überprüfte die Doppeltüren zur Kirche. Sie öffneten sich. »Na komm, hier drin gibt es sicher eine Toilette.«

Keith schob den Baby-Jogger über die Rollstuhlrampe nach oben und folgte Isa in den Vorraum. Die Toilette lag hinter dem Aufgang und war gerade groß genug für eine Person. Isa half Melany, sich hinzusetzen, und wartete vor der Tür. Keith betrat die Kapelle und bewunderte die romanischen Bögen, die ein wunderschön bemaltes Deckengewölbe umrahmten, so blau wie der Himmel in Südflorida. Ikonenbilder schmückten den

Altar und die ihn umgebenden Wände, und die Bogenfenster aus Buntglas gedachten etlicher Heiliger. Reihen alter, hölzerner Gebetsbänke streckten sich vor ihm aus.

Ein Gefühl des Friedens überkam ihn. Seit er in Miami den Boden berührt hatte, hatte er nicht mehr so viel Frieden verspürt. Er brauchte eine Portion von Gottes Gnade nach einem Tag, der mit der Anklage seiner Frau begonnen hatte. Es gefiel ihm nicht, dass er von den Treffen seiner Frau mit ihren Anwälten ausgeschlossen war. Er wollte den Beteuerungen seiner Frau Glauben schenken, dass sie ihm alles erzählte, was dort besprochen wurde. Aber wie sollte er sich sicher sein?

»Wunderschöne Kirche«, sagte Isa, als sie neben ihm erschien.

»Ja, wirklich.«

Sie standen hinter der letzten Bankreihe; der Vorraum und die Toilette waren nur wenige Schritte entfernt. Isas Blick stieg zur Decke hinauf.

»Wenn ich sterbe, dann möchte ich, dass meine Gedenkfeier an so einem Ort stattfindet.«

Keith warf ihr einen besorgten Blick zu. »Wieso sagst du so etwas?«

»Wir werden alle sterben, Keith.«

»Aber warum denkst du überhaupt ans Sterben?«

»Das liegt vielleicht an der Art, wie du nach einer gejoggten Meile geächzt hast«, antwortete sie mit einem Lächeln. Dann wurde sie ernst. »Und allem anderen, was die letzten Tage geschehen ist.«

»Oh Liebling«, sagte er und nahm sie in die Arme.

Mit einem Mal zitterte sie, als würde der Kummer dicht unter ihrer Oberfläche liegen. »Tut mir leid. Es ist alles so verrückt. Ich kann nicht aufhören, daran zu denken.«

»Es wird alles gut werden«, sagte er.

»Nein, wird es nicht. Nichts wird je wieder so sein, wie es war.«

»Sag das nicht.«

»Es stimmt aber.«

Keith hielt sie fest und fragte etwas leiser: »Haben Jack und Manny dir heute Morgen irgendwas gesagt? Etwas, das du vergessen hast, mir zu erzählen?«

»Nein.«

»Bist du sicher?«

»Es geht nicht darum, was einer von den beiden gesagt hat. Ich habe einfach solche Angst.«

»Natürlich hast du Angst. Ich habe auch Angst.«

»Nicht so wie ich«, sagte sie mit bebender Stimme. »Es fühlt sich an, als wäre er wieder da. Nach all diesen Jahren ist er wieder in meinem Leben.«

Keith legte ihr seine Hände flach auf die Schultern und sah ihr tief in die Augen. »Hör mir mal zu, ja? Darüber musst du dir keine Sorgen mehr machen. Gabriel Sosa wird nie wieder zurückkommen, um dir wehzutun.«

»Ich weiß«, sagte sie. »Aber ihn meinte ich nicht.«

Keith war verwirrt. Dann dachte er an das Treffen in Jacks Büro. »Meinst du deinen Vater?«

»Nein, nein. Ich meine David Kaval.«

»Er ist im Gefängnis.«

»Was, wenn er rauskommt? Jack und Manny denken beide, dass er irgendeinen Deal mit der Staatsanwaltschaft hat.«

Keith wollte ihr versichern, dass keine Gefahr drohte, aber er konnte seine eigene Verblüffung nicht verbergen. »Nach allem, was passiert ist, ist das der Mann, vor dem du am meisten Angst hast? David Kaval?«

Sie senkte den Blick, als wäre sie nicht imstande, es zu erklären.

»Mommy, ich bin fertig!«

Die Toilettentür schwang auf. Isa wollte hinübergehen, doch Keith drückte ihre Hand und hielt sie zurück. »Ich möchte noch weiter darüber sprechen.«

Der Ausdruck auf ihrem Gesicht war von Schmerz und Verzweiflung geprägt, als wolle sie ihn anbetteln, die Sache ruhen zu lassen und zu vergessen, dass sie sie je angesprochen hatte.

»Wir müssen darüber reden. Okay?«

»Mommy!«

»Ich komme«, sagte Isa und riss sich los.

Keith ließ sie gehen und sah zu, wie sie in den Vorraum eilte. Er fragte sich, welche furchteinflößende Wahrheit sich hinter David Kaval verbarg – und war sich alles andere als sicher, ob er sie jemals von Isa hören würde.

Es war 18:45 Uhr. Jack und Andie waren noch immer zu Hause. Abuela war schmollend vom Fernsehsessel ins Gästeschlafzimmer umgezogen. Beinahe neunzig Minuten waren vergangen, und der Notfall-Babysitter war immer noch »auf dem Weg«.

»Von wo reist sie an? Bulgarien?«, fragte Jack.

Sie standen in der Küche. Andie wechselte Riley vom linken auf den rechten Arm. »Geben wir ihr noch fünfzehn Minuten. Dann poppe ich das Popcorn, und du suchst den Film aus.«

»Die Eiskönigin!«, rief Riley.

»Klingt nach einem Plan.«

Jack ging ins Familienzimmer, setzte sich aufs Sofa, und scrollte durch die angebotenen Filme. Eine fünfzehnte Vorstellung von *Die Eiskönigin* würde hier heute nicht stattfinden, selbst wenn das bedeutete, dass Jack sich dem Online-Double-Feature von *Sex and the City* und *Der Teufel trägt Prada* beugen müsste. Aus dem Augenwinkel erblickte er Abuela, die leise zur Haustür ging. Eigentlich galt die Abmachung, dass sie hier übernachtete, wenn sie zu Besuch war. Jetzt schleppte sie ihre kleine Übernachtungstasche mit sich.

»Abuela, wo willst du hin?«

Sie blieb stehen und drehte sich um. »Ich gehe, wohin ich will.«

Oh Mann. Jack stemmte sich vom Sofa hoch, holte sie im Eingangsbereich ein und nahm ihr die Tasche ab. »Abuela, bitte. Niemand hat gesagt, dass du nicht willkommen bist.«

»A donde te quieren mucho no vengas a menudo.«

Das wäre mehr Spanisch gewesen, als Jack verstanden hätte, wenn es nicht eine der häufig genutzten Phrasen Abuelas gewesen wäre, das kubanische Äquivalent zu: »Ein ständiger Gast ist niemals willkommen.«

»Abuela, du musst nicht arbeiten, um dir dein Recht zu verdienen, uns zu besuchen. Wir genießen deine Gesellschaft, nicht deine Dienste. Lass den Babysitter die harte Arbeit machen. Genieß einfach deine Zeit mit Riley.«

Ihr Ausdruck verfinsterte sich. *»Y quién es la bebé-seeder?«*, fragte sie auf Spanglisch – halb Spanisch, halb Englisch.

»Ihr Name ist Catalina.«

»Catalina? Hmm. *Como la jinetera.*«

Wie die Prostituierte? Jack seufzte und vermutete, dass es eine Catalina mit schlechtem Leumund in einer von Abuelas Telenovelas gab. »Nein, sie ist keine Prostituierte. Sie ist die älteste Tochter von Andies Freundin beim FBI.«

Jacks Handy klingelte. Der Name Michael Posten erschien auf dem Display – der Polizeireporter der *Miami Tribune*.

»Abuela, ich muss das Gespräch annehmen. Würdest du bitte hierbleiben?«

»Nein.«

»Wenigstens, bis ich das Telefonat beendet habe?«

»Nein.«

»Por favor?«

Sie lächelte freundlich. »Ah, *español. Muy bien.* Ich bleibe, *mi vida.*«

Mi vida – wortwörtlich »Mein Leben« – fasste ganz gut zusammen, wie sie für ihren Enkelsohn empfand.

Abuela rollte ihre Tasche zurück ins Gästezimmer. Jack nahm den Anruf an, hatte Posten aber bereits verpasst. Fast im selben Augenblick gab sein Handy einen Piepton von sich, und kurz darauf folgte eine SMS von Posten:

> Ich brauche innerhalb von zwei Stunden einen Kommentar, oder die Schlagzeile und der erste Satz erscheinen in der Sonntagsausgabe wie unten aufgeführt.

Jack scrollte nach unten und las:

> ANGEKLAGTE »RACHEMÖRDERIN« ZUR POLIZEI:
> »ICH HABE MITGEMACHT.«
>
> Die Miami Tribune ist im Besitz eines zwölf Jahre alten Polizeiberichts, in dem auch Aussagen des mutmaßlichen Vergewaltigungsopfers Isabelle Bornelli aufgeführt sind, die wichtige neue Details über Bornellis Verbindung zum brutalen Mord an Gabriel Sosa beinhalten, ihrem mutmaßlichen Vergewaltiger.

Damit endete die Nachricht. Jack las sie noch einmal, diesmal langsamer, und versuchte, alles zu verstehen. *Polizeibericht? Welcher Polizeibericht?*

Er rief Posten zurück, erreichte aber nur die Mailbox. Nach dem Piepton hinterließ er eine Nachricht: »Michael, danke für die Warnung. Ich werde definitiv einen Kommentar für Sie haben, brauche aber die vollen zwei Stunden. Rufen Sie mich an, wenn Sie mir weitere Informationen geben können oder falls die Deadline sich ändert.«

Um sicherzugehen, tippte Jack dieselbe Botschaft ins Handy

und schickte sie per SMS. Dann ging er ins Familienzimmer und rief das Handy seiner Mandantin an.

»Hast du einen Film ausgesucht?«, fragte Andie, als sie ins Zimmer kam.

Jack hatte das Telefon am Ohr und lauschte dem Klingeln von Isas Telefon, während er sie mental dazu zu zwingen versuchte, das Gespräch anzunehmen. »Ja«, antwortete er Andie. »Wie wäre es mit: *Bei Anruf Mord?*«

KAPITEL 20

Die miteinander verbundenen Brücken des Rickenbacker Causeways erstreckten sich über eine Bucht, so dunkel und still wie die bewölkte Nacht, nur erhellt von einer Kette leuchtender Straßenlaternen, ein Strang schwebender Perlen, der Key Biscane mit dem Festland verknüpfte. Die Brickell Avenue lag etwa auf halber Strecke zwischen Jacks Haus auf der Key und Mannys Büro in Miami Beach, also trafen sie sich in Isas Wohnung im Four Seasons. Das Anwaltsteam versammelte sich auf der Terrasse an einem gläsernen Tisch. Keith zog sich in Melanys Zimmer zurück, um ihr vorzulesen.

»Habe mitgemacht«, sagte Isa mit ätzender Stimme. »Ich kann nicht glauben, dass irgendeine Zeitung so etwas drucken würde.«

Zum ersten Mal hörte Jack echten Zorn von seiner Mandantin. Vielleicht war es der schlampige Journalismus, oder es könnte der kumulative Effekt von fünf Tagen in der Hölle sein. So oder so: Die sonst anwesende, wie gelähmt und betäubt wirkende Isa saß nicht mit an diesem Tisch.

»Ich freue mich, dass Ihre Kampfeslust zutage tritt«, sagte Jack. »Aber gehen wir das der Reihe nach durch. Sie sind wütend, weil Sie diese Worte – ›Ich habe mitgemacht‹ – der Polizei gegenüber nie geäußert haben. Ist das korrekt?«

Isa zögerte.

Jack versuchte es erneut. »Sie haben uns erzählt, dass Sie nie mit der Polizei gesprochen haben. Richtig?«

»Nun, was ich Ihnen erzählt habe, war, dass ich die Vergewaltigung nie angezeigt habe. Und das stimmt auch. Das habe ich nicht. Aber …«

»Aber was?«

»Ich weiß, das wird sich wie eine Lüge anhören, aber ich sage die Wahrheit. Etwa einen Monat nachdem ich vergewaltigt worden war, besuchte mich ein Detective von der Miami-Dade-Polizei.«

»Wegen der Vergewaltigung?«

»Nein. Damit hatte das nichts zu tun. Ich sagte Ihnen ja schon, dass Gabriel und ich ein Date miteinander hatten. Meine Nummer war in seinem Telefonspeicher. Die Polizei sprach mit jedem, den er während des Monats vor seinem Tod angerufen hatte. Es war reine Routine.«

»Also war es ein Mordermittler, der Sie aufgesucht hat?«

»Ja. Ich schätze schon.«

»Erinnern Sie sich an seinen Namen?«

»Nein. Bis Sie es erwähnten, habe ich mich nicht einmal daran erinnert, mit der Polizei gesprochen zu haben. Das war vor so langer Zeit. In meiner Erinnerung habe ich Gabriel Sosa und den Angriff komplett ausgeblendet. Das sind alles unterdrückte Erinnerungen. Ich will Ihnen gegenüber nicht die Psychiaterin spielen, aber so etwas gibt es. Das ist Teil der posttraumatischen Belastungsstörung, und die ist sehr real.«

»Daran zweifle ich nicht«, sagte Jack, obwohl er inzwischen deutlich mehr Dinge anzweifelte, als ihm lieb war. »Aber bleiben wir beim Thema. Haben Sie oder haben Sie nicht der Polizei erzählt, dass Sie beim Angriff auf Gabriel Sosa ›mitgemacht‹ haben?«

»Nein! Diese Schlagzeile ist mehr als nur irreführend.«

»Sie nennen das ›irreführend‹? Also haben Sie diese Worte so gesagt?«

»Ja. Aber das hatte nichts mit dem Angriff auf Gabriel zu tun. Ich sprach von Gabriels Angriff *auf mich.*«

Eine warme Brise ließ die obersten Seiten von Jacks Notizblock auf dem Tisch kurz aufflattern, und mit dem Windstoß veränderten sich Isas Gefühle. Der Zorn wich dem Schmerz und der Beklemmung, die sie bei früheren Treffen an den Tag gelegt hatte.

»Können Sie mir mehr darüber erzählen?«, fragte Jack.

Sie nickte, begann aber nicht sofort. Jack ließ ihr die Zeit, die sie brauchte, sein Blick wanderte über die Brüstung zu der Decke aus Großstadtlichtern, die kilometerweit bis zum Strand reichte.

»Gabriel brachte mich zu Fuß vom *Rathskeller* nach Hause«, sagte sie. »Keiner von uns war müde. Man konnte sich gut mit ihm unterhalten. Er kannte meine alte Wohngegend in Venezuela, also hatten wir etwas gemeinsam. Ich lud ihn ein, mit auf mein Zimmer zu kommen.«

»Um welche Uhrzeit war das?«

»Etwa um elf, würde ich sagen. Wir gingen also auf mein Zimmer. Dort haben wir uns noch ein wenig unterhalten.«

»Tut mir leid, Sie zu unterbrechen«, sagte Manny, »aber haben Sie die Tür geschlossen oder sie offen gelassen.«

»Ich habe sie geschlossen«, antwortete sie mit fester Stimme. »Ist es deshalb meine Schuld?«

»Nein, ganz und gar nicht. Ich sammle nur alle Fakten. Bitte, machen Sie weiter.«

»Ich zeigte ihm einige der alten Schönheitswettbewerb-Fotos von mir, als ich klein war, nur damit wir darüber lachen konnten. Dann saß er auf meinem Bett und sagte irgendetwas wie: ›Also, wir werden Sex haben, oder?‹ Ich habe gelacht. Ich dachte, er macht einen Scherz. Dem war nicht so. Ich sagte ihm, dass er gehen soll. Er sagte, ich könne ihn nicht erst scharf machen und dann abblitzen lassen. Ich sagte ihm, dass er jetzt wirklich gehen müsse. Aber er hat sich nicht geregt.«

»Entschuldigen Sie noch einmal«, unterbrach Manny. »Haben Sie die Tür geöffnet?«

Die Frage war ihr sichtlich lästig. »Nein. Ich habe sie nicht geöffnet.«

»Was geschah dann?«, fragte Jack.

Isa machte eine Pause, bevor sie fortfuhr: »Ich … er bat mich, mich hinzulegen; aufs Bett. Und das tat ich. Aber nicht, um Sex zu haben. Wir haben bloß geredet. Er versuchte mich zu küssen, und ich bin aufgestanden und bat ihn erneut, zu gehen.«

»Ich muss mich wirklich entschuldigen«, sagte Manny. »Aber ich muss eine weitere Frage stellen: Sind Sie aufgestanden und haben die Tür geöffnet?«

Sie verengte die Augen zu Schlitzen, und Jack spürte, dass Mannys »keine Vergewaltigung«-Theorie ihr nicht sympathischer geworden war. »Nein. Die Tür blieb geschlossen.«

»Okay, verstanden«, sagte Manny.

»Was geschah als Nächstes?«, wollte Jack wissen.

Sie schluckte schwer. Es schien für sie immer schwerer zu werden. »Er begann, mir die Kleidung auszuziehen«, sagte sie und wendete den Blick von ihren Anwälten ab. »Schließlich lag ich auf dem Boden.«

Jack gab ihr einen Augenblick. »Wo war Gabriel?«

»Er lag auf mir. Wir haben miteinander gerungen, und ich weiß ehrlich nicht, wie ich dort gelandet bin, aber nachdem er mir die Hosen ausgezogen hatte, gab ich es auf, zu kämpfen. Ich dachte, es wäre besser für mich, wenn ich so tat, als würde ich mitmachen. Es war, als würde ich einfach abschalten. Das war es, was ich der Polizei gesagt habe – dass ›ich einfach mitgemacht habe‹. Ich war neunzehn Jahre alt und habe mit Mühe fünfundvierzig Kilo gewogen. Gabriel hat mindestens achtzig gewogen, und das meiste davon Muskeln. Ich hatte Angst, ich konnte nicht glauben, was geschah, und das erschien mir in dem Augenblick das Sicherste, was ich tun konnte.«

Eine weitere Minute verstrich. Isa wischte eine Träne weg. »Tut mir leid«, sagte sie.

»Es gibt nichts, das Ihnen leidtun müsste«, sagte Jack. »Haben Sie dem Detective von der Mordkommission alles erzählt, was Sie uns gerade erzählt haben?«

Isa dachte darüber nach. »Vielleicht. Zumindest das meiste davon. Ich habe ihm eindeutig gesagt, dass ich mitgemacht habe – oder etwas in der Art.«

Jack sah zu Manny und sagte: »Wir müssen das mit der *Tribune* klären.«

Manny schüttelte den Kopf. »Die Staatsanwaltschaft hat ihre Ansicht bezüglich der Kaution unter einer Bedingung geändert: dass wir nicht mit der Presse reden.«

»Das ist lächerlich. Die *Tribune* wüsste nicht einmal von dem Bericht des Detectives, wenn das MDPD oder jemand im Büro der Staatsanwaltschaft ihnen nichts davon erzählt hätte. Wer immer das hat durchsickern lassen, hat offensichtlich die Fakten verzerrt. Wir haben das Recht zu erklären, was Isa meinte, als sie sagte ›ich habe mitgemacht‹.«

»Springen wir nicht in die Jauchegrube eines Medienprozesses«, sagte Manny.

»Wir haben keine Wahl«, sagte Jack. »Posten sagte, wenn wir nicht kommentieren, dann druckt er die Story, wie sie ist.«

»Rufen wir Sylvia Hunt an«, erwiderte Manny. »Wir sagen ihr, sie soll die Story beerdigen.«

»Weshalb sollte sie das tun?«, fragte Isa.

»Weil die Story ungenau ist«, erklärte Manny. »Ich vertraue Sylvia, dass sie das Richtige tut, bevor ich irgendeinem Dreckskerl von Reporter vertraue, dass er uns eine faire Zeile schenkt. Wenn wir Posten anrufen und versuchen, die Sache geradezubiegen, wird die *Tribune* die Story nicht einsargen. Die Schlagzeile wird nur noch schlimmer werden: ›*Anwalt bestätigt: Rachemörderin sagte der Polizei, sie habe einfach nur mitgemacht*‹. Das Büro der Staatsanwaltschaft hat bei diesem Fall bereits einen PR-Schlamassel auszubaden. Wir werfen ihnen diesen hier einfach in den Schoß und sagen ihnen, dass sie das regeln sollen.«

Jack hatte seine Meinungsverschiedenheiten mit seinem Co-Anwalt, doch er musste ihm Anerkennung zugestehen, wo Anerkennung angebracht war. Mannys Argumentation war makellos.

»Ich stimme zu«, sagte er.

Isa wirkte, als habe sie sich verhört. »Was?«

»Ich stimme Manny zu. Sylvia ist diejenige, die das klären muss.«

Manny lächelte. »Werden Sie gerade gönnerhaft, Rick? Oder ist das der Beginn einer wunderbaren Freundschaft?«

»Wer ist Rick?«, fragte Isa.

Sie hatte die Anspielung auf *Casablanca* offensichtlich nicht verstanden, aber wenn Manny ein alter Filmfreund war, dann war das vielleicht ein weiterer Punkt, in dem die beiden Anwälte sich auf Augenhöhe trafen.

»Übertreiben wir es nicht«, sagte Jack und griff nach seinem Handy. »Ich rufe Sylvia an.«

KAPITEL 21

Isa ging in Melanys Zimmer, um ihr gute Nacht zu sagen. Sie beide waren allein im Apartment.

Sie hatte Jacks Seite des Gesprächs mit Sylvia Hunt mitangehört, und es war kurz und auf den Punkt gewesen. Die Anklägerin hatte keine Versprechungen gemacht, aber zumindest bestätigt, dass die geplante Story ungenau war, und dass sie ihr Bestes geben würde, um die Sache geradezubiegen. Alles, was sie tun konnten, war warten. Isa hatte Keith ermuntert, nach unten in die Hotelbar zu gehen, und ein Bier mit Jack zu trinken. Zum Teil, weil es ihm guttun würde, aber vor allem, weil sie nicht zu einer vollständigen Wiedergabe ihres Gesprächs mit den Anwälten gedrängt werden wollte.

»Wie geht's dir, mein Häschen?«

Melany sah von ihrem Lieblingsbuch auf und lächelte. Sie lag auf dem Rücken, gegen eine weiche Wand aus zwei Kissen gelehnt. »Es geht mir gut.«

Isa setzte sich auf die Kante der Matratze, nahm das Buch – *Manege frei für Olivia* – und legte es auf den Nachttisch. Melany hatte es bereits unzählige Male gelesen, und vermutlich war es kein Zufall, dass sie sich zu einer Geschichte hingezogen fühlte, in der ein Zirkus gerettet werden musste, weil alle Artisten von einer Ohreninfektion außer Gefecht gesetzt waren.

»Lass Mommy mal dein Aua sehen.«

Melany drehte den Kopf zur Seite, sodass ihre Mutter den Druckverband begutachten konnte, der die Wunde bedeckte. Melany konnte fünf Tage lang nur mit dem Waschlappen in der Badewanne saubergemacht werden, damit ihre Wunde, neben den üblichen Problemen wie Blutungen und der Drainage am Ohr, nicht auch noch nass wurde. »Sieht gut aus«, sagte Isa.

Melany drehte den Kopf gerade so weit nach vorn, dass sie ihr funktionierendes Ohr vom Kissen heben konnte. »Mommy?«

»Ja, Süße?«

»Wann wissen wir, ob die Operation diesmal geklappt hat?«

»Noch zwölf Tage. Dann bekommst du einen Prozessor, genau wie der an deinem anderen Ohr.«

»Was, wenn er nicht funktioniert?«

Isa hatte ihr ganzes Vertrauen in die Ärzte in Miami gesetzt und versucht, es nur von einer Seite zu betrachten: *Wenn* es funktionierte, dann war ein beidseitiges Implantat Melanys Chance, auch Sprache in lauten Umgebungen zu hören, und es würde ihr sogar ermöglichen zu erkennen, aus welcher Richtung ein Geräusch kam. »Der Doktor macht sich darüber keine Sorgen. Also sollten wir das auch nicht tun.«

Melany schaute kurz weg und dann wieder zu ihrer Mutter. »Hast du dir Sorgen gemacht, als du klein gewesen bist?«

»Natürlich.«

»Worüber hast du dir Sorgen gemacht?«

»Über alberne Dinge.«

»Was für alberne Dinge?«

Wirklich alberne Dinge – Dinge, die ihre Mutter ihr in den Kopf gesetzt hatte. *Bin ich dünn genug? Sind meine Augenbrauen zu dick? Ist meine Nase zu »ursprünglich«?*

Dinge, die so trivial waren, dass Isa sich manchmal fragte, ob Gott ihrer geliebten Tochter all das aufbürdete, um ihr etwas mitzuteilen. »Es ist normal, sich Sorgen zu machen, aber damit kommt man nicht weiter, Liebling.«

»Hast du dir Sorgen darum gemacht, taub zu sein?«

»Nein. Das habe ich nie. Und du solltest es auch nicht.« Sie beugte sich zu ihrer Tochter hinab und gab ihr einen Kuss auf die Stirn. »Jetzt ist Schlafenszeit. Möchtest du deinen Prozessor heute Nacht abnehmen?«

»Nein. Darf ich damit schlafen? Morgen Abend nehme ich ihn ab.«

Nach der letzten Operation hatte es eine Weile gebraucht,

Melany diese Marotte wieder abzugewöhnen. In eine Welt umfassender Geräuschlosigkeit zurückzukehren, war eine furchterregende Vorstellung und etwas, dem sich Melany außerhalb ihres gewohnten Schlafzimmers in Hongkong noch immer nur ungern aussetzte.

»Natürlich. Du darfst ihn tragen. Tut es weh?«

»Ein bisschen.«

»Dann gebe ich dir etwas.«

Isa stand vom Bett auf und ging in die Küche. Das flüssige Paracetamol stand auf dem obersten Regal. Sie kippte die Dosis nach Kirsch schmeckender Flüssigkeit in den Plastikbecher, während sie darauf achtete, ihn genau bis zur Linie zu füllen, doch ihr Telefon klingelte. Sie erschrak und verkleckerte etwas.

»Mist.«

Sie wischte die Sauerei mit einem Papiertuch auf und nahm mit der anderen Hand den Anruf an. »Hallo?«

In der Leitung erklang eine Pause, gefolgt von der Stimme einer Vermittlung. »Ich habe ein R-Gespräch für Ms. Isabelle Bornelli von Ypsilon-drei-sieben-neun-acht-null. Akzeptieren Sie den Anruf?«

Isa erstarrte.

»Ma'am, akzeptieren Sie den Anruf?«

Isa antwortete nicht. Sie konnte nicht sprechen. Ihre Hand zitterte, als sie das Telefon sinken ließ und das Icon drückte, um den Anruf zu beenden. Sie wusste, wer sie anrief; sie hatte die Gefangenennummer erkannt. Aber es war Jahre her, dass er zuletzt versucht hatte, sie aus dem Gefängnis anzurufen.

Warum? Warum tust du mir das an?

KAPITEL 22

Jack und Keith fuhren mit dem Fahrstuhl runter in die siebente Etage, und Manny akzeptierte die Einladung, ihnen im Edge Steak & Bar Gesellschaft zu leisten. Das Restaurant war rappelvoll, »nur noch mit Reservierung«, aber sie fanden drei freie Plätze am ruhigeren Ende der vierseitigen Bar im Zentrum des riesigen Saals. Jack und Keith bestellten ein Craft-Beer namens »Hop for Teacher«, einfach, weil ihnen der Name gefiel und sie es noch nie getrunken hatten. Manny entschied sich für einen Spezialcocktail aus über Zigarren destilliertem Bourbon, und bat den Barkeeper, einen »Original Cin« – einen Wodka mit Zimtaroma und einem Spritzer Kirschlikör – mit besten Grüßen an die langbeinige Latina am Ende der Bar zu schicken. Keith schlug vor, ein wenig »über die Arbeit zu sprechen«, und weder der Anwalt zu seiner Linken noch der zu seiner Rechten hatten einen Einwand.

»Ich bin kein Anwalt«, sagte er – die übliche Einleitung eines Laien, der gleich so tun würde, als wäre er einer. »Aber mit Ausnahme von Melanys Operation habe ich an so gut wie nichts anderes mehr gedacht als an Isas Fall, seit wir am Flughafen eingetroffen sind.«

Der Kellner platzierte ein Körbchen mit hausgemachten Kartoffelchips vor ihnen. Sie rochen unwiderstehlich und schmeckten noch besser. »Können wir noch einen Korb davon haben?«, fragte Manny den Barmann. »Verzeihen Sie, Keith. Reden Sie weiter.«

»Ich persönlich sehe das größte Problem darin, dass Isa die Vergewaltigung nicht angezeigt hat, nachdem sie passiert ist.«

»Das ist kein Problem«, sagte Manny. »Das ist unser Vorteil.«

»Manny, wir kennen Ihre Ansichten«, sagte Jack. »Lassen Sie uns hören, was Keith zu sagen hat. Warum glaubst du, dass die verpasste Anzeige das größte Problem ist?«

»Weil die Jury es als Beweis sehen könnte, dass Isa vorhatte, die Sache selbst in die Hand zu nehmen – dass sie von Anfang an einen ›Rachemord‹ im Sinn hatte.«

Manny nahm sich noch einen Chip. »Das ist genau der Grund, weshalb wir es der Staatsanwaltschaft so schwierig wie möglich machen müssen, zu beweisen, dass sie tatsächlich vergewaltigt wurde.«

»Lassen Sie uns das für den Moment beiseiteschieben«, sagte Jack. »Keith, du weißt, dass Manny und ich nicht mit dir sprechen können, als wärst du der Mandant – weil du das nicht bist. Die Tatsache, dass wir drei Jungs sind, die an einer Bar sitzen, ändert daran nichts. Aber ich schätze, dass es etwas gibt, was du dazu sagen möchtest.«

»Das tue ich«, bestätigte Keith. »Ich will sichergehen, dass Isa euch alles darüber erzählt hat, was sie mir erzählt hat.«

»Denkst du da an etwas Bestimmtes?«, fragte Jack.

»Um es kurz zu machen: dass sie direkt nach der Vergewaltigung zu Hause angerufen und mit ihrem Vater gesprochen hat; dass ihr Vater ihr die Schuld an der Vergewaltigung gegeben hat, weil sie einen Mann nach dem ersten Date auf ihr Zimmer eingeladen hat; und dass er ihr das Gefühl gegeben hat, dass sie Schande über ihre Familie bringen würde, wenn sie die Vergewaltigung anzeigt.«

»Das haben wir alles gehört«, sagte Manny.

»Gut«, erwiderte Keith. »Denn Sie sind auf dem Gebiet Experte, oder, Manny?«

»Welches Gebiet?«

»Die Verteidigung von Missbrauchsopfern«, sagte Keith. »Ich habe einige Ihrer früheren Fälle recherchiert.«

Manny hatte seine Karriere nicht als Drogenanwalt begonnen. Sein berühmtester Fall als junger Strafverteidiger war einer der ersten erfolgreichen »misshandelte Ehefrau«-Verteidigungen in Florida gewesen. Er hatte einen Freispruch für eine Frau erwirkt, die ihren Ehemann nach Jahren der Misshandlung umgebracht hatte.

»Das war vor vielen Jahren«, sagte Manny. »Aber auch dann sehe ich nicht, was das mit diesem Fall zu tun hat. Isa und Gabriel Sosa hatten ein einziges Date. Es gibt keine langjährige Missbrauchsgeschichte.«

»Nicht von Sosa, nein«, sagte Keith.

»Willst du andeuten, dass Isa von ihrem Vater misshandelt wurde?«, fragte Jack.

Keith wand sich erst in die eine, dann in die andere Richtung, als wäre ihm nicht ganz wohl bei Jacks Wortwahl über das, was er dachte. »Ich weiß nicht. Das einzige Mal, dass ich den Mann getroffen habe, war, als er in Jacks Büro kam und behauptete, Isa wäre nicht vergewaltigt worden. Alles, was ich euch sagen kann, ist, dass Isa keinerlei Liebe für ihren Vater verspürt. Ich glaube ihr, wenn sie sagt, dass er ihr die Hölle heiß gemacht hat, als sie zu Hause anrief und ihm von dem Überfall erzählt hat. Und dann haben wir diese neueste Aussage aus dem Polizeibericht. Isas Worte: ›Ich habe einfach mitgemacht.‹«

»Wo ist da die Verbindung zu ihrem Vater?«, fragte Manny.

Jack erkannte, worauf Keith hinauswollte, und nahm seinen Gedankengang auf. »Man fragt sich, ob die Reaktion ihres Vaters am Telefon ein Hinweis auf eine lange, dunkle Geschichte war«, sagte er. »Das würde es erklären: Vielleicht war Isas Reaktion auf den sexuellen Übergriff – ›Ich dachte, es wäre das Beste, einfach mitzumachen‹ – das Verhalten eines Menschen, der als Kind misshandelt wurde?«

Manny schüttelte den Kopf. »Sie beide machen diesen Fall so viel komplizierter, als er sein müsste.«

»Ich will nur auf eine Sache hinaus«, sagte Keith. »Die Wirkung dieses Telefonanrufs auf ihren Vater war gigantisch. Das ist mehr als genug, um zu erklären, weshalb sie die Vergewaltigung nicht angezeigt hat.«

»Es gibt eine Million Gründe, weshalb eine Frau eine Vergewaltigung nicht anzeigt. Sie will ihrem Angreifer nicht im Gerichtssaal begegnen. Sie will nicht, dass irgendjemand davon erfährt. In unserem Fall erweist es sich als äußerst hilfreich, die Geschworenen im Unklaren zu lassen: Hat sie die Vergewaltigung nicht angezeigt, weil es gar keine Vergewaltigung gab? Vertrauen Sie mir in der Sache. Es gibt Zeiten, in denen lohnt es sich, die Missbrauchskarte zu spielen, und Zeiten, in denen man sie lieber auf der Hand behält. Und das ist diesmal der Fall.«

»Ich wollte nicht vorschlagen, irgendetwas *auszuspielen*«, sagte Keith. »Ich wollte lediglich die Fakten auf den Tisch legen.«

»Die Fakten sind nur das, was die Staatsanwaltschaft beweisen kann«, entgegnete Manny. »Jetzt im Augenblick ist es Fakt, dass Isa keinerlei Motiv für einen Rachemord hatte. Die Anklage kann nicht beweisen, dass sie vergewaltigt wurde.«

»Aber sie hat dem Detective der Mordkommission erzählt, dass sie überfallen wurde.«

»Das war zwei Monate nach dem Vorfall, und wir haben diesen angeblichen Bericht noch gar nicht gesehen«, erwiderte Manny. »Falls er existiert, können wir immer noch einen Weg darum herum finden.«

»Weshalb sollten wir das tun wollen?«

»Weil es verrückt wäre, wenn wir die Vergewaltigung beweisen und der Anklage damit ein Motiv auf dem Silbertablett servieren. Es wäre sogar noch verrückter, uns selbst noch ins andere Knie zu schießen, indem wir argumentieren, sie wäre von ihrem Vater psychisch oder körperlich misshandelt worden. Die Staatsanwältin wird mit dieser Information schnurstracks zu den Geschworenen rennen und denen erzählen, dass Isa aufgrund von Jahren und Jahrzehnten von aufgestauter Wut gehandelt habe, als sie den Mord an Gabriel Sosa geplant hat.«

»Das ist in der Tat ein Risiko«, sagte Jack, um Manny etwas Unterstützung zukommen zu lassen. »Aber wir sollten diese Risiken mit unserer Mandantin besprechen, nicht mit Keith.«

»Hey, nicht so schnell«, sagte Keith. »Hören wir auf, um den heißen Brei herumzuschleichen. Manny: Waren Sie in Kontakt mit Felipe Bornelli?«

»Häh?«

»Beantworten Sie einfach die Frage«, sagte Keith.

»Nein. Ich habe nie mit ihm gesprochen.«

Keith nahm einen langen Schluck von seinem Bier und stellte das Glas dann etwas fester als notwendig wieder auf den Tresen. »Sie erzählen mir also, dass es reiner Zufall war, dass Felipe Jack erzählt, Isa wäre gar nicht vergewaltigt worden, und dass ihm ihre Wahl des Anwalts nicht schmecke, und dann sitzen Sie zwei Tage später an dem Fall und beharren auf der Theorie, dass Isa nicht vergewaltigt wurde. Sie behaupten, das alles wäre ein einziger Zufall?«

Manny zuckte mit den Achseln, als wolle er die Frage für irrelevant erklären. »Es gibt Zufälle, und es gibt Zufälle.«

»Was zur Hölle soll das heißen?«, fragte Keith.

»Ein Blitz, der zweimal an exakt derselben Stelle einschlägt, ist ein Zufall. Ein Wanderer, der am selben Tag von einem Eisbären und einem Grizzlybären angegriffen wird – das ist ein riesiger Zufall. Aber zwei Männer, die dieselben Informationen zur Verfügung haben und beide zum selben Schluss kommen, wie sie Isa am besten vor dem Gefängnis bewahren können? Das würde ich keinen Zufall nennen. Das sind zwei Personen, die die Dinge unabhängig voneinander bewertet haben und zum selben Ergebnis gekommen sind.«

»Moment mal«, sagte Keith. »Deuten Sie an, dass Felipe Jack und mir erzählt hat, es wäre keine Vergewaltigung gewesen, weil er versucht, seiner Tochter zu *helfen*?«

»Ich weiß nicht, was Felipe warum und aus welchem Grund tut. Ich habe den Mann nie getroffen. Ich arbeite an diesem Fall, weil Foneesha Johnson ihrer Zellengenossin meine Nummer gegeben hat, und Isa mich anrief. Ich mag Isa. Ich möchte ihr helfen. Ich will weiter in diesem Team arbeiten. Jack und ich sind nicht immer einer Meinung, aber die abschließende Entscheidung fällt der Mandant; nicht ich, nicht Jack. Und auch nicht ihr Ehemann. Es ist gut für einen Mandanten, wenn er Optionen hat. Das ist im besten Interesse Ihrer Frau.«

Manny stieg von seinem Hocker, öffnete sein Portemonnaie und legte einen Fünfzig-Dollar-Schein auf den Tresen. »Ich denke, das war genug Arbeitsgeplauder für einen Abend. Wenn Isa mich von dem Fall abziehen will, ist das ihre Entscheidung. Aber nur damit es keine Missverständnisse gibt: Ich hoffe, Sie haben meinen Mandatsvertrag gelesen. Ich behalte die hunderttausend Dollar Vorschuss, die Sie mir gezahlt haben. Guten Abend, die Gentlemen.«

Jack und Keith sahen zu, wie Manny ans andere Ende der Bar ging und sich mit der Frau unterhielt, die an ihrem spendierten Original Cin nippte.

Keith nahm sich einen Chip. »Der Typ ist 'ne Marke, oder?«

»Ich habe schon gegen alle Typen Verhandlungen geführt«, sagte Jack. »Und es braucht alle Typen. Es gibt keinen idealen Typ für einen erfolgreichen Anwalt.«

»Ich werde ihn nicht in meiner Nähe behalten, bloß weil ich ihm einen Scheck ausgestellt habe. Die Hunderttausend sind irreversible Kosten. Wenn du meinst, dass er gehen sollte, geht er.«

Jack trank den Rest seines Biers. »Soweit ich das sagen kann, ist er eine Bereicherung. Ich kann mit ihm arbeiten, wenn das Isas Wunsch ist.«

»Ich verstehe, dass das Isas Entscheidung ist. Aber als ihr Anwalt und als mein Freund kannst du das heute Abend nicht als das letzte Wort akzeptieren, wenn es um Manny und Isas alten Herrn geht, und dass sie beide dieselbe Meinung darüber haben, wie man mit Isas Vergewaltigung umgehen sollte.«

»Mach dir darüber keine Gedanken. Ein weiteres Gespräch mit Felipe sollte die Sache klären.«

»Viel Glück bei der Suche. Er hat noch immer nicht versucht, Isa zu sprechen. Seit dem Treffen in deinem Büro ist der Kerl wie vom Erdboden verschluckt.«

»Hast du nach ihm gesucht?«

»Nein, aber er hat uns nicht gerade mit dem Eindruck zurückgelassen, dass wir zum letzten Mal von ihm gehört haben. Und dann: Schweigen.«

Jack holte sein Handy raus und suchte Theos Nummer. »Wenn er noch in Miami ist, kenne ich jemanden, der ihn aufspüren kann.«

KAPITEL 23

Sylvia saß vor dem Frisierspiegel und legte Make-up auf, als Swyteck anrief.

Nach zwei Monaten voller Blindgänger auf ihrem Online-Partnerservice war sie jetzt tatsächlich nicht mal mehr eine Stunde von einem zweiten Date entfernt. Der Prozess gegen Isa Bornelli entwickelte sich allerdings zu ihrem prominentesten Fall seit Jahren, also ging sie ran. Allerdings machte sie klar, dass ein Anruf bei ihr zu Hause am Wochenende sich nicht zum Standard entwickeln würde.

»Ich hoffe, es ist wichtig, Swyteck.«

Das war es. Sylvia dankte ihm, versprach nichts und rief augenblicklich die Oberstaatsanwältin an.

»Ich hoffe, es ist wichtig, Sylvia.«

Die Art, wie die Oberstaatsanwältin ihre eigene Warnung an Swyteck wiedergab, traf Sylvia unerwartet. Sie brauchte eine Minute, um Benitez über den geplanten Artikel in der *Tribune* zu unterrichten. Die beiden Anklägerinnen einigten sich darauf, dass die Sache eine Mischung aus einem juristischen und einem Public-Relations-Problem war, also holte Sylvia noch den Chef der Medienabteilung in die Konferenzschaltung: Alex Cruz.

»Wenn die Story ungenau ist, müssen Sie sie berichtigen«, sagte Cruz. »Wir verlieren schon jetzt die Social-Media-Schlacht in dem Fall.«

»Definieren Sie ›verlieren‹«, sagte Benitez.

»Inzwischen mischen auch die Blogger aktiv mit«, erklärte Cruz. »Sie stehen einhellig auf Bornellis Seite. Ich hatte Ihnen die Links per E-Mail geschickt.«

Die Oberstaatsanwältin hatte kaum Zeit, ihre E-Mails zu lesen, ganz zu schweigen von den Links, die darin mitgeschickt wurden. »Geben Sie mir die Kurzfassung, Alex.«

»Wie zu erwarten war, gibt es einige Ausreißer – die Extremisten, die Bornelli nicht nur Applaus dafür spenden, ihren Angreifer ermordet zu haben, sondern auch hoffen, dass sie ihn kastriert hat. Aber es finden sich auch ernsthafte Diskussionen. Die glaubwürdigste darunter, mit Tonnen von Aufrufen und Kommentaren, stellt die simple Frage: ›Welche Verantwortung trägt ein Vergewaltigungsopfer für den Mord an seinem Vergewaltiger?‹ Die generelle Meinung scheint ›ein wenig Verantwortung‹ zu lauten, aber so gut wie jeder Kommentator ist sich einig, dass die Staatsanwaltschaft mit einer Anklage wegen Mordes und einer lebenslänglichen Gefängnisstrafe ohne Aussicht auf Bewährung weit übers Ziel hinausschießt.«

»Das kommt daher, dass sie die Fakten nicht kennen«, sagte Sylvia.

»Ganz genau«, antwortete Benitez. »Und genau deswegen können wir der *Tribune* an einem Sonntag keine Story durchgehen lassen, in der die Fakten völlig falsch wiedergegeben werden.«

Sie einigten sich darauf, dass Sylvia den Anruf bei Michael Posten übernahm. Er hatte im Laufe der Jahre über etliche ihrer Fälle berichtet, und sie wusste, wie sie ihn anpacken musste. Hoffte sie.

Sie rief ihn auf dem Handy an und erschreckte sich dann vor ihrem eigenen Spiegelbild. Ihre linke Gesichtshälfte war bereit für den Date-Abend; die rechte erinnerte an das schlimme »vorher«-Foto der Umstyling-Beiträge im Frühstücksfernsehen.

Posten war freundlich, und sie kam direkt zum Punkt.

»Ich hatte ein Telefonat mit Jack Swyteck«, erklärte sie. »Er erzählte mir, dass Sie eine Kopie des Berichts haben, den der Detective der Mordkommission nach dem Gespräch mit Isa Bornelli angefertigt hat.«

»Und wenn ich eine habe?«

»Ich sollte Ihnen nicht erst erklären müssen, dass eine Mordermittlung auch während eines laufenden Gerichtsverfahrens als ›aktiv‹ gilt, solange keine Verurteilung stattgefunden hat. Dieser Bericht ist nicht für die Öffentlichkeit bestimmt.«

»Oh, jetzt drohen Sie also damit, Vergewaltigungsopfer *und* Journalisten ins Gefängnis zu stecken? Sie machen sich jede Menge neue Freunde, oder, Sylvia?«

»Das ist keine Drohung. Jetzt gerade versuche ich lediglich herauszufinden, wie Sie die Sache so falsch verstehen konnten, wenn Sie tatsächlich eine Kopie des Berichts haben.«

»Okay, ich will ehrlich sein. Ich habe Swyteck gegenüber geblufft. Ich habe den Bericht nicht wirklich. Mir wurde erzählt, was drinsteht.«

»Von wem?«

»Sie wissen, dass ich Ihnen meine Quelle nicht nennen kann.«

»Innerhalb oder außerhalb des Police Departments?«

»Kein Kommentar.«

»Fein«, sagte Sylvia. »Swyteck hat mir Ihre Schlagzeile geschickt. Wer immer Ihnen erzählt hat, dass Bornelli der Polizei gegenüber eingestanden hat, dass sie beim Mord an Gabriel Sosa ›einfach nur mitgemacht‹ hat, liegt vollkommen falsch.«

»Kann ich den Polizeibericht sehen und meine eigenen Schlüsse ziehen?«, fragte Posten.

»Er wird am Montag zusammen mit den anderen Beweisen, die wir der Grand Jury vorgelegt haben, an die Seite der Verteidigung übergeben. Der Richter wird entscheiden, was davon öffentlich gemacht wird. Falls Sie vorhaben, Ihre Geschichte vorher zu drucken, dann will ich darin mit folgenden Worten zitiert werden: ›Das mutmaßliche Eingeständnis ist eine komplette Verdrehung des MDPD-Ermittlungsberichts und der Beweise, welche die Staatsanwaltschaft der Grand Jury vorgelegt hat‹.«

»Ooo-kay«, antwortete Posten. »Ich bin kein *kompletter* Idiot. Aber wenn das Ihre Stellungnahme ist, dann müssen Sie mir irgendetwas anderes geben. Sie haben gerade sechs Absätze in die Tonne geworfen.«

»Ich bin mir sicher, Ihnen fällt etwas ein.«

»Ja, ich hab da ein Thema, mit dem ich herumspiele.«

»Erzählen Sie's mir.«

Er stieß ein leises Lachen aus. »Nicht so schnell. Gehen wir ein wenig anders an die Sache ran. Welche Beweise haben Sie, dass Isa Bornelli tatsächlich vergewaltigt wurde?«

Sylvia machte eine Pause, während sie abwog, wie viel sie ihm geben konnte. »Sie hat es einem Detective des MDPD erzählt. Es steht in dem Bericht, den Sie beinahe falsch wiedergegeben hätten.«

»Die Befragung, die mehr als einen Monat nach dem mutmaßlichen Überfall stattfand?«

»Ungefähr, ja.«

»Das ist alles, was Sie haben?«

»Dazu habe ich keinen weiteren Kommentar.«

»Nun, vielleicht möchten Sie das hier gerne kommentieren: Mir wurde gesagt, dass Ms. Bornelli mehr als nur mitgemacht hat, bei der Vergewaltigung. Dass sie überhaupt nicht vergewaltigt wurde.«

Die Staatsanwältin erstarrte. Sie konnte deutlich das Vergnügen am anderen Ende der Leitung spüren, während ihr Verstand raste und die Auswirkungen ermaß, die diese Geschichte auf ihren Fall hätte. *Keine Vergewaltigung. Kein Motiv.*

»Sind Sie noch dran?«, fragte Posten.

»Ja. Haben Sie eine Quelle dafür?«

»Ob ich eine Quelle habe?«, fragte er und sein Lachen löste sich in einen sehr ernsten Ton auf. »Ich habe *die* Quelle.«

KAPITEL 24

»Das Grand-Jury-Material der Staatsanwaltschaft ist hier«, sagte Jacks Sekretärin. »Ich habe es auf Ihren Schreibtisch gelegt.«

Es war Montagmorgen. Bonnie war stets die Erste im Büro, und sie sah nie so aus, als wäre sie gerade aus dem Bett gekrochen. Manchmal fragte sich Jack, ob Roadrunner überhaupt schliefen.

»Danke, Bonnie. Rufen Sie Manny an und geben Sie ihm Bescheid.«

»Schon erledigt. Er hat heute eine Frühanhörung und wird um elf hier sein.«

»Gut. Rufen Sie Isa an und sagen Sie ihr, dass sie ebenfalls dazukommen soll.«

»Das habe ich ebenfalls schon erledigt.«

Natürlich haben Sie das.

Jack ging in sein Büro. Im Anschluss an eine Anklageerhebung verlangte die Verfahrensordnung, dass die Anklage sämtliche Beweise mit der Verteidigung teilte, die sie der Grand Jury vorgelegt hatte, und die Beweise gegen Isa Bornelli lagen nun auf seinem Schreibtisch ausgebreitet. Bonnie arbeitete schon so lange für ihn, dass sie wusste, wie sie die Unterlagen sortieren musste, bevor er auch nur einen Blick darauf geworfen hatte. Ganz außen links befand sich die Anklageschrift, gefolgt vom Protokoll und so weiter, alles in ordentlichen, beschrifteten Stapeln. Jack schaltete die Lampe ein, machte es sich auf seinem Bürostuhl bequem und begann mit dem Protokoll, das er durcharbeitete, während er sich Notizen auf seinem Schreibblock machte.

»Klopf, klopf.«

Jack sah vom Schreibtisch auf. Es war Hannah Goldsmith, die Leiterin des Freedom Institutes – Neils Tochter und Nachfolgerin.

Hannah war dreißig Zentimeter kleiner als Jack, aber was ihr an Statur fehlte, machte sie mit Energie wieder wett. Ihre Mutter hatte Jack gebeten, nach Neils Tod in dessen Fußstapfen zu treten. »Hannah ist zu jung«, hatte sie argumentiert und dabei die Tatsache übersehen, dass Hannah bereits älter war als ihr Vater, als der das Institute gegründet hatte.

»Brauchst du heute bei irgendwas Hilfe, Jack? Ich bin im Augenblick nicht ganz ausgelastet.«

Jack lächelte und schüttelte den Kopf. »Du könntest die Zeit für Experimente nutzen. Zum Beispiel mal an den Strand gehen.«

Sie trat in sein Büro und zog sich einen Stuhl heran, auf den sie sich so setzte, wie sie es immer tat: auf die vorderste Kante und leicht nach vorn gebeugt, wie ein Schulkind, das die Antwort auf jede Frage kannte und nur darauf wartete, die Hand nach oben zu recken.

»Eve, Brian und ich haben uns unterhalten. Das Institute wäre gestorben, wenn Jack Swyteck, Rechtsanwalt, nicht als Untermieter eingezogen wäre. Wir können dich und Andie unmöglich für all die Reparaturen und Renovierungen entschädigen, die ihr hier reingesteckt habt. Also dachten wir, wir könnten uns abwechseln und einige Stunden die Woche an deinen Fällen arbeiten. Wie Kontraktanwälte, nur dass du uns nicht bezahlen müsstest.«

Eve, die einzige Frau, die Jack je kennengelernt hatte, die Pfeife rauchte, und Brian, der ein Cord-Sakko trug, das noch aus der Zeit von Reagans Präsidentschaft stammte, hatten das Institute mitbegründet, als Jack noch nicht einmal Jura studiert hatte. Beide waren hervorragende Anwälte, die viele Stunden für wenig Lohn arbeiteten.

»Das braucht ihr nicht zu tun«, sagte er.

»Wissen wir. Wir möchten es. Also, woran werkelst du? Bornelli?«

Sie besprachen den Fall so, wie alle Anwälte es tun: mit lockerem Geplauder über einer Mahlzeit im »Konferenzraum«. Jack schätzte Hannahs Meinung – sie besaß nicht die Erfahrung ihres Vaters, aber eindeutig seine Intelligenz.

»Ich habe das Protokoll der Grand-Jury-Sitzung etwa zur Hälfte durch«, sagte Jack. »Wie erwartet ist der Hauptzeuge gegen Isa ihr ehemaliger Freund, David Kaval. Er sitzt eine Strafe wegen bewaffneten Raubüberfalls im Staatsgefängnis ab.«

»Wie haben sie ihn mit dem Mord in Verbindung gebracht? Nein, lass mich raten: Er hat vor einem Knast-Spitzel damit geprahlt.«

»Gut geraten, aber falsch. DNS. Sosa trug eine Augenbinde, als die Polizei seine Leiche geborgen hat. Die beste forensische Spur war ein Tropfen Blut auf der Binde, das nicht Sosa gehörte. Ein paar Jahre später wurde Kaval wegen des Raubüberfalls verhaftet. Sie haben seine DNS durch die KODIS-Datenbank geschickt. Peng. Sie hatten einen Treffer.«

Hannah war mehr als vertraut mit dem »Kombinierten DNS Index System« des FBI, das die DNS-Spuren von Tatorten mit denen verurteilter Straftäter und anderer in der Datenbank verglich. KODIS war für die meisten Mandanten des Freedom Institutes nur eine Buchstabensuppe und für gewöhnlich – aber nicht immer – brachte es ihnen den Tod durch eine Giftspritze.

»Also hat Kaval einen Deal gemacht, im Tausch für eine Aussage gegen Isa?«

»Ja«, sagte Jack. »Er kriegt zehn Jahre für seine Beteiligung an der Entführung und Ermordung von Gabriel Sosa, die er gleichzeitig – und tatsächlich rückwirkend – mit seiner aktuellen Haftstrafe absitzt.«

»Mit anderen Worten, er kommt für den Mord an Sosa ungeschoren davon.«

»Das tut er.«

»Ist er ein glaubwürdiger Zeuge?«

»Kann ich anhand des Protokolls nicht sagen. Aber wir haben Glück«, sagte Jack und griff nach der DVD auf seinem Schreibtisch. »Ursprünglich hatte die Staatsanwaltschaft gar nicht vorgehabt, den Fall einer Grand Jury vorzulegen, also ist die Anklägerin ins Staatsgefängnis gefahren und hat ihn unter Eid befragt, bevor Isas Haftbefehl ausgestellt wurde. Willst du dir das mit mir anschauen?«

»Wow, was für ein Zufall!«, rief sie und warf erstaunt die Hände nach oben. »Das lag als Nächstes auf meiner Netflix-Watchlist.«

Bonnie klopfte an den Türrahmen und streckte ihren Kopf ins Büro. »Isa Bornelli ist schon hier.«

»Na, zum Glück hab ich kein Popcorn gemacht«, sagte Hannah und stand auf.

»Nein, bleib«, sagte Jack. »Mich interessiert dein Eindruck, falls Isa keine Einwände hat.«

»Keine Einwände wogegen?«, fragte Isa, als sie das Büro betrat.

Jack stellte die beiden einander vor, und Isa hatte kein Problem damit, dass Hannah blieb, um sich Kavals Video anzuschauen. Bonnie verließ das Büro und schloss leise die Tür. Jack erklärte, welcher Stapel auf seinem Schreibtisch was war, und führte Isa und Hannah dann zur Sitzecke. Hannah stellte die Stühle so um, dass sie zu dem an der Wand hängenden LCD-Bildschirm schauten. Jack legte die DVD ein und nahm zwischen Hannah und seiner Mandantin Platz, als das erste Bild erschien. Es war lediglich der Name des Zeugen und das Datum der Befragung – schwarze Buchstaben und Zahlen auf weißem Hintergrund –, aber Jack vermutete, dass es genug war, um den Puls seiner Mandantin nach oben zu treiben.

»Sind Sie in Ordnung?«, fragte er.

Isa nickte.

Der Name und das Datum verschwanden, und plötzlich starrte sie David Kaval direkt vom Bildschirm aus an.

Isa schreckte zurück und sah weg. »Oh, mein Gott«, sagte sie außer Atem.

»Sind Sie sicher, dass das okay für Sie ist?«, fragte Jack.

Sie antwortete nicht. Langsam kehrte ihr Blick zum Video zurück.

Kaval saß an einem Holztisch und wurde direkt von vorne gefilmt, sein Kopf und die Schultern in der Bildmitte. Orange tragen im Staatsgefängnis von Florida nur die Insassen des Todesblocks, also trug er das standardmäßige blaue T-Shirt mit V-Ausschnitt. Man sah, dass er häufiger Gast im Gewichtraum des Gefängnisses war: Er hatte die Brust und den Bizeps eines Boxers, und seine prallen Unterarme waren mit lilafarbenen Tätowierungen übersät. Jack hatte schon viele Insassen befragt, an genau diesen Tischen im Staatsgefängnis, und anhand der Art, wie Kaval seinen überragte, schätzte Jack, dass er über zwei Meter groß war. Schöne Frauen vergucken sich immer wieder in die bösen Jungs, aber Isa Bornelli und David Kaval erschienen ihm wie ein besonders extremes Beispiel für diese Regel.

»Er sieht so anders aus«, sagte Isa. »So streng.«

»Das macht das Gefängnis manchmal mit einem«, erklärte Jack.

»Nein«, sagte Isa. »Ich habe ihn am College total verklärt. Ich hatte mir in den Kopf gesetzt, dass er auf verwegene Art gut aussehend war. Dabei war er bloß ein Schläger.«

Sylvia Hunts Stimme erklang – *»Bitte nennen Sie uns Ihren Namen«* –, aber das Bild verließ nie Kaval. In den nächsten paar Minuten führte die Anklägerin den Zeugen durch seine persönliche Geschichte, seine kriminelle Vergangenheit und seinen Deal mit dem Büro der Staatsanwaltschaft. Dann wandte sie sich seiner »Beziehung« mit Isa Bornelli zu.

»Wir waren am College immer wieder mal mehr, mal weniger zusammen.«

»Für wie lange?«

»Etwa ein Jahr. Wir lernten uns in ihrem ersten Jahr an der Universität von Miami kennen. Ich war im vierten Jahr am Miami Dade College.«

»Sie waren im Abschlussjahr?«

»Nein. Ich sagte, ich war in meinem vierten Jahr. Aber nein, ich war nicht in meinem Abschlussjahr.«

»Sie sagten, Sie waren mal mehr, mal weniger zusammen. Wie zusammen waren Sie im März von Ms. Bornellis zweitem Studienjahr?«

»Weniger.«

»Wie wenig?«

»Wir hatten am Valentinstag einen heftigen Streit. Sie sagte, es wäre vorbei.«

»War es das?«

»In ihrer Vorstellung vielleicht.« Er ließ ein selbstbewusstes Lächeln aufblitzen. »Ich wusste immer, dass sie zurückkommt.«

»Was für ein ekelhafter Typ!«, sagte Isa.

Jack hielt das Video an. »Wenn Sie zwischendrin irgendetwas korrigieren wollen, geben Sie mir Bescheid, dann halte ich das Video an.«

»Ich will bloß nicht, dass Sie beide glauben, dass ich in diesen Mann verliebt war. Liebe hatte nichts mit unserer Beziehung zu tun.«

»Verstanden«, sagte Jack. Er drückte auf WIEDERGABE, und das Video lief weiter.

»Und haben Sie Ms. Bornellis nach der Trennung wiedergesehen?«

»Yeah. Sie rief mich einige Wochen später an und bat mich, vorbeizukommen.«

Isa griff sich die Fernbedienung und drückte PAUSE. »Das ist eine Lüge. Er muss wenigstens hundert Mal versucht haben, mich auf meinem Handy zu erreichen. Ich bin nie rangegangen. Eines Morgens dann stand er draußen vor meinem Wohnheim. Er stand dort und wartete, bis ich vom Unterricht zurückkam.«

Jack schrieb das in seinen Block. »Notiert«, sagte er, und das Video lief weiter.

»Was taten Sie an dem Tag?«

»Nichts Besonderes. Wir sind spazieren gegangen. Mittagessen. Haben einfach zusammen abgehangen. Aber ich wusste, dass etwas mit ihr nicht stimmte. Ich fragte sie, ob es an mir liegt – ob sie will, dass ich gehe. Sie sagte nein, ich soll auf jeden Fall bleiben. Sie sagte, sie will einfach, dass ich für sie da bin. Sie brauchte jemanden, auf den sie zählen konnte.«

»Hatten Sie irgendeine Ahnung, was sie damit meinte?«

»In dem Moment nicht. Aber später ja.«

»Was war geschehen?«

»Wir hatten Abendessen. So um acht Uhr fuhr ich sie zurück zu ihrem Wohnheim und habe geparkt. Wir saßen dort im Dunkeln, und ohne irgendeinen Grund begann sie zu weinen. Ich fragte sie, was los ist, und da hat sie's mir erzählt.«

»Was hat Ms. Bornelli Ihnen erzählt?«

»Sie sagte, sie hätte ein Date gehabt. Und ich sagte: Baby, kein Ding. Was ist schon ein Date? Dann sah sie mich an, und sagte: ›Er hat mich vergewaltigt.‹«

»Wie haben Sie reagiert?«

»Ich konnte es nicht glauben. Ich meinte so: Wie? Wer hat das getan?«

»Hat sie es Ihnen erzählt?«

»Zuerst nicht. Sie sagte, sie hat ihn nicht angezeigt, also ist es egal, wer es getan hat. Ich sagte: ›Bullshit‹ – sorry. ›Isa, du musst mir sagen, wer dir das angetan hat. Du musst es mir sagen.‹«

»Hat sie Ihnen einen Namen gegeben?«

»›Gegeben‹ ist vermutlich das falsche Wort. Ich musste es ihr förmlich aus der Nase ziehen. Sie hat sich die Augen aus dem Kopf geheult. Es war, als ob, Sie wissen schon, sie nie mit jemandem darüber gesprochen hatte. Dicke Tränen, die ihr übers Gesicht liefen.«

»Was taten Sie dann?«

»Ich sagte ihr, dass es okay ist, zu weinen. Aber sie musste mir seinen Namen sagen. Ich habe die Türen verriegelt, damit sie nicht aussteigen konnte, und sagte: ›Isa, wir gehen nirgendwohin, bevor ich nicht den Namen dieses verfickten Feiglings kenne, der das getan hat.‹«

»Wie hat Ms. Bornelli reagiert?«

»Sie hat immer noch geweint. Ich habe eine Minute gewartet, um mich selbst zu beruhigen und nicht so angepisst zu klingen. Schließlich schien sie sich wieder unter Kontrolle zu bekommen. Ich fragte sie, ob sie so weit war, es mir zu erzählen. Sie sagte: ›Er heißt Gabriel Sosa.‹«

»Was haben Sie darauf geantwortet?«

»Ich sagte: ›Braves Mädchen. Du hast das Richtige getan. Danke, dass du es mir gesagt hast.‹«

»Haben Sie noch weiter über das Thema gesprochen?«

»Sie meinen an dem Abend, während wir im Auto saßen?«

»Ja, Mr. Kaval. Während Sie im Auto saßen.«

»Ich bat sie, mir mehr über diesen Sosa-Typen zu erzählen.«

»Was hat sie geantwortet?«

»Sie hat geschnieft und mich nicht richtig angesehen. Sie hat eher aus dem Fenster geschaut. Also habe ich sie noch mal gefragt. ›Isa, gibt es sonst noch etwas, das du mir sagen willst?‹«

»Was hat sie geantwortet?«

»Sie hat den Kopf geschüttelt. Dann sagte sie: ›Ich wünschte bloß, er wäre tot.‹«

»Das waren Ms. Bornellis präzise Worte an Sie? ›Ich wünschte bloß, er wäre tot‹?«

»Ja. Das waren ihre genauen Worte.«

Jack pausierte das Video. Schweigen füllte den Raum. Er gab Isa einen Moment; sie alle brauchten einen. Dann fragte er: »Haben Sie ihm das gesagt?«

Isa senkte den Blick und berührte mit einer Hand ihre Stirn. »Ich ... ich erinnere mich nicht.«

»Isa, bitte. Denken Sie gut nach. Lügt er? Oder sagt er die Wahrheit? Das ist wichtig.«

»Ich habe nicht ...«, begann sie und hielt dann inne. »Es könnte sein.«

»Sie könnten es gesagt haben?«

Sie nickte gequält. Sie konnte Jack immer noch nicht anschauen, aber er konnte die Pein in ihrem Blick erkennen.

»Vermutlich habe ich es gesagt.«

»Vermutlich?«

»Ich habe, okay? *Ja.* Ich habe es gesagt. Das bedeutet nicht, dass ich es *gemeint* habe«, sagte sie, vermutlich lauter als gewollt. Ein unangenehmes Schweigen hing im Raum. Isa nahm ihre Handtasche und stand auf. »Entschuldigen Sie mich. Ich bin jetzt nicht in der Verfassung dafür.«

Jack stand ebenfalls auf. »Natürlich. Wir können weitermachen, sobald Sie bereit dazu sind. Ich sage Bonnie, dass sie ein Taxi rufen soll.«

»Nein, ich habe eine App. Vielen Dank.« Sie eilte aus dem Zimmer, zu schnell, als dass Jack sie hätte hinausbegleiten können, und ihre Absätze klackerten auf den hölzernen Dielen.

Jack und Hannah warfen sich einen Blick zu.

»Wir haben alle schon mal jemandem den Tod gewünscht«, sagte Hannah.

»Gut möglich«, sagte Jack, und sein Blick wanderte zu dem eingefrorenen Bild des Schlägertyps auf dem Fernseher. »Aber wir haben es nie vor einem Kerl wie David Kaval gesagt.«

KAPITEL 25

Sylvia traf sich zum Frühstück mit ihrer Chefin in einem Coffee-Shop auf der anderen Straßenseite des Miami Campus. Der Essbereich war so gut wie leer; für den Durchschnittsstudenten war es üblich, das Montagsfrühstück nach einem Wochenende in South Beach in die Mittagszeit zu verlegen. Sie setzten sich in eine Nische am Fenster, wo sie ungestört bei einem Nova Lox und einem getoasteten Bagel sprechen konnten.

Zahlen und Statistiken waren nicht gerade Sylvias Stärke, aber sie hatte Daten gesehen, die die Anzahl offener Fälle von Sexhandel in ihrem Büro bei etwa dreihundert veranschlagte, womit die Oberstaatsanwältin die perfekte Gastgeberin beim jährlichen Forum für Menschenhandel war, das von der Universität veranstaltet wurde. Benitez sollte um zehn Uhr auf der Bühne stehen, Gäste willkommen heißen und die erste Rednerin ankündigen, ein zwanzigjähriges Mädchen, eine »Survivor« – so nannte man in den USA die überlebenden Opfer von Vergewaltigungen, Zwangsprostitution und anderen Sexualverbrechen. Das Mädchen war von seinem Zuhälter beinahe totgeprügelt worden, als es sechzehn Jahre alt gewesen war. Sylvia hatte das Team der Anklage geleitet und einen Richter davon überzeugt, den Kerl für fünfzehn Jahre wegzusperren.

»Haben Sie Ihre Ansprache schon poliert und fleißig geprobt?«, fragte Sylvia.

Die Oberstaatsanwältin schob die Zettel mit ihren vorbereiteten Stichpunkten zur Seite. »Haben Sie je gesehen, dass ich irgendetwas ablese?«

Die Frage bedurfte keiner Antwort. Sylvia suchte auf dem Aluminiumpäckchen ihres Frischkäses nach der Kalorienzahl und entschied, dass er das nicht wert war. Ihre Chefin hatte weniger Probleme damit und schmierte erst ihre Portion und dann Sylvias auf ihre Bagelhälften.

»Erzählen Sie mal, wie läuft es in der Foneesha-Johnson-Untersuchung?«, wollte Benitez wissen.

»Ich habe gerade eine E-Mail vom FBI-Büro in Miami erhalten«, antwortete Sylvia. »Der Bericht und die Empfehlung des FBI kommen bis Ende der Woche.«

»Klingt nach Vollgas.«

»Eher nach heißer Kartoffel. Jemand im Justizministerium will so weit wie möglich von der Bornelli-Verhandlung entfernt bleiben.«

Benitez kratzte mit dem Messer die letzten Reste Frischkäse aus der Aluverpackung. »Beide, der zuständige Special Agent aus dem Büro in Miami und sein vorgesetzter Assistant Special Agent in Charge, werden heute beim Menschenhandel-Forum sein. Ich werde mich mit den beiden zusammensetzen. Wie steht es um unseren Freund Michael Posten von der *Tribune*?«

»Sie haben bestimmt die Sonntagsausgabe gelesen. Zum Glück hat er die Geschichte fallenlassen, die er darüber schreiben wollte, dass Isa der Polizei gesagt habe, sie ›hätte einfach mitgemacht‹. Er hat stattdessen einen etwas allgemeineren Artikel über die wachsende Plage sexueller Übergriffe an Colleges geschrieben.«

»Ja, habe ich gesehen. Endlich mal ein nützlicher Einsatz von Druckerschwärze.«

»Ich fürchte, die Verbesserung ist nur zeitweilig. Ich habe ihn heute Morgen noch mal angerufen. Die Geschichte, von der er mir am Samstag sagte, dass sie in Erwägung gezogen werde – dass Isa überhaupt nicht vergewaltigt wurde –, ist weiterhin in Arbeit.«

Die Kellnerin kam an den Tisch und füllte ihre Tassen auf. Benitez wartete, bis sie gegangen war, und sprach dann weiter. »Sind wir klüger, wer Postens Quelle für die Story sein könnte?«

»Er hatte nichts zu dem hinzuzufügen, was er mir Samstagabend erzählt hat. Er hat nicht nur *eine* Quelle. Er behauptet, er habe *die* Quelle.«

Benitez rührte einen Löffel Zucker in ihren Kaffee. »Lassen Sie uns darüber nachdenken. Wenn ein Journalist behauptet, *die* Quelle zu haben, muss er von jemandem sprechen, der Informationen aus erster Hand hat, richtig?«

»Würde ich denken. Aber Posten blufft gerne mal. So arbeitet er.«

»Verstehe. Aber gehen wir davon aus, dass er es dieses Mal ernst meint. Müsste *die* Quelle nicht jemand sein, der dort war?«

»Nun, das wäre dann entweder Bornelli oder Sosa. Und Sosa ist tot.«

Die Oberstaatsanwältin machte eine Geste – eine simple Drehung der Hand, mit der sie Sylvia ermunterte, ihren Gedankengang fortzuführen.

Sylvia bot ihr ein skeptisches Halbkichern an. »Ehrlich? Sie denken, Bornelli ist seine Quelle?«

»Warum nicht?«, fragte Benitez. »Keine Vergewaltigung bedeutet, dass es keinen Angreifer gab. Kein Angreifer macht es uns schwerer, Bornellis Motiv nachzuweisen, den Mord an Gabriel Sosa organisiert zu haben. Ich bin mir sicher, diese Folgerung ist Ihnen ebenfalls in den Sinn gekommen.«

Das war sie tatsächlich. Sie hatte ihr Date am Samstagabend ruiniert und sie bis weit in den Sonntagmorgen hinein wachgehalten. »Ja«, sagte sie. »Das wäre ein Problem.«

»Ich habe keinen Zweifel daran, dass dieses ›Problem‹ wenigstens einem von Ms. Bornellis Anwälten ebenfalls in den Sinn gekommen ist«, stellte Benitez fest.

»Rudern Sie gerade zurück? Jetzt sind Swyteck oder Espinosa seine Quelle?«

Benitez zuckte mit den Schultern. »Ich schätze, Posten könnte der Ansicht sein, *die* Quelle zu haben, wenn die Information von Bornellis Anwalt kommt. Oder ihr Anwalt hat sie vorgeschickt und er spricht tatsächlich mit Bornelli.«

»Das wäre wohl denkbar. Aber weshalb sollten sie diese Wendung nicht für den Prozess aufheben? Weshalb jetzt schon ihren Trumpf ausspielen, indem sie damit zur Zeitung gehen?«

»Weil die Verteidigung nicht will, dass es in diesem Fall bis zum Prozess kommt. Isa Bornelli ist ans andere Ende der Welt gezogen, um genau das zu vermeiden. Indem sie uns von der Flanke angreifen, säen sie Zweifel daran, ob unser Fall wasserdicht ist. Je mehr Zweifel wir haben, desto wahrscheinlicher ist es, dass wir einen schönen, harmlosen Deal anbieten.«

»Sollten wir einen Deal anbieten?«

»Noch nicht«, sagte Benitez. »Warten wir noch.«

»Bis wann?«

»Ich will sehen, was der FBI-Bericht sagt. Ich spreche heute mit dem Special Agent in Charge und schaue, ob wir einen ersten Entwurf des Berichts kriegen können, bevor sie ihn rausgeben.«

»Was hoffen Sie, was drinsteht?«

»Ich hoffe auf gar nichts«, erwiderte die Oberstaatsanwältin. »Aber wenn das Ergebnis lautet, dass Bornelli über eine angedrohte Vergewaltigung durch einen Vollzugsbeamten gelogen hat, und wenn sich zeigt, dass sie ebenfalls einen Detective des MDPD darüber belogen hat, von Gabriel Sosa vergewaltigt worden zu sein, dann haben wir einen gänzlich anderen Fall vorliegen.«

»Ja«, sagte Sylvia und folgte dem Gedanken bis zum Ende. »Das wäre ein … ein sehr anderer Fall.«

KAPITEL 26

Jack traf am späten Montagnachmittag in Mannys Büro ein. Isa war bereits dort, und sie wirkte deutlich gefasster als am Morgen, als sie aus dem Institute gerannt war. Manny hatte seinen eigenen Satz der Grand-Jury-Materialien, doch er packte einen anderen Karton aus – einen, der mit dem Wort »Vorsichtig!« markiert war und einen Packaufkleber von Christie's Kunsttransport trug.

»Können Sie mir mal eben helfen, Jack?«

Jack ging ihm zur Hand, und gemeinsam wühlten sie durch das Packmaterial. Gemeinsam hoben sie dann eine sechzig Zentimeter hohe Bronzeskulptur heraus, die sie vorsichtig auf Mannys Schreibtisch stellten.

Es war ein antikes Stück, das nicht im Geringsten zur Chrom-, Glas- und Lederausstattung von Manny ultramodernem Büro passte.

»Bronco Buster«, erklärte Manny. »Die erste von Frederic Remingtons zweiundzwanzig Cowboy-Bronzen und die begehrteste. Und das hier ist keine Nachahmung. Sehen Sie das Zeichen der Gießerei?«, fragte er und deutete auf das Emblem der Henry-Bonnard Bronze Company in New York City. »Das hier ist neunzehntes Jahrhundert – eine der frühesten, die mit Sandguss-Technik gefertigt wurden. Wenn der Ölpreis sinkt, kaufen Sie Remingtons. Jeder Geschäftsführer in Houston wirft seinen Schmuck raus. Es ist wie, wie …«

»Wie die venezolanischen Wähler, die Chavistas rausgeworfen haben?«, schlug Isa vor.

Die meisten Historiker sahen einen Zusammenhang zwischen dem fallenden Ölpreis und dem Abstieg von Chávez' Partei nach dessen Tod, doch Jack verstand Isas Kommentar weniger als politisches Statement, sondern eher als persönlichen Hieb gegen ihren Vater.

»Ja, vermutlich«, sagte Manny. »Wie auch immer, ich habe das auch letztes Mal getan, als dem Ölmarkt der Fußboden weggebrochen ist. Günstig kaufen, dann warten, bis der Ölpreis sich wieder erholt hat und die Rednecks ihre Kunst wieder zurückwollen. Und *Bam!* Manuel ›Bubba‹ Espinosa macht ein Vermögen.«

»Klingt nach einem Plan«, sagte Jack. »Was halten Sie davon, wenn wir über unseren sprechen?«

»Bereit, wenn Sie es sind«, antwortete Manny, während er die verstreuten Stücke des Packmaterials von seinem Seidenteppich aufsammelte.

»Ich habe mir bereits den Rest von Kavals Aussage angeschaut, aber es kann nicht schaden, es noch einmal zu sehen«, sagte Jack. »Wir können dort weitermachen, wo ich mit Isa heute Morgen abgebrochen habe.«

»Nicht nötig«, sagte Manny. »Wir haben das ganze Video angeschaut, bevor Sie eingetroffen sind.«

Jack war überrascht. »Sie hätten mich anrufen sollen.«

»Sorry. Sie haben die erste Hälfte ohne mich angesehen, also haben Isa und ich den zweiten Teil gesehen. Wir sind ein Team, richtig? Teams teilen sich die Arbeit auf.«

Aus irgendeinem Grund fühlte sich Jack bei der Vorstellung, dass Manny allein mit Isa war, deutlich weniger wie ein »Mit«-Anwalt. »Richtig«, sagte Jack. »Also, sprechen wir darüber.«

Der zweite Teil von Kavals Aussage war den Anschuldigungen der Anklageschrift gefolgt, von denen Isa bereits zugegeben hatte, dass einige der Wahrheit entsprachen: Sie und Kaval waren in einen Club in South Beach gegangen, in dem Gabriel regelmäßiger Gast war. Isa hatte vor Kaval und seinem Freund auf Gabriel gezeigt; die drei, inklusive Isa, waren Gabriel in Kavals Van gefolgt. Und Kaval hatte Gabriels Auto gerammt, um ihn dazu zu bringen, anzuhalten und nach Schäden zu gucken, während Kaval und sein Freund ihn stellten.

Ab diesem Punkt unterschieden sich die Schilderungen.

»Sie haben uns erzählt, Sie wären zu Ihrem Wohnheim zurückgelaufen«, sagte Jack.

»Das stimmt«, erklärte Isa.

»Kaval behauptet, dass Sie noch dabei waren, als er und sein Kumpel Gabriel überwältigten und hinten in den Van warfen. Dass Sie mit ihnen zur Werkstatt gefahren sind.«

»Ja, das behauptet er.«

»Er lügt?«, fragte Jack.

Sie warf einen Blick zu Manny. »Darüber haben wir schon diskutiert, bevor Sie hier ankamen.«

»Und?«

Manny mischte sich ein: »Sie ist definitiv nicht mit zur Werkstatt gefahren.«

»Ich verstehe«, sagte Jack, der das Problem langsam durchschaute. »Die Frage ist: Wann sind Sie umgekehrt und zum Wohnheim zurückgelaufen – bevor oder nachdem Kaval und sein Kumpel Sosa gepackt und hinten in den Van geworfen haben?«

»Ganz genau«, sagte Manny.

Jack beobachtete seine Mandantin. »Wie lautet die Antwort, Isa?«

»Ich habe mich eindeutig nicht daran erinnert, dass sie ihn in den Van gesperrt haben«, sagte sie leise. »Aber so wie David die Sache beschrieben hat, fühlte sie sich vertraut an. Während ich ihm zugehört habe, wurde mir klar, dass ich vielleicht dabei gewesen sein könnte.«

»Sie haben gesehen, wie sie Sosa in den Van gestoßen haben. Ist es das, was Sie jetzt sagen wollen?«

»Nun, Sie müssen nicht ›jetzt‹ sagen. Ich ändere meine Geschichte nicht. Ich erinnere mich bloß deutlicher an die Dinge. Zu akzeptieren, was mit mir geschehen ist, ist ein fortschreitender Prozess.«

»Und sie ist sich nicht hundertprozentig sicher, ob sie es gesehen hat«, fügte Manny an. »Sie markiert das für uns als eine dieser undeutlichen Grauzonen ihrer Erinnerung. Sie haben das ebenso häufig gesehen wie ich, Jack. Wenn ein Zeuge der Anklage darauf beharrt, dass Sie dort waren oder dass Sie etwas so und so gesagt haben, ist es nur natürlich, seine eigene Erinnerung zu hinterfragen. Sie beginnen, sich selbst zu erzählen: Wow, vielleicht war ich ja dort. Vielleicht habe ich das gesagt.«

Jack hatte das in der Tat schon erlebt, und es war wirklich ganz natürlich. Es war bloß nicht einfach für einen Anwalt zu erkennen, wann ein Mandant dieses Phänomen erlebt, und wann er bloß Märchen erzählte.

Isa sprach: »Sie sollten außerdem die Tatsache nicht außer Acht lassen, dass ich nie, nie gedacht hätte, dass sie Gabriel verletzen wollten. Wie ich vorher schon sagte, dachte ich, dass David ihm Angst machen wollte. Ihn vielleicht ein wenig herumschubsen. Aber nicht – ganz eindeutig nicht – die Dinge, die sie ihm angetan haben.«

»Ich hab eine Reihe von Anmerkungen«, sagte Jack. »Erstens: Man kann schnell sehen, weshalb Kavals Aussage ausreichend war, um eine Grand Jury davon zu überzeugen, Sie anzuklagen. Wir müssen jedoch annehmen, dass die Anklage sich zurückgehalten hat. Keine Staatsanwältin präsentiert der Grand Jury *alle* ihre Beweise. Sylvia Hunt wird sich etwas für den Prozess aufheben. Deshalb, Isa: Falls bestimmte Dinge noch weitere Erinnerungen bei Ihnen auslösen, ist es äußerst wichtig, dass wir diese Auslöser schon vor dem Prozess ausfindig machen. Wir dürfen nicht von einer plötzlichen Erinnerung überrascht werden, während wir vor den Geschworenen sitzen. Verstehen Sie das?«

Sie nickte.

»Zweiter Punkt: Ob Sie weggelaufen sind, bevor oder nachdem die beiden Sosa in den Van gepackt haben, ist von entscheidender Bedeutung. Sie stehen hier bedrohlich dicht davor, an einer Entführung beteiligt gewesen zu sein. Im besten Falle verlieren Sie die Sympathien der Geschworenen, wenn diese irgendwelche Geständnisse hören, dass Sie gesehen haben, wie die zwei Sosa in den Van warfen, und Sie nicht die Polizei gerufen haben. Das sind alles Dinge, die wir bedenken müssen, falls und wenn wir entscheiden müssen, ob Sie zu Ihrer eigenen Entlastung aussagen.«

»Isa und ich haben genau darüber gesprochen, als Sie hier eintrafen«, sagte Manny.

»Auch auf die Gefahr hin, jetzt eingeschnappt zu klingen: Das ist ein Thema, welches ›das Team‹ gemeinsam besprechen muss.«

»Ganz ruhig, Jack. Es wurden keine Entscheidungen ohne Sie getroffen. Aber wir sind jetzt etwas aufgeschlossener.«

»Was soll das bedeuten?«, fragte Jack.

Manny warf einen Blick zu Isa, als wolle er ihr bedeuten, dass das ihr Einsatz wäre. »Wenn ich nicht aussagen kann – oder ich mich entscheide, nicht auszusagen –, dann liegt Manny vielleicht richtig mit seiner Theorie«, sagte sie und vermied Blickkontakt mit Jack. »Vielleicht sollten wir nicht allzu schnell eingestehen, dass ich, Sie wissen schon, überfallen wurde.«

»Ich fürchte, der Zug ist abgefahren«, sagte Jack. »Kaval wird aussagen, dass Sie ihm gesagt haben, dass Sie vergewaltigt wurden. Das ist kein Hörensagen mehr – das ist ihr eigenes Geständnis. Es wird in die Beweismenge aufgenommen werden.«

»Kaval ist nicht glaubwürdig«, erwiderte Manny. »Er ist ein dreckiger Schläger und verurteilter Verbrecher. Wir können ihn im Zeugenstand zerpflücken.«

»Es gibt noch den MDPD-Detective, der Isas persönliche Worte in seinen Bericht geschrieben hat: ›Ich habe einfach mitgemacht.‹«

»Ich habe schon ein paar Ideen, wie wir das abschütteln können«, sagte Manny.

»Whoa«, sagte Jack. »Das ist hier grade eine fundamentale Änderung unserer Strategie. Isa, sind Sie da wirklich mit an Bord?«

»Ich weiß nicht. Manny meint, dass ich darüber nachdenken sollte.«

»Meine Sorge ist, dass die Umstände das Ganze in eine beschlossene Sache verwandeln, während Sie noch darüber nachdenken.«

»Ich verstehe nicht, was Sie damit sagen wollen.«

Jack sah Manny an. »Könnte das alles etwas mit dem Anruf zu tun haben, den ich beim Mittagessen von Michael Posten bei der *Tribune* erhielt? Er arbeitet an einer Story, dass Isa nicht vergewaltigt worden ist, und er behauptet, eine solide Quelle zu haben.«

»Nun, diese Quelle bin nicht ich«, sagte Manny. »Ich halte mich noch an die Abmachung, die ich mit der Staatsanwaltschaft geschlossen habe: Sie lassen Isa auf Kaution frei, wenn wir nicht mit den Medien sprechen, bis die Untersuchung im Gefängnis abgeschlossen ist. Und Sie sollten dasselbe tun, Jack.«

Innerlich reagierte Jack mit einem herzlichen: *Fick dich, Manny*. Aber er biss sich in Anwesenheit ihrer Mandantin auf die Zunge.

»Wer ist es dann?«

»Sie fragen mich das, als wüsste ich es«, sagte Manny, »und das gefällt mir nicht.«

»Könnte es mein Vater sein?«, fragte Isa.

»Ich weiß es nicht, Isa. Könnte er es sein?« Jack fragte nicht drohend, aber mit Bestimmtheit.

»Es könnte jeder sein«, sagte Manny. »Oder Posten nutzt einen seiner üblichen Tricks, und es könnte *niemand* sein.«

»Nein, irgendjemand ist es«, sagte Jack. »Ich wette meine Anwaltslizenz, dass es *irgendjemand* ist.«

KAPITEL 27

Das Windspiel klimperte vor Jacks Bürofenster. Miami kam in den Genuss einer späten Frühlingsbrise, denn der aufkommende Sommer bedeutete üblicherweise nicht bloß Hitze und unerträgliche Luftfeuchtigkeit, sondern auch stehende Luft und brachliegende See. Jack hatte heute Morgen auf seiner Fahrt von Key Biscane bereits die Wellen in der Bucht gesehen, und die Windsurfer und Kiteboarder nutzten jede Sekunde davon. Als Teenager hatten Keith und er an mehr als nur einem windigen Tag die Schule geschwänzt. Als es Zeit fürs Mittagessen wurde, konnte er dem Impuls nicht länger widerstehen. Er rief Keiths Handy an.

»Hey, Kumpel. Ich weiß, dass du die Bucht vom Büro aus sehen kannst. Das ist kein laues Lüftchen. Es hupt dort draußen.«

Keith kicherte. »›Hupen‹. Na, den Slang hab ich nicht mehr gehört, seit die Dolphins nicht mehr stinken.«

»Ziehen wir los.«

»Echt jetzt?«

»In Hongkong ist es nach Mitternacht. Tu nicht so, als wärst du beschäftigt. Wir können uns Neoprenanzüge und Boards direkt am Strand ausleihen.«

»Hast du eine Ahnung, wie lange es her ist, dass ich Windsurfen war?«

»Das ist wie Fahrradfahren. Du glaubst, dass du es niemals vergisst, aber wenigstens fällst du ins Wasser und nicht auf den Scheißasphalt.«

»Okay, Swyteck. Du hast es so gewollt.«

»Ich sammel dich in fünfzehn Minuten vor deinem Gebäude ein.«

Um ein Uhr waren sie auf dem Wasser. Sie waren nicht mehr die Hengste von einst, aber um halb zwei schnitten sie einander den Weg ab und stahlen dem anderen den Wind – »Gassing«

nannten die Surfer das. Jack betrachtete sich selbst als Läufer, und seine langen Joggingtouren mit Max an der Leine zahlten sich aus. Keiths Beine gaben zuerst nach. Eine kleine Schaumwelle fegte ihn vom Board. Er paddelte wieder hin, hielt sich daran fest und brauchte eine Pause. Jack paddelte neben ihn.

»Froh, dass wir rausgekommen sind?«

»Oh ja«, gab Keith zu. Dann erlosch sein Lächeln. Jack bemerkte, dass sein Blick zum Strand wanderte – oder präziser: zum aufragenden Wohnturm des Four Seasons.

»Denkst du an Isa?«

»Melany. Es fühlt sich einfach so unglaublich an, wieder hier draußen zu sein. Aber es weckt in mir den Wunsch, Melany beizubringen, das auch zu tun. Und das werde ich. Das werde ich eindeutig. Aber natürlich, typisch für mich, beginne ich, die praktische Umsetzbarkeit zu überanalysieren, und mir wurde klar, dass wir natürlich erst mal ihre Audioprozessoren abnehmen müssen. Und dann wurde mir klar – wirklich klar –, was sie alles nicht wird hören können, wenn sie hier draußen ist. Das Pfeifen des Windes. Das Rauschen der Wellen. Das Zischen des Boards, wenn du voll drin bist und wie durch Butter schneidest. Den Sturz ins Wasser, wenn die Wellen gewinnen. Melany wird niemals irgendetwas davon hören.«

»Tut mir leid, Kumpel.«

»Muss es nicht. Sei einfach dankbar. Sei dankbar für das, was du hast.«

Das war vermutlich nicht das Firmenmantra in den IBS-Zentralen von Zürich oder Hongkong, und Jack war froh, dass er Keith für einen kurzen Trip zurück in ihre Freundschaft mitgenommen hatte. Sie trieben noch ein wenig im Wasser, während die Sonne Floridas ihre Anzüge trocknete. Bald waren sie in flacherem, ruhigerem Gewässer, beinahe im Schatten der Wohn- und Bürotürme, die von Miamis Innenstadt bis zum südlichen Zipfel der Brickell-Area die Küste säumten.

»Wenn wir noch weitertreiben, steht uns ein ›Walk of Shame‹ ins Haus«, sagte Keith.

Ein »Walk of Shame« bedeutete, dass ein Surfer nicht in der Lage war, zurück zu seinem Startpunkt zu reiten, sodass er selbst an Land gehen und seine gesamte Ausrüstung den Strand längs schleppen musste – und abends das Bier für alle bezahlen.

»Ich werd's keinem verraten, wenn du es auch nicht tust«, sagte Jack.

Keith lächelte und wurde plötzlich ernst. »Kann ich kurz geschäftlich mit dir reden?«

»Nein«, antwortete Jack. Er lag rücklings auf dem Board und genoss die Sonne auf seinem Gesicht.

»Komm schon. Ernsthaft jetzt. Es ist wichtig.«

Jack setzte sich auf. »Eine Minute.«

»Isa hat mir erzählt, dass Manny dir auf die Nerven geht.«

»Wirklich? Wir sind hier draußen, treiben im Paradies, und du willst über Manny sprechen?«

»Es geht nicht um Manny. Es geht um meine Frau.«

»Lass mich dir eine Frage stellen«, sagte Jack. »Kommt Isa nach Hause und erzählt dir alles, was sie und ihre Anwälte besprechen?«

»Nein. Im besten Falle bekomme ich einen groben Überblick aus weiter Entfernung. Aber wir sprechen darüber, wie die Beteiligten miteinander auskommen.«

»Weißt du, Keith, du kannst keine zwei Anwälte in einen Raum stecken, ohne dass irgendjemand genervt ist. Manny hat seinen eigenen Stil.«

»Bist du sicher, dass es bloß eine Stilfrage ist?«

»Ja. Ich habe dir schon gesagt, dass ich mit ihm arbeiten kann.«

Keith sah zu, wie zwei Windsurfer an ihnen vorbeizogen, beides Collegetypen, die durchs Wasser schnitten wie Jack und

Keith es getan hatten, als sie jünger gewesen waren und ihnen weniger Last auf die Schultern gedrückt hatte. Dann sah er wieder zu Jack. »Ich möchte nur sichergehen, dass du die Sache bis zum Ende durchziehst.«

»Was lässt dich glauben, dass ich das nicht tue?«

»Isa kam nach dem Treffen in Mannys Büro nach Hause und war die ganze Nacht total aufgekratzt. Ich fragte sie, was sie so beschäftige. Es hat eine Weile gedauert, zum Kern des Problems durchzudringen, aber im Grunde macht sie sich Sorgen, dass du abspringen könntest.«

»Ich weiß nicht, weshalb sie das denken sollte.«

»Sie hat eine ziemlich gute Intuition, Jack. Und sie ist eine ziemlich erfahrene Psychologin. Ich möchte bloß, dass du weißt, dass Isa dich als ihren führenden Anwalt sieht. Manny spielt nur die zweite Geige.«

»Ich habe kein Problem damit, dass wir sie gemeinsam vertreten.«

»Nein, ich versuche, dir etwas begreiflich zu machen. Für Isa wäre es absolut verheerend, falls du beschließt, nicht länger Teil des Teams sein zu wollen.«

»Weshalb sollte ich das beschließen?«

»Ich meinte das hypothetisch. Aus welchem Grund auch immer. Was auch immer die Zukunft noch bringt. Bevor du Isa fallenlässt – Isa, Melany und mich –, denk an das, was ich dir gesagt habe.«

»Keith, du benimmst dich übertrieben dramatisch. Ich lasse niemanden fallen. Ich werde Isa nicht allein lassen, bevor sie mich nicht rauswirft.«

»Versprochen?«

Die Nachfrage wirkte seltsam – noch mehr unnötiges Drama –, doch sie war Keith offensichtlich wichtig, also machte Jack mit. »Ja. Ich gebe dir das Versprechen.«

»Also muss ich nicht den Gefallen einfordern?«

Keith lächelte, doch Jack spürte, dass er nur zum Teil scherzte, und er wusste exakt, von welchem »Gefallen« Keith sprach. »Hey. Du hast gesagt, dass du das nie tun würdest.«

Keith sah zum Ufer hinüber, als folge er dem Wind des Meeres durch eine Reihe spindeldürrer Kokospalmen am Strand. »Ich habe nie damit gerechnet, eine Frau zu heiraten, die des Mordes angeklagt wird«, entgegnete er.

KAPITEL 28

Sylvia ging schnellen Schrittes vom Gerichtsgebäude ins Graham Building. Ihre morgendliche Anhörung hatte bis in den frühen Nachmittag hinein gedauert, und sie konnte es kaum erwarten, den Anruf zu beantworten, den sie aus dem Büro des Gefängnisdirektors im Staatsgefängnis erhalten hatte. Es ging um ihren Hauptzeugen im Bornelli-Fall. Natürlich fürchtete sie das Schlimmste.

Bitte erzählt mir nicht, dass Kaval tot ist.

Der Fahrstuhl entließ sie im siebten Stock. Sie marschierte direkt in ihr Büro und rief den Direktor persönlich an. Es war ein kurzes Gespräch. Kaval war noch quicklebendig, aber die Neuigkeit war wichtig genug, dass Sylvia direkt ins Büro der Oberstaatsanwältin lief, um sie weiterzugeben.

»Unser Junge, David Kaval, hat versucht, Bornelli auf ihrem Handy anzurufen. Natürlich per R-Gespräch.«

Sylvia stand im Türbogen, und die Oberstaatsanwältin lud sie mit einem Wink herein.

»Wann?«, fragte Benitez.

»Samstagabend«, antwortete Sylvia und setzte sich in den Lehnsessel. »Man sagte mir, dass Bornelli das Gespräch nicht akzeptiert hat, also haben sie nicht miteinander gesprochen.«

Benitez lehnte sich mit verwunderter Miene auf ihrem Bürostuhl zurück. »Wie war es überhaupt möglich, dass Kaval erlaubt wurde, sie anzurufen? Das Staatsgefängnis hat strenge Regeln für R-Gespräche auf Handys. Ich muss es wissen. Ich war Teil des Komitees, das sie aufgestellt hat. Insassen können nicht einfach R-Gespräche beim Papst oder ihrem Drogendealer anmelden, oder wer auch sonst ihnen gerade für einen Anruf in den Sinn kommt. Sie müssen dem Direktor eine Liste mit Handynummern geben und können nur Gespräche an vorher genehmigte Nummern anmelden.«

»Das habe ich den Direktor auch gefragt. Aber wissen Sie was? Isa Bornellis Handynummer steht auf Kavals freigegebener Nummernliste.«

»Das ist äußerst interessant. Was haben ihre Anwälte dazu zu sagen?«

»Ich habe nichts von ihnen gehört. Ich habe es selbst erst vor zehn Minuten erfahren.«

»Warten Sie mal. Kaval hat den Anruf vor zwei Tagen angemeldet, und Bornellis Anwälte haben nichts zu Ihnen gesagt?«

»Nope. Meine zynische Seite sagt mir, dass sie ihre Nummer auf seine Liste gesetzt haben und wollten, dass er sie anruft. Er könnte etwas sagen, das sie benutzen können. Vielleicht bereiten sie die Frau jetzt gerade darauf vor, wie sie seine Aussage entschärfen kann – aus ihm vielleicht sogar einen Zeugen der Verteidigung machen kann.«

Die Oberstaatsanwältin dachte darüber nach. »Ich glaube nicht, dass sie deshalb schweigen. Wenn ihre Anwälte dahinterstünden, hätte sie Kavals Anruf angenommen. Hat sie jedoch nicht.«

»Das stimmt«, sagte Sylvia.

Die Oberstaatsanwältin stand auf und dachte nach, während sie langsam durch ihr Büro zum Fenster schlenderte. Sie blickte hinaus auf den Fluss, den Rücken zu Sylvia, während sie sprach. »Ich neige eher dazu, zu glauben, dass der Grund, weshalb weder Swyteck noch Espinosa sich bei uns gemeldet haben, darin liegt, dass Ms. Bornelli ihnen nichts von Kavals Anruf erzählt hat.«

»Weshalb sollte sie ihren Anwälten diese Information verheimlichen?«

»Aus demselben Grund, aus dem sie ihren Anwälten nicht erzählt hat, dass ihr Handy auf Kavals Genehmigungsliste steht.«

»Okay. Aber noch mal: Weshalb erzählt sie es ihnen nicht?«

Benitez drehte sich zu Sylvia um. »Nun, das ist die Frage, deren Antwort ich liebend gerne wüsste.«

»Wollen Sie, dass ich Kaval danach frage?«

»Nein. Da müssen wir cleverer vorgehen.«

»Clever inwiefern?«

»Dass Bornelli auf der Anrufliste steht, sagt mir, dass unser Hauptzeuge uns direkt ins Gesicht gelogen hat, als er sagte, dass er keinen Kontakt zu Ms. Bornelli hatte, seit sie die Staaten verlassen hat.«

»Das scheint der Fall zu sein«, sagte Sylvia.

»Also werden wir Folgendes tun. Ich möchte, dass Sie den Direktor zurückrufen und ihn bitten, gar nichts zu tun.«

»Gar nichts?«

»Nada. Er soll Bornellis Nummer auf der Liste lassen. Falls Kaval noch einmal versucht, sie anzurufen, soll das Gefängnis es genehmigen. Nächstes Mal könnte Bornelli rangehen. Sie könnte etwas sagen, das wir gegen sie verwenden können. Alle Anrufe werden aufgezeichnet, also brauchen wir nicht mal einen richterlichen Beschluss.«

»Ist das nicht ziemlich riskant? Kaval könnte ebenso gut etwas Dämliches sagen und unseren Fall ruinieren.«

»Könnte er. Aber stellen Sie sich eine Frage: Ausgehend von dem, was wir im Augenblick haben, wie sicher sind Sie, dass Sie Bornellis Schuld über jeden berechtigten Zweifel hinaus beweisen können?«

»Ich bin mir ziemlich sicher.«

»Sylvia, alles, was es braucht, um diesen Fall zu begraben, ist ein Geschworener – vermutlich eine Frau –, der zu der Ansicht gelangt, dass das Opfer einer Vergewaltigung niemals für den Mord an seinem Peiniger angeklagt werden sollte. Das ist Ihnen klar, oder?«

»Das ist es.«

»Es werden den ganzen Prozess über Gruppen von Demonstranten vor dem Gerichtsgebäude stehen. Die Geschworenen werden an ihren Schildern und Rufen vorbeilaufen, jeden Tag, wenn sie das Gebäude betreten und verlassen. Ist Ihnen das bewusst?«

»Ja.«

»Und hier haben wir die Chance, ein Geständnis zu bekommen, direkt aus Bornellis Mund, dass sie den Mord geplant, geleitet und daran teilgenommen hat. Stimmen Sie zu?«

»Das könnte passieren.«

»Ich sage, wir riskieren es. Ich sage, wir lassen das Staatsgefängnis diese Anrufe aufzeichnen, so wie sie jeden Anruf eines Insassen aufzeichnen, und gehen der Sache auf den Grund. Was sagen Sie, Sylvia?«

Es war Jahre her, dass die Oberstaatsanwältin einen Fall im Gerichtssaal verhandelt hatte, aber jeder ihrer Anwälte hätte bestätigt, dass ihre Fähigkeiten im Kreuzverhör ungetrübt brillant waren.

»Okay«, sagte Sylvia. »Tun wir es.«

KAPITEL 29

Jack wartete, bis es wirklich dunkel geworden war. Dann fuhr er mit Theo in den Werkstattbezirk südlich der Universität von Miami.

Mehr als zehn Jahre waren seit dem Mord an Gabriel Sosa vergangen, doch die Werkstatt, in die Kaval und sein Freund ihn gebracht hatten, war noch im Geschäft, zwei Gewerbeblocks westlich der überirdischen Metrorail-Station, im dicht bebauten Lagerhaus- und Autoreparaturdistrikt. Dies war kein offizieller Besuch an einem Tatort. Jack wollte sich bloß einen groben Überblick darüber verschaffen, wie es in jener Nacht dort gewesen sein könnte. Hätte es einen Wachmann an einer anderen Werkstatt geben können, der etwas gesehen hatte? Hätte jemand nahe der Metrorail-Station Gabriels Schreie hören können? Würde ein Geschworener Isas Ex-Freund Glauben schenken, wenn er ihnen in die Augen blickte und behauptete, dass Isa tatsächlich an diesen Ort gekommen war?

»Dort ist sie«, sagte Theo. Er hielt den Wagen an und schaltete den Motor aus.

Sie standen am Ende einer im Nichts verlaufenden Gasse, in dieser Gegend das Pendant einer Sackgasse. Alle Geschäfte in der Umgebung hatten bereits geschlossen, die Fenster und Türen wurden von eisernen Gittern oder runtergelassenen Rollläden geschützt. Kein anderes Fahrzeug stand auf der Straße, doch etwa ein Dutzend Autos parkten auf der anderen Seite eines drei Meter hohen Maschendrahtzauns. Für jeden Möchtegerndieb, der nach leichter Beute suchte, war eine Spirale NATO-Draht am oberen Ende des Zauns befestigt wie eine menschenfressende Slinky-Spirale.

»Riskieren wir mal einen Blick«, sagte Jack und öffnete die Beifahrertür.

»Du steigst hier aus dem Auto, weißer Junge?«

»Nein, *wir* steigen hier aus dem Auto«, erwiderte Jack.

Sie waren nicht weit von Theos alter Nachbarschaft entfernt, in der die Knight Brothers und Grove Lords einst geherrscht hatten. Auf der anderen Seite der viel befahrenen U.S. 1 lag die Kreuzung Grand Avenue und Douglas Road, das Herz des alten Grove-Ghettos. Theo hatte Jack einmal seine Geschichte erzählt. Es war dort gewesen, vor den heruntergewirtschafteten Bars und Spirituosengeschäften, dass ein fünfzehnjähriger Theo auf eine Menschenmenge gestoßen war, die sich auf der Straße um die Leiche einer Frau versammelt hatte, die jemand wie ein Stück wertlosen Müll weggeworfen hatte. Sein Onkel Cy hatte versucht, ihn zurückzuhalten, doch Theo hatte es wie magisch dort hingezogen, als müsse er mit eigenen Augen ansehen, was Drogensucht und eine Reihe gewalttätiger Männer seiner Mutter schließlich angetan hatten.

Jack schlug die Tür zu, und ein einziger Schritt in Richtung Zaun war alles, was es brauchte, um einen bösartigen Dobermann in vollem Tempo auf ihn zulaufen zu lassen. Jack rutschte das Herz in die Hose, doch zum Glück war der Wachhund auf der anderen Seite des Maschendrahtzauns, wo er knurrte und zwischen den Belllauten seine Zähne fletschte.

»Falls sie Sosa hierhergebracht haben, um ihm Angst zu machen, haben sie den richten Ort ausgesucht«, sinnierte Jack.

Sie blieben auf dem rissigen Gehweg stehen, und Jack nahm sich einige ruhige Minuten, um ein Gefühl für die Umgebung zu bekommen und eine imaginäre Reise zurück in jene Nacht zu unternehmen.

»Also, wo war dein Freund Keith, als das alles passiert ist?«, fragte Theo.

»Zürich. Er hatte New York verlassen und fing gerade bei der IBS an.«

»Witzig«, sagte Theo. »Die Leute sagen immer, sie verstünden nicht, wieso du und ich Freunde sind. Ich verstehe dich und Mr. Schwedischer Banker nicht.«

»Schweizer. Fleischbällchen sind Schwedisch.«

»Nein, Fleischbällchen sind Italienisch. Porno ist Schwedisch.«

Jack schaute seinen Freund an und blinzelte zweimal. »Ich habe das Gefühl, als ob wir dieses Gespräch schon einmal hatten.«

»Elfenbeinküste. Zweitausendacht. Als du diese Ärztin ohne Grenzen gefunden hast, die dein Liebesleben heilen sollte, und dachtest, du könntest ihr überallhin folgen.«

»Bei dir klingt das so armselig.«

»Es war armselig.«

Jack blinzelte erneut. »Worüber haben wir noch mal gesprochen?«

»Sorry. Über dich und deinen reichen Freund.«

»Sei froh, dass er reich ist.«

»Weshalb sollte mich das 'n Scheiß jucken?«

Jack hatte Theo die Geschichte nie erzählt, aber es war vermutlich an der Zeit dafür, vor allem angesichts Keiths Erwähnung »des Gefallens«, während sie in der Bucht getrieben waren. »Hast du irgendeine Vorstellung davon, wie viel es gekostet hat, eine DNS-Analyse durchführen zu lassen, als ich am Freedom Institute gearbeitet habe?«, fragte Jack.

»Hab ich mir nie wirklich Gedanken drüber gemacht«, antwortete Theo.

»Denk sechsstellig«, sagte Jack. »Hast du dich je gefragt, wer für den Test bezahlt hat, der dich aus der Todeszelle geholt hat?«

»Oh-oh.«

Jack hatte an Theos Unschuld geglaubt, doch das Freedom Institute machte gerade genug Umsatz, um das Licht am Brennen zu halten. Das Innocence Project und andere Non-Profit-Organisationen, die für die Finanzierung von DNS-Analysen kämpften, hatten gerade erst ihre Arbeit aufgenommen. Und auch wenn er damals nicht an einen Erfolg geglaubt hatte, hatte er sich an seinen einzigen Freund gewandt, der noch vor seinem dreißigsten Geburtstag das große Geld verdiente.

»Lass es mich so ausdrücken«, sagte Jack. »Du schuldest Keith ebenso viel wie ich. Vermutlich noch mehr.«

Theo schien zu verstehen, worauf Jack hinauswollte. »Hmm. Coole Sache.«

»Ja. Keith ist ein ziemlich cooler Typ.«

Theo schaute auf den verrammelten Eingang zur Werkstatt. »Was hält er von all dem hier?«

»Das ist eine komplizierte Frage«, sagte Jack.

»Das ist solch eine Anwaltsantwort. Weißt du, was ich denke?«

»Nein, aber ich bin mir ziemlich sicher, du wirst es mir gleich sagen.«

»Ich denke, ganz egal wie die Sache ausgeht, Keith wird sich am Ende immer fragen, mit was für Typen zur Hölle seine Frau auf dem College rumgehangen hat.«

»Vielleicht.«

»Und er wird sich immer fragen, ob sie ihm jemals die Wahrheit erzählt.«

»Menschen kommen über so was hinweg.«

»Tun sie das?«

»Ja. Nicht immer. Aber manchmal.«

Der Dobermann knurrte. Er sah Jack an, als wäre er ein Steak. Oder ein schwedisches Hackbällchen.

»Gibt es irgendwelche Fortschritte bei der Suche nach Isas altem Herrn?«, fragte Jack.

»Nein. Ich habe fast die ganze Liste von Hotels durchgearbeitet, die du mir gegeben hast. Ich habe mich bei genügend

Rezeptionisten eingeschmeichelt, um ein halbes Dutzend Gratisübernachtungen abzustauben. Aber in keinem davon ein Felipe Bornelli. Er könnte nach Venezuela zurückgekehrt sein.«

»Das glaube ich nicht«, sagte Jack.

»Warum nicht?«

Jack erzählte ihm von der Geschichte, die Mike Posten bei der *Tribune* in der Hand hielt. »Ich habe von zwei Leuten gehört, dass sie Beweise hätten, wonach Isa nicht vergewaltigt wurde. Posten ist einer. Der andere ist Felipe Bornelli.«

»Du glaubst, Felipe ist die Quelle?«

»Er ist der erste Mensch, mit dem Isa gesprochen hat, nachdem es passiert ist. Ich wüsste nicht, wen sonst Posten als glaubwürdig erachten würde, mit Ausnahme von jemandem, der dort gewesen ist, und Sosa ist tot.«

»Nun, was, wenn mehr als zwei Leute dort waren?«

»Es ist in Isas Wohnheimzimmer geschehen. Dort waren keine Zeugen.«

»Ich sagte auch nichts von einem *Zeugen.*«

»Du meinst, zwei Angreifer?«

»Ich meine drei Erwachsene. Einer ist tot. Einer lebt und sagt, Sosa habe sie vergewaltigt. Der dritte lebt ebenfalls, erzählt der *Tribune* jedoch eine ganz andere Geschichte.«

Jack überlegte. »Daran habe ich tatsächlich noch nicht gedacht.«

»Das kommt, weil du ein verheirateter alter Knacker warst, noch bevor du ein verheirateter alter Knacker warst.«

»Aber warum sollte diese unbekannte dritte Person plötzlich mit einem Reporter sprechen, nachdem sie all die Jahre geschwiegen hat?«

»Kein'n Plan. In Miami ist schon Seltsameres passiert.«

»Ja«, sagte Jack, und sein Blick wanderte zurück zur Werkstatt. »Deutlich Seltsameres.«

KAPITEL 30

Es war nach Mitternacht in der Innenstadt Miamis, und die leichte Brise von der Bucht war noch immer warm genug, dass Isa gemütlich auf der Terrasse sitzen konnte. Sie trug bereits ihren Schlafdress und hatte sich in einen Bademantel gehüllt. Ihr Gesicht leuchtete in der LCD-Beleuchtung ihres Tablets. Das Geräusch der sich öffnenden Glasschiebetür ließ sie zusammenzucken. Keith kam gerade aus dem Büro nach Hause.

»Warum bist du noch wach?«, fragte er, beugte sich runter und gab ihr einen Kuss.

»Nicht müde«, sagte Isa.

Er setzte sich auf den Terrassenstuhl neben ihr. »Ich wünschte, ich könnte dasselbe sagen. Ich habe in fünfzehn Minuten noch ein Konferenzgespräch mit dem Büro in Hongkong. Sie glauben, dass Mittagszeit ist.«

»Es tut mir leid. Diese Zeitverschiebung muss übel sein.«

»Es ist, wie es ist«, sagte er und nahm dann ihre Hand. »Aber ich muss dieses Wochenende zurückfliegen.«

»Oh«, sagte sie. »Für wie lange?«

»Mindestens eine Woche. Vielleicht zehn Tage, falls ich auf dem Rückweg in Zürich Halt mache.«

»Ich dachte, die IBS wollte, dass du dir alle Zeit nimmst, die du brauchst.«

»Und das meinten sie auch so – solange das, was ich brauche, nicht mit meiner Arbeit kollidiert.«

Er lächelte, doch Isa wusste, dass er keinen Scherz gemacht hatte. Reisen waren immer Teil von Keiths Job gewesen, und er brauchte ihr nicht zu sagen, dass es nur schlimmer werden würde, wenn sie in Miami lebten. Isa verstand es. Es gefiel ihr bloß nicht zu wissen, dass er am anderen Ende der Welt wäre und dass sie, ganz gleich was geschah, diesen Ort nicht verlassen konnte. »Melany und ich schaffen das schon«, sagte sie.

»Das weiß ich.«

Isa warf einen Blick auf ihr Tablet. »Ich war im Internet und habe nach Schulen geguckt. Jack sagt, dass es so gut wie sicher ist, dass wir noch hier sein werden, wenn Melany im Herbst in den Kindergarten kommt.«

»Das hat er mir auch gesagt.«

»Ich will sicher sein, dass sie irgendwo hinkommt, wo sie alles daransetzen, dass sie ein normales Leben führt.«

»Bist du fündig geworden?«

»Ein paar sehen ganz vielversprechend aus. Ich dachte, ich mache morgen ein paar Anrufe und vereinbare Kennenlerntermine.«

»Klingt nach einem Plan.«

Isa wartete, dass er noch etwas sagen würde, doch er schwieg. »Willst du nicht wissen, welche Schulen?«, fragte sie.

Keine Antwort. Er las eine E-Mail.

»Keith?«

»Hm?«

Er steckte tief im Arbeitsmodus, und sie konnte ihm dafür keinen Vorwurf machen. »Schon okay. Vergiss es.«

Keith stand auf und gab ihr noch einen Kuss. »Tut mir leid, ich muss mich in die Telefonkonferenz einwählen.«

»Geh ruhig.«

Er ließ sie allein, und die Schiebetüren schlossen sich hinter ihr. Isa legte ihr Tablet beiseite, ging zur Brüstung und sah in den Himmel hinauf. Irgendwo zwischen dem Four Seasons und einer Milliarde Sterne zog geräuschlos ein Flugzeug vorbei. Sie fragte sich, wo es herkam. Sie konnte sich kaum vorstellen, dass sie erst vor einer Woche in Miami gelandet waren. Und noch schwerer fiel es ihr, daran zu denken, was sich seither alles geändert hatte.

Isas Blick sank zum Horizont. *Schau nach oben oder in die Ferne*, lautete ihre Regel. Nicht wegen einer Phobie. Sie hatte

Fallstudien über Menschen gelesen, die Balkone und Hausdächer mieden, weil sie einen unerklärlichen Drang verspürten, zu springen. »Höhenphänomen« lautete der nicht besonders einfallsreiche Name, den Psychologen ihm verliehen hatten. Für diese Menschen hatte der Drang zu springen nichts mit irgendeinem Todeswunsch zu tun. Es war lediglich ihr Fluchtinstinkt, der sich meldete und ihnen sagte, weshalb sie Angst verspürten. Isas Regel – niemals nach unten schauen – hatte eine gänzlich andere Ursache. Ein einziges Mal in ihrem Leben war sie in einem zehnten Stock auf die Brüstung gestiegen. Sie hatte nach unten geschaut und sich sogar einen Landepunkt ausgeguckt. Es war keine psychologische Störung und kein Zwangsimpuls; sie hatte das Gefühl gehabt, dass Springen ihre einzige Wahl war. Das war vor Melany gewesen. Vor Keith. Als sie Single gewesen war. Nachdem sie entschieden hatte, niemals nach Venezuela zurückzukehren und niemals wieder in die Staaten.

Es war kurz nachdem Kaval herausgefunden hatte, dass sie die Universität von Miami verlassen und nach Zürich ziehen würde.

»Hast du Angst, Isa?«

Die hatte sie, und David wusste es, aber darum ging es nicht. Er wollte sie es sagen hören.

»Ja«, antwortete sie, kaum hörbar. Sie lag flach auf dem Bauch, und Davids Gewicht auf ihr machte es schwer zu atmen, geschweige denn zu sprechen.

Er packte sie am Haarzopf, riss ihren Kopf vom Boden hoch. Tränen ließen ihre Sicht verschwimmen, aber es war ohnehin zu dunkel, um irgendetwas zu sehen.

»Kennst du den gefährlichsten aller Orte, Isa?«

Sie hatte furchtbare Angst, eine falsche Antwort zu geben, aber sie verstand die Frage nicht. »Was?«

Er zog noch fester an ihren Haaren, bis ihr Kinn beinahe in

den Nachthimmel ragte. »Der gefährlichste aller Orte«, zischte er. »Weißt du, welcher das ist?«

»Nein«, sagte sie mit zitternder Stimme.

»Dann werde ich es dir sagen«, antwortete er. »Und ich denk mir das nicht aus. Das ist eine FBI-Statistik. Der gefährlichste Ort, an dem eine Frau sein kann. Rate, wo das ist.«

»Kann ich nicht.«

Sie spürte seine Hand von ihrem Nacken nach vorne zu ihrer Kehle gleiten. »*Rate*, verdammt noch mal!«

»Ich weiß es nicht. Eine Tiefgarage?«

Er quetschte ihre Kehle und ließ dann wieder los. »Nein. Rate noch mal.«

»Eine U-Bahn-Station?«

»*Nein!* Du bist so verdammt dämlich, Isa.«

Sie erwiderte nichts. Sie spürte seinen Atem in ihrem Genick, als er sich näher beugte. »Der gefährlichste Ort, an dem eine Frau sich aufhalten kann«, sagte er mit leiser, drohender Stimme, »ist eine Beziehung. Mit einem Mann.«

Isa spürte eisige Schauer, sagte jedoch nichts.

Kavals Griff um ihre Kehle wurde fester. »Glaubst du das?«

Er hörte auf, an ihren Haaren zu ziehen – für einen Augenblick; gerade lange genug, dass sie einmal nicken konnte.

»Yeah, das solltest du auch«, entgegnete er mit derselben hohlen, bedrohlichen Stimme. »Denn wo immer du auch hingehst, ganz gleich wie weit entfernt. Ganz gleich, wo ich ende oder wie viel Zeit vergeht. Du und ich werden immer in einer Beziehung bleiben. Dass du mir das niemals vergisst.«

Isa erstarrte, unfähig, zu sprechen.

»Hast du mich gehört?«

Sie nickte erneut.

»Dann sag es, du beschissene Schlampe.«

Isa schluckte ihre Angst herunter und antwortete mit brüchiger Stimme: »Ich werde es niemals vergessen.«

SOMMER

KAPITEL 31

Jack stellte seinen Mietwagen ab und trat hinaus in die gnadenlose Hitze, dem meteorologischen Äquivalent einer Spaßbremse. Es war ein typischer Juli-Nachmittag in Mittel-Florida: sechsunddreißig Grad und neunundsiebzig Prozent Luftfeuchtigkeit.

Gelegentliche Regenschauer brachten keine Erleichterung, die Tropfen verdampften augenblicklich auf dem glühenden Asphalt. Jack musste nur ein kurzes Stück zum Gefängniseingang gehen, doch selbst mit über den Arm geschlungenem Jackett saugte sich ein »V« aus Schweiß hinten in sein Hemd. Ein Wärter öffnete die Tür, und Jack dankte ihm für den kühlen Luftzug der Klimaanlage.

Nie zuvor war ein Mann so erleichtert gewesen, das Staatsgefängnis von Florida zu betreten.

Jack meldete sich am Besucherempfang an. Er war allein und ohne Manny oder seine Mandantin hier rausgefahren. Ein Vollzugsbeamter saß auf der anderen Seite der sieben Zentimeter dicken Glasscheibe. »Ich bin wegen der eidesstattlichen Aussage von David Kaval hier«, erklärte Jack.

Kaval war einer von über tausend Insassen des Staatsgefängnisses, die nicht im Todestrakt saßen. Trotzdem waren acht Jahre unter den Standardhäftlingen kein Zuckerschlecken. Die Anzahl von Gefängnisinsassen, die durch eigene Hand starben, lag in Florida weit höher als die, die einer Giftspritze zum Opfer fielen.

Der Wärter führte Jack durch etliche Sicherheitstüren in den Raum für Anwaltsgespräche. Besuche von Anwälten und Geistlichen waren zwei der wenigen Ausnahmen des Kontaktverbots, aber der Gefangene war noch nicht da. In der Mitte des fensterlosen Raums stand ein rechteckiger Tisch. Eine Gerichtsschreiberin hatte ihre Maschine bereits vorbereitet und saß neben dem leeren Stuhl für den Zeugen. Sylvia Hunt erhob sich von ihrem Platz auf der Anklageseite des Tisches. Die Anwälte schüttelten sich die Hände.

»Kaval bespricht sich mit seinem Rechtsbeistand«, sagte die Anklägerin.

Ein Zeuge hat das Recht, von einem Anwalt vertreten zu werden, und der Hammerdeal, den Kaval im Tausch gegen seine Aussage ausgehandelt hatte, bewies, dass seine Anwältin keine Niete war. Maddie Vargas war ein Pitbull, die ihre jahrelange Erfahrung in einem Büro für Pflichtverteidiger in eine erfolgreiche Privatkanzlei umgemünzt hatte. Kaval war ein typischer Mandant für sie: Männer, denen für Gewaltverbrechen eine lange Haftstrafe drohte oder die sie bereits absaßen und die dennoch Zugriff auf irgendwelche mysteriösen Geldquellen hatten, um einer Privatanwältin ihre stattlichen Honorare zu bezahlen.

Die Metalltür auf der anderen Seite des Raums wurde geöffnet. Ein Wärter trat zuerst ein, gefolgt von einem in Ketten gelegten Gefangenen, der von einem weiteren Wärter begleitet wurde. Kaval war eine beeindruckende Gestalt, selbst in seiner Gefängniskluft – etwa Jacks Größe, aber gebaut wie Theo. Zuletzt trat Maddie Vargas ein, eine Frau mittleren Alters, die zu viel Make-up trug und nicht nur ein, sondern zwei schwere Goldarmbänder an jedem Handgelenk. Ihr kastanienbraunes Haar war ein wenig zu kurz geschnitten und kaum länger als die Gefängnisfrisur ihres Mandanten.

»Schön, Sie wiederzusehen«, sagte Jack.

Die Ketten klirrten, als Kaval sich ans Ende des Tisches setzte, direkt neben die Gerichtsschreiberin. Vargas saß zu seiner Rechten. Die Wärter nahmen ihre Posten auf gegenüberliegenden Seiten des Raums ein, einer an der Tür zu den Zellentrakten, der andere an der Tür zur Freiheit. Die Gerichtsschreiberin schwor den Zeugen ein. Jack war bereit loszulegen.

Eine eidesstattliche Befragung war allerdings kein Musical, und auch wenn »ganz am Anfang« ein »sehr guter Anfangspunkt« für Julie Andrews und die singende Trapp-Familie war, versuchte Jack stets, die Dinge etwas durcheinanderzuwirbeln und seine Zeugen auf dem falschen Fuß zu erwischen. Also begann er überall, nur nicht am Anfang.

»Mr. Kaval, wann haben sie das letzte Mal mit Isabelle Bornelli kommuniziert«

»Äh, was meinen Sie mit ›kommuniziert‹?«

»Gesprochen. Geschrieben. Eine SMS. E-Mail. Zeichensprache. Rauchzeichen. Jede Form von Kommunikation, die je von Menschen erfunden wurde. Ich denke, das deckt meine Frage ganz gut ab.«

»Ich erhebe Einspruch«, sagte Vargas. »Ihre Frage geht davon aus, dass Mr. Kaval Ms. Bornelli kennt.«

Jack verdrehte die Augen. Es gab hier keinen Richter, der über Einsprüche entschied, was normal bei eidesstattlichen Aussagen war. Vargas meldete sich nur fürs Protokoll, aber manche Eintragungen ins Protokoll waren es einfach nicht wert.

»Mr. Kaval ist der Hauptbelastungszeuge der Anklage gegen meine Mandantin«, erwiderte Jack. »Ich habe absolut kein Problem damit zu akzeptieren, dass er Ms. Bornelli niemals getroffen hat, keine Ahnung hat, wer sie ist, und keinerlei persönliches Wissen über irgendetwas von dem hat, was er vor der Grand Jury ausgesagt hat. Wollen Sie darauf hinaus, Frau Anwältin?«

Die Staatsanwältin mischte sich ein: »Ich glaube, Ms. Vargas würde ihren Einspruch gerne zurückziehen.«

»Ich ziehe meinen Einspruch zurück«, bestätigte sie.

Jack machte weiter: »Sie dürfen antworten, Sir.«

Kaval atmete tief ein und dachte nach. »Das letzte Mal, dass wir kommuniziert haben …«

»Das ist die Frage«, sagte Jack.

»Beinhaltet das auch Blowjobs?«

Seine Anwältin beugte sich vor. »Beantworten Sie einfach die Frage, David. Das Protokoll macht Scherze nicht kenntlich.«

»Vor allem keine geschmacklosen«, fügte Jack hinzu.

Kaval verschränkte die Arme vor der Brust. »Ganz ehrlich, ich erinnere mich nicht.«

»Dann engen wir es ein. Hatten Sie irgendeine Form von Kommunikation mit Isa Bornelli, seit Sie inhaftiert wurden?«

»Ja, klar.«

Jack versuchte, sich seine Überraschung nicht anmerken zu lassen, auch wenn er gerade zum ersten Mal davon hörte. »Wie oft?«

»Ich weiß nicht. Zwei Mal vielleicht. Ich habe ihr einige Briefe geschrieben. Einer, als ich gerade hier eingeliefert wurde. Und noch einen etwa sechs Monate später.«

»Warum haben Sie ihr geschrieben?«

»Ich habe sie um Geld gebeten. Sie hat sich einen reichen Typen geangelt. Sie konnte es sich leisten.«

»Hat sie Ihnen Geld geschuldet?«

»Warum fragen Sie sie das nicht selbst?«

»Ich frage Sie, Mr. Kaval.«

»Ich würde sagen, dass sie es mir schuldete, ja.«

»Wofür schuldete sie es Ihnen?«

Er lehnte sich vor und verengte die Augen, als verabscheue er die Frage. »Ich habe sie gut behandelt. Deswegen. Besser, als sie es verdient hat. Das Wenigste, was sie tun könnte, ist, mir zu helfen, wenn ich in Schwierigkeiten stecke.«

»Um wie viel haben Sie sie gebeten?«

»Ich glaube nicht, dass ich ein Dollarzeichen angefügt habe. Oder ein Eurozeichen – was auch immer für verficktes Geld sie auf ihrem Konto hat.«

»Versuchen Sie, nicht zu fluchen«, mahnte seine Anwältin.

»Sorry«, gab Kaval zurück. »Ich habe sie gebeten, mir zu schicken, was sie erübrigen kann.«

Jack machte sich eine innere Notiz – *Erpressung* – und setzte die Befragung fort. »Hat Ms. Bornelli Ihre Briefe beantwortet?«

»Nein.«

»Hat Sie Ihnen Geld geschickt?«

»Nein.«

»Also waren diese beiden Briefe eine einseitige Kommunikation«, fasste Jack zusammen. »Sie haben sie kontaktiert, aber keine Antwort erhalten.«

»Ich schätze, das ist richtig.«

»Hatten Sie irgendeine andere Kommunikation als diese? Nennen wir sie ›Kommunikationsversuche‹.«

»Nein.«

»Nun, lassen Sie mich hier einschreiten«, meldete sich die Staatsanwältin, »denn ich habe kein Interesse daran, beim Prozess in irgendwelche Debatten über die Vollständigkeit der Antworten verwickelt zu werden, die Mr. Swyteck bei dieser Befragung erhalten hat. Das R-Gespräch, das Mr. Kaval bei Ms. Bornelli angemeldet hat, war eindeutig ein ›Kommunikationsversuch‹.«

Jack erstarrte. Er wusste nichts von irgendeinem R-Gespräch, aber es war wohl kaum ein taktischer Vorteil, die Anklage wissen zu lassen, dass seine Mandantin es versäumt hatte, ihm davon zu erzählen. »Lassen Sie uns das Protokoll dennoch vervollständigen«, erklärte Jack in einem gewagten Bluff. »Erzählen Sie mir von dem R-Gespräch, Mr. Kaval.«

Das tat er. Jack hörte zu, machte sich ein paar Notizen auf seinem Block, und machte dann weiter, als habe er nichts Neues erfahren. »Weshalb haben Sie versucht, Ms. Bornelli zu erreichen?«

»Ich wollte, dass sie mir schmutzige Wörter sagt.«

Seine Anwältin stöhnte auf. »Ich sagte Ihnen doch, David – keine Witze.«

»Ich mache keine Witze. Isa hat ein Mundwerk wie 'ne verfickte Straßennutte. Und sie hätte es getan, wenn ich es ihr befohlen hätte. Deshalb hat sie das Gespräch nicht angenommen.«

»Ich bin mir sicher, dass das der Grund ist.«

Er schenkte Jack ein dreckiges Grinsen. »Sie kennen sie nicht besonders gut, oder?«

»Mr. Kaval, ich stelle hier die Fragen«, sagte Jack. »So funktioniert das hier.«

»Schießen Sie los.«

»Ich habe eine Menge Insassen im Staatsgefängnis von Florida vertreten. Die meisten davon im Todestrakt.«

»Ich schätze, dann hätten die sich 'nen besseren Anwalt suchen sollen.«

Kavals Anwältin grunzte, als sie ihr Lachen unterdrückte, und entschuldigte sich. »Sorry. Aber der war irgendwie witzig.«

»Was ich sagen will, ist Folgendes«, fuhr Jack fort. »Insassen können nicht einfach ans Telefon gehen und bei irgendwelchen Leuten R-Gespräche anmelden. Es gibt eine genehmigte Liste von Personen, die sie anrufen können. Stand Isa Bornelli auf Ihrer genehmigten Liste?«

»Yeah.«

Jack war tief in unbekanntes Territorium vorgedrungen, aber eine eidesstattliche Befragung war der Moment für die offenen »Warum«-, »Wie«- und »Was«-Fragen, die ein Anwalt niemals bei einem Kreuzverhör vor Gericht stellen würde. »Wie kam sie auf Ihre Liste?«

»Ich habe sie dort eingetragen.«

»Ich verstehe. Aber die Liste braucht die Genehmigung des Direktors, und die würde er nicht geben, nur weil Isa Ihre Ex-

Freundin war. Was genau haben Sie getan, damit ihre Nummer genehmigt wird?«

Kaval warf seiner Anwältin einen unsicheren Blick zu, und Vargas beantwortete die Frage für ihn. »Mr. Kaval lehnt jede Antwort auf Fragen ab, wie Ms. Bornelli auf seine genehmigte Anruferliste kam.«

»Mit welcher Begründung?«, wollte Jack wissen.

Vargas lehnte sich näher zu ihrem Mandanten und flüsterte ihm etwas ins Ohr. Kaval sah Jack an und sagte: »Auf Anraten meines Anwalts mache ich von meinem Recht des fünften Verfassungszusatzes Gebrauch, die Aussage zu verweigern, da ich mich dadurch selbst belasten könnte.«

»Was?«

»Sie haben ihn gehört«, erwiderte Vargas.

»Gestatten Sie mir eine Erklärung«, warf die Staatsanwältin dazwischen. »Unsere Ermittlungen haben ergeben, dass Mr. Kaval dem Direktor falsche Informationen gegeben hat, um Ms. Bornelli auf seine Anrufliste zu bekommen.«

»Was waren das für Informationen?«

Sie griff nach einer Akte zu ihren Füßen. »Wie es das Gesetz vorschreibt, werden wir der Verteidigung im Laufe der Woche sämtliche entlastenden Beweise aushändigen. Aber im Sinne der Fairness möchte ich fürs Protokoll festhalten, dass ich Mr. Swyteck an dieser Stelle eine Kopie der Heiratsurkunde zwischen David Kaval und der Angeklagten, Isabelle Bornelli, aushändige.«

Jack untersuchte die Urkunde, die eindeutig echt aussah, bevor sein Blick zurück zum Zeugen wanderte. »Ist die echt?«

Kaval sah hilfesuchend zu seiner Anwältin. »Sie können die Frage beantworten«, erklärte sie ihm.

»Sie ist echt«, antwortete Kaval.

Dennoch passte das für Jack nicht zusammen. »Also waren Sie mit Isabelle Bornelli verheiratet?«

»Ja«, sagte Kaval.

»Nur um das klarzustellen«, sagte die Anklägerin, »der Staat Florida bestreitet nicht die Echtheit der Hochzeitsurkunde. Mr. Kavals Fehlinformation dem Direktor gegenüber bestand in seinem Versäumnis, die Scheidung zu erwähnen, als er ihren Namen auf seine Anrufliste setzte.«

Das erschien Jack wie eine simple Sache, die man überprüfen konnte, aber mit mehr als hunderttausend Insassen im ganzen Staat hatte die Strafvollzugsbehörde von Florida Wichtigeres zu erledigen.

»Wann haben Sie beide geheiratet?«, fragte Jack, der seine Ungläubigkeit kaum verbergen konnte.

»Steht auf dem Papier.«

»Das sehe ich«, gab Jack zurück und schaute noch einmal auf das Datum. »Also war das kurz bevor Isa nach Zürich abgereist ist. Knapp zwei Monate nach dem Tod von Gabriel Sosa.«

»Kommt hin.«

Jack glotzte die Urkunde immer noch an. Es geschah nicht oft, aber er war sprachlos – und das hielt länger als nur einen Augenblick an.

»Wir warten hier alle«, sagte Vargas. »Haben Sie noch weitere Fragen, Herr Kollege?«

Jack atmete tief durch. »Oh ja«, sagte er. »Ich habe einen ganzen Haufen davon.«

KAPITEL 32

Kavals Befragung dauerte länger, sodass Jack den Flug zurück nach Miami verpasste. Die Motels nahe dem Jacksonville Airport waren ausgebucht, also nahm er sich ein Zimmer in der Nähe des St. Johns River. Jack ging für ein spätes Abendessen ins Erdgeschoss hinunter und aß auf der Caféterrasse. Um acht Uhr abends war es mild genug, um draußen zu sitzen, aber nicht so kühl, um seinen plötzlichen Appetit auf eine heiße Tasse Kaffee zu erklären.

»Lieben Sie nicht auch diesen Duft von frisch gemahlenem Kaffee?«, fragte die Kellnerin.

»Sie riechen das ebenfalls?«

Sie deutete auf ein hohes Gebäude auf der anderen Flussseite, die Rösterei der Firma Maxwell House. »Sie rösten die Bohnen, während wir hier stehen. Sind schon seit über hundert Jahren hier in Jacksonville – fast so lange wie ich, he he. Die Leute oben in Hoboken haben ihre Rösterei verloren, aber wir behalten unser Max in Jax.«

Sie lächelte – der Kaffeehersteller war eine offene Quelle des Regionalstolzes – und nahm dann seine Bestellung auf. Jack dankte ihr für die unbeabsichtigte Erinnerung – »Max« –, und als sie sich entfernte, rief er über FaceTime zu Hause bei Andie, Riley und dem letzten verbliebenen männlichen Familienmitglied im Hause Swyteck an.

»Gib Max einen Gutenachtkuss, Daddy.« Das Bild einer feuchten, schmatzenden Zunge füllte plötzlich das Display seines iPhones.

»Gute Nacht, Max«, sagte Jack. »Riley, wie geht's meinem großen Mädchen?«

Ihr kleines Gesicht kehrte auf den Bildschirm zurück, die Unterlippe vorgeschoben. »Traurig.«

»Warum bist du traurig?«

»Weil Onkel Theo hier war und mir eine traurige Geschichte erzählt hat.«

»Was für eine Geschichte?«

»Dicky und Dünny gingen ins Bett. Dicky rollte herum, und Dünny war platt wie ein Brett.«

»Süße, das ist nur ein Witz. Es gibt keinen Grund, traurig zu sein.«

»Dünny ist gar nicht platt gedrückt?«

»Nein. Dünny geht's gut. Versprochen.«

Sie kicherte. »Dummer Daddy. Das wusste ich ja. Ich hab nur Quatsch mit dir gemacht.«

»Mit mir Quatsch gemacht, hm? Hat Onkel Theo dir das auch beigebracht?«

»M-hm. Er sagt, mit dir ist das leicht. Mommy sagt das auch.«

»Ooh-kay«, sagte Andie, als sie hinter Riley auf dem Display erschien. »Schlafenszeit für das Plappermaul.«

Sie wünschten sich eine gute Nacht, und Andie versprach anzurufen, sobald Riley eingeschlafen war. Jack unterbrach die Verbindung, und während er sein Handy zur Seite legte, konnte er sich nicht helfen, er musste daran denken, wie seltsam das Leben sein konnte. Ein Mann, den er vor dem elektrischen Stuhl gerettet hatte, war jetzt sein bester Freund und brachte Riley bei, »Quatsch mit ihm zu machen«. Sein engster Freund von der Highschool arbeitete am anderen Ende der Welt und fragte sich, ob seine Frau den Rest ihres Lebens in einem Gefängnis in Florida verbringen musste. Er hatte Mitgefühl mit Keith – auf vielerlei Ebenen. Jack war nur eine Nacht weg von zu Hause und fühlte sich bereits einsam. Keith verbrachte mittlerweile fast einen ganzen Monat in Hongkong ohne seine Familie. FaceTime war sein Rettungsanker.

Hinter Neil Goderichs altem Schreibtisch zu arbeiten, hatte seine Vorteile gehabt, dachte Jack.

Ein Kellner kam und füllte sein Wasserglas auf, während Jack seine Notizen aus der Befragung durchging und auf sein Essen wartete. Sein Plan war es, Kavals Aussage die Nacht über reifen zu lassen, sie zu verdauen und am nächsten Morgen mit seiner Mandantin zu sprechen – bis sein Handy klingelte. Isa war nicht so geduldig. Er nahm ihren Anruf entgegen.

»Wie ist es gelaufen, Jack?«

Er sog die duftende Luft ein – *aromatisch bis zum letzten Tropfen* – und begann mit der Heiratsurkunde. Er erzählte, was Kaval ihm erzählt hatte, worauf er eine von Schweigen erfüllte Leitung als Antwort erhielt. Schließlich sprach sie.

»Das ist eine Fälschung.«

»Es ist keine Fälschung«, erwiderte Jack. »Das habe ich in der Befragung abgedeckt. Die Urkunde ist ein gültiges, offizielles Dokument. Selbst die Anklage hat sich dafür verbürgt. Sie waren beinahe fünf Jahre lang verheiratet, und es gibt eine Eheauflösungsurkunde, um das zu beweisen.«

»Ja, fünf Jahre ehelicher Wonne«, gab sie mit triefendem Sarkasmus zurück. »Und das erste Mal, das ich davon hörte, war nach vier Jahren und elf Monaten.«

»Wie ist das möglich?«

»Ich habe Ihnen doch schon gesagt, der Mann ist verrückt. David wollte, dass ich ihn heirate. Ehrlich gesagt, lässt ihn das zu romantisch dastehen. Seine Worte waren: ›Du und ich werden heiraten, Schlampe, ob dir das nun in deinen verfickten Kram passt oder nicht.‹ Ich sagte Nein. Ich habe ihm gesagt, dass ich Miami verlasse. Das war der Augenblick, als es wirklich schlimm wurde.«

»Wie schlimm?«

Sie erzählte ihm von dem letzten Mal, dass sie Kaval gesehen hatte – der Nacht, als er sie zu Boden geschlagen und seine Hand um ihren Hals gelegt hatte. »David sagte, ganz gleich, wohin ich gehe, wir würden immer ein Paar sein. Ich schätze, ich habe nicht ganz begriffen, was er meinte, erst etwa fünf Jahre später, als er mir einen Brief aus dem Gefängnis schrieb.«

»Das ist das Nächste, was ich Sie fragen wollte«, erklärte Jack. »Er hat mir erzählt, dass er Ihnen zwei Briefe aus dem Staatsgefängnis geschickt hat. Also haben Sie sie erhalten?«

»Ich habe nur einen bekommen. Von einem zweiten Brief weiß ich nichts.«

»Okay, bei Post aus dem Gefängnis kann man nie wissen. Aber Sie haben einen Brief von ihm erhalten, richtig?«

»Ja. Da habe ich von dieser völlig erfundenen Heiratsurkunde erfahren, die er von … ich habe keine Ahnung, wo er sie herhat. Von irgendwo. Vermutlich aus dem Internet.«

»Es gab also keine Zeremonie, kein Jawort?«

»Nein! Es gab *gar nichts*, bis auf dieses Stück Papier, das er erfunden hat. Er sagte, wenn ich ihm Geld gebe, würde er es verschwinden lassen.«

»Das war nicht direkt das, was er über seinen Brief gesagt hat.«

»Natürlich hat er das nicht. Er ist ein Lügner. Glauben Sie *ihm* oder mir?«

»Er sagt, er hätte einfach nur nach Geld gefragt.«

»Technisch gesehen hat er das, ja. Aber hat er Ihnen erzählt, dass der Brief eine Kopie der Heiratsurkunde enthielt?«

»Den Teil hat er ausgelassen.«

»Er ist nicht dumm, Jack. David hätte keinen Brief aus dem Gefängnis geschrieben, der eine offene Drohung oder Erpressung beinhaltet: ›Zahl mir hunderttausend Dollar, damit das Problem verschwindet.‹ Er wusste, dass eine Chance besteht, dass jemand im Gefängnis die Post vorher durchsieht und zu dem Schluss kommen könnte, dass er etwas Verbotenes tut.«

»Eine geringe Chance«, sagte Jack. »Die Gefängnisse lassen einen gerne glauben, dass jeder Brief, der ein- oder ausgeht, geprüft und gelesen wird, aber das ist nicht der Fall. Das Einzige, bei dem Sie sicher sein können, ist, dass jeder eingehende Brief geöffnet wird, um zu überprüfen, dass nichts Verbotenes eingeschleust wird.«

»Okay, aber dennoch musste er vorsichtig sein, denn ich hätte mit dem Brief zur Polizei gehen und ihn wegen Erpressung anzeigen können. Sie müssen das Gesamtbild im Auge behalten. Ich war mit Keith verlobt, als ich den Brief erhielt. David fragte nach Geld und hat eine Kopie der Heiratsurkunde beigefügt. Das schreit nicht direkt ›Erpressung‹, wenn man es von außen betrachtet, aber für mich war die Nachricht mehr als deutlich.«

»Haben Sie ihm Geld geschickt?«

»Nein!«

»Sie haben den Brief einfach ignoriert?«

»Ich bin in Zürich zu einem Anwalt gegangen. Er meinte, ich hätte die Wahl: Ich könnte jede Menge Ärger und Kosten auf mich nehmen, um die Dinge zu klären und die glücklichste Zeit meines Lebens zu ruinieren, oder ich könnte meine Hochzeit genießen, mich auf eine Zukunft mit dem wunderbarsten Menschen freuen, den ich je getroffen habe, und mein Leben weiterleben. Ich habe mein Leben weitergelebt.«

»Wenn Sie ihn ignoriert haben, wie kam es dann zur Eheaufhebung?«

»Ich weiß es nicht. Fragen Sie David.«

Jack hatte ihn gefragt, aber er wollte Isas Antwort hören. Offensichtlich hatte sie nichts hinzuzufügen – zumindest nichts, das sie teilen wollte. Jack machte weiter. »Was haben Sie mit Kavals Brief getan?«

»Ihn weggeworfen.«

»Haben Sie ihn Keith gezeigt?«

»Nein.«

»Sie und Keith standen kurz vor ihrer Hochzeit. Wie konnten Sie ihm nichts von der Heiratsurkunde erzählen?«

»Ich *habe* ihm davon erzählt. Sie wollten wissen, ob ich sie ihm gezeigt habe. Hören Sie, das war alles Unsinn. Am Ende lief die ganze Sache darauf hinaus, dass ein Ex-Freund versucht hat, mich um Geld zu erleichtern.«

Jack sah zu, wie eine Jacht stromaufwärts fuhr – nein, stromabwärts, wenn er genau war. Der St. Johns ist der einzige große Fluss in Amerika, der von Süden nach Norden fließt, was in diesem Augenblick ebenso seltsam wirkte wie der Informationsfluss seiner Mandantin.

»Sie haben eine Menge Geheimnisse, Isa.«

»Ich habe es Keith erzählt.«

»Ich meinte nicht nur den Brief. Es gibt da noch die kleine Sache mit einem R-Gespräch aus dem Staatsgefängnis, die bei der Befragung angesprochen wurde.«

Sie machte eine Pause. »Ich bin überrascht, dass David das zugegeben hat.«

»Ich bin noch überraschter, dass Sie mir nichts davon erzählt haben.«

»Sie sind mein Anwalt, Jack, nicht mein Life-Coach. Das sind meine Probleme. Ich werde damit fertig.«

»Wenn sie im Gerichtssaal aufkommen, sind es meine Probleme.«

»Nun, jetzt wissen Sie davon. Problem gelöst.«

»Haben Sie vor, Keith davon zu erzählen?«

»Fragen Sie mich das als mein Anwalt oder als Keiths Freund?«

»Ich würde die Frage jedem Mandanten stellen.«

Sie lachte spöttisch auf, und ihre Stimme wurde lauter in Jacks Ohr. »Was könnte Keith gegen irgendetwas davon tun? Und wo wir schon dabei sind, was können *Sie* dagegen tun?«

»Ich könnte einen Gerichtsbeschluss erwirken, der es Kaval untersagt, Sie anzurufen.«

»Und was wäre dadurch gewonnen?«

»Es würde Ihnen und Ihrer Familie ein wenig Frieden bringen. Und Kaval ein Zeichen geben, sich zurückzuhalten.«

»Nein, nein, *nein*«, sagte sie, die Verzweiflung deutlich hörbar. »Damit würden Sie Davids Spiel spielen. Er hat mir gesagt, dass wir immer eine Beziehung haben würden. Verstehen Sie das nicht? Wenn ich zur Polizei oder einem Richter gehe. Wenn ich meinen Ehemann mit hineinziehe. Wenn ich einen Anwalt einschalte. Wenn ich auf irgendeine Art auf seine Briefe oder seine Anrufe reagiere – wenn ich seine Aktionen in irgendeiner Art und Weise mit einer *Reaktion* meinerseits anerkenne – für David ist *das* eine Beziehung. Das ist die ›Beziehung‹, in der wir immer sein werden.«

Die Kellnerin brachte Jacks Abendessen. Er dankte ihr tonlos, wartete, bis sie wieder gegangen war, und brachte das Gespräch mit Isa zu einem Ende.

»Wann kommt Keith zurück nach Miami?«

»Dieses Wochenende.«

»Wir sollten uns zusammensetzen und miteinander sprechen – Sie, Keith und ich.«

»Warum Keith? Sind Sie nicht derjenige, der dauernd sagt, dass er nicht Ihr Mandant ist?«

»Richtig«, sagte Jack. »Aber hier geht es nicht allein um den Fall.«

»Worum geht es dann?«

Jacks Blick wanderte zurück zu dem nach Norden fließenden Fluss. »Beziehungen.«

KAPITEL 33

Am Dienstagmorgen brachte Isa ihre Tochter ins Jackson Memorial Krankenhaus für ihre achtwöchentliche Routineuntersuchung.

Melanys Fortschritte seit der OP waren enorm. Die Verabreichung von Antibiotika war Standard bei Implantatseingriffen, aber Melany hatte keinerlei Anzeichen einer Infektion gezeigt, und so hatte es nach der ersten Woche keinen Anlass gegeben, das fortzuführen. In der dritten Woche war der Operationsschnitt sauber verheilt, und sie hatten das Implantat aktivieren können. Das in ihrem gesunden Ohr hatte die ganze Zeit über funktioniert, also war der Augenblick nicht so dramatisch gewesen wie beim ersten Mal – die Erkenntnis, dass Melany »hören« konnte. Dennoch trieb der Moment Isa die Tränen in die Augen. Sie wünschte, Keith hätte bei ihnen sein können.

Die Schwester brachte sie in den Untersuchungsraum. Dr. Balkany war in Paris, wo er einen Vortrag über die Operationsmethode hielt, die er entwickelt hatte, und Isa war zuversichtlich, dass Melanys Operation ein weiterer Erfolg in seiner Akte war. Mr. Miles Vinas, ein junger Assistenzarzt in der Hals-Nasen-Ohren-Abteilung, forderte Melany auf, sich auf den Tisch zu setzen, und begann mit der Untersuchung.

»Okay, Melany, gehen wir sicher, dass dein Herz in Ordnung ist.« Er drückte sein Stethoskop auf ihr Knie, was sie zum Lachen brachte.

»Jupp, hier tickt alles vor sich hin, wie es sein soll.«

Isa war Dr. Vinas vorher nie begegnet, aber bisher mochte sie ihn. Melany hatte schon Heerscharen von Ärzten in ihrem kurzen Leben gesehen, und ihr Patientenumgang umfasste die gesamte Skala, von »Geboren, um Kinder zu heilen« bis zu »Cruella De Vil«.

»Können wir Melany für einen Augenblick hier bei der Schwester lassen?«, fragte er. »Ich würde gern mit Ihnen sprechen. Unter vier Augen.«

Isas Herz setzte einen Schlag aus. Sie sprach die Frage nicht aus, die ihr augenblicklich auf der Zunge lag: *Stimmt etwas nicht?*

»Es dauert bloß eine Minute«, versicherte ihr der Doktor.

»Natürlich«, sagte Isa, und es gelang ihr nicht, die Anspannung in ihrer Stimme zu verbergen. Sie gab ihrer Tochter einen Kuss auf die Stirn und sagte: »Mommy ist gleich zurück.«

Der Doktor ging mit ihr hinaus auf den Flur und schloss die Tür seines Büros.

»Gibt es ein Problem?«, fragte Isa.

»Nein, Melany entwickelt sich hervorragend.«

Isa konnte wieder atmen. »Das ist eine Erleichterung.«

»Ich wollte Sie bloß fragen: Haben wir *alle* medizinischen Unterlagen Ihrer Tochter in unserer Akte?«

»Ja, natürlich.«

»Sind Sie sicher?«

»Ja. Ich bin sehr gründlich mit Melanys medizinischer Geschichte. Sie haben alles, seit dem Tag ihrer Geburt.«

»Ich spreche nicht nur von Arztbesuchen. Ich meine alles. Kliniken. Besuche in der Notaufnahme. Traumazentren.«

Traumazentren? »Gibt es etwas Spezielles, von dem Sie glauben, dass es fehlt?«

Er machte eine Pause, als wöge er seine Worte gründlich ab. »Die Sache ist Folgende: Ich kann nicht sagen, ob der Arzt in Hongkong die erste Operation verpfuscht hat oder nicht.«

»Ganz ehrlich, das ist mir ziemlich egal«, sagte Isa. »Alles, was zählt, ist, dass es Melany jetzt gut geht. Deswegen habe ich sie hierhergebracht, zu Dr. Balkany. Ich wollte, dass es richtig gemacht wird. Ich habe kein Bedürfnis danach, irgendeinen Kunstfehlerprozess gegen den ersten Chirurgen anzustrengen.«

»Nein, darauf wollte ich auch nicht hinaus«, entgegnete der Arzt.

»Dann kann ich Ihnen nicht folgen.«

»Ich habe Melanys Akte studiert. Ich habe alles sehr sorgfältig durchgesehen. Dr. Balkany könnte es sicherer sagen, da er die Korrekturoperation durchgeführt hat. Aber nach dem, was ich gesehen habe, habe ich einige Fragen.«

»Worüber?«

»Wie ich schon sagte, würde ich nicht sofort zu dem Schluss kommen, dass die erste Operation nicht ordnungsgemäß durchgeführt wurde. Wenn ich ehrlich bin, glaube ich eher, dass sie ein Erfolg war.«

Isa schüttelte ungläubig den Kopf. »Wie können Sie das sagen? Melany konnte keinen Ton hören, und wenn wir noch länger gewartet hätten, wäre die Verknöcherung fortgeschritten, bis sie nicht länger als Kandidat für ein Implantat infrage gekommen wäre.«

»Aber die Operation war nicht von Anfang ein Fehlschlag. Die audiologischen Befunde deuten an, dass es Anzeichen für Empfängnis gab.«

»Nur für kurze Zeit. Ich persönlich glaube, dass diese frühen Ergebnisse Falsch-positiv-Befunde waren.«

»Das ist möglich. Mein Punkt ist Folgender: Es ist ebenfalls möglich, dass etwas nach der Operation geschehen ist. Etwas, das zu der Operation selbst keinen Bezug hatte. Ein externes Ereignis.«

»Und was bedeutet das, für einen Laien gesprochen?«

»Ein gut dokumentierter Grund für einen Fehlschlag bei Cochlea-Implantats-Eingriffen ist eine Verschiebung des Magneten für das außen liegende Empfangs- und Stimulierungsmodul des Implantats. Die Fallstudien, die ich gelesen habe, besagen, dass eine solche Verschiebung für gewöhnlich das Ergebnis eines Traumas ist.«

Schon wieder dieses Wort. »Trauma?«

»Genauer gesagt, eines Kopftraumas.«

Isa verengte die Augen, und ihr gefiel ganz und gar nicht, was hier angedeutet wurde. »Fragen Sie mich, ob jemand Melany gegen den Kopf geschlagen hat?«

Er sah sie einfach nur an und sagte nichts, was seine Frage umso deutlicher machte. »Sie wollen wissen, ob *ich* sie geschlagen habe, richtig?«

»Ich bin Arzt. Ich bin gesetzlich dazu verpflichtet.«

Isa klappte der Mund auf. »Glauben Sie, ich würde *meinem eigenen Kind wehtun*?«

»Ich stelle nur die entsprechenden Fragen.«

»Melany wächst in einem liebevollen Zuhause auf. Sie bedeutet mir alles. Wir sind den ganzen Weg von Hongkong hierhergeflogen, um uns um das Problem zu kümmern. Ich habe das für *sie* getan, und was hat es mir eingebracht? Ich wurde …« Sie stoppte sich selbst und spürte den Zorn in sich hochkochen. »Sie haben eindeutig zu viele Nachrichten gesehen, Doktor.«

Sie sammelte sich und versuchte, die Tränen aufzuhalten. Es war die geballte Summe ihrer Furcht seit der Anklage. Die sie jedes Mal empfand, wenn sie mit ihren eigenen Anwälten sprach, und von der sie wusste, dass sie sie den Rest ihres Lebens verfolgen würde, selbst wenn sie von allen Anklagen freigesprochen würde: der Verdacht. Jack hatte die Dreistigkeit, ihr vorzuwerfen, Geheimnisse zu haben. Was hatte er geglaubt, weshalb sie weder ihm noch ihrem Mann oder sonst irgendjemandem die Dinge erzählt hatte, von denen im Nachhinein jeder glaubte, sie hätte offen damit hausieren gehen sollen, als gäbe es dafür keine Konsequenzen? Isa wusste, wie das lief. Sexuelle Übergriffe waren eine Kategorie für sich. Das Opfer wurde mit dem Verbrechen in Verbindung gebracht, und allzu oft wurde das Opfer zum Kriminellen. Je mehr man sagte, desto mehr bezahlte man dafür. Sie konnte nur ahnen, was Dr. Vinas in Melanys permanente medizinische Akte schrieb. *Mögliches Kopftrauma. Mutter potenziell gewalttätig*. Seit mehr als zehn Jahren war es Isa gelungen, Gabriel Sosa davon abzuhalten, ihr überallhin zu folgen. Jetzt gab es kein Entrinnen mehr. Nicht für sie. Nicht für ihre Tochter.

Sie öffnete die Tür, ging mit schnellen Schritten zum Untersuchungstisch und legte die Arme um Melany.

»Bist du in Ordnung, Mommy?«

Sie hielt die Tränen zurück und zeigte Melany nicht ihr Gesicht, bis sie sicher war, ihre Gefühle unter Kontrolle zu haben. Dann hob sie Melany vom Tisch und stellte sie auf die Füße.

»Ja, Süße. Mommy geht es gut. Lass uns nach Hause gehen.«

Sie nahm Melany an die Hand und eilte aus dem Zimmer. Sie sprach kein Wort zu Dr. Vinas, als sie auf dem Flur an ihm vorbei das Krankenhaus verließen.

KAPITEL 34

Jack sammelte Theo gegen einundzwanzig Uhr im Cy's Place ein. Es war an der Zeit, dass er und sein Ermittler auf die Beweisspur zurückkehrten.

Die Befragung von David Kaval hatte viel mehr ans Licht gebracht als eine Heiratsurkunde. Jack hatte vielversprechende Hinweise erhalten. Ganz oben auf seiner To-do-Liste: den »John Doe« aus der Anklageschrift festnageln. Laut Kaval war der Name seines Freundes tatsächlich »John«. Darüber hinaus war Kaval jedoch nicht sehr hilfreich gewesen: »Hab seinen Nachnamen nie gekannt«, und: »Hab keinen Schimmer, wo er jetzt steckt.«

»Was für ein Bullshit«, sagte Theo. Er stand hinter der Bar und zählte das Geld in der Kasse.

»Vielleicht auch nicht«, erwiderte Jack. »John Doe kannte möglicherweise auch nie Kavals Nachnamen. So arbeiten diese Jungs nun mal.«

Theo schob die Kassenlade zu. »Die Staatsanwältin weiß es. Sie sagt's dir bloß nicht. Darauf verwette ich dein Auto.«

»Mein *Auto*?«

»Yeah. Dein Auto. Du holst dir eh ein neues. Riley sagt, sie will dich in einem Minivan. Vorzugsweise pink, mit Jeanspolstern.«

»Himmel, ich frage mich, woher sie ihre Ideen nimmt.«

Theo lachte bloß. Jack wartete, dass er seiner Vertretung die »Schnelleinweisung« gab, wie er es vermied, den Laden in Theos Abwesenheit abzufackeln. Dann verließen sie die Bar durch die Küche, stiegen in Jacks Auto und begannen ihre Fahrt durch die Stadt.

»Also, fahren wir zurück zur Werkstatt, in der der Typ gearbeitet hat?«, fragte Theo.

»Nein und nein.«

»Das war nur eine Frage. Wofür das zweite Nein?«

»Nein, wir fahren nicht zurück zur Werkstatt. Und nein, John Doe hat dort nicht gearbeitet. Deshalb haben wir ja solche Schwierigkeiten, ihn zu finden.«

»Wie sind Kaval und sein Kumpel dann in die Werkstatt gekommen?«

»Sie sind eingebrochen. Sie haben Sosa an einen Ort gebracht, den die Polizei weder zu ihnen zurückverfolgen konnte noch zu jemandem, den sie kannten.«

»Clever. Also, wohin fahren wir?«

»Club Inversion in South Beach. Kaval hat mir was gegeben, dem ich folgen kann. Dort hat John Doe sich seine ehrlichen Brötchen verdient.«

»Ehrliche Brötchen? Bist du high?«

»Nein, ich bin fazetiös.«

»Falls fazöi-tetisch was damit zu tun hat, dass du Schwachsinn laberst, dann trifft es den Nagel auf den Kopf. Club Inversion ist wie ein Zapfhahn für Miamis Drogenpipeline aus China. Ich rede von dem synthetischen Scheiß. Molly. Spice. Flakka. Der ganze Rotz, den die Chemiker in ihren Laboren in Shanghai zusammenkochen und von dem die College-Kids nicht genug kriegen. Die Deals werden im Club Inversion gemacht. Das weiß jeder.«

»Japp. Und deshalb begleitest du mich.«

»Dann muss ich mich umziehen. Muss aussehen, als ob ich da hingehöre. Und wir brauchen ’nen Plan.«

»Wir können unterwegs bei dir rumfahren.«

»Nee, nee. So billig lass ich mich nicht abspeisen. Wir fahren ins Einkaufszentrum.«

»Scharfe Ladys«, rief Theo einem Paar junger Frauen zu. Sie hatten sich in einen Fummel gezwängt, der nach einem Waffenschein schrie, und bettelten einen eisenharten Türsteher an, der über die Pforte zum heißesten Tanzclub in South Beach herrschte.

Die größere der beiden warf Theo einen Blick zu. »Du siehst auch scharf aus.«

Das tat Theo. Sie hatten bei Armani im Brickell City Center haltgemacht, das auf dem Weg nach South Beach lag. Das Hemd allein hatte Jack dreihundert Dollar gekostet, und falls Theo eine falsche Bewegung machte, könnten seine Brustmuskeln die Knöpfe absprengen. Aber Theo hatte recht: Sie mussten aussehen, als gehörten sie hierher.

Die Schlange reichte vom Eingang den ganzen Gehweg entlang, um die Ecke, und von dort noch einen halben Block weiter. Die meisten der hoffnungsvoll Ausharrenden würden niemals sehen, was hinter dem Türsteher lag. Tolle Aussichten für den Khaki tragenden Seminarteilnehmer aus Pittsburgh, der gekleidet war wie ein Versicherungsvertreter. Das Latina-Babe in den Stilettos war ein sicherer Sieger. Die meisten der Abgewiesenen zuckten mit den Schultern und wandten sich Plan B zu. Andere bettelten und flehten, vergeblich, und machten sich zum Gespött der übrigen Wartenden. Ein paar warfen den Türstehern Beleidigungen entgegen, drohten ihnen vielleicht sogar, angetrieben von einer gefährlichen Mischung aus Drogen und Testosteron, nur um herauszufinden, dass diese Jungs nicht nur gefährlich *aussahen*.

Jack legte sich eine Aura der Selbstsicherheit zu und marschierte direkt an die Spitze der Schlange. »Hey, schön dich zu sehen, mein Freund«, sagte er, als er dem Türsteher einen Fünfziger zusteckte.

Der Kerl war eine tätowierte Säule aus brasilianischem Marmor, aber Geld bekam auch das weich.

»Tu nächstes Mal nicht so, als würdest du mich verdammt noch mal kennen«, knurrte er, während er das Geld wegsteckte.

Theo trat zwischen die beiden – und der eisenhart dreinblickende Türsteher begann tatsächlich zu lächeln.

»Hey, Mr. Theo Knight. Wie geht's, Mann?«

Jack sah zu, wie er und Theo sich auf elf verschiedene Arten die Hand gaben und das Ganze mit einem Lächeln und einer Reihe leichter Boxhiebe auf ihre steinharten Bizeps-Muskeln beendeten. Das übliche Ritual auf dem Gefängnishof.

»Richie, das hier ist mein bester Kumpel«, sagte Theo.

»Sieht eher wie dein Buchhalter aus.«

Jack hatte erwartet, dass er »Anwalt« sagen würde, aber jetzt war er irgendwie noch stärker beleidigt. Theo lachte und erwiderte: »Nah, der ist cool.«

»Dann sind wir alle cool«, sagte der Türsteher und griff in seine Tasche nach Jacks Geldschein. »Hier, kriegste deine Kohle …«

»Nein, nein«, sagte Theo und schob ihm das Geld wieder in die Tasche. »Das ist der Eintrittspreis für einen Amateur. Aber hey, vielleicht kannste mir bei 'nem Business helfen.«

»Was 'n für 'n Business?«

»*Dem* Business.«

Er wusste offensichtlich, was Theo meinte, denn er zog ihn zur Seite, außer Hörweite der anderen Leute in der Schlange. »Was brauchste, Theo?«

»Ich muss mit jemandem von früher sprechen. Jemandem, der die alten Jungs kennt.«

»Wie viel früher?«

»Zehn Jahre oder mehr.«

Richie dachte darüber nach. »Da haste den falschen Club, Bro. Jeder, der so weit zurückreicht, ist jetzt im Club Fed.«

»Irgendwer muss doch noch hier sein«, hakte Theo nach.

Der Türsteher dachte weiter nach, und plötzlich schien ihm jemand einzufallen. »Sammy.«

»Wo finde ich diesen Sammy?«

»Er is' oben, in seiner Privatlounge.«

»Kannst du uns vorstellen?«

Richie lachte. »Keine Chance. Ich kann ihm sagen, dass er Besucher hat. Wenn er Interesse hat, lässt er euch holen. Wartet einfach 'ne Weile an der Bar. Ich werd sehen, was ich tun kann.«

Theo gab ihm einen freundschaftlichen Klaps auf den Arm, seine Art, Danke zu sagen. Die roten Seidenkordeln öffneten sich, der Türsteher trat beiseite, und Jack und Theo traten ein, sehr zum Neid der häuserblocklangen Schlange wunderschöner Menschen, die darauf warteten, ebenfalls eingelassen zu werden.

Club Inversion war einst unter dem Namen Club Vertigo bekannt gewesen, bis eine groß angelegte Undercover-Razzia die ursprünglichen Besitzer wegen des Handels mit synthetischen Drogen ins Gefängnis gebracht und ihre Firma in den Ruin getrieben hatte. Die DEA hatte das Vertigo mit einem Netzwerk aus Verkaufsstellen im ganzen Miami-Dade County in Verbindung gebracht, die dreihundert verschiedene Sorten von Drogen aus Chemielaboren erhielten, die sich in der Hebei-Region außerhalb von Peking sammelten – darunter etliche Tonnen Methylon, der Hauptzutat einer Droge, die nur noch beliebter geworden war, nachdem Madonna auf dem jährlichen »Ultra«-Konzert in South Beach auf die Bühne getreten war und gerufen hatte: »Wie viele von euch haben Molly gesehen?« Jetzt hatte der Club einen neuen Namen und einen neuen Besitzer, aber Aussehen und Atmosphäre des Schuppens waren die Gleichen: der höhlenhafte Innenraum eines vierstöckigen Fabrikgebäudes, das entkernt und komplett neu eingerichtet worden war und von einem hohen, schmalen Atrium gekrönt wurde. Die Hauptbar und Tanzfläche lagen im Erdgeschoss, und etliche Spiegel, die auf verschiedenen Höhen und in verschiedenen Winkeln angebracht waren, machten es manchmal schwierig zu bestimmen, ob man nach oben oder unten guckte. Schon mit einem leichten Schwips lösten die hämmernde Musik, wirbelnden Lichter und gegeneinanderdrängenden schwitzenden Leiber bei einem schnell einen Schwindelanfall aus. Das Gefühl funktionierte in beide Richtungen, auch bei den Horden von Zuschauern, die von den vielstufigen Balkonen auf die tanzende Menge hinabschauten.

»Dort drüben«, sagte Jack. Er führte Theo zu einer Gruppe von Stühlen am anderen Ende der Bar, abseits der Action, wo sie wenigstens ihr eigenes Wort verstehen konnten.

»Die Schnecke baggert mich an«, sagte Theo.

Er meinte die Frau am gegenüberliegenden Ende der Bar, eine dunkelhaarige Schönheit, die ein hautenges weißes Kleid und eine goldene Kette trug, die sich harmonisch von ihrer braunen Haut abhob. Sie warf ihre Blicke über den zuckerüberzogenen Rand ihres Cocktailglases hinweg – direkt zu Theo.

»Konzentrier dich«, ermahnte ihn Jack.

Jack kannte Theos Beuteschema, und wenn diese Frau ihm weiter so schöne Augen machte, würde es nicht mehr lange dauern, bis Theo ganz und gar von ihr, der Musik, der Energie, der betörenden Mischung von umherwehenden Parfümdüften aus der Menge – dem ganzen Paket – eingenommen wäre. Und als wäre das nicht schon genügend Ablenkung, hatte just in diesem Augenblick »Albino Girl« am anderen Ende des Clubs ihren Auftritt auf der Bühne – ein an Vegas erinnernder Auftritt, in der es einer Tänzerin gelang, im Rhythmus der Musik zu bleiben, während sich ein vier Meter langer, zitronengelber Albinopython um ihren gemeißelten Körper räkelte.

Die Frau an der Bar warf ihre Haare nach hinten, doch als sie wieder in Theos Richtung schaute, kam ihr Blick auf Jack zum Stehen.

Theo lächelte. »Wer hätt's gedacht? Sie steht auf weiße Jungs.«

»Sorry. Mein Ehevertrag mit Andie gestattet mir außerehelichen Sex ausschließlich mit Eva Longoria, und das auch nur, wenn sie den ersten Schritt macht.«

»Hmm. Wen hat Andie bei dem Deal abgekriegt?«

»Brad Pitt. Aber auch nur, wenn er zurück in diesen Film springen kann, in dem er rückwärts altert – *Benjamin Button* –, und es schafft, wieder so auszusehen wie in *Thelma und Louise*«.

Theo zog eine Braue nach oben und warf Jack einen übertrieben missbilligenden Blick zu. »So was denkt man sich nicht eben nebenbei aus. Du und deine Frau hattet diese beschissen dämliche Unterhaltung wirklich, oder? Lüg' mich nicht an.«

»Ich berufe mich auf den Fünften.«

»Du solltest auf schuldig plädieren wegen ehelicher Geistesgestörtheit.«

Jacks Blick wanderte zurück zu der Frau im weißen Kleid, die in ihr Handy sprach. Der Anruf war schnell beendet. Sie steckte das Handy weg, stieg von ihrem Barhocker und kam herüber, wo sie einen Meter entfernt stehen blieb. Sie warf erneut ihr langes, schwarzes Haar nach hinten, dieses Mal mit Verve, und sagte auf Spanisch: »Sammy empfängt euch.«

Dominikanerin, schätzte Jack. Sein Ohr für Spanisch war besser als seine Zunge, also antwortete er auf Englisch.

»Sie müssen einer seiner Boten sein.«

»Und Sie müssen Einstein sein«, erwiderte sie mit schwerem Akzent. »Kommen Sie.«

Sie führte sie eine Wendeltreppe hinauf in den zweiten Stock, der im Grunde nur ein Zwischengeschoss war, das über die Tanzfläche ragte. Dort stand eine weitere Seidenkordel am oberen Ende der Treppe, aber Sammys Botin verlieh ihnen problemlos Zutritt. Eine Gruppe privilegierter Partygänger stand an der Balkonbrüstung und blickte zu den Tänzern hinab. Überall leuchtete Designerkleidung und blitzten Juwelen an Menschen, die ihren Reichtum nur zu gerne präsentierten; dazu muskulöse Körper, Kollagenlippen, Botoxbrauen und, in vielen Fällen, ein völliger Mangel an Geschmack. Ein Trend war besonders offensichtlich. Einige Frauen hielten es offenbar für stilvoll, das Designerschild von ihren Jeans abzureißen und den Hosenboden gleich mit, sodass ihre nackten Pobacken gegen jeden Typen rieben, an dem sie vorbeiliefen. Jack vermutete, dass er, wenn sie hier rauskamen, gelernt hatte, in wenigstens fünf verschiedenen Sprachen »Schöner Arsch« zu rufen.

Die echte Party fand jedoch in den Privaträumen statt. Jack zählte wenigstens ein Dutzend davon, jeder davon weit entfernt von der Brüstung, einer neben dem anderen, wie die Cabanas in einem Beach-Club. Die meisten hatten einen offenen Zugang zum Geschoss, sodass die geladenen Gäste ihren Spaß vor aller Augen hatten. Ihre dominikanische Eskorte führte sie zu einem der Räume, der Gebrauch von dem Vorhang machte, um ein wenig Privatsphäre zu genießen. Sie zog den weißen Leinenvorhang zur Seite und trat zuerst ein, vermutlich, um Sammy zu informieren, dass seine Gäste eingetroffen waren.

»Überlass mir das Reden hier oben«, sagte Theo leise.

Jack stimmte zu.

Einen Augenblick später bat die Dominikanerin Jack und Theo herein und machte sie mit Sammy bekannt. Neben ihm stand, reglos wie ein Stein, sein Bodyguard, ein Jamaikaner, der größer und breiter war als Theo.

Jack hatte schon früher sogenannte Clubs im Club besucht, und seine Reaktion auf Sammys Raum war dieselbe wie immer: *Was ist daran jetzt so besonders?*

Es gab die übliche Couchgarnitur, auf der Besucher auf eigenes Risiko Platz nahmen, idealerweise in einem Ganzkörperkondom. Es gab zwei Flachbildfernseher an den Wänden, einen für Sport, den anderen für Pornos. Sammy trug einen schimmernden Seidenanzug, und der dazu passende Diamantring und die Ohrringe hätten eine Kardashian mit Neid erfüllt. Auf sein Signal verließen die Dominikanerin und zwei andere Frauen den Raum. Jack und Theo saßen mit dem Rücken zum Vorhang, gegenüber von Sammy und seinem Bodyguard. Auf dem Tisch neben Sammy stand eine große, von Glas umhüllte Ameisenfarm.

»Mögt ihr die Käfer?«, fragte Sammy.

»Sie sind interessant«, antwortete Jack.

»Das Glas ist ein Überbleibsel aus der Zeit, als das hier der Club L'fant war. Die Kurzform von Leafcutter Ant – Blattschneideameise. Sie stammen aus Südamerika. Der Hausdrink hier war ein Leafcutter-Wodka-Martini. Schmecken ein bisschen wie Walnuss. Und sie sind ein Aphrodisiakum.«

»Also sind Sie schon *sehr* lange hier?«, fragte Theo. »Seit den Zeiten des Club L'fant. Das war sogar noch vor dem Vertigo.«

»Japp«, sagte Sammy. »Ich bin hier so was wie der Historiker. Sorge dafür, dass wir unsere Fehler nicht wiederholen, wenn ihr versteht, was ich meine.«

Jack verstand, aber er hielt sich an die Abmachung mit Theo, ihm das Reden zu überlassen.

»Richie sagt, ihr habt ein Geschäft zu besprechen. Erzählt mir davon.«

»Ist ein Nischengeschäft«, erklärte Theo. »Ich suche nach 'nem Ansprechpartner. Hab 'ne Menge recherchiert. Hör immer wieder einen Namen. Ein Kerl namens John, der hier mal gearbeitet hat. Lange her. Dachte, Sie kennen ihn vielleicht.«

»John, hm?«

»Yeah. John.«

»Hast du auch einen Nachnamen?«

»Nein. Haben Sie einen?«

Sammy sah zu seinem Bodyguard, der von der Couch aufstand und um den Cocktailtisch herumging. Theo war clever genug, nicht in einer sitzenden Position zu bleiben, was ihm einen Nachteil verschafft hätte. Er erhob sich, und plötzlich standen sich die beiden größten Jungs im Raum Auge in Auge gegenüber. Sammy sprach weiter, während die beiden sich unnachgiebig in die Augen starrten; zwei Bullen, bereit, dem anderen die Stirn zu bieten.

»Witzig«, sagte Sammy. »Noch nicht lange her, da kamen ein paar Detectives der Polizei hier rein. Sie suchten auch nach John. Kein Nachname.«

Theo antwortete, doch sein Blick blieb unbeirrt in den des Bodyguards gekrallt. »Wir sind keine Bullen. Wir haben ein Businessangebot für John.«

»Business, hm? Erzähl mir von diesem Business.«

Jack schluckte schwer. Er hoffte bei Gott, dass Theo irgendetwas hatte.

»Lister-agra«, sagte Theo.

Jack rutschte das Herz in die Hose. Sammy schnitt eine Grimasse. »Wovon zum Teufel redest du?«

»Ist 'ne Pille«, erklärte Theo. »Ein Doppel-Hammer, der die chemischen Formeln von Listerine und Viagra kombiniert. Ich hab 'nen Exklusivhersteller für die einzige Impotenzmedizin der Welt, die in Form einer Atempastille daherkommt. Perfekt für Typen mit Mundgeruch und 'nem Schlappschwanz. Wie der Muskelprotz hier.«

Der Bodyguard knurrte. »Du Motherf…«

Theo stemmte sich ihm nur noch mehr entgegen.

»Ruhig«, sagte Sammy.

Der Bodyguard trat zurück und ließ Theo Raum. Sammy hatte einen neugierigen Blick im Gesicht. »Ich hoffe wirklich, du verarschst mich damit nicht. Ich liebe nämlich das Konzept.«

»Ich krieg nächsten Monat eine Testladung aus einer Fabrik in Bangkok rein. Wir reden hier von Millionen für den Club-

Markt. Ich suche nach John, um die Action von hier aus nach Miami Beach umzuleiten.«

Sammy schien noch faszinierter zu sein. »Wenn du das ernst meinst, nehme ich mir Johns Anteil.«

»Nein. Ich will mit John sprechen.«

»Wird nicht passieren, Freundchen.«

»Warum nicht?«

»John hat sein Motorrad in einen scheißgroßen Truck geschraubt. Hat einen netten Haufen Hirnsalat auf dem Highway zurückgelassen.«

Theo warf einen kurzen Blick zu Jack, als frage er sich, ob das nun gut oder schlecht für Isa war. Jack zeigte keinerlei Reaktion.

»Wann war das?«, wollte Theo wissen.

»Vor zwei Jahren.«

»Sprechen wir vom selben John?«

»Google es doch«, erwiderte Sammy. »Motorrad. Am Unfallort gestorben. John Simpson.«

Jackpot, dachte Jack.

Sammy seufzte, als wäre er bereit, zum Ende zu kommen. »Scheint, als hätte ich euch was gegeben, ohne eine Gegenleistung zu erhalten. Was bedeutet: Wenn ich auch nur eine einzige Pille finde – bloß eine einzige Lister-agra in South Beach – und ich nicht daran beteiligt war, dann finde ich euch zwei Hohlbirnen. Und lasst mich eines klarstellen: John Simpson hat nicht rumgefackelt. Und das tue ich auch nicht. Versteht ihr, was ich sage?«

»Tun wir«, sagte Jack und stand auf. »Lassen Sie uns mit unseren asiatischen Kontakten sprechen.«

»Wir melden uns bei Ihnen«, fügte Theo hinzu.

»Fein«, sagte Sammy. »Ich hab ein paar ›asiatische Kontakte‹ oben, falls du und dein Buchhalter Interesse habt.«

Buchhalter? Zum zweiten Mal in einer Nacht. *Was zur Hölle*?

»Vielleicht nächstes Mal«, sagte Jack. Es gab kein Händeschütteln, nur Abschiedsblicke zwischen Theo und dem beleidigten »Muskelprotz«. Jack öffnete den Leinenvorhang und verließ das Zimmer. Theo folgte ihm, und gemeinsam gingen sie zur Treppe.

»Lister-agra?«, fragte Jack leise. »Echt jetzt? Wir haben Glück, lebendig hier rauszuspazieren.«

Theo lächelte. »Die Nacht ist noch nicht um, Boss.«

KAPITEL 35

Isa fuhr mit der Metrorail nach Coral Gables und brachte Melany zu Fuß noch einen Block weiter zum Pee-Wee Art Camp. Melany liebte es zu malen, und drei Tage die Woche durfte sie ihre Leidenschaft mit neunzehn anderen Vorschülern und zwei sehr tapferen Kunstlehrern teilen.

Anstatt direkt umzukehren und mit dem Zug zurück zur Brickell Avenue zu fahren, machte Isa einen Zwischenstopp im Coffeeshop auf der anderen Seite vom Highway an der University Station. Es war ein schöner Morgen, und sie fand einen schattigen Tisch vor dem Kaffee, um ein wenig Zeit alleine zu genießen. Sie hatte ihren Latte halb ausgetrunken und las im *Journal* einen Artikel über die Aktienkrise in China – Keiths Fachgebiet –, als sich eine junge Frau näherte.

»Es tut mir leid, Sie zu stören. Sie sind Isabelle Bornelli, richtig?«

Isa schaute von ihrem Tablet auf. Die Frau war gekleidet wie eine typische Collegestudentin, bis zu den Uggs an ihren Füßen. »Ja, bin ich«, sagte Isa.

»Emma Barrett«, sagte die Frau und streckte ihre Hand aus. Isa schüttelte sie. »Ich bin im Abschlussjahrgang an der Universität. Ich verfolge Ihren Fall, seit die Anklage erhoben wurde, und – nun, ich möchte Ihnen nur sagen, dass ich auf Ihrer Seite bin.«

»Danke«, sagte Isa mit einem höflichen Lächeln.

Emma schien noch etwas auf dem Herzen zu haben, doch sie ging wieder davon. Dann blieb sie stehen. »Ähm, würde es Ihnen etwas ausmachen, wenn ich mich einen Augenblick zu Ihnen setze?«

Isa war nicht auf der Suche nach Gesellschaft, aber sie konnte nicht sehen, was daran schaden sollte. »Bitte.«

Emma setzte sich freudig auf einen der Stühle und stellte

ihren Rucksack zwischen ihre Füße. »Als ich eben zu Ihnen gekommen bin, hatte ich nicht vor, Ihnen das zu erzählen, und ich hoffe, Sie fühlen sich deswegen nicht unwohl. Aber ich wurde ebenfalls Opfer eines ›Date-Rapes‹ auf dem College.«

Isa hatte keine schnelle Antwort parat. Das hatte sie nicht kommen sehen, und dann wurde es ihr bewusst: Emma war der erste Mensch, der sie jemals als Leidensgenossin einer College-Vergewaltigung ansprach. »Das tut mir sehr leid«, sagte Isa.

»Es war im ersten Jahr. Genau wie bei Ihnen.«

»Es ist in jedem Alter ein schreckliches Verbrechen, aber vor allem für einen Teenager.«

»Ich hätte beinahe hingeworfen. Ich dachte darüber nach, das College zu wechseln, doch dann beschloss ich: Nein, ich werde meinen Angreifer nicht gewinnen lassen. Ich bin hiergeblieben.«

Isa blinzelte. »Ich bin nach Europa gegangen.«

»Ich weiß«, sagte Emma, und plötzlich schien sie zu Tode geängstigt. »Ich wollte Sie nicht verurteilen. Jeder geht auf seine Art damit um. Ich bin immer sehr offen damit umgegangen, aber das tut nicht jeder. Es ist eine persönliche Entscheidung. Ich bin jetzt Vorsitzende der SASA. Students Against Sexual Assault.«

»Ich vermute, ich hatte einfach nicht die Kraft dazu. Aber gut für Sie.«

»Haben Sie schon von SASA gehört? Studenten gegen sexuelle Übergriffe?«

»Nein. Ich glaube, das gab es noch nicht, als ich Studentin war.«

»Gab es auch nicht. Ich hab es gegründet.«

»Wirklich?«

»Ich musste *irgendetwas* tun. Was ich durchgemacht habe, war schrecklich. Die Collegeleitung hat diese Untersuchungskommission gegründet, die angeblich meine Anschuldigungen untersucht hat. Diese Idioten waren nicht mal qualifiziert.

Einer der alten Männer in der Kommission fragte mich: ›Also, Ms. Barrett, wie ist eine anale Vergewaltigung überhaupt möglich?‹ Was glaubt der denn? Dass eine Frau beim Gedanken an eine vaginale Vergewaltigung feucht wird, also ist das möglich, aber eine anale Vergewaltigung ist nicht denkbar? Wie sollte ich auf so eine dämliche Frage antworten?«

»Unglaublich.«

»Wie auch immer, wenigstens haben wir jetzt SASA. Wir sind nicht vollkommen idiotensicher, aber es ist ein Anfang.«

»Sie sind eine wirklich erstaunliche Frau.«

»Danke«, sagte sie mit einem kleinen Lächeln. »Sie auch.«

Isa wandte den Blick ab. »Eigentlich nicht.«

Die Metrorail kam kreischend an der hoch gelegenen Station auf der anderen Straßenseite zum Stehen und verstummte dann.

»Hey, kann ich Sie um einen Gefallen bitten?«, fragte Emma.

»Was denn?«

»Ich versuche, am Miami-Dade-College eine Ortsgruppe von SASA zu gründen. Morgen in einer Woche findet eine ›College-Vergewaltigung-Aufklärungsveranstaltung‹ am Miami Dade College South statt. Wären Sie bereit, teilzunehmen?«

Isa suchte verzweifelt nach einer Antwort und war völlig außer Fassung. »Ich … ich glaube nicht.«

»Ich weiß, dass ich eine Menge von Ihnen verlange. Aber es würde so viel bedeuten, wenn Sie …«

»Ich kann nicht.«

»Sie müssen nicht sprechen, wenn Sie nicht möchten. Ich könnte Sie einfach erwähnen und erklären, dass Sie gekommen sind, um ihre Unterstützung zu zeigen und …«

»Nein, ich kann einfach nicht.«

»Bitte, sagen Sie nicht Nein.«

»Nein«, wiederholte Isa, strenger als beabsichtigt. »Sie müssen entschuldigen, aber ich muss jetzt wirklich gehen.« Isa stieß sich vom Tisch ab und sammelte ihre Sachen zusammen.

»Okay«, murmelte Emma.

Isa kippte versehentlich ihre halb leere Kaffeetasse um, als sie aufstand. Sie tupfte den Tisch sauber und stand dermaßen neben sich, dass sie die durchweichte Serviette in ihre Handtasche steckte, bevor sie sich den Riemen über die Schulter schlang. »Es tut mir leid, dass ich Ihrer Organisation nicht helfen kann«, sagte sie.

»Tut mir leid, dass ich gefragt habe«, erwiderte Emma kleinlaut.

Es fühlte sich an wie ein Schlag in den Magen. Isa steckte ihn weg, drehte sich um und ging zur Metrostation.

KAPITEL 36

Die Vormittagssonne schien hell durch die Fenster des Konferenzraums im neunten Stock des Graham Buildings. Die Staatsanwältin hatte ein Zehn-Uhr-Meeting in ihrem Büro einberufen. Jack und Manny saßen auf der sonnigen Seite des rechteckigen Tischs. Sylvia Hunt und ein Junior-Anwalt der Staatsanwaltschaft saßen ihnen gegenüber mit dem Rücken zum Fenster. Das war ein dilettantischer Prozesstrick, den Jack bei unzähligen anderen Treffen und eidesstattlichen Aussagen zur Genüge miterlebt hatte: Arrangiere die Sitzordnung so, dass der Gegner direkt in die blendende Sonne starrt.

Jack schirmte seine Augen mit der Hand ab und griff nach seiner Sonnenbrille. »Sylvia, bitte. Entweder schließen Sie die Jalousien, oder Manny und ich sind gezwungen, hier zu sitzen wie ein Paar Geheimagenten.«

»Oh, stört Sie das?«, fragte sie mit gespielter Sorge. Ihr Assistent löste das Problem flugs. Jack dankte ihm, und Sylvia begann das Treffen mit ihrer versprochenen Ankündigung.

»Das Justizministerium hat seine Untersuchung abgeschlossen, bezüglich der Anschuldigungen gegen den Vollzugsbeamten im Untersuchungsgefängnis. Der offizielle Bericht wird morgen herausgegeben, doch aus Höflichkeit gebe ich Ihnen schon heute eine Zusammenfassung. Das offizielle Ergebnis lautet: Es gibt keinerlei Beweise, dass ein Vollzugsbeamter einen sexuellen Übergriff auf Ms. Bornelli plante oder dass er die Unterstützung von Ms. Bornellis Zellengenossin eingefordert hätte, um einen derartigen Plan durchzuführen.«

»Dann ist die Untersuchung eine Lüge«, sagte Jack. »Sie können nicht behaupten, dass es *keinerlei* Beweise gibt. Es gibt die Aussage ihrer Zellengenossin, Foneesha Johnson.«

»Ms. Johnson hat ihre vorherigen Anschuldigungen zurückgezogen.«

Manny stieß ein spöttisches Lachen aus. »Was für eine Überraschung.«

»Ich verstehe Ihren Zynismus«, gab Sylvia zurück. »Aber Ms. Johnson hat ihre Behauptung nicht einfach nur widerrufen. Sie hat sie korrigiert. Ein Anwalt des Justizministeriums hat sie unter Eid befragt, und ihre Aussage war, dass man ihr zehntausend Dollar gezahlt habe, um eine falsche Anschuldigung auszusprechen.«

Der Junior-Ankläger langte über den Tisch und reichte Jack eine Kopie des Protokolls. Jack blätterte mit dem Daumen durch die Seiten, aber ihm fehlte die Zeit, es gründlich zu lesen.

»Die Spannung bringt mich um«, sagte Jack trocken. »Hat Ms. Johnson angedeutet, dass es meine Mandantin war, die ihr zehntausend Dollar gezahlt hat?«

»Nein. Tatsächlich ist das der Hauptgrund, weswegen ich um dieses Treffen gebeten habe. Ich möchte, dass Sie wissen, dass Ms. Johnson Ihrer Mandantin keinerlei Verbindung zu dem ganzen Betrug unterstellt. Sie hat ausgesagt, dass Sie und Ms. Bornelli zu keiner Zeit die Anschuldigungen oder die Bezahlung besprochen hätten.«

»Wie konnte das Ganze dann passieren?«, wollte Jack wissen. »Angeblich.«

»Ms. Johnsons Freund war der Mittelsmann. Jemand kontaktierte ihn außerhalb des Gefängnisses und zahlte ihm zehntausend Dollar. Die Gegenleistung bestand in Ms. Johnsons Anschuldigung, dass der Vollzugsbeamte die Vergewaltigung von Ms. Bornelli plane.«

»Was sagt der Freund dazu?«, fragte Jack.

»Er streitet es natürlich ab.«

»Haben Sie irgendwelche Beweise, dass dem Freund tatsächlich zehntausend Dollar gezahlt wurden?«

»Nein, aber wir haben hinreichenden Grund zu glauben,

dass er und seine neue Freundin um zehntausend Dollar reicher sind.«

»Neue Freundin?«

»Ja. Ms. Johnson wurde benutzt, was der Grund dafür ist, dass sie uns alles erzählt hat. Es ist vollständig belegt, dass dieser sogenannte Freund Ms. Johnson bei drei separaten Gelegenheiten besucht hat, nachdem Ms. Bornelli ihre Zellengenossin wurde. In den sechs Monaten zuvor hat er sie kein einziges Mal besucht.«

»Gibt es Aufzeichnungen der Gespräche zwischen Ms. Johnson und ihrem Freund?«

»Nein.«

»Welche Beweise haben Sie dann, dass er Foneesha Johnson zu irgendwelchen falschen Anschuldigungen angestiftet hat?«

»Wie angedeutet haben wir die unter Eid abgelegte Aussage von Ms. Johnson.«

»Die jetzt bewiesenermaßen eine Lügnerin ist.«

»Ich halte das nicht für bewiesen«, konterte sie.

»Sie hat Anschuldigungen gemacht, die glaubhaft genug waren, dass die Staatsanwaltschaft zugestimmt hat, meine Mandantin vor dem Prozess auf Kaution freizulassen. Jetzt zieht sie zurück und behauptet, sie wäre bezahlt worden. Über irgendetwas muss sie gelogen haben.«

»Dies ist keine Debatte über die Qualität von Beweisen. Unterm Strich geht es darum, dass der Vollzugsbeamte freigesprochen wurde.«

»Planen Sie gegen irgendjemanden Anklage zu erheben?«

»Zurzeit nicht.«

»Aber Sie schließen es nicht aus?«

Die Anklägerin dachte kurz über ihre Antwort nach. »Die FBI-Ermittlung ist vorbei. Die Ermittlungen des MDPD noch nicht. Wir werden die Sachlage neu überdenken, falls zusätzliche Beweise ermittelt werden.«

»Lassen Sie mich direkt zu dem Punkt kommen, der mir Sorge bereitet«, sagte Jack. »Wird die Sache irgendwelche Auswirkungen auf den Kautionserlass meiner Mandantin haben?«

»Nein.«

»Isa bleibt also frei?«

»Ja – zumindest bis sie verurteilt wird, natürlich.«

»Das wird sich zeigen«, entgegnete Jack und setzte damit den Schlussakkord der Besprechung. Der Junior-Ankläger brachte Jack und Manny zum Fahrstuhl, und die Strafverteidiger fuhren alleine nach unten.

»Nur um das aus dem Weg zu räumen«, sagte Manny, »Sie glauben hoffentlich nicht, dass *ich* meine Anwaltslizenz riskiert habe und dem Freund zehntausend Dollar gezahlt habe, oder?«

Jack beobachtete die blinkenden Ziffern über der Tür. »Nein. Tue ich nicht.«

»Wer, glauben Sie, hat es getan? Falls es überhaupt so war.«

»Ich weiß es nicht. Aber eines kann ich Ihnen sagen: Ich werde ein sehr ernstes Gespräch mit meinem alten Kumpel Keith haben, wenn er am Samstag aus Hongkong zurückkehrt.«

»Derselbe Gedanke kam mir auch«, sagte Manny.

Die Fahrstuhltüren öffneten sich, und sie durchquerten die Lobby.

»Sind Sie überrascht, dass die Staatsanwältin Isa weiterhin auf Kaution draußen lässt?«, fragte Manny.

»Nein«, antwortete Jack. »Sie?«

»Ganz und gar nicht. Ehrlich gesagt ist es eine clevere Strategie.«

»Sehe ich auch so«, stimmte Jack zu. »Man lässt sie auf Kaution draußen, beobachtet sie und schaut, mit wem sie redet.«

Manny verließ das Gebäude als Erster durch die Drehtür. Jack folgte ihm. »Man lässt sie ihren eigenen Strick knüpfen«, fügte Manny an. »Bildlich gesprochen, meine ich.«

»Ganz genau«, sagte Jack.

»Also, wie sieht unser nächster Schritt aus?«, wollte Manny im Gehen wissen.

Sie verließen den Schatten des Bürogebäudes. Jack blieb stehen, um sich seine Sonnenbrille aufzusetzen.

»Wir gehen sicher, dass niemand unserer Mandantin ein Seil reicht«, antwortete er und ging dann zu seinem Wagen.

KAPITEL 37

Mittags holte Isa Melany am Art Camp ab. Nach dem Mittagessen fuhren sie in den Alice C. Wainwright Park, südlich des Brickell-Bezirks. Die Grünfläche des Parks war relativ klein, lag jedoch direkt an der Bucht. Die Fünf-Sterne-Aussicht unter Palmwedeln von einer Kalksteinklippe auf die Skyline der Innenstadt war allein schon die Reise wert – auch wenn Isa sich dem Erlebnis gegenüber bereits ein wenig abgestumpft fühlte, nachdem sie Tag um Tag im Four Seasons erwachte, wo ihr Miamis natürliche und menschengemachte Schönheit zu Füßen lag. Alle paar Minuten kam ein Jogger oder Radfahrer auf dem asphaltierten Weg an ihnen vorbei, der sich entlang der Festlandküste erstreckte, bis hinüber nach Key Biscane, doch davon abgesehen hatten Mutter und Tochter den Park quasi für sich allein. Melany lief auf direktem Weg zur Schaukel. Isa beobachtete sie von einer Parkbank im Schatten einer riesigen Eiche aus.

»Sei vorsichtig«, rief Isa.

Melany schaukelte so fest sie konnte und flog hoch in die Luft. Sie hatten die vier Wochen hinter sich, in denen Melany nach der OP alle anstrengenden Aktivitäten verboten gewesen waren, aber Isa fiel es schwer, den Bärenmutter-Modus zu verlassen.

»Guck mal, Mommy!«

Melany streckte den Kopf nach hinten und reckte die Zehen in den Himmel. Ihr wunderschönes Haar flatterte im Wind, die Glieder der Kette knirschten im Rhythmus, vor und zurück. Isa widerstand dem Impuls, sie erneut zu ermahnen, es etwas ruhiger anzugehen. Einmal war ausreichend. Es gab mehr als genug andere Menschen auf der Welt, um ihr zu sagen, was sie nicht tun konnte.

Plötzlich stieß sie sich von der Schaukel ab und warf sich in die Luft.

»Melany!«

Isa sprang von der Bank auf, aber sie hatte keine Chance, sie zu fangen. Melany landete mit einem satten Geräusch auf dem Gras, und Isa war eine Sekunde zu spät, um ihren Sturz aufzufangen. Sie kniete an Melanys Seite.

»Alles in Ordnung?«, fragte sie besorgt. »Bist du verletzt?«

Melany weinte nicht, zumindest anfangs nicht. Sie wirkte für einen Augenblick wie betäubt, doch sobald sie sich aufsetzte und in Gänze begriff, was geschehen war, kamen reichlich Tränen.

»Sag mir, wo es wehtut«, sagte Isa.

Melany antwortete nicht. Isa überprüfte eilig die Audioprozessoren, erst den linken, dann den rechten. Alles sah gut aus – zumindest äußerlich.

»Kannst du hören, was ich sage?«

Melany weinte noch immer, nickte aber bestätigend. Dann begrub sie das Gesicht an der Schulter ihrer Mutter.

»Liebling, du hast mich zu Tode erschreckt.«

Das Schluchzen ging weiter, doch sie schien es allmählich unter Kontrolle zu bekommen. Melany schien eher verängstigt als verletzt zu sein.

»Warum hast du das getan, meine Süße?«

Melany schniefte und antwortete: »Wieder der Mann.«

»Was?«

»Der Mann. Ich hab ihn dort drüben gesehen.«

Sie zeigte auf den Betonsteinbau, in dem die Toiletten untergebracht waren. Isa sah in die Richtung, konnte aber nichts sehen.

»Welcher Mann?«

»Unheimlich.«

Isa nahm den Kopf ihrer Tochter in die Hände und zwang sie, ihrer Mutter in die Augen zu schauen. »Melany, beschreib mir, wie der Mann ausgesehen hat.«

Das Mädchen hatte aufgehört zu weinen, aber seine Augen waren immer noch feucht. »Unheimlich.«

»Melany, hör mir zu. War er größer oder kleiner als Daddy?«

»Kleiner.«

Damit war David Kaval ausgeschlossen, was Isas erster Gedanke gewesen war, egal wie irrational er auch sein mochte. »Älter oder jünger?«

»Älter.«

»Weiß oder schwarz?«

»Mittel. Ein bisschen dunkler als du.«

Isa spürte einen eisigen Schauer. Das war nicht viel, aber die Art, wie Melany es ausgedrückt hatte – »ein bisschen dunkler als du« –, ließ Isas Gedanken in eine familiäre Richtung wandern.

»Du hast *wieder* gesagt.«

Melany blinzelte verwirrt. »Was?«

»Du hast gesagt, du hast den Mann *wiedergesehen*. Hast du ihn vorher schon mal gesehen?«

Sie nickte.

»Wo?«

»Im Park.«

»Welcher Park?«

»Dem an der Harbour City Mall.«

Es dauerte einen Moment, bis Isa begriff, was sie hörte. »Du meinst im Kowloon Park? Zu Hause in Hongkong?«

Sie nickte. »Als ich mit Soo Hong da war.«

Soo Hong war ihre Babysitterin. Die Vogelvolieren in Kowloon waren Melanys Lieblingsplatz. »Bist du sicher, dass es derselbe Mann war?«

»Ja. Er hat mich beobachtet.«

»Hat er … ist er dir nahe gekommen?«

»Ein bisschen.«

Isas Atem beschleunigte sich. »Wie nahe?«

Melany antwortete nicht. Plötzlich erinnerte sich Isa an einen Besuch in Kowloon, etwa einen Monat nach der ersten Implantats-OP, als Melany mit einem blauen Fleck auf ihrem Bein zurückgekommen war. In gebrochenem Englisch hatte Soo Hong ihr erzählt, dass Melany hingefallen war.

»Melany, wie nahe? Wie nahe ist er dir gekommen?«

Tränen schimmerten in ihren Augen. »Hör auf, mich anzuschreien!«

Isa schrie nicht, doch Melanys Hörverarbeitung hing stärker von visuellen Eindrücken ab als die anderer Kinder, und Isas Verhalten musste diesen Eindruck hervorgerufen haben. »Tut mir leid, Liebling«, erwiderte sie und bemühte sich um einen entspannteren und ruhigeren Ausdruck. »Ich möchte bloß, dass du mir so viel wie möglich von dem erzählst, woran du dich erinnern kannst, okay? Also – wie nahe ist der Mann dir gekommen?«

»Ziemlich nahe.«

Isa schluckte den Kloß hinunter, der sich in ihrer Kehle bildete. »Nahe genug, um mit dir zu reden?«

Sie nickte einmal.

Isa konnte die nächste Frage kaum aussprechen. »Hat er? Hat er mit dir geredet?«

Eine Träne lief die Wange ihrer Tochter hinab, und das war alles, was Isa als Antwort brauchte. Isa griff nach ihrem Handy, um die Polizei zu rufen. Sie musste das melden und – *und was sagen?* Dass Isabelle Bornelli, die es versäumt hatte, ihre eigene Vergewaltigung anzuzeigen, jetzt gerne anzeigen würde, dass ihre Tochter einen unheimlichen Mann im Park gesehen hatte?

Plötzlich sprang Melany auf und rannte davon, viel zu schnell, als dass Isa hätte reagieren können.

»Melany!«

Isa sprang auf und lief hinter ihr her, aber Melany hatte einen beträchtlichen Vorsprung und rannte schneller, als Isa sie sich je hatte bewegen sehen. Sie raste an den Picknicktischen vorbei und lief den Abhang hinab auf die Kalksteinklippe am Meer zu. Isa verfolgte sie, rief ihren Namen, befahl ihr, stehen zu bleiben. Melany erreichte eine flache Ausdehnung von belaubten Coccoloba-Sträuchern und duckte sich in die Büsche. Isa holte sie wenige Sekunden später ein und fand sie mit überschlagenen Beinen im Unterholz, wo sie sich im Geflecht dünner Äste und hervorstehender Wurzeln versteckte, die das Laub darüber trugen. Mutter und Tochter schnauften schwer von dem Fünfzig-Meter-Sprint. Isa ging auf ein Knie und sah ihrer Tochter in die Augen.

»Lauf nie wieder so vor mir weg!«

Melany antwortete nicht. Isa war nicht in der seelischen Verfassung, sie noch weiter auszuschimpfen. Ihre Stimme wurde sanfter. »Du musst nicht wegrennen, Süße. Du hast nichts Falsches getan.«

Melany schüttelte nachdrücklich den Kopf. Vielleicht als Ausdruck dessen, dass sie anderer Meinung war. Oder vielleicht war das ihre Art zu sagen, dass sie, auch wenn die Lippen ihrer Mutter sich bewegten, kein Wort davon hören konnte. Isa bemerkte, dass sie ihre Audioprozessoren abgenommen hatte und je einen davon fest in jeder Faust umschlossen hielt.

Isa hielt noch immer ihr Handy fest, steckte es jedoch in ihre Tasche. Sie würde überhaupt niemanden anrufen. Langsam stand sie auf, ihr Kopf und ihre Schultern überragten das tiefhängende Laub des Coccoloba-Strauchs, während sie ihren Blick hinaus auf die Bucht schweifen ließ.

Ich werde dich umbringen, hörte sie sich selbst denken. *Umbringen, wenn du ruiniert hast, was ich mit meiner Tochter habe.*

KAPITEL 38

Jack und Theo fuhren ins Billfish, einem 24-Stunden-Diner in den Upper Keys, um ein frühes Frühstück zu sich zu nehmen. Ein sehr frühes. Sie mussten vor sechs Uhr morgens am Ziel sein, wenn die Nachtschicht für die Witwe von John Simpson endete.

Die Informationen von Sammy im Club Inversion hatten sich als zuverlässig erwiesen. Die Kawasaki Ninja ZX-14R war eine Präzisionsmaschine, und in den Augen der meisten Verkehrsteilnehmer wenig mehr als ein verschwommener Fleck, der auf dem Expressway an einem vorbeischoss. Dem Polizeibericht zufolge, der in einem zwei Jahre alten *Miami-Tribune*-Artikel zitiert wurde, hatte Simpson mehr als hundertsechzig Kilometer pro Stunde auf dem Tacho gehabt, als er, etwa um drei Uhr morgens, seine Maschine in das Heck eines Umzugslasters gerammt hatte, dem das Benzin ausgegangen war und der deswegen auf der Schnellspur der I-95 zum Stehen gekommen war. Bei einer solchen Geschwindigkeit hatte der Helm nichts davon abhalten können, durch die Gegend zu spritzen. Er ließ seine damals dreiunddreißigjährige Frau Ilene zurück.

Einige Minuten Recherche in sozialen Netzwerken war alles, was es gebraucht hatte, um herauszufinden, dass Ilene Simpson in Key Largo wohnte und in der Nachtschicht im Billfish Diner arbeitete.

Das Billfish war das ganze Jahr über sehr beliebt, und mit der anstehenden Sommer-»Minisaison« für Florida-Hummer, war es rappelvoll mit Nachttauchern, die ihre Quote bereits gefangen hatten, und mit Freizeitseglern, die noch vor Sonnenaufgang auf dem Wasser sein wollten. An der Bar war kein Hocker mehr frei, und jeder Tisch in dem kleinen Essbereich war besetzt, was kaum genügend Platz ließ, damit die Kellnerinnen dazwischen herumlaufen konnten. Eine Nische am Eingang wurde gerade frei, als Jack und Theo eintraten. Sie nutzten die Chance, setzten sich, und mit einem Mal packte sie das Gefühl, dass die zweistündige Fahrt mitten in der Nacht es wert gewesen war. Klebebandstreifen auf Kunstleder vermittelte echtes Billfish-Ambiente, und sie saßen im Licht des legendären Neon-Zeichens im Fenster, das die alte Gaststätte – vielleicht zu Recht – ins »illfish Diner« umtaufte.

»Das ist Ilene«, sagte Theo und zeigte auf sie. »Die Kellnerin, die neben der Kuchenauslage steht.«

»Sicher?«

Theo warf noch mal einen Blick auf ihr Facebook-Profilfoto auf seinem Handy. »Yeah. Sie ist es.«

Jack versuchte, sich nicht allzu offensichtlich anzustellen, als er kurze Blicke in ihre Richtung warf. Ilene war eine dünne Frau mit schulterlangem, schmutzig-blondem Haar und einem Mosaik farbenfroher Tätowierungen, das sich vom Handgelenk bis zur Schulter um ihren linken Arm wand. Sie schien nicht oft zu lächeln, und hätte Jack nicht in der *Tribune* gelesen, dass sie Mitte dreißig war, hätte er sie älter geschätzt.

Eine andere Kellnerin kam an ihren Tisch und stellte zwei Tassen und eine Kanne Kaffee auf den Tisch. »Wisst ihr Jungs, was ihr haben wollt?«

Theo legte seine Speisekarte weg. »Ich nehm das Ilene-Special.«

»Wir haben kein Ilene-Special«

»Klar habt ihr«, sagte er und warf einen Blick zu ihrer Kollegin hinter dem Tresen. »Bitte Ilene, mal zu uns zu kommen. Sag ihr, Sammy aus South Beach schickt uns.«

»Fein. Aber ihr sitzt an meinem Tisch, also müsst ihr was bestellen.«

Theo nahm das Steak mit Eiern und einen Blutorangen-Donut mit Kokosnuss-Glasur. Jack reichte der Kaffee und ein

Bagel. Die Kellnerin sammelte die Karten ein und ging in Richtung Küche.

Jack sah zur Uhr an der Wand: Es war fünf Uhr achtundfünfzig. »Sie hat in zwei Minuten Schluss. Was, wenn sie durch die Hintertür verschwindet?«

»Du machst dir zu viele Sorgen. Sie wird sich zu uns setzen.«

Zwei Minuten später zeigte sich, dass Theo recht hatte. Ilene ließ ihre Schürze auf dem Tresen liegen, durchquerte den Essbereich und blieb an ihrem Tisch stehen. Neben Theo konnte sie sich nicht mehr hinquetschen, also rückte Jack ein wenig zur Seite und bot ihr einen Platz an.

»Woher kennt ihr Jungs Sammy?«, wollte sie wissen und schlüpfte auf die Sitzbank.

»Er hat uns den Namen Ihres verstorbenen Ehemanns genannt«, antwortete Jack und reichte ihr dann seine Visitenkarte. »Ich bin der Anwalt von Isabelle Bornelli – die ehemalige Collegestudentin, die angeklagt wird, ihren Vergewaltiger ermordet zu haben. Vielleicht haben Sie was über den Fall in den Nachrichten gesehen.«

»Ich guck keine Nachrichten.«

»Das ist in Ordnung. Wir sind hier, um über weniger aktuelle Dinge zu sprechen. Wir haben aus zuverlässiger Quelle erfahren, dass John Simpson und David Kaval den Mann, der Isa vergewaltigt hat, entführt und anschließend zu Tode gefoltert haben sollen. Der Mann hieß Gabriel Sosa.«

»Nie von ihm gehört.«

»Denken Sie nach«, sagte Jack. »Mr. Kaval ist der Hauptbelastungszeuge gegen meine Mandantin. Ich weiß nicht, ob es Ihnen etwas bedeutet oder nicht, aber nach allem, was ich bisher erfahren habe, wird er Ihren toten Ehemann als den gefährlichen Typen darstellen, der Gabriel Sosa buchstäblich den Schädel eingeschlagen hat.«

Sie schwieg und schien darüber nachzudenken, was Jack damit auszudrücken versuchte. »Hören Sie, Mr. Swyteck, ich bin müde, und alles, was ich im Augenblick will, ist nach Hause fahren und ins Bett kriechen.«

»Ich habe nur ein paar Fragen.«

»Ich weiß nicht das Geringste über Ihren Fall, aber für mich klingt es, als habe der Vergewaltiger bekommen, was er verdient hat. Wenn John daran beteiligt war, will ich nichts davon hören.«

»Meine Mandantin sah, wie David Kaval und ein anderer Mann Sosa in der Nacht des Mordes bedrängt haben. Kaval sagte aus, dass der Name des Mannes John wäre und dass er im Club Vertigo gearbeitet hat – heute heißt er Club Inversion. Sammy sagte, dass das John Simpson gewesen sein müsse.«

»Sammy weiß es«, sagte sie mit müder stimme.

»Er weiß von dem Mord?«

»Nein. Er weiß alles über John.«

»Würde er auch von David Kaval wissen?«

»Ich habe keine Ahnung. John und Sammy kannten jeden. Das gefiel mir an John. Was andere Dinge betrifft: Da hätte ich auch gut ohne sie leben können.«

»Was zum Beispiel?«

»Ist doch egal. John ist tot. Ich hab jetzt jemanden, der wirklich was Besonderes ist, und will nach vorne gucken. Also sag ich Ihnen dasselbe wie dem letzten Kerl, der hier reinkam, um Fragen zu stellen: Lassen Sie John in Frieden ruhen.«

»Der letzte Kerl? Wer war das? Jemand von der Polizei? Vielleicht ein Detective des Miami-Dade-Police-Departments?«

»Nein, ich meine wirklich erst vor Kurzem. Ein Detective war auch da, ist aber schon ’ne Weile her.«

»Scheiße, Mann«, stieß Theo aus und stöhnte. »Ich sag doch, die kannten John Does Namen. Bastarde.«

Jack hakte das als etwas ab, das die Staatsanwaltschaft mit ihm hätte teilen sollen, doch dafür war jetzt nicht der richtige Augenblick. »Können Sie mir sagen, wer dieser Mann war? Der, der nach John gefragt hat?«

»Ich erinnere mich nicht an seinen Namen. Weiß nicht mal, ob er ihn überhaupt gesagt hat.«

»Wie kürzlich war das?«

»Irgendwann letzten Monat.«

»Wie sah er aus?«

Sie gab ihm eine grobe Beschreibung – klein, Hispanier, vermutlich über sechzig –, was ausreichte. Jack scrollte durch seine iPhone-Galerie und rief ein Foto von Isas Vater auf, das er aus dem Netz geladen hatte. Es war aufgenommen worden, als Felipe Bornelli im venezolanischen Konsulat von Miami gearbeitet hatte.

»Das ist über zehn Jahre alt«, erklärte er und zeigte Ilene das Foto. »Aber könnte das der Mann sein?«

Sie sah genauer hin. »Ja. Sein Haar ist grauer, aber der sieht aus wie er.«

Jack rückte die Identität des Mannes nicht freiwillig heraus. »Was hat er wissen wollen?«

»Ich weiß nicht mehr. Es war kein langes Gespräch. Er schien ziemlich zufrieden zu sein, als er erfuhr, dass ich nichts über den Fall weiß.«

Jack schüttelte verwirrt den Kopf. »Ich musste David Kaval im Gefängnis befragen und Sammy im Club Inversion aufspüren, um herauszufinden, dass dieser ›John Doe‹ in der Anklageschrift Ihr Ehemann ist. Woher konnte dieser Mann überhaupt wissen, dass er mit Ihnen sprechen muss?«

»Gute Frage«, sagte sie. »Ich fürchte, die werden Sie ihm stellen müssen.«

Jack sah Theo über den Tisch hinweg an. »Ja. Ich denke, das werden wir.«

KAPITEL 39

Um zehn Uhr war Jack zurück in Miami und saß hinter seinem Schreibtisch. Dreißig Minuten später erhielt er eine E-Mail, die seine Pläne für den Tag über den Haufen warf. Sie kam von einer Adresse und einem Server, die er nicht kannte, aber die Betreffzeile lautete: »Von Felipe Bornelli«, was Jack neugierig genug machte, um sie zu öffnen. Die Nachricht lautete:

> Ich will ein Treffen mit meiner Tochter. Nur wir beide. Können Sie das arrangieren?

Jack antwortete nicht. Er leitete die Nachricht an seinen Technikzauberer weiter, um zu sehen, ob es eine Möglichkeit gab, die Quelle zu verifizieren. Sein Techmagier würde erst nachforschen müssen, was einige Stunden in Anspruch nahm – was Jack wiederum die Zeit gab, sich mit seiner Mandantin und seinem Co-Anwalt zu treffen. Sie versammelten sich in der Sitzecke von Jacks Büro, Isa auf dem Windsor-Stuhl mit dem Rücken zum Fenster und Manny auf der anderen Seite des Kaffeetischs. Jack ging vor dem leeren Kamin auf und ab, während er sprach.

»Ich habe eine Theorie dazu, was der Anlass für diese E-Mail ist«, sagte Jack und erzählte den beiden davon, wie die »Felipe Connection« die größte Erkenntnis seines Gesprächs mit Ilene Simpson im Billfish Diner geworden war.

»Ich teile Ihren Verdacht«, sagte Manny. »Es wurde nie öffentlich bekannt gemacht, dass dieser John Doe John Simpson war. Da muss man sich schon fragen, was Felipe zu Ilene geführt hat, bevor Sie dort erschienen sind.«

»Und jetzt, wo ich mit Ilene gesprochen habe, ist es da wirklich ein Zufall, dass er sich plötzlich mit seiner Tochter treffen will, mit der er seit beinahe zehn Jahren nicht gesprochen hat?«

Isa schwieg, was nicht die von Jack erwartete Reaktion war. »Isa, was denken Sie?«

»Da ist noch mehr, das Sie wissen sollten«, gab sie als Antwort.

Jack blieb stehen, stützte sich mit dem Ellenbogen auf den Kaminsims und hörte zu.

Isa ließ sich Zeit und achtete darauf, nichts Wichtiges auszulassen, während sie den beiden von Melanys »Felipe-Sichtung« im Alice C. Wainwright Park am gestrigen Nachmittag erzählte – und der möglichen Begegnung in Hongkong.

»Ich habe beinahe erwartet, dass darauf noch irgendetwas kommt«, sagte Isa. »Vielleicht ist sein Vorschlag zu einem Treffen genau das.«

»Sind Sie sicher, dass der Mann, den Melany gesehen hat, Ihr Vater war?«, fragte Jack.

»Ja. Ich habe ihr ein Foto gezeigt, als wir vom Park nach Hause kamen. Sie war sicher, dass er es war – sowohl in Miami als auch in Hongkong.«

»Das könnte ein wenig suggestiv gewesen sein«, erwiderte Jack. »Es wäre besser gewesen, Sie hätten ihr drei oder vier Bilder gezeigt, aus denen sie Ihren Vater herausgesucht hätte.«

»In Ordnung. Vor Gericht hätte das vielleicht keinen Bestand. Aber ich bin mir sicher, dass er es war.«

Jack setzte sich. »Fangen wir mit dieser Frage an: Haben *Sie* Interesse an einem Treffen mit Ihrem Vater?«

Isa schaute weg, bevor sie den Blick auf Jack richtete. »Ich bin daran interessiert zu erfahren, was er meiner Tochter zu sagen versucht hat.«

»Meine Vermutung ist, dass er sich nicht mit Ihren Anwälten zusammensetzen wird, um uns irgendetwas zu erzählen. Wären Sie also bereit, ihn allein zu treffen?«

»Allein?«

»Das ist sein Wunsch.«

»Ich weiß nicht, was ich darauf antworten soll«, sagte sie. »Ich könnte Ihnen jetzt im Augenblick Ja sagen und es mir fünf Minuten vor dem Treffen anders überlegen. Es gibt hier einen Haufen Vergangenheit.«

Manny lehnte sich auf seinem Stuhl nach vorn, als wolle er ankündigen, dass er nun an der Reihe wäre, etwas zu fragen. »Wenn Sie sagen, es gäbe einen Haufen Vergangenheit, meinen Sie dann bloß zwischen Ihnen und Ihrem Vater? Oder gibt es etwas zwischen Ihrer Tochter und deren Großvater, dass Sie so aufbringt?«

»Es gibt keine Vergangenheit zwischen Melany und meinem Vater.«

Manny blieb dran. »Ganz genau. Wer sagt, dass es hier nicht nur um einen Großvater geht, der versucht, Kontakt zu knüpfen – buchstäblich –, und zwar mit der Enkeltochter, die er nie hat treffen dürfen?«

»Das ist genau das, was er sagen würde«, gab Isa spöttisch zurück.

»Was wollen Sie denn sagen?«, fragte Manny. »Dass er sechzehntausend Kilometer von Caracas nach Hongkong gereist ist, um – was zu tun? Ihre Tochter zu begrapschen?«

»Nein! Wer hat irgendetwas von begrapschen gesagt?«

»Ist er vielleicht früher schon Kindern zu nahe gekommen?«, wollte Manny wissen.

»Nein. Ich sagte Ihnen doch, dass er als Ehemann seine Familie misshandelt hat. Ich habe gesehen, wie er meine Mutter geschlagen hat.«

»Hat er Sie körperlich oder sexuell misshandelt?«

»Nein. Warum fragen Sie das?«

»Haben Sie ihn je in dieser Richtung beschuldigt?«

Isa funkelte Manny an – ein Funkeln, dass ihn vom Stuhl geschleudert hätte, wenn es noch ein wenig intensiver gewesen wäre. »Ich sehe, worauf Sie hinauswollen«, sagte sie. »Ich bin diejenige mit einer Vergangenheit. Ich bin die mit den falschen Anschuldigungen. Ich wurde nicht vergewaltigt.«

»Werden Sie nicht sauer.«

»Dann beleidigen Sie mich nicht.«

»Ich bereite Sie lediglich vor«, erwiderte Manny. »Jede Frau, die jemals vergewaltigt worden ist und damit an die Öffentlichkeit ging, musste sich gegen den Vorwurf einer Falschanschuldigung wehren. Sie genießen einen Luxus, den die meisten Opfer nicht haben. Ihr Peiniger ist tot. Sie müssen sich nicht in den Zeugenstand setzen und in einem Gerichtssaal auf ihn zeigen. Sie müssen nicht aussagen und das Kreuzverhör über sich ergehen lassen.«

»Ich würde das kaum einen Luxus nennen.«

»Dann haben Sie noch nie einen Vergewaltigungsprozess durchlitten.«

Isa schaute weg, und im Raum gab es nur noch Schweigen. Mannys Stil war nicht mit Jacks vergleichbar, aber er hatte eine Art, sich verständlich zu machen. Und zumindest wusste er, wann er es gut sein lassen musste.

»Sollen wir eine kurze Pause machen?«, fragte Jack.

»Nein«, gab sie kurz und knapp zurück, und ihr Blick wechselte zwischen Jack und Manny hin und her. »Was Sie nicht verstehen, ist, wie bösartig mein Vater sein kann – wie er den Verstand eines kleinen Mädchens manipulieren kann. Als ich in Melanys Alter war, hat er mir immer wieder Sachen erzählt.«

»Sexuelle Sachen?«, fragte Manny.

»Würden Sie endlich aufhören, Dr. Freud?«

»Manny, hören Sie einfach zu«, wandte Jack ein.

Isa holte Luft. »Wenn er meiner Mutter wirklich wehtun wollte, dann schlug er sie nicht. Er erhob nicht einmal die Stimme. Er nahm mich einfach zur Seite und erzählte mir Geschichten über sie.«

»Geschichten?«

»Oh, mein Vater war ein begnadeter Geschichtenerzähler. Sehr überzeugend. Nichts davon stimmte, aber er schmückte seine Geschichten mit solch kunstvollen Details aus, dass ich ihm jedes Wort glaubte. Er erzählte mir, dass sie eine andere Familie hätte. Dass sie eine andere Tochter hätte – ein perfektes, kleines Mädchen, genauso alt wie ich, die hübscher und klüger wäre als ich. Er sagte, meine Mutter würde diese andere Familie mehr lieben als uns. Und deswegen müsste er sie schlagen. Wenn er das nicht täte, würde sie uns verlassen, und ich würde sie niemals wiedersehen.«

Isas Blick wanderte an einen Punkt irgendwo im Raum, und Jack ergänzte die Moral von Felipes Geschichte.

»Es war alles ihre Schuld«, sagte er.

Isa nickte, und als Nächstes wich die Traurigkeit in ihren Augen grimmiger Entschlossenheit. »Ich habe mich entschieden. Sagen Sie meinem Vater, dass ich ihn treffen werde.«

»Sind Sie sicher?«, fragte Jack.

»Ja«, antwortete sie. »Und ich werde es zu seinen Bedingungen tun. Nur wir beide. Allein.«

KAPITEL 40

Isa wünschte, Keith wäre zu Hause. Nur, dass Miami gar nicht »zu Hause« war. Sie wünschte, ihre ganze Familie könnte irgendwo anders sein. Nicht zwangsläufig in Hongkong. Nur irgendwo anders als in Miami.

Dinge, die Sie bereute. Davon hatte sie eine lange Liste, angefangen mit ihrer Entscheidung, fürs College in Miami zu bleiben. An einem Mangel an Möglichkeiten hatte es nicht gelegen. Auf der Highschool war sie eine Einser-Schülerin gewesen und hatte die sechste bis zwölfte Klasse in Miamis »International Studies Magnet Program« verbracht. »Magnetschulen« waren in den Siebzigern entstanden und sollten öffentliche Schulen attraktiver machen, indem sie mit speziellen Schwerpunkten vor allem die Kinder ausländischer Mitbürger anzogen wie ein Magnet. So sprach Isa Englisch und Deutsch ebenso gut wie ihre Muttersprache Spanisch. Sie wollte an eine erstklassige Uni in einer großen Stadt. Sie hatte bereits Zusagen von der New York University, der Northwestern und dem Boston College, entschied sich jedoch für warme Winter. Wären ihr Wollpullis und warme Stiefel lieber gewesen als Badeanzüge und Flip-Flops, wäre Gabriel Sosa ihr niemals begegnet. Sie hätte niemals David Kaval getroffen. Sie würde nicht in diesem ganzen Schlamassel stecken.

Allerdings wäre sie dann auch nie nach Zürich geflohen. Sie hätte Keith nie getroffen. Sie hätte Melany nicht bekommen.

»Wo soll's hingehen?«, fragte der Taxifahrer.

»Cy's Place«, antwortete sie ihm. »In Coconut Grove.«

»Alles klar.«

Das war der ausgemachte Treffpunkt für Isas Acht-Uhr-Termin mit ihrem Vater. Jack hatte alles arrangiert. Cy's Place war seine Idee gewesen, aber sie war als Reaktion auf eine konkrete Forderung entstanden. »Er besteht darauf, dass Sie sich an einem öffentlichen Ort treffen«, hatte Jack ihr mitgeteilt, nachdem er einige E-Mails mit ihrem Vater gewechselt hatte.

Was glaubte der alte Narr eigentlich? Dass Isa eine Pistole in ihre Handtasche steckte und ihn wegpustete? Dass sie, solange nicht ein Dutzend Zeugen herumstanden, ein ganzes Magazin in seine Brust entladen würde, Kugel um Kugel aus nächster Nähe in ihn hineinpumpen, seine Rippen und das Brustbein mit einem Dutzend kupferummantelter Geschosse zerfetzen, die Waffe in die Mitte der glitzernden, scharlachroten Blüte warf, die sich auf seinem gestärktem weißen Hemd ausbreitete, sich umdrehte und davonging, während sie sagte: »Stirb, du wertloses Stück Scheiße«?

Nicht, dass sie sich etwas Derartiges nie vorgestellt hatte …

»Ist ein toller Laden«, sagte der Fahrer, als sie aus der Zufahrt des Four Seasons rollten.

»Verzeihung?«, gab Isa zurück.

»Cy's Place. War selbst schon dort. Cooler Laden. Wird Ihnen gefallen.«

Sie schlug die Beine übereinander und legte ihre Handtasche in den Schoß. »Das wird es mit Sicherheit.«

Jack und Manny warteten in Theos Büro. Es hatte keine Fenster, war kaum größer als eine Gefängniszelle und diente gleichzeitig als Lagerraum für unverderbliche Waren, was bedeutete, dass die vom Boden bis zur Decke reichenden Regalwände mit Serviettenkartons, Toilettenpapier und anderen Trockenwaren vollgestopft waren. Jack saß auf einem quietschenden Bürostuhl hinter dem klobigen Metalltisch und Manny zog einen Stuhl auf die andere Seite. Es war beengt, aber die Anwälte hatten versprochen, während des Treffens zwischen Isa und ihrem Vater zwar außer Sichtweite, aber in unmittelbarer Nähe zu bleiben.

»Denken Sie, Isa hat uns die Wahrheit erzählt?«, fragte Manny.

»Worüber?«

»Ihre Vergangenheit mit ihrem Vater – ob er sie sexuell missbraucht hat oder nicht.«

»Das tue ich. Ich glaube, dass sie ernsthaft Angst davor hat, dass er Melany gegen sie aufhetzen könnte, so wie er ihren Verstand mit Lügen über ihre Mutter vergiftet hat.«

»Vielleicht«, erwiderte Manny. »Aber ich denke immer öfter darüber nach, seit diesem Abend im Four Seasons, als Keith mich wegen der ›Missbrauchs-Strategie‹ gefragt hat.«

»Ich erinnere mich«, sagte Jack.

»Es ist schwer, eine bessere Erklärung dafür zu finden, warum Felipe nicht will, dass seine Tochter behauptet, vergewaltigt worden zu sein. Es wäre logisch, dass er befürchtet, dass Isa an irgendeinem Punkt erklären müsste, weshalb sie die Vergewaltigung nicht angezeigt hat. Vorhergehender Missbrauch wäre eine triftige Begründung.«

Jack nahm sich eine Büroklammer und begann, sie zu einer Metalllanze aufzubiegen. »Es muss eine bessere geben.«

»Jetzt kehren Sie zu dem Punkt zurück, an dem ich begonnen habe. Dass sie nicht vergewaltigt wurde.«

»Ich bin mir sicher, dass es bei diesem Treffen darum geht. Seine ›Beweise‹.«

»Beweise?«

»Das hat er Keith und mir in meinem Büro erzählt – dass er ›Beweise‹ habe, dass sie nicht vergewaltigt wurde.«

»Glauben Sie, er hat welche?«

Jack legte die annähernd gerade gebogene Klammer auf den Schreibtisch. »Schwer zu sagen«, antwortete er und nahm sich noch eine Klammer. »Ein beharrlicher Teil von mir sagt, dass es kein völliger Bluff ist.«

KAPITEL 41

Zum ersten Mal seit der Beerdigung ihrer Mutter saß Isa ihrem Vater gegenüber und sah ihm in die Augen.

Die zehn Jahre hatten ihn verändert, wenn auch vielleicht nicht so sehr, wie es auf Isa den Anschein hatte. Das Abbild in ihrem Kopf war das alte Foto, das im Konsulbüro gehangen hatte, als sie in der Mittelstufe gewesen war. Als er auf seine eigene Art gut aussehend gewesen war, deutlich fitter und sogar – zumindest in ihrer Erinnerung – größer. Er trug legere Kleidung: Khakihosen und ein kurzärmeliges, blaues Guayabera.

Kein gestärktes weißes Hemd.

»Wo fangen wir an?«, fragte sie.

Sie saßen allein an einem Zweiertisch. Die kleine Bühne war leer; der Tradition von Onkel Cy und dem alten Overtown Village folgend, begann der Live-Jazz im Cy's Place erst deutlich später. Dennoch begannen die Tische sich zu füllen, eine gemischte Schar gut gekleideter Paare auf dem Weg zum Dinner oder ins Theater sowie die etwas gewöhnlicheren Trinker, die keinen besseren Ort zum Herumhängen hatten.

Ihr Vater beugte sich nur ein bisschen über den Tisch, die Hände mit den Handflächen nach oben auf die Tischplatte gelegt, als habe er nichts zu verbergen. »Das Erste, was du wissen sollst, Isa, ist, dass ich das alles tue, um dir zu helfen.«

»*Du?* Mir helfen? Das wird ein sehr kurzes Treffen, wenn das unser Thema werden soll.«

»Zeig ein wenig Respekt, junge Dame. Wer, glaubst du, hat dich aus dem Gefängnis geholt?«

»Du hattest nichts damit zu tun.«

»Ich habe dem Freund deiner Zellennachbarin zehntausend Dollar gezahlt. Daraufhin hat er alles geregelt. Ich fand, er hat einen ziemlich raffinierten Weg gefunden – so wie er und Foneesha Johnson diesen Wärter auf den Schleudersitz gepackt haben und dich auf dem Beifahrersitz haben mitfahren lassen.«

Isa starrte ihn ungläubig an. »Willst du mir sagen, der Wärter hatte nie vor, mich zu vergewaltigen?«

»Mir wurde gesagt, er habe eindeutig etwas für dich übrig gehabt.«

Foneeshas plumpe Warnung fiel ihr wieder ein: *»Jeder weiß, dass er auf Latina-Mösen steht.«*

»Ob er allerdings auch danach gehandelt hätte oder nicht, ist irrelevant«, sagte Felipe. »Dies wäre ja nicht das erste Mal, dass du falsche Anschuldigungen erhebst.«

Ihre Wut schoss empor, und vermutlich war es eine gute Sache, dass die Waffe in ihrer Tasche und die scharlachrote Blüte auf dem sauberen, weißen Hemd nur eine Fantasie waren. »Wolltest du mich deshalb aus dem Gefängnis haben? Du glaubst, du könntest mich kontrollieren?«

Er zwang sich zu einem kleinen Lächeln. »Nein, *gorda*.«

Fettes Mädchen war der ironische Kosename, den er benutzt hatte, wenn er seiner dürren, kleinen Tochter Geschichten erzählt hatte – jene bösartigen Lügen über Isas Mutter. »Wage es nicht, mich so zu nennen.«

»Ich will nur helfen.«

»Ich will das nicht.«

»Du *brauchst* meine Hilfe.«

»Wie hilft es mir, wenn du dich mit meinem Mann und meinem Anwalt triffst und ihnen erzählst, ich sei nie vergewaltigt worden – dass du Beweise hättest, dass ich nicht vergewaltigt worden bin? Wie hilft es mir, eine Geschichte in der *Tribune* zu platzieren, dass ich nicht vergewaltigt wurde. Ich nehme an, dass du das warst. Habe ich recht?«

Er stritt es nicht ab. »Die Geschichte ist nie erschienen.«

»Weil sie nicht wahr ist. Ich wurde vergewaltigt.«

»Du vergisst immerzu, dass ich Beweise habe, dass du lügst.«

»Was ist dein ›Beweis‹?«

»Alicia Morales.«

Die bloße Erwähnung des Namens traf Isa wie ein Messerstoß. Alicia war ihre beste Freundin auf der Highschool gewesen und die älteste Tochter von Felipe Bornellis Verwaltungsassistentin. Eines Abends, als die Mädchen unter sich gewesen waren, hatte Alicia ihr anvertraut, dass Isas Vater sich ihr angenähert hatte. Isa war sich sicher, dass *»el jefe«* deutlich mehr getan hatte, als sich ihr anzunähern – Isa konnte die wahre Geschichte in Alicias Augen ablesen und sie in ihrer Stimme hören. Isa hatte sich für ihre Freundin stark gemacht und die Sache direkt dem Konsul vorgetragen. Es brachte den Job ihres Vaters in Gefahr – bis er Alicia und ihre Vorwürfe zermalmte. Innerhalb weniger Tage wurde Alicias Mutter ihres Postens im Konsulatsbüro enthoben, und die gesamte Familie Morales musste ihre Koffer packen. Alicia machte nie ihren Highschool-Abschluss und landete zusammen mit ihrer Mutter in einem Drecksjob in einer Textilfabrik in Caracas.

Sie hatten Isa niemals verziehen.

»Ich kann mir das nicht länger anhören«, sagte Isa und stieß sich vom Tisch ab.

»Setz dich *hin*«, stieß ihr Vater zwischen den Zähnen hindurch aus. »Lass mich dir helfen, Isa. Oder ich werde dich vernichten.«

Sie blieb stehen und dachte nach. Jack hatte sie vorbereitet, indem er ihr eingeschärft hatte, ihre Gefühle unter Kontrolle zu halten, nicht aufzuspringen und wütend davonzustapfen, sondern einfach nur zuzuhören, was er zu sagen hatte. *Informationen sind Macht, Isa. Holen Sie sich alles, was Sie kriegen können.*

Sie nahm wieder auf ihrem Stuhl Platz.

»Kluges Mädchen«, sagte er. »Also, ich will, dass du verstehst, weshalb es besser für alle Beteiligten ist, wenn du in diesem Fall niemals aussagst, und dass du niemals irgendwem erzählst, dass Gabriel Sosa dich sexuell angegriffen hätte.«

»Das wirst du mir niemals verständlich machen können.«

Er legte einen versiegelten Umschlag auf den Tisch zwischen ihnen. »Das hier wird es.«

»Was ist das?«

»Das ist für dich, Isa. Das habe ich versucht, Melany zu geben, als sie und ihre Nanny im Kowloon Park waren.«

Zu bestätigen, dass Melany ihn tatsächlich in Hongkong gesehen hatte, war eines der Hauptziele des Treffens, und dennoch schien es geradezu verrückt. »Wenn du wolltest, dass ich das bekomme, weshalb solltest du dann den ganzen Weg nach Hongkong reisen und es meiner Tochter aushändigen?«

»Hättest du die Lieferung akzeptiert, wenn ich es dir mit Fed-Ex geschickt hätte?«

»Nur, wenn ich nicht gewusst hätte, dass es von dir kommt.«

»Und wenn du es unwissend angenommen und dann gesehen hättest, dass es von mir kommt, hättest du gelesen, was ich geschrieben habe?«

Sie gab ihm die ehrliche Antwort: »Nein. Ich hätte es in den Müll geworfen.«

»Doch wenn Melany aus dem Park nach Hause gekommen wäre, mit diesem Umschlag, und dir erzählt hätte, dass ihr Großvater ihn ihr gegeben hat, hättest du ihn dann nicht geöffnet, um nachzuschauen, was sich darin befindet?«

»Vermutlich – aus Sorge um Melanys Sicherheit.«

»Und hättest du es nicht gelesen?«

»Nur, um herauszufinden, was für ein Gift du in den Kopf meiner Tochter zu träufeln versuchst.«

»Ja, natürlich. Es geht hier um deine wertvolle Tochter. Es ist deine Pflicht, sie zu beschützen. Du hättest es gelesen, richtig?«

Sie antwortete nicht sofort, doch als sie es tat, antwortete sie erneut ehrlich. »Vermutlich.«

»Da hast du es«, sagte er, und machte dieselbe Geste wie immer – die des Mannes, der immer recht hat. »Das allein hätte die Reise lohnenswert gemacht. Unglücklicherweise bekam Melany Angst und rannte davon, bevor ich ihr sagen konnte, wer ich bin, und ihr den Umschlag geben konnte.«

Das erschien Isa immer noch ziemlich bizarr, aber Felipe Bornelli war ein bizarres menschliches Wesen. »Was ist drin?«, fragte sie.

»Die Wahrheit«, antwortete er.

»Worüber?«

»Über Gabriel Sosa.«

Isa spürte einen Schauer. Sie schaute zum Umschlag auf dem Tisch, dann zurück zu ihrem Vater.

»Rede mit niemandem darüber«, ermahnte er sie mit leiser, beinahe drohender Stimme. »Aber lies es. Lies es so oft, wie du es tun musst. Lies es sorgfältig, und dann wirst du die Dinge so sehen wie ich.«

KAPITEL 42

Am Samstag um sechzehn Uhr fünfundvierzig landete der Nonstop-Flug von Zürich am Miami International Airport. Keith reiste Business-Class, nicht First. Der Unterschied im Preis war erstaunlich, und Keith fühlte sich aus irgendeinem Grunde dazu veranlasst zu sparen, nachdem er den gesamten Freitag in der Hauptzentrale der IBS damit zugebracht hatte, das schlechteste zweite Quartal der Hongkong-Filiale seit der Asienkrise 1997 zu rechtfertigen.

Gelandet, schrieb er eine SMS an Isa.

Am Donnerstagabend war Keith in Zürich gelandet, bis obenhin mit Daten für seine Meetings angefüllt. Der asiatische Markt bekam noch immer die Nachwehen des Schwarzen Montags zu spüren, als der Shanghai-Aktienindex an einem einzigen Handelstag 8,49 Prozent seines Wertes verloren hatte. Die Industrie in China war zehn Monate lang geschrumpft. Zum ersten Mal in der Geschichte war der Handel an den Märkten von Shanghai und Shenzhen aufgrund der neuen »Circuit Breaker«-Regeln – benannt nach einem Sicherungskasten, der jegliche Stromverbindung kappt, bevor ein Haus großen Schaden nehmen kann – gestoppt worden, um einen ungebremsten freien Fall der Kurse zu verhindern. Das alles war die Wahrheit. Es war auch die Wahrheit, dass Keith siebenundvierzig der letzten sechzig Tage eine Weltreise entfernt von seiner Familie verbracht hatte. Sein Prüfungskomitee hingegen schien nur an einer Sache Interesse gehabt zu haben: Keith hatte eine »bedeutende persönliche Ablenkung« in seinem Leben.

Yay! Liebe dich!, schrieb Isa zurück.

Keith brachte die Zollabfertigung hinter sich, was weitere vierzig Minuten in Anspruch nahm, und marschierte dann mit dem steten Strom der restlichen Passagiere ins Hauptterminal.

Es war derselbe Korridor, durch den er bei ihrer Ankunft aus Hongkong im April gekommen war – an dessen Ende Handschellen auf Isa gewartet hatten. Arbeiten zu gehen und die Nächte allein im Familienapartment in Hongkong zu verbringen hatte auf irgendeine Art die Verhaftung und alles Darauffolgende wie aus einem anderen Leben wirken lassen. Jetzt auf diesen Flughafen zurückzukehren und hier einen Fuß vor den anderen zu setzen, auf demselben schwarzen Terrazzo-Fußboden, ließ alles schmerzhaft detailliert wieder lebendig werden. Es war, als könne er Jack mit seiner Frau und Tochter von der anderen Seite des Sicherheitsschalters aus winken sehen. Er konnte beinahe Rileys Gesicht strahlen sehen, als sie ihre neue Freundin aus Hongkong zum ersten Mal traf. Er konnte ein Paar uniformierte Polizisten vom Miami-Dade-Police-Department am Ende des Korridors warten sehen. *Wirklich* sehen. Sie standen tatsächlich dort.

Was zur Hölle wollen die hier?

Der muskulösere der beiden Officer trat ihm entgegen. »Keith Ingraham?«

Keith blieb stehen. »Ja. Ist etwas nicht in Ordnung?«

»Sie sind verhaftet.«

Der andere Officer legte Keith hinter dem Rücken Handschellen an.

»Das muss ein Witz sein«, stieß Keith aus.

Jack und Andie aßen ihr Dinner im Hillstone's Restaurant in der Miracle Mile, als Jacks Handy vibrierte. KEITH stand im Display geschrieben. Es war ein unausgesprochenes Ehegelöbnis, dass er keine Anrufe von Mandanten annahm, wenn er an einem Samstagabend mit Andie ausging, aber technisch gesehen war Keith kein Mandant.

»Willkommen zurück«, meldete sich Jack.

»Ich wurde verhaftet.«

Jack fiel beinahe das Handy auf sein gebratenes Blauflossen-Thunfischfilet. Keith war auf der Miami-Dade-Polizeistation und gab Jack so viele Informationen, wie er konnte.

»Ich bin unterwegs«, sagte Jack und gab ihm dann noch schnell alle Dinge durch, die er *nicht* sagen oder tun sollte, bevor sein Anwalt eintraf. Sie legten auf, und Jack erzählte Andie die schlechten Neuigkeiten.

»Soll ich mitkommen?«, fragte sie.

»Ich glaube, jemand sollte bei Isa sein.«

Andie sah das ebenso. Sie würde ihr Essen einpacken lassen und ins Four Seasons mitnehmen. Jack gab ihr einen Abschiedskuss, doch sie griff nach seiner Hand, bevor er den Tisch verlassen konnte.

»Was wird Keith vorgeworfen?«, fragte Andie.

»Beihilfe zum Mord.«

KAPITEL 43

Jack rief Sylvia Hunt auf der Fahrt ins Polizeipräsidium an. An jedem anderen Samstagabend hätte er nicht erwartet, dass sie ranging, doch Keiths Verhaftung konnte nicht ohne ihre Beteiligung stattgefunden haben.

»Hallo, Jack. Ich wollte Sie gerade anrufen und sichergehen, dass Sie über die neuesten Entwicklungen informiert sind.«

Zwei Feuerwehrwagen und eine Ambulanz fuhren mit tönenden Sirenen auf der U.S. 1 vorbei. Jack passte die Lautstärke seiner Bluetooth-Verbindung an und legte die Hände wieder aufs Lenkrad. »Das ist unzumutbar«, sagte er. »Es gab keine Veranlassung, dass Sie Keith auf diese Art festnehmen. Sie hätten mich anrufen und informieren können, und er hätte sich Ihnen gestellt.«

»Ich verstehe, was Sie sagen, aber ich versichere Ihnen, dass das keine Show war, um irgendwen zu beeindrucken. Mr. Ingraham fliegt öfter ins Ausland als die meisten Verkehrspiloten. Unsere Befürchtung war, dass er nicht nach Florida zurückkehren würde, wenn wir die Sache in irgendeiner Form ankündigen.«

»Ernsthaft? Sie glauben, dass er fliehen und Frau und Tochter zurücklassen würde?«

»Die Debatte ist sinnlos, Jack. Sehen wir zu, dass wir vorankommen. Ich bin ein vernünftiger Mensch. Die gute Nachricht für Sie ist, dass Kaution gar keine Frage ist. Wir akzeptieren die Freilassung von Mr. Ingraham mit lediglich einem kleinen Zugeständnis: dass er seinen Pass abgibt.«

»Er muss reisen, um seinen Beruf ausüben zu können.«

»Ich kann nicht erlauben, dass er das Miami-Dade County verlässt. Ich schlage daher vor, dass er seinen Pass heute Abend abgibt, damit er die Nacht nicht im Gefängnis verbringt. Dann können Sie am Montag vor den Richter treten und versuchen, ihn zurückzubekommen.«

Jack glaubte nicht, dass er eine große Wahl hatte. »Gut. Dann tun wir das.«

»Und ich werde Ihnen eine Kopie der Anklageschrift schicken.«

»Können Sie sie mir jetzt per E-Mail schicken, bitte?«

»Gar kein Problem«, erwiderte sie. »Ist schon unterwegs.«

Während er weiterfuhr, legte Jack auf und rief sofort Manny an. Manny hatte überhaupt nichts dagegen, Jack die Samstagabend-Schicht alleine übernehmen zu lassen. Es war ohnehin eine unklare Situation. Jack würde heute Abend seinem Freund helfen, aus dem Gefängnis zu kommen, doch in Zukunft war nicht klar, ob Keith einen eigenen Anwalt bräuchte, der nicht im Verteidigungsteam seiner Frau saß. Das war ein Problem, das Jack in seinem nächsten Telefonat ansprach – als er Isa mitteilte, dass er die Polizeistation erreicht hatte, und darauf wartete, dass das MDPD Keith zu ihm brachte. Er dachte noch immer darüber nach, als sich die Tür öffnete und Keith ins Zimmer kam.

»Kannst du diese verfickte Scheiße glauben?«, fragte Keith, während er sich auf den Stuhl am Tisch setzte.

Jack machte ihm mit einer Geste klar, dass er still sein sollte, bis die Polizisten gegangen waren. Als die Tür sich schloss und sie allein waren, beantwortete Jack die ausstehende Frage: »Um ehrlich zu sein, kann ich das.«

Jack erzählte ihm die guten Nachrichten bezüglich der Kaution, konnte aber keine Versprechungen machen, dass der Richter ihm erlauben würde, das Land zu verlassen.

»Wenn sie meinen Pass einbehalten, dann ist dir doch bewusst, dass ich mich nach einem neuen Job umsehen muss?«, entgegnete Keith.

»Darüber ist sich Sylvia Hunt im Klaren. Um ehrlich zu sein, glaube ich, dass sie dich genau deswegen angeklagt hat.«

»Um mich zu ruinieren? Was ist denn das für eine Frau? Eine Psychopathin?«

»Es ist ein strategischer Zug. Isa ist hier naturgemäß das eigentliche Ziel. Familienmitglieder festzusetzen ist ein bewährter Schachzug, wenn man ein Schuldeingeständnis vom Hauptangeklagten erzwingen will. Ich hab das schon Hunderte Male gesehen. Das übliche Szenario verläuft so, dass man sich die Mutter schnappt, die ihrem Sohn Unterschlupf gewährt hat – ihrem ›guten Jungen‹ –, während er auf der Flucht war.«

»Du willst mir sagen, dass die Staatsanwältin *mich* verhaftet hat, damit Isa auf schuldig plädiert?«

»Das hat sie mir so nicht gesagt. Es ist nur mein erster Eindruck. Vermutlich erhält Isa in den nächsten Tagen irgendein Angebot dafür, dass sie sich schuldig bekennt.«

»Moment. Die Staatsanwältin kann sich nicht einfach irgendwelche Anklagen gegen mich aus den Fingern saugen.«

»Sie ist wieder vor die Grand Jury getreten, um einen Haftbefehl für dich zu erwirken, was ihr einen gewissen Schutz gegen den Vorwurf verleiht, dass sie sich das alles bloß ausgedacht hat.«

»Wie kann ich ein Komplize beim Mord an Gabriel Sosa sein? Ich kannte Isa noch nicht einmal, als das geschehen ist. Ich habe nicht einmal in Miami gewohnt.«

»Die genaue Anklage lautet ›Beihilfe nach der Tat‹. Das bedeutet nicht, dass du das Fluchtauto gefahren hast. Der Staat muss drei Dinge nachweisen. Erstens, dass Isa schuldig im Sinne der Anklage ist. Zweitens, dass du wusstest, dass sie schuldig war. Und drittens, dass du in irgendeiner Form Beihilfe dazu geleistet hast, ihre Beteiligung am Verbrechen zu verschleiern oder es den Behörden zu erschweren, sie festzunehmen.«

»Sie können nichts von all diesen Dingen beweisen.«

»Du musst vermutlich tief in deiner Erinnerung wühlen – ganz an den Anfang eurer Beziehung zurückkehren.«

»Hören wir auf, so abstrakt darüber zu sprechen. Zuerst einmal ist sie nicht schuldig. Aber was behauptet die Staatsanwältin denn, was ich getan habe, um sie zu schützen? Mit ihr nach Hongkong ziehen? Das ist doch Schwachsinn.«

»Nein. Ein Ehemann kann nicht wegen Beihilfe angeklagt werden für ein Verbrechen, das seine Frau begangen hat – und andersherum auch nicht. So lautet das Gesetz in Florida. Also muss es sich um etwas handeln, das du getan hast, bevor du Isa geheiratet hast.«

»Da gibt es nichts.«

»Die Anklageschrift sagt, dass es etwas gibt.«

»Und was?«

Jack verengte die Augen und machte deutlich, dass er die Wahrheit hören wollte. »Die Anklageschrift deutet an, dass du David Kaval zwanzigtausend Dollar gezahlt hast, damit er über Isas Beteiligung schweigt.«

Keith erstarrte einen Augenblick und sackte dann auf seinem Stuhl nach hinten, während er nachdachte. »Bevor wir geheiratet haben«, wiederholte er mit hohler Stimme.

»Ja. Kurz vorher. Willst du mir was darüber erzählen?«

»Es ist nicht das, wonach es aussieht«, sagte Keith.

»Ich bin ganz Ohr.«

Keith ließ den Kopf nach hinten fallen und stieß kraftvoll die Luft in Richtung Decke aus. Dann sah er Jack an.

Und erzählte es ihm.

KAPITEL 44

Jack chauffierte Keith ins Four Seasons und fuhr mit ihm hinauf ins Apartment. Melany schlief bereits. Keith litt unter einem Jetlag. Isa war hellwach. Sie umarmte ihn, wie eine Frau ihren Mann umarmt, der aus dem Krieg heimkehrt. »Es tut mir so leid, Liebling. Das ist alles meine Schuld.«

Jack ließ die beiden ein paar Minuten alleine, zu denen noch ein paar Minuten hinzukamen, als Keith den Flur entlangging, um nach Melany zu schauen, trotz Isas Flehen: »Bitte weck sie nicht auf.« Andie saß im Wohnzimmer, musste jedoch los und Rileys Babysitter ablösen, damit der nach Hause konnte. Jack brachte sie runter und setzte sie in ein Taxi nach Key Biscayne. Als Jack ins Apartment zurückkehrte, saß Manny auf der L-förmigen Ledercouch im Wohnzimmer neben Isa und Keith. Isa hatte ihn eine Stunde zuvor angerufen.

»Ich wollte, dass er dabei ist«, erklärte sie.

»Gut. Dann sind wir alle anwesend.«

»Ich will kein Partymuffel sein«, sagte Keith, »aber ich laufe noch auf Züricher Zeit. Für mich ist es gleich vier Uhr morgens.«

»Ich mache dir einen Kaffee«, sagte Isa.

»Kein Koffein mehr«, widersprach Keith. »Ich würde vorschlagen, dass wir uns alle ordentlich ausschlafen und morgen wieder zusammenkommen.«

»Was denkst du, wie ich schlafen soll?«, wollte Isa wissen. »Ich weiß ja nicht mal, was los ist.«

»Ehrlich gesagt, weiß ich das auch nicht«, sagte Jack. »Keith und ich haben auf der Polizeistation gesprochen. Jetzt habe ich drei verschiedene Versionen über die Briefe, die David Kaval aus dem Gefängnis nach Zürich geschickt hat, bevor ihr beide verheiratet wart. Eine Geschichte von ihm, eine von Isa und jetzt eine von Keith.«

»Briefe?«, fragte Isa. »Es gab nur *einen* Brief.«

Keith blinzelte. »Nein, Isa. Es waren zwei.«

»Nein, ich bin mir ganz sicher. Jack, ich habe Ihnen *gesagt*, dass es nur ein Brief war. Ich habe *einen* Brief von ihm bekommen. Das ist die Wahrheit.«

»Ja«, sagte Keith. »Das ist die Wahrheit. Weil ich derjenige war, der an dem Tag am Briefkasten war, als der zweite Brief ankam. Du hast ihn nie gesehen.«

»Keith, was erzählst du denn da?«, fragte sie mit Angst in der Stimme.

»In dem zweiten Brief war eine Bankverbindung angegeben. Ich habe zwanzigtausend Dollar überwiesen, damit Kaval uns in Ruhe lässt.«

Jack hatte Keiths Geschichte bereits gehört, aber die Reaktionen von Isa und Manny unterschieden sich nicht von seiner eigenen: fassungsloses Schweigen.

»Ich verstehe das nicht«, sagte Isa.

Jack sprang ein: »Keith wurde angeklagt, weil er David Kaval mutmaßlich zwanzigtausend Dollar Schweigegeld bezahlt hat. Zusammengefasst lautet die Anklage, dass Keith einen Zeugen bestochen haben soll, damit er Ihre Beteiligung am Mord an Gabriel Sosa nicht aufdeckt.«

»Stand in dem zweiten Brief irgendetwas über Sosa?«, wollte Manny wissen.

»Nein«, antwortete Keith mit Überzeugung. »Wie ich Jack schon erklärt habe: Der Brief kam etwa zwei Monate vor unserer Hochzeit. Isa hatte mir erzählt, dass ein verrückter Ex-Freund eine Heiratsurkunde gefälscht hätte und ihr Ärger machen wollte. Sie hatte gesagt, dass sie bei einem Anwalt gewesen wäre und dass der ihr dazu geraten hätte, die Sache zu ignorieren. Das hörte sich für mich nach einem schlechten Rat an. Dann kam dieser zweite Brief. Wir kriegen nicht viel Post aus einem Hochsicherheitsgefängnis, also wusste ich, dass sie von demselben Kerl stammen musste. Ich habe den Brief geöffnet und gelesen. Spätestens von da an war ich komplett gegen den Rat, den Isa von ihrem Anwalt erhalten hatte, das alles einfach zu ignorieren.«

»Haben Sie mit Isa darüber gesprochen?«, fragte Manny.

»Nein«, antworteten sie beide beinahe gleichzeitig.

»Isa hat eine Hochzeit vorbereitet«, erklärte Keith. »In dieser Hinsicht *war* ich einer Meinung mit ihrem Anwalt: Dieser glückliche Anlass sollte ihr nicht ruiniert werden. Ich beschloss, mich selbst um die Sache zu kümmern. Ich habe mir meinen eigenen Anwalt gesucht, der eine Eheauflösung formulierte und sie Kaval für dessen Unterschrift schickte. Ich zahlte ihm zwanzigtausend Dollar, damit er sie unterschreibt. Ich unterschrieb für Isa und habe alles vor Gericht eingereicht. Problem gelöst.«

»Du hast David Kaval zwanzigtausend Dollar gezahlt und nie ein Wort zu Isa gesagt?«, fragte Jack ungläubig. »Komm schon, Keith. Spar dir den Scheiß.«

»Es stimmt«, sagte Isa. »Er hat es mir nie erzählt.«

»In Ordnung«, sagte Keith. »Es ging nicht nur darum, dass Isa die Hochzeitsvorbereitungen hatte. Es fiel Isa nicht leicht, mir – ihrem Verlobten – von diesem ersten Brief von Kaval zu erzählen. Um das klarzustellen: Gabriel Sosa wurde niemals auch nur erwähnt. Ich habe den Namen nie gehört, bevor Isa am Flughafen verhaftet worden ist. Aber schon lange vorher, mindestens seit jener Nacht, in der Isa mir von dem Brief erzählt hat, schien sie eine Todesangst vor diesem Kaval zu haben.«

»Die hatte ich«, sagte Isa leise.

Keith nahm ihre Hand. »Ich wollte nicht, dass sie wusste, dass ich mich auf einen Deal mit ihm eingelassen hatte. Ich wollte nur das Problem lösen und sie da raushalten. Ich tat, was viele Ehemänner – oder angehende Ehemänner – tun würden. Ich habe mich für sie darum gekümmert.«

Jack dachte über die neuen Enthüllungen nach. Keiths neue und erweiterte Version über den Brief und die zwanzigtausend Dollar. Jacks Co-Anwalt sprach, bevor er es tun konnte.

»Wow, das war großartig«, sagte Manny.

»Wie meinen Sie das?«, fragte Keith.

»Entweder ist das alles die reine Wahrheit, oder Sie beide haben Ihre Berufung verfehlt. Das ist oscarreif – Bester Schauspieler, Beste Schauspielerin, direkt hier, in Ihrem Wohnzimmer.«

»Das ist nicht witzig«, entgegnete Keith.

»Es gibt noch etwas, das nicht witzig ist«, sagte Jack. »Du sagst, dass das Geld, das du Kaval geschickt hast, nichts mit Gabriel Sosa oder den Anschuldigungen gegen Isa zu tun hatte.«

»*Hatte* es auch nicht. Selbst Kaval hat nichts darüber gesagt, als du ihn befragt hast.«

»Vermutlich, weil er neben allem anderen nicht auch noch wegen Erpressung angeklagt werden wollte«, warf Manny ein.

»Konzentrieren wir uns weiter auf dich, Keith«, sagte Jack. »Beinahe seit diese ganze Sache angefangen hat, *wusstest* du, dass Kaval der Hauptzeuge gegen Isa ist. Aber du hast mit keinem Wort deine eigene Verbindung zu ihm erwähnt. Nicht mir gegenüber. Und offensichtlich auch nicht gegenüber Isa. Das ist unentschuldbar.«

»Wie kann das unentschuldbar sein? Scheiße, Jack, wir sind Freunde, aber wenn es um Strafverteidiger geht, bist du ein ziemlich schräger Vogel. Ich dachte, ihr Typen wollt nie *irgendwas* wissen, solange ihr nicht danach fragt.«

Manny meldete sich: »Das ist eine völlig andere Debatte.«

»Eine Debatte, die wir nicht heute Abend führen werden«, bekräftigte Jack.

»Verdammt richtig, das werden wir nicht«, sagte Keith und rieb sich dann mit den Handballen die Augen, als versuche er, sich selbst wieder munter zu machen. »Du hast dich klar und deutlich ausgedrückt, Jack. Ich hätte es dir erzählen sollen. Es tut mir leid. Ich hab's versaut und die Sache für mich behalten. Aber es ging dabei nicht um Gabriel Sosa, und wenn ich diesen Namen heute Abend noch ein weiteres Mal höre, explodiert mir der Schädel. Seit Donnerstagabend bin ich von Hongkong nach Zürich geflogen, habe mir von einem Banker nach dem anderen einen Riesenanschiss angehört, bin heute in ein weiteres Flugzeug gestiegen, nach Miami geflogen und in Haft auf einer Polizeistation gelandet. Ich kann mit Fug und Recht behaupten, dass kein anderer Tag seit Isas Verhaftung so chaotisch oder unschön gewesen ist wie die letzten achtundvierzig Stunden. Können wir die Sache morgen weiter besprechen? Ich muss ins Bett.«

Keith stand auf, Jack jedoch nicht.

»Ich meine es ernst«, sagte Keith. »Ich muss schlafen.«

Jack erhob sich, und die anderem taten es ihm gleich. »Natürlich.«

Isa und Keith brachten die Anwälte zur Tür. Keith schüttelte ihnen die Hände. Isa umarmte Jack. Das war das erste Mal, dass sie das tat.

Sie schien zu erahnen, wohin Jacks Gedanken ihn führten.

Sie wünschten sich eine gute Nacht, und die Anwälte gingen zum Fahrstuhl. Jack drückte auf den Knopf, doch der Fahrstuhl war bereits auf ihrer Etage. Auf der Fahrt nach unten waren sie beide allein.

»Ich bin vermutlich raus«, sagte Jack.

»Raus aus was?«

»Dem Fall«, antwortete Jack. »Keith und ich sind alte Freunde, was die Sache schwierig genug macht. Dass er alles andere als ehrlich zu mir war, was David Kaval betrifft, könnte der Tropfen sein, der das Fass zum Überlaufen bringt.«

»Oh bitte. Als hätten Sie noch nie einen Mandanten vertreten, der Ihnen etwas verheimlicht hat.«

»Es ist etwas anderes, wenn es um einen Freund geht.«

Die Fahrstuhltüren öffneten sich. Jack und Manny betraten die Lobby.

»In Ordnung«, sagte Manny. »Sie können Isa vertreten. Ich vertrete Keith.«

»Meinen Sie das ernst?«, fragte Jack.

»Warum nicht?«, erwiderte Manny, als sie zur Einfahrt gingen. »Klar, Isa ist in dem Fall die ruhmreichere Mandantin. Aber das könnte spaßig werden, Sie und ich. Ich hab kein Problem damit.«

»Das könnte funktionieren, wenn die Mandanten einverstanden sind. Sehr großzügig von Ihnen, Manny. Überraschend großzügig.«

Jack musste auf sein Auto warten, doch Mannys Aston Martin war ganz vorne geparkt, neben dem Bentley Continental GT, dem roten Ferrari 458, dem gelben Lamborghini Gallardo und einem halben Dutzend weiterer Fahrzeuge, die mehr als eine Viertelmillion kosteten, doch Manny blieb stehen und sah zurück zu Jack, bevor er einstieg.

»Schon witzig, Jack. Die Leute sagen immer, mir ginge es nur darum, mein eigenes Ego zu bedienen. Aber das stimmt gar nicht.« Er schenkte Jack ein kleines, kraftvolles Grinsen und stieg hinters Lenkrad. »Im Grunde geht's mir nur ums Geld.«

Der Parkplatzaufseher schloss die Tür für ihn. Der Motor brüllte auf, und Manny raste davon, als jage er die karierte Flagge.

Jack stand immer noch am Kantstein.

»Ist Mr. Espinosa ein Freund von Ihnen?«, fragte der Parkplatzaufseher.

Jack reichte ihm sein Parkticket. »Da bin ich mir nicht ganz sicher.«

KAPITEL 45

Isa wollte das Gespräch fortsetzen. Sie folgte Keith ins Schlafzimmer und überprüfte die trockenen Stellen unter ihren Augen im Schminkspiegel. Keith putzte sich die Zähne am zweiten Waschbecken.

»Ich habe mich mit meinem Vater getroffen.«

Keith ließ die Zahnbürste sinken. »Wann?«

»Donnerstagabend. Jack und Manny haben zugestimmt, dass ich es tun sollte. Ich wollte es dir erzählen, aber du warst die letzten Tage schwerer zu erreichen als gewöhnlich.«

Er spülte seine Bürste aus und stellte sie ins Regal zurück. »Was kam dabei raus?«

Sie erzählte ihm von dem Umschlag – und wie ihr Vater ihr erzählt hatte, dass sich sein Inhalt um Gabriel Sosa drehte. »Er sagte, wenn ich lese, was sich darin befindet, würde ich die Dinge auf seine Art sehen.«

»Was war in dem Umschlag?«

»Ich weiß es nicht. Ich habe ihn noch nicht geöffnet.«

»Ist Jack nicht der Ansicht, dass du es tun solltest?«

»Ich habe ihm nichts davon erzählt.«

»Warum nicht?«

Sie drehte sich vom Badezimmerspiegel weg, und ihr Blick traf seinen. »Ich wollte das zuerst mit dir besprechen.«

»Willst du, dass wir ihn gemeinsam lesen?«

Sie kam einen Schritt näher und nahm seine Hand. »Ja. Zusammen.«

Keith nickte. Sie öffnete den Umschlag und zog einen handgeschriebenen Brief heraus. Er war auf Spanisch. Keith sah zu, als Isa ihn leise las. Schließlich blickte sie ihn an.

»Willst du, dass ich ihn dir übersetze?«, fragte sie und schluckte schwer.

Sie gab ihrem Ehemann eine letzte Chance, nicht alles zu

wissen, und Keith schien dem Augenblick seine Bedeutsamkeit anzumerken.

»Ja«, antwortete er schließlich. »Übersetze ihn.«

Also tat sie es.

Keith lag hellwach in der Dunkelheit. Isa schlief tief und fest auf ihrer Seite vom Bett. Keith hatte in den letzten beiden Tagen wenig geschlafen, doch Isa hatte offensichtlich noch weniger Schlaf gefunden. Sie hatte sich wegen des Briefs von ihrem Vater gemartert – ob sie ihrem Anwalt davon erzählen sollte, ob sie ihn lesen sollte, bevor Keith nach Hause kam, ob sie ihn überhaupt lesen sollte. Sie hatte zugegeben, ihn zweimal wieder aus dem Mülleimer geholt zu haben. In ihrem Kopf gab es keinen Zweifel, dass er voller Lügen sein würde. Ihn gemeinsam zu lesen, mit ihrem Ehemann, würde erlösend für sie sein. Eine Last von ihren Schulten nehmen. Oder umlegen – auf seine.

Ich muss endlich schlafen.

Er war erschöpft, fand jedoch keine Ruhe.

Keith schlüpfte aus dem Bett und ging lautlos durchs Zimmer. Die Tür stand offen, und so kam er bis auf den Flur, ohne Isa zu stören. Er ging weiter in Melanys Zimmer. Noch eine offene Tür. Ihr Winnie-Puuh-Nachtlicht warf einen gelborangfarbenen Schein über den Teppich. Er betrat das Zimmer auf Zehenspitzen. Selbst wenn sie über Nacht ihre Audioprozessoren abgelegt hatte, konnte Melany Bewegungen über den Boden spüren. Keith blieb neben ihrem Bett stehen und beobachtete sie beim Schlafen. Sie sah so friedlich aus. Er beugte sich hinab und küsste ihre Stirn.

»Mein Engel«, flüsterte er.

Er ging langsam zurück und aus dem Zimmer. Melany zu sehen war genau das gewesen, was er gebraucht hatte – die perfekte Erinnerung daran, dass das alles es wert sein würde – dass die Vergangenheit unbedeutend war.

Oder doch nicht?

Keith ging in die Küche, nahm sich ein Glas Milch und stellte sich ans Fenster. Die Stadt war noch erleuchtet, wenn auch nicht so hell wie noch vor wenigen Stunden, als er und Isa sich an den Küchentresen gesetzt hatten, um den Briefumschlag ihres Vaters aufzuschneiden und den Brief so zu lesen, wie sie es sich gewünscht hatte: gemeinsam.

Bis zu dem Brief war Gabriel Sosa nur ein abstrakter Name gewesen. Isas Vater – er dachte noch immer nicht als »Schwiegervater« von ihm – hatte alles geändert. Möglicherweise bestand der Brief aus nichts als Lügen, wie Isa gesagt hatte. Doch Lügen oder nicht, der Effekt auf Keith war derselbe. Gabriel Sosa hatte sich bisher nie als Teil von *ihnen* angefühlt. Der Brief jedoch, stärker noch als die Anklage vor Gericht, hatte ihn in ihre Ehe gebracht. Teilweise aufgrund dessen, was der Brief aussagte. Aber vor allem, weil es Keith bewusst gemacht hatte, dass er Jack angelogen haben könnte. Er hatte Jack geschworen, dass er den Namen Gabriel Sosa nie zuvor gehört hatte, bevor Isa verhaftet worden war.

Doch das hatte er – möglicherweise.

Es war in der Anfangsphase seiner Beziehung zu Isa gewesen, vor Jahren, vielleicht beim vierten oder fünften Mal, dass sie miteinander geschlafen hatten. Sie waren bis in die Früh zusammen ausgegangen und hatten beide zu viel getrunken. Sie hatten sich gegenseitig ausgezogen und waren auf das Bett gefallen. Es war ungeschickter und ungelenker Sex gewesen. Tatsächlich waren sie so betrunken gewesen, dass sie einen Fauxpas weggelacht hatten, der eine andere Beziehung womöglich ruiniert hätte. Heute, all diese Jahre später, wirkte er überhaupt nicht mehr lustig.

Keith konnte nicht sicher sein. Seine Erinnerung war nicht deutlich, und es war so viele Jahre her. Doch bei einer Sache war er sich ganz sicher. Als er sich auf sie gerollt hatte und in sie eingedrungen war, hatte Isa ihn mit dem falschen Namen angesprochen.

Der Name war ihm vor langer Zeit entfallen. Doch der Brief – geschrieben von dem Mann, der den ganzen Weg aus Venezuela angereist war, um Jack und Keith zu sagen, dass er beweisen könne, dass Isa nicht vergewaltigt worden sei – hatte ihm die Erinnerung zurückgebracht. Oder spielte ihm die Vergangenheit einen Streich? Keith glaubte es nicht. Ganz hinten in seinem Kopf, tief in seiner Erinnerung, konnte er Isas Stimme in jener Nacht hören. Er war sich beinahe sicher, dass sie in der atemlosen Hitze der Leidenschaft ihre Lippen an sein Ohr gelegt hatte und einen Namen geflüstert hatte, der für ihn, in jenem Moment, keinerlei Bedeutung gehabt hatte.

»Gabriel.«

KAPITEL 46

Am Montagmorgen rief der Gerichtsdiener zwei Fälle für eine gemeinsame Anhörung auf.

»*Der Staat Florida gegen Keith Ingraham* und *Der Staat Florida gegen Isabelle Bornelli*«, verkündete er, gefolgt von den Aktenzeichen.

Von hoch oben auf seiner Bank begrüßte Richter Gonzalez die Anwälte. Sie erhoben sich an ihren jeweiligen Tischen, um ihre Anwesenheit zu erklären – zuerst die Anklage, dann die Verteidigung. Und damit war es offiziell: Mannys vorgeschlagene Aufteilung hatte sich durchgesetzt.

»Jack Swyteck, für die Angeklagte Isabelle Bornelli.«

»Manuel Espinosa, für den Angeklagten Keith Ingraham.«

Wie geplant hatte sich das Team der Verteidigung am Sonntagmorgen wieder zusammengesetzt, und die Anwälte hatten all die guten Gründe dargelegt, weshalb Mann und Frau getrennte Rechtsbeistände haben sollten. Isa wollte nicht wählen und war erleichtert, dass Jack und Manny im Grunde bereits für sie entschieden hatten. Keith war zufrieden zu wissen, dass er keine weiteren hunderttausend Dollar Vorschuss für einen dritten Anwalt lockermachen musste.

Die Anhörung am Montag stellte das erste Mal dar, dass alle vier am Tisch der Verteidigung saßen.

»Geben Sie mir eine Sekunde«, sagte der Richter, und unter seiner Robe begann eine hektische Selbstdurchsuchung nach seiner Lesebrille. Der Gerichtssaal war still, aber alles andere als leer. Die Medienberichte über den Fall waren den Sommer über abgeklungen, doch die Anklage gegen Keith hatte das Interesse wieder aufflammen lassen. So gut wie jede bedeutende Nachrichtenagentur in Südflorida war auf der Pressetribüne vertreten, und knapp die Hälfte der Sitze für die öffentlichen Zuschauer war besetzt. Jack entdeckte darunter keine der

»Vergewaltigungsopfer haben Rechte!«-Demonstrantinnen, die bei Isas Anklageverlesung noch anwesend gewesen waren, doch das bedeutete nicht, dass sie nicht kommen würden.

Der Richter setzte seine Brille auf, warf einen Blick auf den Notizblock vor sich und räusperte sich. »Wenn ich das richtig verstehe, dann haben die Parteien sich im Falle von Mr. Ingraham darauf geeinigt, den Angeklagten aufgrund einer Sicherheitsleistung freizulassen.«

Sylvia Hunt erhob sich, blieb jedoch am Anklagetisch stehen, neben der leeren Geschworenenbank. »Vorausgesetzt, dass das Gericht weiterhin seinen Pass einbehält«, erklärte sie.

Die Miene des Richters wurde säuerlich. »Das erscheint mir ziemlich extrem, denken Sie nicht, Ms. Hunt?«

»Der Angeklagte wird eines Verbrechens angeklagt, auf das bis zu fünfzehn Jahre Gefängnis stehen. Ich denke nicht, dass es zu viel verlangt ist, darum zu bitten, dass er in Miami-Dade County verbleibt und nicht in ein kommunistisches Land ausreist, aus dem eine Auslieferung praktisch unmöglich wird.«

Die Kommunismus-Karte. Und da wären wir wieder, dachte Jack, aber es war Mannys Job, etwas zu erwidern.

»Euer Ehren, mein Mandant ist ein internationaler Banker, der die Hongkong-Filiale der IBS leitet. Er fliegt dort nicht hin, um der Kommunistischen Partei seine Treue zu schwören. Ich möchte außerdem hinzufügen, dass seine Frau bereits im April ihren Pass abgegeben hat, während sie auf den Prozess wartet, und dass sie zu keiner Zeit versucht hat zu fliehen. Falls das Gericht sich wirklich Sorgen macht, dass Mr. Ingraham nicht für seinen Prozess zurückkehrt, wären wir damit einverstanden, eine Kautionssumme festzulegen.«

»Einverstanden«, sagte der Richter. »Die Kaution beträgt fünfzigtausend Dollar. Mr. Grahams Pass wird ihm auf der Stelle zurückgegeben. Es steht ihm frei, zu seiner Arbeit nach

Hongkong zu reisen, doch er darf das chinesische Festland nicht betreten.«

Keith beugte sich zu Jack und flüsterte: »Damit kann ich leben.«

Manny dankte dem Richter und setzte sich neben seinem Mandanten an den Tisch. Jack erhob sich für den Hauptteil der Show.

»Nächster Punkt«, sagte der Richter. »Ich habe einen Antrag der Anklage vorliegen, diese beiden Fälle für *sämtliche* weiteren Termine zu vereinen, inklusive eines Einzelprozesses, in dem Mann und Frau als gemeinschaftlich Angeklagte auftreten.«

»Das ist richtig«, erklärte die Anklägerin. »Wir sind der Ansicht, dass es sowohl effizient als auch fair gegenüber beiden Angeklagten ist.«

»Wir sind anderer Ansicht«, widersprach Jack. »Euer Ehren, die Anklage versucht, die Meinung der Geschworenen gegenüber Isa Bornelli zu beeinflussen, indem sie ihren Prozess mit der Frage belastet, ob ihr Ehemann eine illegale Zahlung an David Kaval getätigt hat, den Hauptbelastungszeugen gegen meine Mandantin. Das ist unzulässig.«

»Weshalb sollte ein gemeinsames Verfahren unzulässig sein?«, wollte der Richter wissen. »Die Fälle scheinen mir miteinander verwoben.«

»Es ist eine einfache Frage von Gesetz und Logik«, antwortete Manny und stand auf.

Damit riss er die Sache unerwartet an sich, da sich das Verteidigungsteam vor der Anhörung darauf geeinigt hatte, dass Jack die Frage der Zusammenlegung der Prozesse besprechen würde.

»Wer vertritt diesen Antrag der Verteidigung«, fragte der Richter.

»Das werde ich tun, wenn mein Kollege einwilligt«, erklärte Manny. »Wenn irgendjemand Vorbehalte gegenüber einem zusammengelegten Prozess hat, dann ist es mein Mandant, der einer relativ geringen Anklage gegenübersteht und gezwungen wäre, sich vor Gericht an der Seite seiner des Mordes angeklagten Frau verteidigen zu müssen.«

Jack wollte nicht einwilligen, doch er wollte die Seite der Anklage auch nicht wissen lassen, dass ihr offensichtlicher Plan aufging – im Lager der Verteidigung Uneinigkeit zu säen.

Der Richter schluckte Mannys Köder. »Sprechen Sie weiter, Mr. Espinosa.«

Jack kehrte auf seinen Stuhl zurück. Manny knöpfte sein Jackett zu und stolzierte in einer Art und Weise nach vorn, die seine Worte an Jack auf der Zufahrt am Samstagabend Lügen strafte – dass es ihm nur ums Geld ginge, nicht um sein Ego.

»Die Sache ist folgende, Euer Ehren. Mr. Ingraham kann unmöglich Beihilfe nach der Tat beim Mord an Gabriel Sosa geleistet haben, solange seine Frau nicht desselben Mordes schuldig ist. Es wäre daher nur sinnvoll, zunächst ihren Prozess abzuhalten. Wird sie freigesprochen, muss die Anklage wegen ›Beihilfe nach der Tat‹ gegen meinen Mandanten fallengelassen werden. Wird sie verurteilt, kann das Gericht mit einem Prozess wegen Beihilfe weitermachen.«

Der Richter verzog das Gesicht. »Zwei Verhandlungen statt einer? Das ergibt keinen Sinn. Das hier gleicht einem Verschwörungsprozess. Mitverschwörer stehen in unserem Rechtssystem jeden Tag gemeinsam vor Gericht.«

»Aber es ist keine Anklage wegen Verschwörung«, konterte Manny. »Die mutmaßlichen Verschwörer in diesem Fall sind David Kaval und Ms. Bornelli.«

»Dennoch trifft dieselbe Logik zu«, gab der Richter zurück. »Dem Antrag zur Zusammenlegung wird stattgegeben. Mr. Ingraham und Ms. Bornelli werden sich gemeinsam vor Gericht verantworten. Sonst noch etwas?«

Jack stand auf. »Euer Ehren, ich würde in der Sache ebenfalls gerne gehört werden.«

»Ich werde der Verteidigung nicht bei jeder Frage, die aufkommt, erlauben, sich zweimal zu äußern. Die Fälle wurden zusammengelegt. Passen Sie Ihre Strategien entsprechend an. Wir vertagen uns«, verkündete er mit einem Schlag seines Hammers.

Alle erhoben sich auf das Kommando des Gerichtsdieners. Richter Gonzalez stieg von seiner Bank und verließ den Saal durch die Seitentür zu seinen Büros. Jack trat an Manny heran und sprach so leise, dass seine Mandantin ihn nicht hören konnte. »Ziehen Sie nie wieder so eine beschissene Nummer ab.«

»Der Richter hat mir bei der Kaution aus der Hand gefressen. Das war nicht die Zeit, plötzlich auf ein anderes Pferd zu setzen. Also hab ich es riskiert. Sie hätten dasselbe getan.«

Ein voller Gerichtssaal war nicht der Ort, um das zu diskutieren. Sowohl Isa als auch Keith hatten Fragen, doch die Journalisten standen hinter ihnen, direkt auf der anderen Seite des niedrigen Geländers. Jack ermahnte Isa, sich »zurückzuhalten«, bis sie wieder in seinem Büro waren. Er sammelte seine Unterlagen zusammen, doch die Staatsanwältin stoppte ihn, bevor er gehen konnte.

»Mein Büro, Jack?«

»Verzeihung?«

Sylvia lächelte nicht, doch sie war offensichtlich zufrieden mit der Entscheidung des Richters, die Fälle zusammenzulegen. »Kein Ankläger würde dem Opfer eines sexuellen Übergriffs die zusätzliche Tortur eines Mordprozesses zumuten wollen, wenn der Gerechtigkeit auch ohne einen Prozess Genüge getan werden kann. Ich habe ein Angebot für Ihre Mandantin«, erklärte sie. »Und es ist das beste Angebot, das sie kriegen wird.«

KAPITEL 47

Zwanzig Minuten nachdem Manny und die frisch verkündeten »gemeinsam« Angeklagten im Freedom Institute eingetroffen waren, gesellte sich Jack zu ihnen. Sein Gespräch mit Sylvia Hunt war kurz gewesen, ohne die Notwendigkeit, sich ins Büro der Staatsanwältin zurückzuziehen. Jack hatte bereits alle Details, als er das Gerichtsgebäude verließ.

»Es ist kein schlechtes Angebot«, verkündete Jack.

Sie saßen in seinem Büro, auch wenn die Sitzordnung für diese Zusammenkunft ein wenig anders war als bei den vorherigen. Niemand hatte es irgendwie geplant, zumindest nicht offenkundig, doch Mann und Frau saßen schließlich auf gegenüberliegenden Seiten des Tischs. Isa saß neben Jack, Keith neben Manny.

»Falls Isa sich der fahrlässigen Tötung für schuldig bekennt und eine Gefängnisstrafe von zweiundvierzig Monaten akzeptiert, lässt die Staatsanwaltschaft sämtliche Anklagen gegen Keith fallen.«

»Das werde ich nicht tun«, sagte sie. »Auf keinen Fall.«

»Dem stimme ich zu«, sagte Keith. »Diese Staatsanwältin hat einen Fall von Mord auf der Aussage von David Kaval aufgebaut – einem verlogenen Mistkerl. Selbst mit seinen Lügen können sie nicht nachweisen, dass Isa sich am Tatort aufgehalten hat.«

»Sie müssen nicht beweisen, dass Isa dort war«, erwiderte Jack. »Sie müssen beweisen, dass sie es geplant und die Durchführung geleitet hat.«

»Was sie nicht können«, wandte Keith ein. »Das war von Anfang an die Strategie der Staatsanwaltschaft gewesen: Isa viel zu hoch anklagen und dann hoffen, dass sie einknickt und sich für eine mildere Strafe schuldig bekennt.«

»Ich stimme zu, dass das ihre Strategie ist«, sagte Jack. »Dich anzuklagen hat den Druck auf Isa erhöht, einem Deal zuzustimmen. Die Möglichkeit, dass beide, Melanys Mutter *und* Vater, im Gefängnis enden könnten, muss schwer auf einer Mutter lasten. Wir mögen den Spielzug nicht schätzen, müssen das Angebot aber dennoch in Erwägung ziehen.«

»Wenn ich zu zweiundvierzig Monaten verurteilt werde, wie viel davon müsste ich tatsächlich absitzen?«

»Das Gesetz in Florida verlangt, dass Sie wenigstens fünfundachtzig Prozent Ihrer Haftstrafe absitzen. Ein paar Tage weniger als drei Jahre.«

»Das ist zu lang«, erwiderte Isa.

»Wenn Sie bei einem Prozess verurteilt werden, ist die vorgeschriebene Mindeststrafe lebenslänglich. Und in Florida bedeutet lebenslänglich auch lebenslänglich. Es gibt keine Bewährung.«

Im Raum herrschte Schweigen. An diesem Punkt hatte Jack eine weitere reflexhafte »Keine Deals«-Antwort erwartet, doch Isa schien tatsächlich darüber nachzudenken – wenigstens für einen Augenblick. Auch Keith schien seine Gefühle beiseitezuschieben. Nun zählte Pragmatismus.

»Ich kann mir vorstellen, dass jemand an Isas Stelle keine Lust hätte, die Sache einem ungewissen Ausgang zu überlassen«, sagte Keith und wandte sich an die Gruppe. Dann sah er Isa an. »Liebling, ich dränge dich weder in die eine noch die andere Richtung. Aber ich will, dass du weißt, dass ich für dich da bin. Drei Jahre sind …«

»Drei der prägendsten Jahre in Melanys Leben«, gab sie in scharfem Ton zurück. »Im Kindergarten passen wir sie an ein normales Leben an, Keith. Diese nächsten drei Jahre – schon das nächste *Jahr*, wenn wir ehrlich sind – werden bestimmen, wer sie für den Rest ihres Lebens sein wird. Ich kann diese Zeit nicht im Gefängnis verbringen.«

»Ich weiß. Aber …«

»Kein Aber«, widersprach Isa. »Und es geht nicht nur darum, im Gefängnis zu sitzen. Ein Schuldeingeständnis wäre eine Lüge. Wie sollte ich das unserer Tochter jemals erklären?«

Keith verstummte, dann nickte er. »Ich denke, es ist einstimmig«, erklärte er den Anwälten. »Keine Deals. Zumindest keine, die eine Gefängnisstrafe beinhalten.«

Jack sah sich veranlasst, das Offensichtliche anzusprechen. »Wir wissen alle, was geschehen wird, wenn Isa den Deal ausschlägt.«

»Tun wir das?«, fragte Isa.

Manny tat es. »Sylvia Hunt wird Keith ein Angebot unterbreiten.«

»Was für ein Angebot?«, wollte Keith wissen.

Manny ging ans andere Ende des Raums, dichter zu Keith, seinem Mandanten. »Wenn ich raten müsste? Sie wird Ihnen anbieten, die Anklage gegen Sie fallenzulassen, wenn Sie dafür gegen Isa aussagen.«

»Das wird nicht passieren«, sagte Keith.

»Das wird die Anklage nicht davon abhalten, es zu versuchen.«

»Was könnte ich schon sagen, das Isa schadet?«

»Die Staatsanwältin wird besonderes Interesse an allem haben, was Isa Ihnen möglicherweise erzählt hat, das ihr als Schuldeingeständnis ausgelegt werden kann.«

»So etwas gibt es nicht«, sagte Keith.

»Oder irgendein Beweisstück, das sie dir gezeigt haben könnte«, ergänzte Jack.

Keith zögerte gerade lange genug, dass Jack es bemerkte. »Nichts«, sagte Keith.

»Das ergibt für mich alles keinen Sinn«, sagte Isa. »Ich dachte, wir wären uns alle einig, dass ich nicht gegen Keith aussagen kann und Keith nicht gegen mich. Unsere Gespräche als Mann und Frau sind vom Ehestatus geschützt.«

»Das trifft auf Gespräche zu, die nach Ihrer Hochzeit stattfanden«, sagte Manny. »Jedoch nicht auf irgendetwas, das sie vorher miteinander geteilt haben, auch wenn Sie ihre tiefsten, dunkelsten Geheimnisse im engsten Vertrauen geteilt haben.«

»Der Gedanke hinter dieser Regelung ist der, die Eheinstitution zu schützen«, erklärte Jack. »Wenn etwas nicht im Kontext einer gültigen Ehe ausgesprochen wurde, unterliegt es keinem Schutz.«

Keith versuchte, das noch konkreter zu fassen. »Wenn ich also wollte, könnte ich über Dinge aussagen, über die Isa und ich vor unserer Ehe gesprochen haben?«

»Ja«, antwortete Manny.

»Das funktioniert in beide Richtungen«, sagte Jack. »Isa könnte gegen dich aussagen, wenn sie es wollte. Du könntest sie nicht davon abhalten.«

Mann und Frau wechselten einen Blick. »Das würde nie passieren«, sagte Keith.

»Nein«, stimmte Isa zu. »Niemals.«

»Nur, damit das klar ist«, sagte Keith. »Ich werde niemals irgendeinem Deal zustimmen, der meine Frau ins Gefängnis schickt. Ebenso wenig wie sie ein Angebot annehmen würde, das mich ins Gefängnis schickt.«

Jack nickte, doch er hatte das alles schon erlebt – Ehepaare, die sich gegenseitig belasteten, Mütter, die sich gegen ihre eigenen Söhne wendeten. Es war unmöglich vorherzusehen, was für Deals ein Mandant erwägen oder sogar annehmen würde, wenn der Prozess nahte und die Gefahr einer ernsthaften Gefängnisstrafe über einem schwebte.

Und Jack vertraute Manny einfach nicht.

»Ich werde Sylvia sagen, dass es keinen Deal gibt«, sagte Jack. »Ist das eure Entscheidung?«

»Ja«, antwortete Isa.

»Endgültige Entscheidung«, bestätigte Keith.

KAPITEL 48

David Kaval konnte die Freiheit schmecken. Sie wartete auf der anderen Seite der Gefängnistür – der letzte Schritt einer Reise, die vor 3.104 Tagen begonnen hatte.

Achteinhalb verfickte Jahre.

Kavals letzter Tag im Staatsgefängnis hatte um zwei Uhr morgens begonnen, als ein Vollzugsbeamter seine Zelle betreten und ihm gesagt hatte: »Pack deinen Scheiß zusammen.« Kaval hatte schon eine Weile gewusst, dass dieser Tag kommen würde, doch er hatte nicht vorher gepackt. Er hatte niemandem in seinem Trakt von seiner Freilassung erzählt, nicht mal seinem Zellengenossen, seit er davon erfahren hatte. Er war seiner täglichen Routine bis aufs i-Tüpfelchen gefolgt: dieselben Arbeitsstunden, derselbe Trainingsplan, dieselben Hofgänge. Er hatte absolut nichts getan, das irgendwie herausstach – nichts, das den anderen Insassen signalisiert hätte, dass seine Entlassung kurz bevorstand. Kaval war nicht dumm. Es hatte keinen Sinn, die Gefängniswelt davon in Kenntnis zu setzen, dass die Zeit für jeden ablief, der vorhatte, noch eine alte Rechnung mit Häftling Y-37980 zu begleichen.

Wie alles am Leben im Gefängnis war der Entlassungsprozess schmerzhaft langsam. Um drei Uhr morgens hatte er die Sammelzelle mit den anderen Insassen erreicht. Für alle außer Kaval und einen anderen Glückspilz, der sich fühlte, als hätte er in der Lotterie gewonnen, war dies jedoch kein Glückstag. Die meisten wurden lediglich in ein anderes Gefängnis überstellt – eine Routinemaßnahme, wenn Unruhen zwischen den Insassen aufkochten. Um fünf Uhr morgens eskortieren die Wärter die gesamte Truppe in den Speisesaal, wo Kaval seine letzte Gefängnismahlzeit zu sich nahm. Dann ging es in eine andere Sammelzelle. Noch weiter warten, doch er war zu vollgepumpt mit Adrenalin, um sich zu langweilen. Einige der

Wärter, die er über die Jahre kennengelernt hatte, kamen zu ihm und verabschiedeten sich, mit Sprüchen wie: »Kopf hoch, Kaval« und »Komm bloß nicht wieder«. Ein Wärter jedoch blieb auf Abstand. Kaval blickte weiter in seine Richtung, wild entschlossen, ihm wenigstens einmal vor seiner Freilassung fest in die Augen zu schauen.

Das war das Arschloch, das beinahe Kavals vorzeitige Entlassung ruiniert hatte.

Insassen des Florida Staatsgefängnisses können sich einen »Zeitgewinn« verdienen und damit ihre vom Gericht festgelegte Haftstrafe um bis zu fünfzehn Prozent verkürzen. Es ist eine der Methoden, mit denen die Strafvollzugsbehörde von Florida die Insassen zu einem positiven Verhalten und zu ihrer Beteiligung an den Gefängnisprogrammen motiviert. Der Zeitgewinn basiert auf einem Punktesystem: sechzig Tage, wenn man einen Bildungsabschluss macht, noch einmal sechzig Tage, wenn man einen herausragenden Abschluss hinlegt, und so weiter. Kaval hatte sich genug Zeitgewinn erarbeitet, um seine Zehn-Jahres-Strafe um achtzehn Monate zu verkürzen. Eine einzige Beschwerde der Vollzugsbeamten jedoch, wegen Kämpfens oder eines anderen schlechten Benehmens, konnte einen Häftling seinen gesamten Zeitgewinn kosten. Wer konnte schon acht Jahre in einer Zelle sitzen, ohne mal die Nerven zu verlieren? Kaval hatte seine Wut an einem puerto-ricanischen Kinderschänder ausgelassen, der immer weiter »I kissed a girl and got arrested« zur Melodie von Katy Perrys »I kissed a Girl« gesungen hatte – zwei Stunden lang, ohne Unterlass. Kaval hatte seinen beschissenen Schädel ins Urinal geschmettert und teuer dafür bezahlt. Niemand hatte je davon gehört, dass ein Insasse seinen Zeitgewinn zurückerhalten hatte. Doch es gab für alles ein erstes Mal, und Kaval war es gelungen.

Aber nicht ohne Hilfe.

Um sechs Uhr morgens öffnete sich die Tür, und die Insassen, die für eine Verlegung vorgesehen waren, gingen hintereinander hinaus – eine Reihe von Verlierern, jeder mit metallenen Handschellen an den nächsten gekettet. Kaval verspürte keinerlei Kameradschaftsgeist. In diesen Wänden kämpfte jeder Mann für sich allein, und nach diesem Credo hatte er mehr als acht Jahre lang gelebt. Er hatte nicht den geringsten Zweifel daran, dass die meisten dieser Typen – vor allem die Lebenslänglichen – ihm innerhalb einer Sekunde die Kehle aufgeschlitzt hätten, wenn das geholfen hätte, dass sie mit ihm den Platz tauschen könnten.

»Los geht's«, sagte der Wärter.

Kaval schnappte sich sein persönliches Zeug und folgte dem Vollzugsbeamten ins nächste Zimmer, wo er eine Beamtin an seinem Schreibtisch vorfand. Sie stellte ihm eine Reihe von Routinefragen – Name, Alter, Geburtstag, Häftlingsnummer – und trug alles ins Protokoll ein. Der Wärter brachte ihn ins Zimmer nebenan, wo man seine Fingerabdrücke nahm und ein Foto machte. Dann wurde es Zeit für die letzte Leibesvisitation. Etwa einmal im Monat verpasste es irgendein Idiot, seine Schmuggelware vor der Entlassung abzustoßen. Nicht jedoch Kaval.

»Du bist sauber«, sagte er.

Kaval ließ seine Häftlingskleidung auf dem Boden zurück. Der Wärter händigte ihm Zivilkleidung aus, die er schnell anzog. Nicht sehr stilvoll, aber angemessen. Als er angezogen war, brachte ihn der Wärter zurück ins Büro der Beamtin. Sie schob das Schreibtischtelefon zu ihm rüber. Das blinkende Licht verriet, dass ein Anruf in der Warteschleife hing.

»Sylvia Hunt will mit Ihnen sprechen«, erklärte die Beamtin. Sie reichte Kaval das Telefon und holte den Anruf mit einem Knopfdruck aus der Warteschleife.

»Kaval hier«, sagte er.

»Ihnen sind die Bedingungen Ihrer Freilassung klar, oder?«, fragte sie. »Kein Smalltalk.«

»Jawohl, Ma'am.«

»Falls Sie den Staat Florida vor dem Prozess gegen Isa Bornelli verlassen, geht's zurück ins Gefängnis.«

»Kein Problem. Ich werd einfach am Strand liegen.«

»Wenn Ihre Aussage beim Prozess nur um ein Wort von dem abweicht, was Sie der Grand Jury erzählt haben, wandern Sie direkt wieder ins Gefängnis.«

»Verstanden.«

»Und lassen Sie mich das wiederholen: Die einzige Gelegenheit, bei der Sie auch nur in die Nähe von Isabelle Bornelli kommen, ist der Tag, an dem Sie sie im Gerichtssaal sehen. Wenn Sie sich ihr außerhalb des Gerichtssaals auf weniger als fünfhundert Meter nähern, buchten wir Sie ein. Haben Sie das verstanden?«

Er lächelte dünn. »Hab's gehört.«

»Haben Sie es *verstanden?*«

»Klar. Kein Problem.«

»Gut. Machen Sie keinen Ärger.«

Der Anruf endete, und Kaval legte auf. Der Wärter brachte ihn aus dem Büro und wünschte ihm alles Gute. Ein anderer Wärter am Ausgang überprüfte ein letztes Mal, dass sie auch den richtigen Häftling hatten. Dann öffnete sich die Tür. Kaval trat in die Morgensonne und hörte, wie die Tür sich hinter ihm schloss. Er blieb stehen und drehte sich um, warf die Hände in die Luft und schrie aus voller Kehle: »Auf Nimmerwiedersehen, ihr Motherfucker!«

Ein blauer Chevy stand mit laufendem Motor am Kantstein. Kaval ging mit schnellem Schritt den Gehweg entlang, öffnete die Autotür und stieg auf den Beifahrersitz.

»Hey, Baby. Zeit für Sex.«

Ilene Simpson lächelte. »Es gibt ein Motel, zwei Meilen die Straße runter.«

Er lächelte zurück. »Das wird so verfickt großartig.«

Sie langte über die Mittelkonsole und glitt mit der Hand zwischen seine Beine. Kaval war mehr als bereit.

»Du bist so ein böser Junge.«

Das Lächeln fiel ihm vom Gesicht. »Das liebst du doch, Schlampe.«

HERBST

KAPITEL 49

Der Herbst brachte Schmetterlinge. Isa spürte sie in ihrem Magen, denn das Ende des Sommers bedeutete den Beginn der seit Langem erwarteten Verhandlung.

Neunzehn Wochen – von April bis Oktober – waren seit Isas Verhaftung vergangen, was vermutlich mehr als genug Zeit sein sollte, um sich mental und emotional darauf vorzubereiten. Doch es wirkte beinahe surreal, selbst als sie und Keith ihre Plätze an dem Mahagonitisch neben ihren Anwälten einnahmen.

Die Auswahl der Geschworenen hatte den ganzen Montag und den halben Dienstag in Anspruch genommen, während die Anwälte der Anklage und der Verteidigung irgendeine Kombination aus Voodoo-Magie und Küchenpsychologie angewendet hatten, um die perfekte Gruppe von Fremden zusammenzustellen, die entscheiden sollte, ob dieser Mann und diese Frau ihr Leben gemeinsam verbringen sollten, als Eltern, oder getrennt, als Gefängnisinsassen. Richter Gonzalez – derselbe Richter, der Isa die Kaution verweigert hatte – saß der Verhandlung vor. Um drei Uhr Nachmittags war die Vorvernehmung der Geschworenen – bei der man ein letztes Mal nach Ablehnungsgründen suchte – abgeschlossen.

»Wir haben unsere Geschworenen«, verkündete Richter Gonzalez.

Isa musterte sie. Sechs Erwachsene, die noch nie für ein Verbrechen verurteilt worden waren, was alles war, was das Gesetz von Florida in einem Fall ohne Todesstrafe verlangte. Vier Frauen und zwei Männer: eine Grundschullehrerin, ein Hausmeister, eine Krankenschwester, eine Busfahrerin, ein Student der Florida International University und eine selbst ernannte Musikerin. Die Anklage hatte Männer gewollt. Die Verteidigung bevorzugte Frauen. Davon abgesehen: Wer waren die

Leute? Welche persönlichen Erfahrungen würden sie auf die Geschworenenbank mitbringen? Isas restliches Leben und Keiths Zukunft lagen in ihren Händen. Isa war nicht besonders wohl bei der Auswahl, Jack und Manny jedoch hatten zufrieden gewirkt. Allerdings hatte Sylvia Hunt das ebenfalls.

Die Verhandlung wurde für die Mittagspause unterbrochen, und sie kehrten für die Eröffnungsplädoyers in den Gerichtssaal zurück. Keiths Eltern saßen in der vordersten Reihe der öffentlichen Zuschauerränge, direkt hinter ihrem Sohn. Isa hatte keine Familie, die ihr hätte Unterstützung gewähren können. Die Pressetribüne war zum Bersten gefüllt, weit mehr als während der Geschworenenauswahl. Ebenso hatte sich das Publikum im Zuschauerraum beinahe verdoppelt. Es war, als hätten die Pfadfinder ihre Telefonkette gestartet, um ihre Freunde wissen zu lassen, dass es jetzt interessant wurde. Isa hatte das Übelkeit erregende Gefühl, dass dem wirklich so war.

»Ms. Hunt«, sagte Gonzalez, »bitte beginnen Sie.«

Die Anklägerin stand von ihrem Tisch auf und trat in die Mitte der freien Fläche vor der Richterbank, von wo aus die Anwälte so tun konnten, als wären sie ganz allein mit den Geschworenen, wie ein Shakespeare-Darsteller, der einen Monolog hält. Hunt knöpfte ihren Blazer zu, wünschte den Geschworenen einen guten Tag und stieg direkt mit ihrer Kernthese ein.

»Gabriel Sosa hat es nicht verdient zu sterben.«

Sie machte eine scheinbar quälend lange Pause, als wolle sie sichergehen, dass der Punkt auch wirklich angekommen war. Dann trat sie dichter an die Geschworenen heran und sprach weiter.

»Mr. Sosa war zwanzig Jahre alt, als seine blutüberströmte, hemdsfreie Leiche in einem Straßengraben gefunden wurde. Er war zu Tode gefoltert worden.

Die Angeklagte, Isabelle Bornelli, war eine neunzehnjährge Collegestudentin im ersten Jahr. Einen Monat bevor Mr. Sosa ermordet wurde, hatten die beiden ein Rendezvous. Sie lud ihn auf ihr Wohnheimzimmer ein, wo eins von zwei Dingen geschah. Mr. Sosa und Ms. Bornelli hatten einvernehmlichen Sex, oder Mr. Sosa wurde ihr gegenüber sexuell übergriffig.

Während dieser Gerichtsverhandlung werden Sie keinen Polizeibericht zu sehen bekommen, der von einem sexuellen Übergriff erzählt. Ms. Bornelli hat nie einen angezeigt. Doch Sie werden die Aussage eines anderen Mannes hören, mit dem Ms. Bornelli auf dem College zusammen war: David Kaval. Nun, Mr. Kaval ist kein Heiliger. Um ehrlich zu sein, hat er beinahe sein gesamtes erwachsenes Leben in einem Hochsicherheitsgefängnis verbracht. Ms. Bornelli beschloss ihm zu erzählen, dass sie von Mr. Sosa vergewaltigt wurde. Mr. Kaval wird Ihnen erzählen, was danach geschah. Er wird zugeben, welche Rolle er bei der Ermordung von Gabriel Sosa spielte. Und er wird Ihnen erzählen, wie Ms. Bornelli diesen brutalen Rachemord geplant hat, daran teilgenommen hat und die Fäden in der Hand hielt.

Ich ermahne Sie, Mr. Kavals Aussage sorgfältig zuzuhören. Hören Sie *alle* Aussagen in diesem Fall an. Doch was auch immer Sie in den kommenden Tagen in diesem Gerichtssaal hören mögen, erinnern Sie sich an das Erste, was ich Ihnen gesagt habe: Gabriel Sosa hat die Todesstrafe nicht verdient. Isabelle Bornelli hatte kein Recht zu bestimmen, wer lebt und wer stirbt.«

Isa sank innerlich zusammen, als die Staatsanwältin den Geschworenen dankte und zu ihrem Platz zurückkehrte.

»Mr. Swyteck, Ihr Eröffnungsplädoyer?«, sagte der Richter.

Als Jack sich erhob, war Isa die Strategie der gemeinsamen Verteidigung ganz und gar bewusst. Doch nachdem sie die Schwere der Worte der Anklage gespürt hatte und den Eindruck gesehen hatte, den diese auf die Geschworenen hatten, bekam sie Zweifel.

»Die Angeklagte Bornelli stellt ihr Eröffnungsplädoyer bis zum Beginn ihrer Verteidigung zurück«, verkündete Jack und hielt sich an den Plan.

»Meinetwegen«, gab der Richter zurück. »Damen und Herren Geschworene, die Angeklagte Bornelli hat beschlossen, sich ihr Eröffnungsplädoyer aufzusparen, bis der Staat Florida seine Beweise präsentiert hat. Es ist ihr Recht, das zu tun, und sollte irgendeine Verteidigung notwendig sein, wird ihr Rechtsbeistand Ihnen diese zum gegebenen Zeitpunkt vortragen. Mr. Espinosa, Sie dürfen seitens Ihres Angeklagten Mr. Ingraham fortfahren.«

Manny stand auf und trat ans Rednerpult. Hinter Isa gab es einen kurzen Tumult zwischen den Reportern, als diese sich für eine bessere Position verschoben, dann herrschte Ruhe. Manny begann, sein Vortrag war zwar seriös, aber herzlich.

»Ein Rachemord? Wirklich? Wäre die Sachlage so eindeutig, hätten Sie als Geschworene den einfachsten Job der Welt.«

Er trat hinter dem Pult hervor und sprach weiter. »Aber Ihr Job ist nicht so einfach. Sie brauchen Isa Bornelli nicht bloß den Stempel ›Rachemörderin‹ aufdrücken und sie und ihren Mann ins Gefängnis schicken. Ihr Job besteht darin, die Staatsanwaltschaft dazu zu bringen, ihre Vorwürfe gegen Keith Ingraham und Isa Bornelli so eindeutig zu beweisen, dass nicht mal mehr der geringste Zweifel besteht. Und das für beide von ihnen. Es sind Ehemann und Ehefrau, doch die Anklagen, die sie hierhergebracht haben, sind sehr unterschiedlich. Ms. Bornelli ist des Mordes angeklagt; Mr. Ingraham ist der Beihilfe nach der Tat angeklagt. Die Anklage wünscht sich, dass Sie das alles unter dem einen Titel, ›Rachemord‹, zusammenfassen und zu dem Schluss kommen, dass es beides Kriminelle sind. Dass *sie* Kriminelle sind.« Manny schüttelte den Kopf und sagte: »Ms. Hunt hat das falsch verstanden, liebe Leute. Es gibt kein *sie*. Es gibt keine Verschwörung. Es gibt keinen Rachemord.«

Er machte eine Pause, und für den Bruchteil einer Sekunde glaubte Isa, er könnte hinzufügen: »Keine Vergewaltigung.«

»Am deutlichsten von allem ist, dass es nicht den Hauch eines Beweises gibt, dass mein Mandant, Keith Ingraham, irgendetwas Falsches getan hat. Er ist kein Beihelfer nach der Tat. Er ist eine nachträgliche Idee – einer übereifrigen Staatsanwältin.«

Manny kehrte zu seinem Platz zurück. Isa versuchte, nicht zu offensichtlich zu wirken, während sie ihre Einschätzung machte, aber sie nutzte jedes Gramm ihrer Ausbildung und Erfahrung als Psychologin, um die Reaktionen der Geschworenen zu beurteilen. Es war ein stoischer Haufen – oder vielleicht hatten sie sie bereits verurteilt.

Richter Gonzalez unterbrach das Schweigen. »Es ist beinahe fünf Uhr, also kommen wir morgen um neun wieder zusammen. Die Geschworenen werden hiermit an ihren Eid erinnert. Die Sitzung ist vertagt«, erklärte er mit einem Schlag seines Hammers.

Alle erhoben sich, als der Richter den Saal verließ. Isa versuchte, einen Blick von Keith zu erhaschen, doch er hatte den Kopf abgewandt, um seine Eltern zu beschwichtigen, wodurch sie sich nur noch einsamer fühlte. Sie hätte ebenfalls etwas Beruhigung gebrauchen können. All dieses Gerede über begründete Zweifel war nett. Mannys Erwähnung, dass es »keine Beweise« gegen Keith gab, war ergreifend gewesen.

Aber es hätte geholfen, zu hören, wie irgendjemand sagte, dass *sie* unschuldig war.

KAPITEL 50

Jack lief vorneweg, als sie von Richter Gonzalez' Gerichtssaal zum Ausgang des Gerichtsgebäudes gingen. Isa und Keith hielten Händchen und folgten ihm, während Manny die Nachhut bildete. Die Traube von Reportern, die sie umgab, bildete einen träge dahinziehenden Klumpen von Menschen, der sich trichterförmig durch die Drehtür zu den Stufen des Gerichtsgebäudes bewegte. Kamera-Crews standen direkt vor dem Gebäude. Jack wurde auf der Stelle eine ganze Batterie schwarzer Mikrofone ins Gesicht gehalten, was die Karawane ebenso wirkungsvoll zum Stehen brachte wie eine Falle mit scharfen Bambusspießen. Jack hatte eine kurze Erklärung für die Abendnachrichten vorbereitet, und jetzt war es an der Zeit, sie abzugeben.

»Das Opfer in diesem Fall heißt Isa Bornelli. Sie und ihr Mann sind unschuldig, was die Vorwürfe gegen sie betrifft, und wir haben vollstes Vertrauen, dass das Urteil der Geschworenen ›nicht schuldig‹ lauten wird.«

Jack schob sich voran, wobei die Betonung auf *schieben* lag. Die Medien wollten mehr. Ein Reporter nach dem nächsten schoss seine Fragen auf Isa ab – einige davon Routine, andere schlicht widerlich.

»Haben Sie es getan, Isa?«

»Hat Gabriel Sosa Sie vergewaltigt?«

»Hey, Isa, verdient ein Vergewaltiger den Tod?«

Er hatte Isa eingeschärft, in keiner Form zu antworten, und sie folgte dem Plan, während sie sich über die letzten Granitstufen schoben und der Gruppe von Demonstranten näherten, die auf dem Gehweg standen. Jack war überzeugt davon, dass sie es gut meinten, und »Vergewaltigungsopfer haben Rechte!« war ein gern gesehenes Zeichen der Unterstützung, doch er machte sich Sorgen, wie Isa durchhalten würde, wenn dieser

Spießrutenlauf eine allabendliche Prozedur werden würde.

»Du hast nichts Falsches getan, Mädchen!«

»Wir lieben dich, Isa!«

Keith hatte einen Fahrservice organisiert, und das Team stieg der Reihe nach in die Stretch-Limo, die am Kantstein wartete. Jack und Manny setzten sich auf die nach vorn zeigende Bank; Isa und Keith saßen ihnen gegenüber, mit dem Rücken zum Fahrer. Manny zog die Tür zu, und der Fahrer fuhr los.

Isa stieß laut den Atem aus. »Gibt es keinen anderen Weg aus dem Gebäude?«

»Ich fürchte nicht«, sagte Jack.

»Nicht, solange Sie nicht ins Gefängnis müssen«, sagte Manny.

Jack hätte es dabei belassen, dieses Detail auszusparen.

»Was klebt da an Ihrer Computertasche?«, fragte Manny.

»Hm?«, erwiderte Jack. Er sah nach unten und entdeckte einen gelben Post-it, der an seiner Tasche klebte. Es war keine Handschrift, die er wiedererkannte. Er nahm den Zettel ab und las ihn leise.

Sie wird nicht aussagen, stand dort.

»Was steht drauf?«, wollte Isa wissen, offensichtlich hatte sie seinen Gesichtsausdruck gelesen.

»Halten Sie das Auto an!«

Der Fahrer stieg auf die Bremse.

»Jack, was steht da?«, fragte Isa erneut.

Jack sprang aus dem Auto und auf den Gehweg und rannte den halben Block zurück zu den Stufen des Gerichtsgebäudes. Die Reporter und ihre Crews waren gerade dabei, ihre »Live vom Gericht«-Beiträge zu beenden, und die Menge zerstreute sich. Doch Jack wusste, dass jemand erst vor wenigen Augenblicken das Chaos ihres Abgangs genutzt hatte und durch die Menge gegriffen hatte, um ihm den Post-it an die Computertasche zu kleben. Es war ein wilder, von Verzweiflung getriebener Vorstoß seinerseits, doch dies war Jacks einzige Hoffnung, vielleicht einen Blick auf denjenigen zu erhaschen, der das getan hatte.

Er sprintete die Stufen zum Gerichtsgebäude hinauf, schaute nach links und rechts und blieb dann an der Drehtür stehen. Er sah hinaus über die Straße, dann nach oben zur Metrostation. Er konnte nichts Verdächtiges entdecken, aber andererseits wusste er ja auch gar nicht, nach wem oder was er überhaupt suchte. Er holte sein iPhone aus der Tasche und nahm schnell ein Video auf, mit dem er das gesamte Gebiet erfasste. Das war nicht sehr vielversprechend, aber eine Untersuchung des Videos könnte irgendeinen Hinweis offenbaren. Er ließ das Telefon eine Minute aufzeichnen, und rief dann die Staatsanwältin an.

»Sylvia, ich stehe draußen vor dem Gerichtsgebäude«, sagte er und erzählte ihr dann mit knappen Worten, was geschehen war.

»Und was möchten Sie, dass ich dagegen tue?«, fragte sie.

»Ich verstehe diese Nachricht als eine Drohung gegenüber meiner Mandantin.«

»Eine Drohung? Wieso das?«

»Da steht, dass es Konsequenzen haben wird, wenn sie aussagt.«

»Es ist doch eher eine Tatsachenbehauptung: ›Sie wird nicht aussagen.‹ Das heißt, dass Ihre Mandantin die Wahrheit fürchtet und nicht den Mut hat, vor Gericht auszusagen.«

Jack zögerte. Eine solche Lesart war ihm nie in den Sinn gekommen. »Ich halte es für eine Drohung.«

»Ich nicht. Aber falls es eine ist, von wem kommt sie?«

»Das weiß ich nicht. Darum geht es ja gerade. Ich will, dass der Zettel auf Fingerabdrücke untersucht wird.«

»In Ordnung. Bleiben Sie, wo Sie sind. Ich schicke jemandem vom MDPD, der das Beweisstück ordnungsgemäß eingesammelt.«

Er dankte ihr und legte auf.

Sylvia Hunt rief beim Miami-Dade Police Department an, dann stieg sie in ihr Auto und nahm die Mautstraße nach Süden in Richtung Homestead, zur Eden-Park-Fertighaus-Gemeinde.

Eden Park bestand aus gut elf Hektar voll billig hochgezogener Häuser, ein flaches, baumloses Stück Ackerland, das der Bezirk Miami-Dade als Wohnfläche freigegeben hatte, um Behausungen für die Tausende zugewanderten Arbeiter zu bieten, die jeden Winter auf den umliegenden Bohnen- und Tomatenfeldern arbeiteten. Einige Fertighaus-Parks waren wunderschön und hangelten sich mit kaum einem sichtbaren Kratzer von einer Hurrikan-Saison zur nächsten. Eden Park war keiner davon. Was tropische Stürme betraf, benahm sich Eden Park wie der unwissende Schüler in der Mittelstufe, der den ganzen Tag mit einem »Tritt mich«-Schild auf dem Rücken herumläuft. Er trug die Narben jedes einzelnen großen Sturms, der es in den letzten zehn Jahren bis zur Küste geschafft hatte. Überall lagen leere Grundstücke, von denen die zerstörten Häuser längst abtransportiert worden waren. Einige Eigentümer kauften sturmbeschädigte Wohneinheiten günstig auf und richteten sie wieder her, bis sie so gut wie neu waren. Andere kauften sie so, wie sie waren, und konnten sich die notwendigen Reparaturen nicht leisten. Die Fenster blieben vernagelt, das Dach durchgängig mit blauer Plastikplane überspannt – die »provisorischen« Reparaturen, die für immer blieben.

David Kavals Trailer lag am Ende der Schotterstraße, die den Park in zwei Hälften teilte. Sylvia parkte und stieg aus. Es war einer dieser milden Herbstabende, die sich eher wie Sommer anfühlten – ein Gefühl, das durch Heerscharen von Moskitos verstärkt wurde, die es offensichtlich nicht juckte, dass Oktober war. Sylvia entging nicht, dass sie weniger als eine Meile von den Everglades entfernt war und noch dichter an der einsamen Straße, an der vor zehn Jahren Gabriel Sosas Leiche gefunden worden war, *blutüberströmt*, *hemdsfrei*, *in einem Straßengraben*, wie sie es den Geschworenen gesagt hatte.

David Kaval war ebenfalls hemdsfrei, als er auf ihr Klopfen hin an die Tür kam.

»Hey Baby, was gibt's?«, fragte er durch die Fliegengittertür hindurch.

»Verschonen Sie mich mit ihrem ›Baby‹-Mist. Ich muss mit Ihnen sprechen.«

»Lassen Sie uns draußen reden«, erwiderte er, sich zierend. »Hier drin laufen grad ein paar Geschäfte.«

Sylvia konnte nur ahnen, was er wieder ausheckte, doch seine Glaubwürdigkeit bei den Geschworenen hing bereits am seidenen Faden, und ihr Hauptzeuge konnte sich eine zusätzliche Verhaftung wegen Drogenbesitzes auf seinem eindrucksvollen Strafregister nicht auch noch leisten. Sylvia trat von der Tür weg, und Kaval kam heraus.

»Jack Swyteck hat heute nach der Verhandlung eine Notiz erhalten«, begann sie. »Kam sie von Ihnen?«

»Nope.«

»Haben Sie jemanden beauftragt, sie ihm zu geben?«

»Mh-mh. Ich weiß nix von 'ner Notiz.«

Sie beobachtete seine Miene. »Hatten Sie irgendeinen Kontakt mit Isa Bornelli?«

Kaval stieß gespielt empört die Luft aus. »Das Gespräch haben wir jede Woche. Nein, nein und nochmals nein. Ich bin seit dem Tag, als ich aus dem Gefängnis kam, nicht in ihre Nähe gekommen.«

»Wir sind auf der Zielgeraden, David. Es ist nur noch eine

Frage von Tagen, bevor ich Sie in den Zeugenstand hole. Halten Sie sich fern von ihr.«

»Soll mir recht sein.«

Sylvia ging wieder, blieb dann aber noch einmal stehen. »Was es auch wert sein mag – und ich lese hier auch nur in der Kristallkugel –, ich glaube nicht, dass Isa Bornelli in ihrem Prozess aussagen wird.«

»Oh. Ich bin mir *sicher*, dass sie das nicht tun wird.«

Ihre Blicke trafen sich. Sylvia war nicht oft diejenige, die bei einem Blickduell zuerst blinzelte, doch diesmal gab sie nach. Ein dünnes Lächeln kräuselte sich um Kavals Lippen.

»Muss zurück zu meinen Geschäften.«

»Halten Sie sich von Ärger fern«, sagte Sylvia.

»Du auch, Baby«, antwortete er mit kalter, ausdrucksloser Stimme. Dann öffnete er die Tür und verschwand in seinem Trailer.

Das Team der Verteidigung kam wieder in Jacks Büro zusammen. Manny bestellte Essen bei Tropical Chinese und bestand darauf, dass es dort das beste Dim Sum in Miami gab. Jack hatte sein eigenes Lieblingsrestaurant, sparte sich seine Widersprüche jedoch für wichtigere Meinungsverschiedenheiten mit seinem Co-Anwalt auf.

Isa aß nichts.

»Alles in Ordnung?«, fragte Jack.

»Ich weiß nicht, was mich mehr stört: der Notizzettel oder wie Sylvia Hunt darauf reagiert hat.«

Jack hatte die Meinung der Anklägerin mit ihr geteilt, dass »Sie wird nicht aussagen« lediglich bedeutete, dass Isa Angst vor der Wahrheit hatte. Jetzt wünschte er, er hätte das nicht getan.

Er zog einen Stuhl heran und setzte sich ihr gegenüber. »Lassen Sie mich Ihnen eine Frage stellen, und es ist wichtig, dass Sie absolut ehrlich antworten. Hat David Kaval in irgendeiner Art versucht, Kontakt zu ihnen aufzunehmen, seit er aus dem Gefängnis entlassen wurde?«

»Nein.«

»Also war das letzte Mal, dass er es versucht hat, das R-Gespräch aus dem Gefängnis. Ist das richtig?«

»Richtig. Nach allem, was ich weiß.«

»Wie meinen Sie das? Nach allem, was Sie wissen?«

»Sie meint gar nichts«, sagte Keith. »Seit Kavals Entlassung ist Isa quasi eine Gefangene. Wie könnte er sie auch nur irgendwie kontaktieren, ohne dass wir es wüssten? Das ist nicht gesund, Jack. Sie verbringt dreiundzwanzig Stunden am Tag im sechsunddreißigsten Stock des Four Seasons.«

»Woher willst du das wissen, Keith? Du verbringst fünfundzwanzig Tage im Monat in Hongkong.«

»Okay«, sagte Manny und hob die Arme wie ein Ringrichter beim Boxen. »Jetzt atmet jeder mal tief durch.«

»Manny hat recht«, sagte Jack. »Das ist exakt das, was Sylvia Hunt bezweckt hat, als sie Keith angeklagt hat. Sie will, dass wir uns gegenseitig an die Gurgel gehen.«

Keith ging zu seiner Frau und nahm ihre Hand. »Tut mir leid, Liebling. Es war ein höllischer Tag.«

»Ist schon in Ordnung.«

Hannah Goldsmith klopfte an die Tür und trat ein. Jack hatte ihr Angebot angenommen, bei einzelnen Aufgaben einzuspringen. Sie legte einen einseitigen Brief vor ihm auf den Tisch. »Hier ist ein erster Entwurf«, sagte sie.

»Was ist das?«, wollte Isa wissen.

»Das Video, das ich auf den Treppen des Gerichtsgebäudes aufgenommen habe, ist nutzlos«, antwortete Jack. »Aber ich hoffe, dass eines der Nachrichten-Teams jemanden dabei aufgenommen hat, wie er den Post-it an meine Laptoptasche geklebt hat. Ich frage bei allen Sendern nach, ob sie uns das Rohmaterial überlassen, als wir aus dem Gerichtsgebäude kommen.«

»Das ist eine gute Idee«, sagte Manny.

Jack las das Schreiben und nahm nur kleine Änderungen vor. Hannah ging wieder, mit der Anweisung, für Jack zu unterschreiben und das Ganze so schnell wie möglich rauszuschicken.

»Ich glaube nicht, dass es Kaval war«, sagte Keith. »Wenn es überhaupt irgendwie ernst gemeint war, dann denke ich, dass ihr Vater dahintersteckt.«

»Wie kommen Sie darauf?«, fragte sein Anwalt.

»Aus denselben Gründen, über die wir sprechen, seit er durch diese Tür gekommen ist und Jack und mir erzählt hat, dass Isa nicht vergewaltigt worden sei.«

»Isa, haben Sie einen Grund zu der Annahme, dass Ihr Vater in Miami ist?«, wollte Jack wissen.

»Nein.«

»Im Augenblick würde er es nicht wagen, nach Miami zu kommen«, sagte Manny. »Wieso sollte er es riskieren, von uns oder Sylvia Hunt eine Vorladung zu dem Prozess serviert zu bekommen, die ihn zwingt, auszusagen? In Venezuela ist er sicher.«

»Ist das wahr?«, fragte Isa.

»Ja, ist es«, antwortete Jack. »Solange er nicht dumm genug ist, herzukommen und sich von einem Amtszusteller festnageln zu lassen, gibt es keine Möglichkeit, dass er in dem Prozess als Zeuge auftritt.«

»Es sei denn, er tut es freiwillig«, wandte Manny ein. »Aber das wird nicht geschehen. Nicht in einer Million Jahren.«

»Oder zumindest«, sagte Jack und dachte laut nach, »nicht solange Isa verspricht, dass sie nicht aussagt.«

»Wovon reden Sie?«, fragte Isa.

»Vielleicht *ist* die Nachricht von ihm. Vielleicht ist er willens, etwas auszusagen, das Ihnen hilft – jedoch nur, wenn Sie nicht in den Zeugenstand treten und der Welt erzählen, was für ein totales Arschloch er war, als Sie zu Hause angerufen haben und ihm erzählt haben, dass Sie vergewaltigt wurden.«

»Nein«, sagte Isa mit Bestimmtheit. »Auf keinen Fall ist es so, wie Sie das gerade glauben.«

»Wie können Sie da so sicher sein?«

»Sie liegen einfach falsch, Jack. Okay? Sie kennen meinen Vater nicht.«

Jack spürte, dass er sie zu sehr bedrängte. »Oder vielleicht weiß ich einfach immer noch nicht alles, was Sie mit Ihrem Vater besprochen haben, als Sie sich im Cy's Place getroffen haben.«

»Wie oft muss ich mich denn noch dafür entschuldigen, dass ich Ihnen den Brief nicht sofort gezeigt habe? Ich wollte ihn mit Keith zusammen lesen. Das haben wir. Dann haben wir ihn Ihnen gegeben. Was er am Tisch zu mir gesagt hat, und was er in dem Brief geschrieben hat, war beides dieselbe Aussage. ›Das ist *dein* Problem, Isa, ich gehöre nicht zu den Eltern, die unter Eid lügen werden, um ihr Kind zu schützen.‹ Das war sein üblicher Bullshit, der nur ihm selbst helfen soll, und wie üblich haben seine Worte keinerlei Bezug zur Realität und keinen anderen Zweck, als mich zu verletzen.«

Das war eine passende Zusammenfassung dessen, was sein Schreiben aussagte. Doch Jack hatte weiterhin Zweifel, dass der Brief eine komplette Wiedergabe dessen war, was Isa und ihr Vater von Angesicht zu Angesicht besprochen hatten. Es lag einfach in der menschlichen Natur, belastende Aussagen nicht schriftlich zu äußern, und bei all seinen Fehlern, war Felipe Bornelli immer noch ein Mensch.

Jacks Handy klingelte. Er nahm das Gespräch an, ohne das Zimmer zu verlassen. Es dauerte nur eine Minute. Anschließend teilte er den Inhalt mit der Gruppe.

»Das Labor hat nichts gefunden. Die einzigen Fingerabdrücke auf dem Post-it sind meine.«

»Okay«, sagte Keith. »Was tun wir jetzt?«

»Wir machen weiter und konzentrieren uns wieder auf das, was zählt«, sagte Jack. »Der erste Zeuge der Anklage. Morgen früh. Neun Uhr.«

KAPITEL 51

Jacks Tag startete ohne Überraschungen. Er hatte mit einer Wissenschaftsstunde gerechnet, und Sylvia Hunt hatte eine geliefert: Zeuge Nummer eins für die Anklage war Dr. med. Herbert Macklemore, einer von sieben Vollzeitärzten am gerichtsmedizinischen Institut von Miami-Dade, der sich auf forensische Pathologie spezialisiert hatte.

Die Staatsanwältin befragte den Zeugen seit zwanzig Minuten, in denen er seine beeindruckende Vita vorgestellt hatte sowie seine Funktion als leitender Pathologe im Mordfall Sosa. Das Team der Verteidigung saß an seinem zugewiesenen Tisch rechts vom Richter. An der Wand links von ihnen hing eine Projektorleinwand, die den Geschworenen am anderen Ende des Gerichtssaals zugewandt war. Das erste Bild auf der Leinwand war ein Porträtfoto von Gabriel Sosa, das aus seinem Ausweis stammte.

Das Opfer, das zum Leben erweckt wurde.

Jack beobachtete die Reaktion der Geschworenen. Auf sie musste Gabriel – normal wirken. Da war nichts an diesen aufrichtigen braunen Augen, das schrie: »Ich bin ein Vergewaltiger.« Man musste seine Vorstellungskraft nicht sehr anstrengen, um ihn als einen netten, jungen Mann zu sehen, mit dem Isa sich verabredet und den sie auf ihr Zimmer eingeladen hatte. Das war der Mann, von dem man erwartete, dass Isa ihn ihren Eltern vorstellte.

Er war kein David Kaval.

»Nächstes Bild«, sagte die Staatsanwältin.

Die Geschworenen verzogen das Gesicht, und überall im Gerichtssaal hörte man die Leute entsetzt die Luft anhalten. Jack versuchte nicht zu reagieren, doch seine Mandantin war weniger gelassen.

»Was sehen wir hier, Doktor?«, fragte die Staatsanwältin.

Macklemore rückte seine Brille zurecht, wobei er seine langen, dünnen Finger mit der Präzision eines Chirurgen an das Schildpatt-Gestell legte. Er ließ keinerlei Anzeichen von Nervosität erkennen und, was das betraf, so gut wie kein Zeichen von Persönlichkeit. Er erinnerte Jack an seinen Anthropologie-Professor am College.

»Hier haben wir eine klaffende Kopfwunde in der vorderen linken und mittleren Kopfhaut«, erklärte er und benutzte einen Laserpointer, um den Geschworenen zu helfen, seinen Ausführungen zu folgen. »Hinzu kommen eine Komminutivfraktur des Schädelknochens und ein Riss der Hirnhautmembrane, welche den Frontallappen der linken Hirnhälfte offenlegen.«

Zwei der Geschworenen wandten ihre Augen ab.

»Was ist eine Komminutivfraktur?«, wollte die Anklägerin wissen.

»Ein Bruch, bei dem der Knochen zerbrochen, zersplittert oder in eine Reihe von Stückchen zertrümmert wird.«

»Das lässt auf eine ziemliche Gewalteinwirkung schließen, korrekt?«

»In Mr. Sosas Fall ja. Eindeutig.«

»Haben Sie die Wunde vermessen?«

»Die Platzwunde maß fünfzehn Zentimeter von der Mitte des Augenbrauenbogens bis zur Schädelspitze. Der Bruch maß eine Länge von neun Zentimetern und an der tiefsten Eindringstelle drei Zentimeter.«

Sie war groß.

»Doktor, mir ist bewusst, dass ich Sie eventuell darum bitte, das Offensichtliche zu erklären, aber konnten Sie bei Ihrer Autopsie eine Todesursache feststellen?«

»Ja. Schnittwunden und stumpfe Gewalteinwirkung am Schädel.«

»Von mehreren Schlägen?«

»Nein. Ein einziger Schlag mit einem schweren, aber scharfen Gegenstand, etwa einem Fleischerbeil oder einer Machete.«

»Vielen Dank. Lassen Sie uns über die Art des Todes sprechen. Nächstes Dia.«

Auf der Leinwand erschienen zwei Fotos. »Dieses sind links- und rechtsseitige Aufnahmen von Mr. Sosas Oberkörper und seiner Schulter, mit einem besonderen Fokus auf dem Areal, das von der Axilla – der Achselhöhle – zum Schlüsselbein führt.«

»Was sieht man darauf?«, wollte die Staatsanwältin wissen.

»Ein übereinstimmendes Muster von Wunden auf der linken und rechten Seite, inklusive schwerer Abschürfungen und Rissen in der Epidermis.«

»Sie sagen, ein Muster. Was deutet dieses Muster an?«

»Es ist auffällig, dass die Wunden nicht horizontal liegen. Auf beiden Seiten verlaufen die Abschürfungen und Quetschungen vertikal – von unten nach oben – von den Achselhöhlen zu den Schultern.«

»Was sagt Ihnen das, Doktor?«

»Diese Frage wird in Fällen von Strangulation bedeutsam. Verlaufen die Wunden am Hals horizontal, was ein Erdrosseln andeuten würde? Oder bilden sie ein eher vertikales, v-förmiges Muster, was darauf hindeutet, dass das Opfer erhängt wurde? Hier haben wir ein vertikales Muster.«

»Was verrät Ihnen als Forensiker das über die Art des Todes?«

»Nun, wir unterscheiden fünf mögliche Todesarten: natürlich, Unfall, Tötung, Selbsttötung oder unbestimmt. Diese Wunden deuten darauf hin, dass Mr. Sosa irgendwann vor seinem Tod in der Luft hing, entweder an einem Seil oder einer Kette.«

»Möglicherweise von der Stahlkette eines Motorhebekrans, wie man ihn in einer Autowerkstatt findet?«

Jack hätte Einspruch erheben können, doch welchen Zweck

hätte das gehabt? Man war sich einig, dass der Mord an Gabriel Sosa grausam gewesen war. Es ging lediglich um die Frage, ob Isa daran beteiligt gewesen war.

»Möglicherweise«, antwortete Macklemore. »Ich kann behaupten, dass die Wunden zu irgendeiner Art der Folter passen, was wiederum darauf schließen lässt, dass die Todesart Tötung war.«

Weitere Fotos folgten. Schnitte und Blutergüsse auf seinem Rücken deuteten an, dass Sosa ausgepeitscht und geschlagen worden war, entweder mit einem Schlauch oder einem Stromkabel. Die roten Punkte auf seinem Bauch waren Verbrennungen von Zigaretten. Geschwollene und gequetschte Hoden ließen darauf schließen, dass Sosa zum Vergnügen seiner Angreifer als menschlicher Boxsack hatte herhalten müssen.

Im Gerichtssaal war es still, und die Geschworenen hatten mit der Prozessversion von Kriegsermüdung zu kämpfen. Sie brauchten eindeutig eine Pause.

»Nur noch zwei weitere Dias«, sagte die Staatsanwältin und rief das Foto vom Knie des Opfers auf.

»Mehrfache Abschürfungen und Prellungen an der Epidermis«, erklärte Macklemore.

»Aufgeschürfte Knie, wie es im allgemeinen Sprachgebrauch heißt?«

»Ja.«

Und als Letztes das grässliche Bild von Sosas rechter Hand: Ihm fehlten drei Finger.

»So etwas nennen wir Abwehrverletzungen«, erklärte Macklemore. »Die Art von Verletzungen, die jemand erleidet, wenn er beispielsweise einen Messerangriff abwehrt.«

»Um es zusammenzufassen, Doktor: All das zusammengenommen sagt *was* über die Todesart aus?«

Grausam. Entsetzlich. Unvorstellbare Brutalität. Das waren bloß einige der Begriffe, die Jack in den Sinn kamen.

»Mr. Sosa wurde aufgehängt und gefoltert. Zu irgendeinem Zeitpunkt befand er sich auf den Knien«, fügte er hinzu und machte eine Pause, damit die Geschworenen die unausgesprochenen Worte einfügen konnten: *und bettelte um sein Leben.* »Die abgetrennten Finger sind Wunden, die Mr. Sosa sich vermutlich zuzog, als er einen Angriff abwehrte, der mit einem verhängnisvollen Schlag auf den Schädel und einer schweren Gehirnverletzung endete. Kurz gesagt, die Todesart …«

Er unterbrach sich, als Reaktion auf ein lautes Keuchen aus dem Publikum, dem augenblicklich das Echo hallender Schritte auf dem Kachelboden folgte. Jack drehte sich um und sah eine Frau, die den Mittelgang entlangeilte und sich am Ende des Gerichtssaals durch die Doppeltüren zwängte. Die schweren Türen fielen zu, doch nicht einmal sie konnten das Geräusch ihres Schluchzens im Korridor davor dämpfen.

Der Richter hielt seinen Hammer in der Hand, schlug jedoch nicht auf das Brettchen. Er wusste, was geschehen war, so wie jeder andere.

»Gabriels Mutter«, flüsterte Manny Jack zu, nur für den Fall, dass er nicht darauf gekommen war.

Jacks Blick wanderte zu den Geschworenen. Alle sechs von ihnen beobachteten Isas Reaktion. Musterten sie. *Richteten* über sie.

Der Richter sah zur Wanduhr. »Ich denke, wir können alle eine Pause gebrauchen. Lassen Sie uns in fünfzehn Minuten wieder zusammenkommen«, sagte er und ließ seinen Hammer erklingen.

Sylvia Hunt schien zufrieden zu sein, das Foto weiterhin gut sichtbar auf der Leinwand stehen zu lassen. Jack wartete, bis der Richter gegangen war, und tat dann das Einzige, was er tun konnte.

Er ging zum Projektor und schaltete ihn ab.

KAPITEL 52

Das Team der Verteidigung fand einen leeren Konferenzraum am Ende des Korridors. Jack schloss die Tür, und die Anwälte nahmen an dem runden Tisch Platz. Keith und Isa blieben stehen und umarmten einander. Jack ließ ihnen eine Minute, dann gesellten sie sich zu den Anwälten an den Tisch.

»Ich ertrage das nicht mehr«, sagte Isa. »Ich fühle mich einfach so … schuldig.«

Das Wort schien in der Luft zu schweben.

»Schuldig?«, fragte Jack.

»Ja. Monatelang habe ich mich nur auf die Tatsache konzentriert, dass ich nichts mit dem Mord an Gabriel Sosa zu tun habe. Jetzt sehe ich diese Fotos und sehe seine Mutter, die aus dem Gerichtssaal rennt, und ich kann die Vorstellung kaum ertragen, was ihm zugestoßen ist. Ja, er hat mir eine furchtbare, furchtbare Sache angetan. Aber das ist ein so absolutes Grauen, dass ich es niemandem wünsche.«

»Sie meinen also nicht ›schuldig‹ wie in …«

»Nein, *nein*«, gab sie zurück. »Schuldig ist das falsche Wort. Selbstsüchtig vielleicht?«

»Ich verstehe, was Sie sagen wollen«, sagte Manny. »Das ist ein grausames Verbrechen, und die Geschworenen werden jemanden dafür zur Rechenschaft ziehen wollen, egal, ob Sie nun vergewaltigt wurden oder nicht.«

»Sind wir wieder bei dem Thema?«, fragte Isa. »Ob ich vergewaltigt wurde oder nicht?«

»Nein«, antwortete Jack. »Ich denke, was Manny sagen will, ist, dass auch wenn Sosa Sie vergewaltigt hat, Sylvia Hunt in ihrem Eröffnungsplädoyer eine effektive Strategie angeführt hat. Er hat es nicht verdient, zu sterben. Und ganz sicher hat er es nicht verdient, *so* zu sterben.«

»Was tun wir deswegen?«, wollte Keith erfahren.

»Ich habe eine Idee«, sagte Manny. »Auch wenn ich noch zögere, sie jetzt schon anzusprechen, so kurz nachdem wir übers selbstsüchtig Fühlen gesprochen haben.«

»Spucken Sie's einfach aus«, sagte Jack. »Das hier ist eine gemeinschaftliche Verteidigung.«

»Ehrlich gesagt ist genau das der Punkt. Mein Mandant steckt in einem zusammengelegten Prozess fest, was meiner Ansicht nach nicht der sicherste Ort für jemanden ist, der der Beihilfe nach der Tat angeklagt ist. Die Grausamkeit dieses Mordes hat keinerlei Bezug zu irgendetwas von dem, was Keith angeblich getan haben soll. Falls Isa für schuldig befunden wird, werden diese Geschworenen auch Keith für schuldig befinden. Ich bin mir nicht sicher, dass das der Fall bei getrennten Verhandlungen wäre.«

»Das Argument haben wir bereits angeführt und verloren. Richter Gonzalez hat klar und deutlich entschieden, dass es keine getrennten Prozesse geben wird«, sagte Jack.

»Das ist mir klar«, sagte Manny. »Ich erwähne das nur, um darüber nachzudenken. Isa hat den Deal ausgeschlagen, den Sylvia Hunt angeboten hat. Aber es könnte an der Zeit für Keith sein, darüber nachzudenken, seinen eigenen Deal anzubieten. Mit oder ohne Isa.«

»Nein«, erwiderte Keith.

Jack und Isa waren auffallend still.

»Das ist eine schlechte Idee«, sagte Keith und sah zu Jack. »Meinst du nicht?«

Es war immer eine heikle Angelegenheit, in einem zusammengelegten Fall dem Mandanten eines Kollegen juristischen Rat zu geben. Und das wurde besonders kompliziert, wenn die Frage von einem von Jacks ältesten Freunden kam. Für Keith war das Wichtigste überhaupt seine Ehe. Doch wenn Jack Keiths Anwalt gewesen wäre, hätte er ihn daran erinnert, dass er ein Kind hatte, das ihn brauchte, und dass das Wichtigste von allem seine Freiheit war.

»Als Sylvia Hunt das Angebot gemacht hat, sagte sie, dass es das beste Angebot sei, das *Isa* bekommt«, antwortete Jack. »Ich interpretiere das so, dass die Tür für Keith immer noch offen steht.«

Keith wollte etwas sagen, doch sein Anwalt hielt ihn davon ab. »Wir müssen das nicht jetzt sofort entscheiden«, sagte er.

Jacks Handy klingelte. Hannah Goldsmith rief aus dem Freedom Institute an. Sie hatte den ganzen Morgen über das Rohmaterial der Nachrichtensender gesichtet und nach irgendwelchen Hinweisen gesucht, wer aus der Menge heraus den Post-it auf Jacks Computertasche geklebt hatte – die »Sie wird nicht aussagen«-Nachricht.

Jack schaltete auf Lautsprecher. »Was hast du, Hannah?«

»Der Preis geht an die Aufnahmen von *Action News*. Ich hab es mir jetzt ein Dutzend Mal angesehen und Bild für Bild analysiert.«

»Was erkennst du?«

»Kein Gesicht. Keinen Körper. Nur eine Hand, die sich mit dem Post-it ausstreckt.«

»Das ist immerhin etwas«, sagte Jack.

»Yeah, es ist etwas«, sagte Hannah. »Etwas, das du vermutlich nicht erwartet hast: Die Hand gehört einer Frau.«

»Bist du dir sicher?«, fragte Jack.

»Ich würde Geld drauf wetten. Ich kann einen Videoexperten drauf ansetzen, wenn du magst.«

»Ja«, sagte Jack. »Das sollten wir definitiv tun.«

KAPITEL 53

Entspannt. Das war das Wort, das Jack in den Sinn kam, als der zweite Zeuge der Anklage den bekannten Eid ablegte. Vor Gericht auszusagen und sich dem manchmal brutalen Kreuzverhör eines Strafverteidigers zu stellen lag nicht allzu weit oben auf der Liste von Lieblingsbeschäftigungen der meisten Polizisten. Der im Ruhestand befindliche MDPD-Detective Victor Meza schien jedoch die Ausnahme zu sein. Drei Jahre lang hatte er die Ermittlungen der Mordkommission im Fall Gabriel Sosa geleitet. Der Fall galt offiziell als »ungeklärt«, als er seine Marke abgegeben und seine Pension beantragt hatte und nach Naples gezogen war. Er schien zufrieden zu sein, dass der Fall, zumindest aus Sicht des MDPD, endlich gelöst war.

Oder vielleicht war er einfach nur froh, irgendwo anders als auf dem verfluchten Shuffleboard-Feld zu sein.

»Detective Meza, was führte Sie schließlich zur Angeklagten Bornelli?«

Der erste Teil von Mezas Aussage hatte den Fund von Sosas Leiche wiedergegeben, die Spuren, die darauffolgende Ermittlung und eine Reihe von Sackgassen. Dann widmete sich die Staatsanwältin dem Filetstück ihrer Befragung, der Entwicklung knapp einen Monat nach Beginn der Ermittlungen – der Befragung von Isa durch den Detective.

»Wir haben Mr. Sosas Telefonliste untersucht«, erklärte er. »Wir haben jeden befragt, mit dem er gesprochen oder durch Nachrichten in Kontakt gestanden hat, in einem Zeitraum bis zu neunzig Tage vor seinem Tod.«

Die Anrufliste des Opfers war als Beweismittel beim Gericht eingereicht worden, und auf Bitte der Staatsanwältin zeigte Detective Meza auf dem Ausdruck auf zwei Kontaktaufnahmen zwischen Isa und Sosa.

»Wo fand Ihre Befragung von Ms. Bornelli statt?«

»Mein Partner und ich haben Kontakt mit der Campus-Polizei aufgenommen. Wir haben vor dem Hörsaal auf Ms. Bornelli gewartet, die gerade ihre Frühvorlesung hatte. Als sie herauskam, sprachen wir sie an. Sie identifizierte sich als Isabelle Bornelli. Ich fragte, ob sie Gabriel Sosa kenne.«

»Was hat Ms. Bornelli geantwortet?«

»Sie fragte auf der Stelle: ›Ist er tot?‹«

»Das waren ihre ersten Worte? ›Ist er tot?‹«

»Ja.«

»Sie hat nicht gefragt: ›Hat er jemanden umgebracht?‹«

»Nein.«

»Sie hat nicht gefragt: ›Hat er jemanden vergewaltigt?‹«

»Nein.«

»Ms. Bornelli hat Sie gefragt: ›Ist er tot?‹«

»Das ist korrekt.«

Die Staatsanwältin machte eine Pause, um sicherzugehen, dass die Geschworenen die Bedeutung der Aussage auch verstanden. »Was geschah dann?«

»Ms. Bornelli erklärte sich bereit, mit uns zu sprechen, also gingen wir zwei Minuten zum Gebäude der Campus-Polizei, wo wir ungestört sprechen konnten. Dort haben mein Partner und ich sie in einem Konferenzraum befragt.«

Ein zweites Beweisstück wurde hervorgeholt – der Bericht des Detectives von der Befragung. Die Anklägerin nutzte ihn als Bezugspunkt für ihre weiteren Fragen. »Auf Seite zwei Ihres Reports steht: ›Person erklärt, sie sei Opfer einer Vergewaltigung nach einem Date geworden.‹ Haben Sie sie gefragt, ob sie sexuell angegriffen wurde?«

»Nein. Diese Information gab sie mir von sich aus.«

»Nachdem Sie ihr erzählt hatten, dass Mr. Sosa ermordet worden war, richtig?«

»Ja, das ist korrekt.«

Die Staatsanwältin kam auf den Bericht zurück. »In der nächsten Zeile heißt es: ›Person erklärt, sie habe ihrem gelegentlichen Freund David Kaval von der Vergewaltigung erzählt.‹ War das das erste Mal, dass Sie den Namen David Kaval hörten?«

»Ja. Um ehrlich zu sein, hatten wir zu diesem Zeitpunkt keinerlei verfolgbare Spuren mehr. Also war das von großem Interesse für uns.«

»Weshalb?«

»Nun, ich fragte Ms. Bornelli, ob ihr Freund wütend auf Mr. Sosa war, wegen dem, was er ihr angetan hatte, und sie bestätigte, dass er ›sehr wütend‹ gewesen sei. Daraufhin fragte ich, ob ihr Freund irgendetwas getan hatte, was andeutete, dass er plane, sich zu rächen.«

»Und ihre Antwort?«

»Sie sagte Nein. Wie ich in dem Bericht schrieb, sagte sie: ›David war einfach für mich da.‹«

»Was taten Sie als Nächstes?«

Meza rutschte auf dem Zeugenstuhl herum und setzte sich etwas aufrechter hin, als käme er nun zum wirklich interessanten Teil. »Sie müssen verstehen, eine Menge von dem, was ein Detective tut, ist instinktgetrieben – man folgt seinem Bauchgefühl. Ich hatte meinen Verdacht, was diesen Kaval betraf. Also habe ich die ganzen Infos an meinen Partner weitergegeben, der zu dieser Zeit eine Partnerin war. Sie spielte daraufhin den ›Guten Bullen‹. Ich entschuldigte mich und rief in der Zentrale an, um Kaval überprüfen zu lassen. Und mein Instinkt lag richtig. Kaval war nie verurteilt worden, hatte aber eine ziemlich lange Liste von Verhaftungen.«

»Was taten Sie mit dieser Information?«

»Ich behielt sie für mich«, antwortete Meza. »Doch als ich zu der Befragung zurückkehrte – wir wissen alle, wie das läuft –, war ich der ›Böse Bulle‹.« Meza machte Anführungszeichen in der Luft.

»Was bedeutet das, Detective?«

»Ich war … strenger. Sagen wir mal so. Ich sagte zu ihr: ›Hören Sie, Miss, wenn Sie wissen, wer Gabriel Sosa ermordet hat, dann ist jetzt die Zeit, mit uns darüber zu reden, denn wir wollen nicht, dass Sie in etwas hineingeraten, aus dem Sie später vielleicht nicht mehr herauskommen.‹«

»Wie hat sie reagiert?«

»Sie wirkte verängstigt auf mich. Nervös. Doch sie saß einfach bloß da und starrte uns an.«

»Haben Sie weiter auf sie eingeredet?«

»Ja, Ma'am. Ich erzählte ihr von Sosas Verletzungen. Dem Schlag auf seinen Kopf. Die Beweise für die Folter. Ich sagte ihr, dass das die Art von Dingen ist, die man findet, wenn der Angreifer *sehr* wütend war. ›Haben Sie Ihren Freund jemals so wütend erlebt?‹, habe ich sie gefragt.«

Er begann abzuschweifen, und Jack war versucht, Einspruch zu erheben, doch sein Instinkt verriet ihm, dass Meza die Sorte Polizist war, die, wenn man ihm genügend Raum ließ, irgendetwas sagen würde, um sich selbst einen Strick zu drehen. Und das tat er.

»Ich sagte: ›Versuchen Sie bloß nicht, irgendwen zu schützen, Miss. Eine Frau mit Ihrer tollen Figur, die von so einem Kerl vergewaltigt wird, das muss eine schwierige Situation sein.‹«

Jack zeichnete eine Schlinge in seinen Notizblock.

»›Gibt es irgendwen, den Sie schützen wollen? Denn das tun Sie besser nicht‹, sagte ich. ›Sie waren ein Opfer, also will ich, dass es auch so bleibt.‹«

»Hat sie irgendwelche weiteren Informationen preisgegeben?«, fragte Sylvia Hunt.

»Nein«, antwortete Meza. »Sie wollte wissen, ob sie gehen dürfe.«

»Wie sind Sie mit ihr verblieben?«

»Ich sagte ihr, dass ich sie nicht zwingen könne zu bleiben. Doch bevor sie ging, habe ich einen Samen gepflanzt. Ich sagte: ›Ich hoffe, Sie sind absolut aufrichtig zu uns. Denn Mord ist die Art von Verbrechen, die nicht einfach verschwindet. Die Ermittlungen hören niemals auf.‹«

»Vielen Dank, Detective. Das waren alle meine Fragen.«

Die Staatsanwältin trat vom Pult weg und kehrte zu ihrem Platz zurück. Der Richter eröffnete das Kreuzverhör, und Jack erhob sich mit dem Versprechen, dass es kurz bleiben würde. Er baute sich vor dem Zeugen auf, dicht genug, um eine gewisse Kontrolle auszuüben, aber nicht so dicht, dass er einen Einspruch wegen Bedrängung des Zeugen riskierte. Er hatte seine Notizen bei sich, allerdings nur für den dramatischen Effekt, während er so tat, als würde er dem Detective seine eigene Aussage zitieren.

»›Eine Frau mit Ihrer tollen Figur‹«, sagte Jack, laut genug, um den Zeugen zusammenzucken zu lassen. »Das haben Sie zu ihr gesagt?«

»Ja.«

»Sie waren ein fünfzigjähriger Mann?«

»Zweiundfünfzig.«

»Was sind Sie? Einsneunzig, etwa hundertzehn Kilo?«

»Ungefähr.«

»Sie sind Police Officer?«

»Ich war es.«

»Sie sprachen mit einer neunzehnjährigen Collegestudentin, die Ihnen erzählt hat, dass sie Opfer eines sexuellen Übergriffs geworden ist?«

»Das hat sie mir erzählt.«

»Und Sie wussten, dass, aus welchem Grund auch immer – vielleicht aus Furcht, vielleicht aus Scham, vielleicht, weil sie so traumatisiert war –, sie entschieden hatte, ihre Vergewaltigung nicht bei der Polizei anzuzeigen. Das wussten Sie, oder?«

»Ich wusste, dass sie kein Verbrechen bei der Polizei gemeldet hatte.«

»Und doch waren Sie völlig überrascht, dass sie sich Ihnen nicht sofort vollständig geöffnet und Ihnen alles erzählt hat, hm? Sie haben ›Den Bösen Bullen‹ gespielt und es der Teenagerin mit der ›tollen Figur‹ so richtig gemütlich gemacht – aber *sie* war diejenige, die etwas zu verbergen hatte. Es war *ihre* Schuld.«

»Einspruch«, meldete sich Sylvia Hunt.

»Stattgegeben.«

Jack hatte kein Problem damit. Soweit er die Geschworenen einschätzen konnte, hatten sie seinen Punkt zur Kenntnis genommen.

»Eine letzte Frage«, sagte er und schaute erneut in seine Notizen. »Detective Meza, Sie erwähnten, dass Mord die Art von Verbrechen ist, die nicht einfach verschwindet. Dass die Ermittlungen niemals aufhören.«

»Ja. Das sagte ich. Und davon bin ich überzeugt.«

»Was ist mit Vergewaltigung? Ist das die Art von Verbrechen, die nicht einfach verschwindet?«

Der Detective rutschte unbequem herum. »Ich weiß nicht, was ich darauf antworten soll.«

»Das habe ich auch nicht erwartet. Keine weiteren Fragen, Euer Ehren.«

Jack kehrte zu seinem Platz zurück. Manny erhob sich, womit er Jack überraschte, und trat nach vorne ans Pult. »Ich habe nur eine winzige Anschlussfrage im Interesse des Angeklagten Ingraham«, kündigte Manny an.

Der Richter wirkte nicht allzu glücklich über das erneute Zweierpaket, und Jack konnte sich nicht vorstellen, welche Frage Manny für diesen Zeugen haben könnte.

»Fassen Sie sich kurz«, sagte der Richter.

»Detective Meza, Sie sagten ja eben, dass in einem Mordfall

die Ermittlungen niemals enden. Wäre es angemessen zu sagen, dass in diesem Fall die Ermittlungen bezüglich der Vergewaltigung von Isa Bornelli nie auch nur *begonnen* haben?«

»Einspruch«, sagte die Staatsanwältin.

»Ich formuliere die Frage um«, erwiderte Manny. »Hat das MDPD jemals eine Ermittlung der Vergewaltigung von Isabelle Bornelli eingeleitet?«

»Dafür gab es keinen Grund. Ihr Angreifer war tot.«

»Sie waren Mordermittler, richtig?«

»Ich denke, das haben wir zur Genüge belegt.«

»Hat das MDPD jemals einen Ermittler, der auf Sexualdelikte spezialisiert ist, Ms. Bornelli befragen lassen?«

Der Zeuge machte eine Pause und machte zumindest den Eindruck, darüber nachzudenken. »Nein.«

»Richtig oder falsch, Detective Meza: Das MDPD hat nie einen Sexualdelikt-Ermittler eingeschaltet, weil Sie gar nicht glaubten, dass Ms. Bornelli vergewaltigt worden war.«

Manny hielt inne, als wappne er sich für den Einspruch der Anklage. Jack hätte mit einem gerechnet – hoffte sogar darauf, wenn er ehrlich war. Er wünschte, er hätte im Namen seiner Mandantin selbst Einspruch erheben können, doch das war ihm nicht möglich.

Die Staatsanwältin ließ die Frage durchgehen.

Meza schien mit sich zu ringen, was er antworten sollte, bevor er sich aus der Affäre zog. »Ich kann mich nicht erinnern.«

»Dabei können wir es belassen«, sagte Manny. »Ich bin fertig.«

Jack sagte nichts, als Manny zu seinem Stuhl zurückkehrte, denn er wusste, dass die Geschworenen und die Presse ihn beobachteten. Aber er war wütend.

Um Mezas Worte zu benutzen: Jack war *sehr wütend.*

KAPITEL 54

»Was zur Hölle haben Sie gerade in diesem Gerichtssaal getrieben, Manny?«

Der Prozess war für den Tag beendet, doch Jack hatte das gesamte Team in den offenen Konferenzraum am Ende des Korridors gezerrt. Was er Manny zu sagen hatte, konnte nicht warten, bis sie zur Nachbesprechung im Büro waren.

»Ich habe lediglich die Spur aufgenommen, die Sie ausgelegt haben«, sagte er.

»Einen Scheiß haben Sie«, erwiderte Jack. Er war auf den Beinen und lief herum, während er versuchte, sich abzuregen. Manny stand ebenfalls. Ihre Mandanten saßen am Tisch.

»Nach der Aussage von Dr. Macklemore«, erklärte Jack, »hätte ich es nicht für möglich gehalten, dass die Geschworenen diese Bilder von Gabriel Sosa noch mal vergessen. Ich habe Detective Mezas eigene Worte gegen ihn verwendet und sie daran erinnert, dass Isa ebenfalls ein Opfer ist. Und innerhalb von zehn Sekunden löschen Sie jegliches Mitgefühl der Geschworenen ihr gegenüber wieder aus: Sie haben aus ihr eine Lügnerin gemacht, die mit falschen Anschuldigungen um sich wirft.«

»Das ist nicht der Fehler, für den Sie es halten«, wandte Manny ein.

»Es ist nicht die Strategie, auf die wir uns geeinigt haben! Wir haben die ›keine Vergewaltigung bedeutet kein Motiv; kein Motiv bedeutet keine Verurteilung‹-Sache fallen gelassen. Und Sie bringen sie trotzdem wieder in den Fall.«

»Die beiden Herangehensweisen schließen einander nicht aus.«

Jack blieb stehen und sah ihn ungläubig an. »Wie können sie sich gegenseitig *nicht* ausschließen? Isa kann nicht gleichzeitig Opfer *und* Lügnerin mit Falschanschuldigungen sein.«

»Der Ansatz mit dem Opfer funktioniert, wenn er von Ihnen kommt, Jack, als Vertretung für Isa. Aber ›keine Vergewaltigung, kein Motiv‹ funktioniert ebenfalls – solange es von mir kommt, als Vertretung von Keith.«

»Ich kann dem überhaupt nicht folgen«, wandte Isa ein.

Manny setzte sich auf den Stuhl neben ihr und sprach sie direkt an. »Es läuft alles auf begründeten Zweifel hinaus. Wenn wir Zweifel in den Köpfen der Geschworenen säen können, gewinnt die Verteidigung. Wenn ich diese Theorie als Teil von Keiths Verteidigung etabliere, dann wird das kein Teil Ihrer eigenen Verteidigung. Aber Sie haben immer noch Ihren Nutzen davon. Am Ende dieses Prozesses gibt es keine Chance, dass die Geschworenen *jenseits aller berechtigten Zweifel* wissen können, ob Sie ein Opfer waren oder kein Opfer. Ob Sosa ein Vergewaltiger war oder kein Vergewaltiger. Ob Sie ein Motiv hatten, ihm etwas anzutun, oder überhaupt kein Motiv. Es ist wie ein Puzzle. Wenn die Teile nicht zusammenpassen, müssen die Geschworenen Sie freisprechen.«

Jack beobachtete aufmerksam Isas Reaktion. Es war offensichtlich, dass ihr Herz bei dieser Strategie nicht mit an Bord war. Jack hätte nicht unterschiedlicherer Auffassung als Manny sein können, und auch auf das Risiko hin, dass die Sache endgültig eskalierte, war dies der Moment, das klar auf den Tisch zu packen.

»Isa hat David Kaval erzählt, dass sie vergewaltigt worden ist«, sagte Jack, »und Kaval hat den Schläger angeheuert, der Gabriel Sosa umgebracht hat. Wenn Isa nicht vergewaltigt wurde, spricht sie das von gar nichts frei. Solange David Kaval *glaubte*, was sie ihm erzählt hat, und wenn Isa die ganze Zeit während der Entführung und Ermordung an ihrer Lüge festgehalten hat, wandert Isa für den Rest ihres Lebens ins Gefängnis. Ehrlich gesagt, wenn Sylvia Hunt clever ist, wird sie Ihr ›keine Vergewaltigung‹-Argument gegen uns verwenden und die Geschworenen davon überzeugen, dass es Isas *Lügen* waren – nicht der sexuelle Übergriff auf sie –, die Gabriel Sosa das Leben gekostet haben. Welche günstigere Gelegenheit könnte die Anklage bekommen, um die Geschworenen dazu zu bringen, Isa zu hassen, keinerlei Mitgefühl mit ihr als Opfer zu haben und sie zu verurteilen? Wenn das geschieht, haben weder Isa noch Keith auch nur den Hauch einer Chance auf einen Freispruch.«

Im Raum herrschte Schweigen. Jack konnte sehen, dass Manny ihm widersprechen wollte, es aber nicht konnte. Jack hatte den Nagel auf den Kopf getroffen.

»Ich bin vergewaltigt worden«, sagte Isa, die Stimme bebend vor Zorn. »Manny, wenn Sie im Gerichtssaal noch ein einziges Wort von sich geben, das diese Tatsache anzweifelt, wird Keith Sie feuern. Jack kann uns beide verteidigen. Richtig, Keith?«

Er antwortete nicht.

»Keith, richtig, oder?«

Jack erhaschte einen Blick auf Keith und musste noch einmal hinschauen. Plötzlich überkam ihn das Gefühl, wenn auch nur für den Bruchteil einer Sekunde, dass Manny die Sache mit seinem Mandanten abgesprochen hatte – die Wiederauferstehung der »keine Vergewaltigung«-Strategie –, bevor er Jack und Isa damit überrascht hatte. Jack kannte seinen alten Freund, und er hatte ein unzweifelhaftes Aufblitzen von Reue in seinen Augen gesehen.

»Das ist vollkommen richtig«, sagte Keith mit tonloser Stimme.

KAPITEL 55

Sylvia Hunt verließ das Gerichtsgebäude mit erhobenem Haupt. Es war ein guter Prozesstag gewesen. Sie hatte den Pressevertretern auf den Stufen vor dem Gebäude nichts zu sagen. Sie ging weiter, und sie verfolgten sie auch nicht – vermutlich warteten sie auf den Star der Show: Isabelle Bornelli. Sie passierte die Gruppe von Demonstranten auf dem Gehweg. Heute waren es weniger, stellte sie fest, aber es war der laute Kern der Gruppe.

»Vergewaltigungsopfer haben Rechte!«

Glaubten die wirklich, dass Sylvia das anders sah? Sie vermutete, dass ihre Zahl weiter schwinden würde, während der Prozess voranschritt. Ja, die Dinge liefen gut für die Anklage. Doch das Beste stand ja noch bevor.

Sylvia ging zum Graham Building und fuhr hinauf in ihr Büro. Die Hilfsanwälte waren bereits nach Hause gegangen, also war sie allein, während sie ihre letzten Änderungen an den Beweisen und Dias für den nächsten Prozesstag machte. Bis neunzehn Uhr arbeitete sie an ihrem Schreibtisch und holte sich auf dem Weg nach Hause im Schnellimbiss etwas zu essen. David Kavals Aussage vor der Grand Jury leistete ihr beim Abendessen Gesellschaft. Sie sah sie ein letztes Mal durch, während sie ihren kalten Thai-Hühnchen-Salat aß.

Eine Freundin rief an. Ob sie Lust habe, eine kurze Pause von der Prozessvorbereitung zu machen und gemeinsam einen Kaffee trinken zu gehen?

»Nein, ich habe ein Treffen.«

»Du bist eine berühmte Staatsanwältin. Verschieb es eine halbe Stunde nach hinten. Du musst mal rauskommen, Sylvia. Wird deiner geistigen Gesundheit guttun.«

Um Punkt halb neun klopfte es an ihrer Tür. Das Treffen war mit Manny Espinosa. Offensichtlich arbeiteten nicht alle Latinos nach kubanischer Zeit.

»Ich muss auflegen«, sagte sie zu ihrer Freundin und beendete das Gespräch.

Sylvia bat Manny herein, und sie setzten sich ins Wohnzimmer. Sie hätte es vorgezogen, das Gespräch in ihrem Büro zu führen, doch sie hatte vergessen zu beantragen, dass die Klimaanlage heute auch nach den Geschäftszeiten aktiviert blieb, was bedeutete, dass die Temperatur dort irgendwo zwischen gegrillter Hähnchenbrust und langsam geschmorten Rippchen lag. Es war auch egal. In dem Augenblick, in dem sie Manny erzählt hatte, dass sie ein Angebot für seinen Mandanten hätte, war sie den Eindruck nicht mehr losgeworden, dass er auch zum Mars oder zur Venus geflogen wäre, wenn sie das Treffen dort angesetzt hätte.

»Sie haben also ein Angebot?«, fragte Manny.

Sylvia breitete ihre Notizen auf dem Couchtisch aus. »Die Anklage wegen Beihilfe nach der Tat wird zu Begünstigung einer Straftat abgemildert. Ein Vergehen. Seine Strafe wird auf eine Geldbuße in Höhe von eintausend Dollar festgesetzt. Keine Haft.«

Vergehen war das Zauberwort. Keine Zeit im Gefängnis war nur die Kerze auf dem Kuchen. Mannys Interesse war unübersehbar.

»Was wollen Sie von meinem Mandanten?«

»Eine wahrheitsgemäße Aussage.«

Manny schüttelte den Kopf. »Seine Gespräche mit seiner Frau werden vom Ehestatus geschützt. Selbst wenn er aussagen wollte, könnte Isa es ihm untersagen.«

»Ihre Gespräche vor der Eheschließung sind nicht geschützt.«

»Das habe ich ihm ebenfalls erklärt. Dort gibt es nichts.«

Sylvia beugte sich mit sehr ernster Miene vor. »Überbringen Sie ihm mein Angebot. Vielleicht ergibt sich ja was.«

Keith nahm Mannys Anruf auf der Terrasse entgegen. Isa war in Melanys Schlafzimmer und las ihr vor. Keith war allein, stützte sich aufs Geländer und sah hinaus auf die Lichter der Stadt, während sein Anwalt das Angebot erläuterte.

»Das kommt nicht infrage, Manny. Ich werde niemals gegen Isa aussagen.«

Manny erklärte ein weiteres Mal, wie unbedeutend eine Verurteilung wegen eines Vergehens war – und wie verheerend eine Verurteilung wegen einer Straftat sich auf Keiths Karriere auswirken könnte, selbst wenn er nicht ins Gefängnis musste.

»Die Tat hat nichts mit dem Bankwesen oder dessen Sicherheitsrisiken zu tun«, erwiderte Keith. »Ich habe das bereits mit den Anwälten der IBS besprochen. Es gibt keine automatische Sperre der Börsenaufsichtsbehörde oder irgendeiner anderen Agentur, die mich davon abhält, meine Geschäfte wie gewohnt fortzuführen.«

»Keith, Sie sind nicht die Citibank. Sie sind nicht so groß, dass Sie nicht scheitern können. Vielleicht ist es der Börsenaufsichtsbehörde egal. Aber glauben Sie wirklich, dass die IBS einen verurteilten Straftäter ihre Filiale in Hongkong leiten lassen wird? Sie werden Sie absägen.«

»Nicht, wenn ich nicht ins Gefängnis muss.«

»Ich kann nicht garantieren, dass Sie das nicht müssen, wenn Sie verurteilt werden.«

»Hatten Sie nicht gesagt, ich würde Bewährung kriegen?«

»Ich sagte, es gibt keine gesetzlich vorgeschriebene *Mindeststrafe* für ein Verbrechen zweiten Grades. Sie haben keine Vorstrafen, also ja, vermutlich kriegen Sie Bewährung. Aber solange Sie auf Bewährung sind, werden Sie nicht nach Hongkong fliegen.«

Die Glastür hinter ihm wurde aufgezogen, und Isa trat auf die Terrasse. »Mit wem sprichst du?«

»Ich muss auflegen, Manny«, sagte er ins Telefon. Sein Anwalt kündigte an, dass sie die Sache später weiterbesprechen würden, und sie legten auf.

»Was wollte Manny?«

Isa wirkte immer noch erschüttert, selbst nach dem beruhigenden Einfluss von Melany. Keith wollte sie nicht noch weiter aufregen, indem er ihr erzählte, dass man ihn gebeten hatte, gegen sie auszusagen – etwas, das nie geschehen würde.

»Manny versucht, meine Anklage auf ein Vergehen runterzustufen«, antwortete er und beließ es dabei.

»Das ist ja toll«, sagte sie.

»Ja. Wäre es.«

»Dann wärst du aus dem Fall raus, richtig?«

»Richtig.«

Sie ging zur Brüstung und stellte sich neben ihn. Gemeinsam blickten sie hinaus auf die Everglades, die Dunkelheit, die jenseits des Lichtermeers der Stadt lag.

»Wir sollten alles in unserer Macht Stehende tun, um das zu ermöglichen«, sagte Isa.

»Ich bin mir nicht sicher, ob wir das können.«

Sie drehte den Kopf zur Seite, um ihn anzuschauen. »Du musst aber, Keith. Wir können es nicht riskieren, dass wir beide ins Gefängnis kommen. Das ist Melany gegenüber nicht fair.«

»Dasselbe sagt Manny auch, aber ich glaube nicht, dass wirklich eine ernsthafte Gefahr besteht, dass ich tatsächlich ins Gefängnis muss. Ich möchte mit Jack darüber sprechen und hören, was er dazu zu sagen hat.«

Sie blickte wieder hinaus, über die Stadt. »Okay. Aber davon abgesehen: Ich beginne zu glauben, dass ich besser dran bin, wenn Manny nicht mehr an dem Fall sitzt.«

»Jack wird ihn schon unter Kontrolle halten.«

Sie atmete tief durch, und Keith konnte die Anspannung hören. »Ich fürchte, der Schaden von Mannys Strategie ist bereits angerichtet. Was, wenn Jack recht hat? Was, wenn die Geschworenen glauben, dass ich David belogen habe, als ich ihm sagte, dass ich vergewaltigt worden bin?«

»Das werden sie nicht glauben, Isa. Das ergibt doch gar keinen Sinn.«

»Doch, tut es. Es hätte doch folgendermaßen sein können: Kaval kommt mich besuchen. Er will, dass wir beide wieder zusammenkommen, wie schon nach einem Dutzend Trennungen vorher. Trennung/Versöhnung/Trennung/Versöhnung. Ich sage ihm, dass es dieses Mal wirklich vorbei ist mit uns. Er will das nicht akzeptieren. Ich sage ihm, dass er es besser akzeptiert: Ich hatte Sex mit Gabriel. Er flippt aus. Er kann nicht glauben, dass ich mit einem Kerl schlafe, den ich kaum kenne. Er – er schlägt mich. Ich verliere den Kopf. Ich weiß nicht, was ich tun soll. Ich sage ihm, dass ich vergewaltigt wurde. Gabriel hat mich vergewaltigt, sage ich. Und dann ... nun, dann kommt, was gekommen ist.«

Sie hatte das so schnell ausgebreitet, dass Keith sich ebenfalls außer Atem fühlte. Es war ein wenig verstörend, wie einfach Isa eine derartig plausible Geschichte einer falschen Anschuldigung zusammengeschustert hatte. Falls es der Anklage gelang, diese Theorie zum Tathergang in überzeugender Art und Weise aufzutischen, war Isa erledigt.

»Das ist aber nicht, was passiert ist. Oder?«, fragte er.

»Nein! Gütiger Gott, Keith, wie kannst du die Frage überhaupt stellen? Ich hab dir erzählt, was passiert ist. Du kennst die Wahrheit.«

»Das tue ich«, sagte er, als sie ihre Hand auf seine legte, mit der er sich am Geländer abstützte.

Doch er tat es nicht.

KAPITEL 56

Die erste Zeugin am Donnerstagmorgen löste ein wenig Übelkeit in Jacks Magen aus. Bildlich gesprochen. Ironischerweise war es eine Ärztin, die ihm dieses Gefühl gab. Cassandra Campos war die diensthabende Ärztin gewesen, als Isa die Campus-Klinik am Samstagmorgen aufgesucht hatte.

»Hat Ms. Bornelli erwähnt, dass sie sexuell angegriffen worden ist?«, fragte Sylvia Hunt.

»Nein. Sie berichtete nur davon, dass sie am Abend zuvor ungeschützten Geschlechtsverkehr gehabt hätte.«

»Was war der Grund für ihren Besuch?«

»Ich kann mich an keine andere Begründung erinnern, außer dass sie mir sagte, dass sie ungeschützten Geschlechtsverkehr gehabt hätte.«

»Das waren Ms. Bornellis Worte? ›Ungeschützter Geschlechtsverkehr‹?«

»Das war es, was ich in meinen Bericht geschrieben habe. ›Ungeschützter Geschlechtsverkehr.‹«

Falls die Wörter *Ungeschützter Geschlechtsverkehr* noch ein einziges Mal ihren Weg in diese Befragung fanden, würde Jack die Staatsanwältin für den Titel »Zeugenvorbereiterin des Jahres« nominieren.

»Haben Sie Ms. Bornelli für ihren ungeschützten Geschlechtsverkehr irgendein Medikament verschrieben?«

»Ich sehe hier in der Patientenakte, dass ihr ein Rezept für die Pille danach ausgeschrieben wurde.«

»Sonst noch etwas?«

»Ich bin mir sicher, dass ich ihr gesagt haben werde, dass die Pille danach keinen Schutz vor sexuell übertragbaren Krankheiten bietet. Davon abgesehen, nein.«

»Keine weiteren Fragen.«

Zehn Minuten, und die Anklägerin war fertig. Und Jack

wusste genau, welches Ziel Sylvia Hunt verfolgte. Keine Vergewaltigung. Isas falsche Anschuldigung hatte Gabriel Sosa das Leben gekostet. In diesem Fall gab es nur ein einziges Opfer.

Mannys »keine Vergewaltigung«-Strategie war nach hinten losgegangen.

Jack näherte sich der Zeugin und gab sein Bestes. »Dr. Campos, Sie sagten eben aus, dass Sie Ms. Bornelli ein Rezept für die Pille danach ausstellten, korrekt?«

»Das ist richtig.«

»Haben Sie Ms. Bornelli vor oder nach dem 24. August 2006 gesehen?«

Die Ärztin schien zu erkennen, dass das Datum irgendeine Bedeutung hatte – oder sie war sich wenigstens vage bewusst, dass Jack eine Falle für sie aufstellte. »Danach natürlich.«

Jack ging zur Richterbank und reichte die gültige Verordnungsliste der Arzneimittelbehörde zum Richter hinauf. »Euer Ehren, ich möchte das Gericht bitten, ins Protokoll aufzunehmen, dass mit dem Datum des 24. August 2006 die Pille danach frei am Tresen verkäuflich ist, an jede Frau, die älter als achtzehn Jahre ist.«

Der Richter gab dem Antrag statt und wiederholte die Information fürs Protokoll. Jack machte mit der Zeugin weiter.

»Doktor, möchten Sie Ihre Aussage noch einmal überdenken?«

»Äh, ja«, sagte sie stammelnd. »Offensichtlich habe ich mich geirrt, als ich sagte, dass ich ein Rezept für Plan B ausgestellt habe. Vermutlich habe ich ihr gesagt, dass sie in die Apotheke gehen soll, um es dort zu kaufen.«

»Sie brauchte kein Rezept, oder?«

»Nicht zu dem Zeitpunkt, nein.«

»Ms. Bornelli hätte in jede beliebige Apotheke spazieren und sich für fünfundzwanzig Dollar die Pille danach kaufen können.«

»Theoretisch schon.«

»Nein, nicht theoretisch. *Tatsächlich*. Tatsächlich hätte sie nicht zu einem Arzt gehen müssen, um sich die Pille danach zu besorgen, oder, Dr. Campos?«

»Nein, hätte sie nicht.«

»Gestatten Sie mir also ein paar weitere Fragen diesbezüglich, denn ich möchte wirklich, dass Sie mir und den Geschworenen helfen zu verstehen, aus welchem Grund Ms. Bornelli zu einem Arzt ging. Ms. Bornelli hat einen Termin in der Klinik gemacht, richtig?«

»Ja. Wenn Sie keinen Termin haben, empfängt Sie nur die diensthabende Schwester.«

»Sie hat ihren Termin eingehalten«, sagte Jack.

»Offensichtlich.«

»Sie erzählte Ihnen, dass sie ungeschützten Geschlechtsverkehr gehabt hätte.«

»Daran kann ich mich deutlich erinnern.«

»Und Ihre einzige Reaktion darauf war, ihr zu sagen, was jeder College-Erstsemestler in Amerika bereits weiß: dass sie die Pille danach am Apothekenschalter bekommt.«

»Einspruch«, meldete sich Hunt. »Argumentativ.«

»Abgelehnt. Bitte beantworten Sie die Frage, Dr. Campos.«

»Nun, wie ich schon sagte, ich habe ihr außerdem von den sexuell übertragbaren Krankheiten erzählt.«

»Großartig. Gute Arbeit.«

»Einspruch.«

»Stattgegeben. Beherrschen Sie sich, Mr. Swyteck.«

»Doktor, ist Ihnen je in den Sinn gekommen, dass diese junge Frau zu einem Arzt gegangen ist – einem erfahrenen Facharzt, nicht zu einer Schwester –, weil sie noch irgendeinen anderen Grund hatte, als nur erzählt zu bekommen, dass sie die Pille danach in der Apotheke kaufen kann?«

»Daran kann ich mich wirklich nicht erinnern«, antwortete sie mit schwacher Stimme.

Jack ließ nicht locker. »Sie haben sie nicht gefragt, ob sie Opfer eines sexuellen Übergriffs geworden ist, oder?«

»Nein.«

»Sie haben Ms. Bornellis Körper nicht auf Schnitt- oder Kratzwunden untersucht?«

»Nein.«

»Sie haben nicht nach irgendwelchen Spuren für eine erzwungene Penetration gesucht?«

»Nein. Sie sagte, sie habe ungeschützten Geschlechtsverkehr gehabt.«

»Ja, das haben wir die ersten fünfzehn Male bereits verstanden«, sagte Jack.

»Einspruch.«

»Stattgegeben. Wirklich, das reicht jetzt, Mr. Swyteck«, mahnte der Richter.

»Nur noch ein paar Fragen«, erklärte Jack – und diese kamen von Isa. »Dr. Campos, wie viel Zeit haben Sie mit dieser Patientin verbracht? Fünf Minuten?«

»Ich weiß es nicht mehr.«

»Könnten es weniger als fünf Minuten gewesen sein?«, fragte er, die Stimme deutlich drängender.

»Sonntagmorgens sind wir immer sehr beschäftigt. Und unterbesetzt. Es kann wirklich gut sein, dass es nur eine kurze Sitzung war.«

»Weniger als zwei Minuten?«

»Ich erinnere mich nicht mehr.«

»Möglicherweise weniger als zwei Minuten?«

Das war kein Zugeständnis, das Jack am Höhepunkt seiner Befragung erhalten hätte, doch die Zeugin wirkte geschlagen. »Möglicherweise.«

»Vielen Dank, Doktor.« Jack kehrte zu seinem Tisch zurück und nahm auf seinem Stuhl neben Isa Platz.

»Gute Arbeit«, flüsterte sie ihm zu.

Jack schenkte seiner Mandantin ein kleines, zustimmendes Nicken. Es war nicht das Wahnsinns-Kreuzverhör gewesen, das dem Prozess eine grandiose Wendung gab, aber es war ein hilfreicher erster Riss in der neuen Theorie der Staatsanwaltschaft, dass die Vergewaltigung nur erfunden war. Risse konnten der Verteidigung den Sieg in einem Prozess bringen. Oder sie konnten verstärkte Bemühungen der Anklage nach sich ziehen.

So oder so war Jack deutlich bewusst, dass die Schlacht noch lange nicht vorbei war.

KAPITEL 57

»Der Staat Florida ruft David Kaval auf«, verkündete Sylvia Hunt.

Jack zeigte keinerlei Reaktion, sah jedoch, wie Isa sich unter dem Tisch bewegte und die Hand ihres Mannes drückte. Sie hatten alle gewusst, dass dieser Tag kommen würde, und Jack hatte Isa auf ihrem Weg ins Gerichtsgebäude erklärt, dass Kaval mit hoher Wahrscheinlichkeit noch vor der Mittagspause aufgerufen werden würde.

Kaval kam den Mittelgang entlang wie jeder andere Zeuge. Er war nicht länger ein Gefangener, der in Begleitung von Staatsbeamten durch die Seitentür eintreten musste. Er schritt durch die kleine Schwingtür und ging zum Zeugenstand. Er trug ein langärmeliges Anzughemd und eine Krawatte – auf Drängen der Anklage, vermutete Jack. Um damit seine Tätowierungen zu bedecken. Seine schwarzen Schuhe waren poliert und seine schwarzen Freizeithosen gebügelt. Er war frisch rasiert und sein Haar sauber geschnitten und gekämmt. Jack war zu weit weg, um es zu erkennen, aber er wäre nicht überrascht gewesen, wenn Sylvia Hunt ihm auch noch die Fingernägel manikürt hätte. Die Verwandlung war erstaunlich. Der Kontrast zwischen Gabriel Sosa und David Kaval – zwischen dem Jungen von nebenan und dem Mann, der ihn hatte tot sehen wollen – war wie weggewischt. Hätte Jack einen Fremden gebeten, auf den Schlimmen Finger zu zeigen, mit dem Isa im College zusammengewesen war, hätte der vermutlich auf Keith getippt.

Äußerlichkeiten konnten so trügerisch sein.

Kaval legte den Eid ab, setzte sich und sah freundlich zu den Geschworenen – noch mehr gute Vorbereitung der Staatsanwaltschaft.

»Guten Morgen, Mr. Kaval. Würden Sie sich den Geschworenen bitte vorstellen?«

Die nächsten paar Minuten liefen ab wie bei einem Vorstellungsgespräch. Kaval erzählte den Geschworenen, wo er wohnte, wo er aufgewachsen war, wo er zur Highschool gegangen war.

»Sie haben in Ihrem Leben einige Fehler begangen, nicht wahr, Mr. Kaval?«

Das hatte er, erzählte er den Geschworenen, doch seine gute Führung im Staatsgefängnis hatte seine Haftstrafe um achtzehn Monate verkürzt, und er war wild entschlossen, seinem Leben eine neue Wendung zu geben. Er hatte vor, sich wieder am Miami-Dade College einzuschreiben und war auf der Suche nach einem Job. Keine Drogen und keinen Ärger mit dem Gesetz seit seiner Entlassung aus dem Staatsgefängnis, nicht mal eine Verkehrsübertretung. Sein Deal mit der Anklage in diesem Fall – keine Haftstrafe für seine Beteiligung am Mord von Gabriel Sosa – war nur ein weiterer Schritt auf dem Weg, seine Vergangenheit hinter sich zu lassen.

»Erzählen Sie uns von Ihrer Beziehung zur Angeklagten, Isabelle Bornelli«, bat die Anklägerin.

»Wir hatten was Besonderes«, sagte er, und zum ersten Mal, seit er den Gerichtssaal betreten hatte, wanderte sein Blick zum Tisch der Verteidigung, direkt zu Jacks Mandantin. »Ich und Isa hatten eine ganz besondere Beziehung.«

Isas Reaktion kam so tief aus ihren Eingeweiden, dass Jack sie spürte. Schon allein Kavals Verwendung des Begriffs *Beziehung*, so schien es, stieß sie beinahe von ihrem Stuhl.

Kaval erzählte den aufmerksamen Geschworenen, wie er Isa während ihrer ersten Woche am Campus kennengelernt hatte, wie unzertrennlich sie den Herbst über gewesen waren, und wie ihm das Herz gebrochen war, als sie ihm gesagt hatte, dass sie »andere Leute treffen« sollten.

»Wann fanden Sie raus, dass sie ein Date mit Gabriel Sosa gehabt hatte?«

Die Fragen kamen wie an einer Schnur, und seine Antworten flossen glatt dahin wie in einem sauber geschriebenen Drehbuch. Jack hatte das Protokoll von Kavals Aussage vor der Grand Jury viele Male gelesen, von daher war nichts davon überraschend. Dennoch: Es gedruckt auf Papier zu lesen, war eine Sache. Wörter, die auf dem Papier tot gewirkt hatten, bekamen in einem voll besetzten Gerichtssaal ein ganz neues Leben. Seine Wiedergabe des Gesprächs, in welchem Isa ihm von dem Angriff erzählt hatte, war besonders überzeugend gewesen – und hilfreich, dachte Jack. So, wie Kaval die Geschichte erzählte, machte Isa ganz und gar nicht den Eindruck, als habe sie falsche Anschuldigungen gemacht. Und sie klang auch nicht wie eine Frau, der es unbedingt um Rache ging. Bis zur letzten Frage vor der Mittagspause – bezüglich des letzten Satzes, den Isa ihm gegenüber geäußert hatte, an dem Tag, als sie ihm von der Vergewaltigung erzählt hatte.

»›Ich wünschte bloß, er wäre tot‹«, zitierte er Isa.

»Das waren Ms. Bornellis genaue Worte?«, fragte die Anklägerin in einer wortgetreuen Wiederaufführung ihrer Befragung vor der Grand Jury. »›Ich wünschte bloß, er wäre tot‹?«

»Ja. Das waren ihre genauen Worte.«

Sylvia Hunt machte eine Pause. Mehr als eine Pause. Sie hielt lange genug inne, dass alle sechs Geschworenen ihren Blick vom Zeugen zur Angeklagten schwenken konnten.

»Es ist fast Mittag«, sagte der Richter, und seine Worte klangen wie die Begnadigung in letzter Sekunde, wenn der Henker bereits die Spritze in der Hand hält. Es war eine gern gesehene Unterbrechung des unangenehmen Schweigens im Gerichtssaal. »Wir kommen um ein Uhr wieder zusammen.«

Er schlug mit dem Hammer auf sein Brettchen. Auf Befehl des Gerichtsdieners erhoben sich alle, und der Richter kehrte in seine Kammern zurück. Sein Sekretärsbüro hatte Jacks Bitte entsprochen, den Konferenzraum am Ende des Korridors für die Mittagspause nutzen zu dürfen, damit sich das Team der Verteidigung auf dem Weg in ein Restaurant und zurück nicht durch die Pressemeute kämpfen musste. Sie nahmen den Seitenausgang zum Korridor. Eine junge Frau näherte sich Isa, als sie um die Ecke des Flurs kamen. Sie kam Jack bekannt vor, vermutlich, dachte er, hatte er sie ein- oder zweimal vor dem Gerichtsgebäude bei den anderen »Vergewaltigungsopfer haben Rechte«-Demonstrantinnen gesehen.

»Es gibt noch eine Versammlung«, hörte er die Frau zu Isa sagen. Sie reichte Isa einen Flyer, sagte, sie hoffe, dass Isa kommen könne, und entfernte sich wieder. Jack und Isa gingen weiter den Korridor entlang.

»Wer war das?«, fragte er.

»Sie heißt Emma. Sie organisiert Studentenversammlungen, um die Aufmerksamkeit für sexuelle Übergriffe auf College-Campussen zu vergrößern.«

Jack nahm den Flyer aus Isas Hand und las ihn. »Die Versammlung ist *diesen Samstag*. Das ist mitten in Ihrem Prozess. Sie wissen, dass Sie nicht hingehen werden, oder?«

»Ich habe gar nicht vor, hinzugehen.«

Jack blieb stehen und sah ihr in die Augen, um sicherzugehen, dass sie ihn verstand. »Sie werden nicht hingehen.«

»Ich sagte, ich habe gar nicht die Absicht.«

Von den meisten Mandanten hätte Jack diese Antwort völlig ausgereicht. Nicht jedoch von Isa. »Die Anklage wird vermutlich morgen ihre Beweisführung abschließen – vielleicht sogar schon am Ende des heutigen Tages, je nachdem, wie Kaval sich benimmt. Dann liegt der Ball in unserer Hälfte. Dies ist *das* Wochenende, Isa. Dieses Wochenende entscheiden wir, ob Sie zu Ihrer eigenen Entlastung aussagen oder nicht. Ich will nicht wissen, ob Sie irgendeine Absicht haben, zu der Versammlung zu gehen. Ich will, dass das klar ist: Sie werden nicht hingehen. Haben Sie das verstanden?«

Sie nickte, auch wenn Jacks Worte anscheinend eine ernüchternde, wenn nicht sogar betäubende Erkenntnis auslösten, dass das Spiel allmählich wirklich ernst wurde.

»Ja«, sagte sie. »Ich habe verstanden.«

KAPITEL 58

Jack kehrte mit der Erwartung eines anstrengenden Nachmittags in Richter Gonzalez' Gerichtssaal zurück.

Ich wünschte bloß, er wäre tot. Der Richter hatte den Geschworenen eine ganze Stunde gegeben, um diese Worte durchzukauen, zu schlucken und zu verdauen. Jack selbst brütete seit Wochen über ihnen. Er kannte Isas Seite der Geschichte – dass sie es nicht wörtlich gemeint hatte. Jack hatte etwas ganz anderes von Kaval erwartet. Er fragte sich, wie Keith reagieren würde. Er selbst hatte sogar davon geträumt.

Meinst du das ernst, Isa? Du wünschst dir, dass der Kerl tot ist?

Ja.

Wirklich, wirklich ernst?

Ja! Ich will ihn tot sehen!

Okay.

Wirst du es tun, David?

Nein, Baby. Wir werden es tun.

Die Zeit für Spekulationen und schlechte Träume war nun vorüber. Die Geschworenen saßen auf ihren Plätzen. Der Richter erinnerte den Zeugen an seinen Eid. Sylvia Hunt machte genau dort weiter, wo sie aufgehört hatte: bei Isas eigenen Worten.

»Mr. Kaval – was haben Sie gedacht, was Isa damit meinte?«

Jack wappnete sich. Isa sah nach unten, ihr unscharfes Spiegelbild auf der polierten Mahagoni-Tischplatte sah zu ihr hinauf.

Kaval beugte sich zum Mikrofon vor und sagte: »Ich habe das nicht wörtlich verstanden. Nicht, dass sie wollte, dass ich ihn umbringe.«

Jack fragte sich, ob er immer noch träumte.

»Wie haben Sie sie dann verstanden?«

»Dass sie wollte, dass ich ihm Angst mache.«

Manny kritzelte etwas auf seinen Notizblock und schob ihn zu Jack hinüber: *Was zur Hölle?*

»Was taten Sie dann?«, fragte die Staatsanwältin.

»Ich rief meinen Kumpel John Simpson an, und wir schmiedeten einen Plan.«

»Wie sah der Plan aus?«

Es folgte eine Reihe von Fragen. Kaval beschrieb die Szene im Club, als Isa Sosa als ihren Angreifer identifizierte und die drei ihm zu seinem Auto folgten. Sie verfolgten Sosa in ihrem Van und rammten gezielt sein Auto. Als er ausstieg, um den Schaden zu begutachten, bedrängten sie ihn und nahmen ihn zwischen den beiden Fahrzeugen in die Mangel.

»Was haben Sie dann getan?«

»Simpson und ich warfen ihn hinten in den Van und fuhren zu der Werkstatt.«

»War Ms. Bornelli bei Ihnen?«

Das ist es, dachte Jack – der Moment, von dem an Kavals Geschichte nicht länger mit Isas übereinstimmte; an dem Kaval sich als Hauptzeuge der Anklage herausstellen würde.

»Nein«, antwortete er. »Soweit ich mich erinnere, haben Simpson und ich Sosa zwischen den Fahrzeugen in die Zange genommen. Isa stieg aus dem Wagen und ist total ausgeflippt. Also sagte ich ihr, dass sie verschwinden soll. Dann haben wir Sosa in den Van geworfen.«

Es kostete Jack alle Anstrengung zu verhindern, dass ihm vor den Geschworenen der Kiefer runterklappte. *Was zum Teufel passiert hier gerade?*

»Wohin brachten Sie Mr. Sosa?«, wollte die Staatsanwältin wissen.

»Simpson hatte einen Kumpel, der in einer Werkstatt in Süd-Miami arbeitete. Er klaute die Schlüssel und gab Simpson den Code für die Alarmanlage. Dorthin haben wir Sosa gebracht.«

»Was geschah dann?«

»Wir zogen Sosa aus dem Van.«

»Hat er sich gewehrt?«

»Ein bisschen. Aber zu diesem Zeitpunkt waren seine Hände bereits hinter seinem Rücken gefesselt. Er war mit Klebeband geknebelt. Einer von uns hatte ihm die Augen verbunden.«

»Wohin haben Sie ihn gebracht?«

»Wir sind durch die Bürotür rein. Dann gingen wir direkt in den Werkstattraum und nahmen ihm die Augenbinde ab.«

»Wieso nahmen Sie ihm die Augenbinde ab?«

»Nachts ist das ein gruseliger Ort. Von der Decke hängen diese schweren Ketten, um die Motoren aus den Autos zu heben. Wir wollten, dass er das alles sieht. Sie wissen ja, ich sagte, dass der Plan war, ihm Angst zu machen.«

»Haben Sie diese Motorkran-Ketten benutzt?«

»Erst mal riss John ihm das Hemd runter.«

»Was dann?«

»Wir haben die Ketten um ihn rumgewickelt. Eine auf jeder Seite, unter den Armen durch und oben über die Schultern.«

Jack machte sich eine Notiz. Das passte zu den Wundmalen, die der Gerichtsmediziner beschrieben hatte.

»Hat Mr. Sosa sich an dieser Stelle gewehrt?«, wollte Sylvia Hunt wissen.

»Eigentlich nicht. Eher gebettelt – oder gewinselt. Er hatte ja noch das Klebeband auf dem Mund.«

»Haben Sie ihn hochgezogen?«

»Erst mal nicht. Simpson … John konnte ein echt furchteinflößender Typ sein – er begann damit, all diese Werkzeuge vor Sosa auf dem Werkstattboden auszubreiten.«

»Was für Werkzeuge?«

»Zangen. Schraubenzieher. Drahtscheren.«

»Dinge, die man als Folterinstrumente verwenden kann?«

»Ja. Dinge, die ihm wirklich Angst machen würden.«

»Was haben Sie getan?«

»Ich ging zu Sosa. Er war etwas kleiner als ich, aber ich ging in die Hocke und sah ihm auf Augenhöhe ins Gesicht. Und ich fing an zu schreien.«

»Was haben Sie geschrien?«

»Wollen Sie, dass ich so schreie, wie ich es damals getan habe? Wort für Wort?«

»Ja. So gut Sie sich erinnern.«

»Ich schrie – und zwar wirklich laut: ›*Hast du es verfickt noch mal gewagt, meine Freundin zu vergewaltigen? Du Stück Scheiße! Hast du Isa Bornelli vergewaltigt?*‹«

Damit jagte er allen Anwesenden einen eisigen Schauer über den Rücken und rief eine weitere, aus dem Bauch kommende Reaktion bei Isa hervor – eine, die Jack deutlicher als alle Worte verriet, dass seine Mandantin den Mann vorher schon so schreien gehört hatte.

»Hat Mr. Sosa etwas geantwortet?«

»Er schüttelte den Kopf hin und her. Und ich konnte hören, wie er durch das Klebeband hindurch versuchte zu sagen: ›Nein, nein, nein.‹«

»Was taten Sie?«

»John zog ihn nach oben. Nicht allzu hoch. Gerade genug, dass seine Füße nicht mehr den Boden berührten.«

»Also hing er an den Ketten?«

»Richtig.«

»Was taten Sie als Nächstes?«

Kaval zuckte mit den Achseln und sagte: »Wir sind gegangen.«

»Sie haben Sosa in den Ketten hängen lassen?«

»Ja. Wir wussten, dass ihn jemand am Morgen finden würde.«

»Sie haben ihn nicht gefoltert?«

»Nein.«

»Er war noch am Leben, als Sie gingen?«

»Ja. Er hat mit den Beinen gestrampelt.«

»Wieso sind Sie gegangen?«

»Der Plan war, ihm Angst zu machen, damit er keinem anderen Mädchen antat, was er Isa angetan hatte. Und dabei sind wir geblieben.«

Die Staatsanwältin ging zu ihrem Tisch und besprach sich kurz mit dem Junior-Anwalt, der sie unterstützte. Sie wirkten zufrieden. »Ich habe keine weiteren Fragen, Euer Ehren.«

Der Richter lehnte sich auf seinem ledernen Stuhl zurück und wandte sich an die Verteidigung. »Wünschen Sie ein Kreuzverhör?«

Jack erbat sich einen Augenblick und bekam ihn zugestanden. Die Anwälte der Verteidigung besprachen sich kurz an ihrem Tisch, indem sie sich flüsternd austauschten. Manny teilte Jacks Ansicht – kein Schaden angerichtet. Jedenfalls keiner, der durch ein Kreuzverhör seitens der Verteidigung repariert werden könnte. Jack wusste, dass der schlimmste Fehler, den ein Strafverteidiger begehen konnte, der war, ein Kreuzverhör anzusetzen, wo keines notwendig war. Er ging auf Nummer sicher und betonte lediglich den Punkt, der eine Betonung verdiente.

Er näherte sich dem Zeugen und bediente sich eines deutlich weniger aggressiven Tons, als er es bei diesem Zeugen vorgehabt hatte. »Mr. Kaval, Sie sitzen nicht mehr im Gefängnis, oder?«

»Nein.«

»Sie gehen auch nicht zurück ins Gefängnis dafür, dass Sie Mr. Sosa in den Laderaum Ihres Vans gestoßen haben, oder?«

»Nein.«

»Sie gehen nicht zurück ins Gefängnis dafür, dass Sie Mr. Sosa in die Werkstatt gebracht und dort an ein paar Ketten aufgehängt haben.«

»Nein.«

»Sie gehen nicht zurück ins Gefängnis dafür, dass Sie ihn mitten in der Luft haben hängen lassen.«

»Nein.«

»Genau genommen hat Ihnen die Staatsanwältin versprochen, dass Sie nicht zurück ins Gefängnis müssen. Das war Ihr Deal, richtig?«

»Ja. Solange ich die Wahrheit sage.«

»Und alles, was Sie heute hier gesagt haben, ist die Wahrheit?«

»Ja, Sir.«

Jack dankte ihm und ging wieder. Die Anklage hatte keine anschließenden Fragen.

»Mr. Kaval, Sie dürfen gehen«, sagte der Richter.

Er trat aus dem Zeugenstand und ging zu dem Geländer, der den Zuschauerraum des Gerichtssaals abtrennte. Er warf einen einzigen Blick in Isas Richtung, als er zwischen den Tischen der Anklage und der Verteidigung hindurchging, doch Isa sah ihn nicht an. Das Tor quietschte, als der Zeuge in den öffentlichen Bereich trat, und seine Schritte hallten durch den stillen Saal, als er den Mittelgang entlangging.

In Jacks Kopf brannte nur ein einziger Gedanke.

Ich muss irgendetwas übersehen.

KAPITEL 59

Es war Zeit für ein Bier. »Aber nur eines«, sagte Jack.

Isa war nach der Verhandlung direkt ins Apartment gegangen. Jack, Keith und Manny waren auf dem Weg vom Gerichtsgebäude nach Hause noch ins Cy's Place gefahren und hatten sich an die Bar gesetzt. Theo stellte ein paar eiskalte Flaschen IPA vor sie auf den Tresen. Manny war in Feierlaune. Jack war verhalten. Keith irgendetwas dazwischen.

»Ich bleibe dabei: Wir übersehen etwas.«

Kaval hätte so viel mehr Schaden anrichten können. Er hätte aussagen können, dass Isa den Mord geplant hatte. Er hätte aussagen können, dass er Isa unzweifelhaft erzählt hatte, dass sie planten, Sosa zu foltern und zu ermorden. Stattdessen hatte er ausgesagt, dass, soweit Isa es wusste, der einzige Plan darin bestand, »Sosa eine Heidenangst einzujagen«.

»Bei diesen Beweisen können sie Isa nicht verurteilen, oder?«, fragte Keith. »Wer kann es dem Opfer einer Vergewaltigung verübeln, wenn es sich wünscht, dass zwei Schläger seinem Vergewaltiger einen Schreck einjagen? Um sicherzugehen, dass er niemand anderen mehr vergewaltigt.«

»Nun, die Anklage wird den Geschworenen Folgendes dazu sagen«, begann Jack. »Wenn sie wirklich nur hätte sichergehen wollen, dass er es nicht noch einmal tun würde, hätte sie die Polizei rufen sollen, damit er ins Gefängnis kommt.«

»Okay, das hätte sie tun sollen. Aber eine Menge Vergewaltigungen werden nie angezeigt. Das bedeutet aber nicht, dass sie wollte, dass er ermordet wird – dass sie seine Ermordung *geplant* hat.«

»Jack, Sie sind immer so ein Miesmacher«, warf Manny ein. »Klar, Sylvia Hunt wird alles so verdrehen, dass es zu ihrer Theorie dieses Falls passt. Sie wird den Geschworenen eintrichtern, dass Sosa den Kopf geschüttelt hat und noch durchs

Klebeband geleugnet hat, dass er Isa je vergewaltigt habe. Aber selbst wenn Isa ihren Freund darüber belogen hat, vergewaltigt worden zu sein, macht sie das nicht zu einer Mörderin. Ich hab es die ganze Zeit gesagt – keine Vergewaltigung, kein Motiv. Kein Motiv, keine Verurteilung. Im Augenblick haben wir berechtigte Zweifel. Das ist alles, was wir benötigen.«

Manny entschuldigte sich und ging zur Toilette. Jack und Keith blieben an der Bar sitzen und dachten über das nach, was Manny gerade gesagt hatte. Keith war ungewöhnlich still und zupfte am Etikett seines Biers.

»Alles in Ordnung?«, fragte Jack.

Keith schüttelte den Kopf. »Nicht so richtig.«

»Vielleicht hat Manny recht«, sagte Jack. »Ich neige dazu, mir Sorgen zu machen.«

»Das ist es nicht«, entgegnete Keith.

Jack nahm einen Schluck aus seiner Bierflasche. »Willst du dir was von der Seele reden?«

Keith betrachtete sein Bier und sah dann zu Jack. »Vor sechs Monaten hätten die Leute gesagt, dass ich alles habe, oder? Ja, klar, das Leben hat uns sein Päckchen gegeben, mit Melanys Ohren. Aber ich verdiene genügend ›Fick dich‹-Geld, um zu sagen: ›Fick dich, Welt, das kann ich reparieren.‹«

Jack blieb still, da er spürte, dass Keith noch nicht fertig war.

»Die Wahrheit ist, dass wir in einer Blase leben. Wir alle. Den Großteil meines Lebens konnte ich den wirklich miesen Entscheidungen aus dem Weg gehen, die Typen wie mich auf die schiefe Bahn werfen. Ich hab auf meine Mutter gehört und die Finger von den Drogen gelassen. Ich hab auf meinen Vater gehört und nie eine Wette abgeschlossen, die zu verlieren ich mir nicht leisten konnte. Ich habe Nike ignoriert und nie ein ›Just do it‹ befolgt. Ich war umsichtig und habe hart gearbeitet und diese unglaublich kluge, gut aussehende Frau geheiratet. Und innerhalb einer Nanosekunde – in weniger Zeit, als es für so eine Blase braucht, um zu platzen – hat sich alles verändert.«

»Hey, komm schon«, sagte Jack. »Du wirst auch das hier durchstehen. Manny hat recht mit seiner Ansicht. Alles, was wir brauchen, ist berechtigter Zweifel.«

»Ja, das ist mir klar. Im Gerichtssaal ist das alles, was wir brauchen. Aber ich schätze, was ich sagen will, ist: Irgendwann werde ich für mich selber entscheiden müssen, ob meine Frau für den Tod eines anderen Menschen verantwortlich war. Irgendwann werde ich mehr wollen als berechtigte Zweifel. Verstehst du, was ich sagen will?«

Jack beobachtete den Ausdruck im Gesicht seines Freundes. Er sah den Schmerz. Die Angst. »Ja«, sagte er. »Ich verstehe, was du sagen willst.«

Theo kam zu ihnen. »Noch 'ne Runde?«, fragte er von hinterm Tresen.

»Nein danke«, antwortete Jack.

Keith legte einen Zehner auf den Tresen, um die Biere zu bezahlen. »Kannst du mich auf dem Weg nach Key Biscane am Four Seasons absetzen?«

»Sorry, Kumpel. Wir fahren in die entgegengesetzte Richtung.«

Theo horchte bei »wir« auf. »Du meinst uns beide?«

»Ja. Du musst mich begleiten.«

»Wohin?«

»Nach Süden«, sagte Jack und schluckte den letzten Rest Bier runter. »Zurück ins Billfish Diner. Ich glaube, ich weiß jetzt, was wir übersehen haben.«

KAPITEL 60

Freitag. Jack dankte Gott dafür, dass Freitag war – selbst wenn Sylvia Hunt wild entschlossen war, ihn zu verderben.

»Der Staat Florida ruft Ilene Simpson auf«, fuhr die Anklägerin fort. Jacks Bauchgefühl hatte sich als richtig herausgestellt. Sein zweiter Besuch mit Theo im Billfish Diner jedoch hatte sich als Zeitverschwendung erwiesen. Ilene kellnerte dort noch, doch der Manager stand kurz davor, sie zu feuern. Ihre Anwesenheitszeiten seit August waren unterirdisch – entweder kam sie zu spät zu ihrer Schicht, oder sie erschien gar nicht. Das Problem war, dass sie zu weit weggezogen war. »Wohnt jetzt drüben in Homestead, bei ihrem neuen Freund.« Jack wagte einen Schuss ins Blaue und fragte, ob der Name ihres neuen Freundes David lautete. »Ja, David. Ein echtes Arschloch. Hab ihm gesagt, er soll hier nicht mehr auftauchen. Der Kerl bedeutet Ärger.«

Der Manager lag völlig daneben. *Ilene* bedeutete Ärger.

Die Zeugin wurde vereidigt und nahm Platz. Ilene trug flache Schuhe, marineblaue Freizeithosen und eine pfirsichfarbene Bluse, dazu einfachen Schmuck und nur eine Spur Make-up. »Nichts Aufreizendes«, hatte die Kleiderordnung der Anklage gelautet, vermutete Jack. Sie saß mit den Händen im Schoß da, und die Art, wie sie sie zu Fäusten ballte, verriet, dass sie weitaus weniger entspannt war, als Kaval sich in der Rolle des Hauptzeugen gefühlt hatte. Ihre augenscheinliche Nervosität schien allerdings nur dafür zu sorgen, dass die Geschworenen jedem einzelnen ihrer Worte umso aufmerksamer lauschten.

»Ms. Simpson, Sie sind die Witwe von John Simpson, korrekt?«

Die Geschworenen zogen augenblicklich die Verbindung, und einige machten sich Notizen, während Ilene ihr Leben mit

John Simpson schilderte. »Er war ein ungewöhnlicher Mann«, sagte sie als abschließende Zusammenfassung.

»In welcher Hinsicht ungewöhnlich?«

Sie rang einen Augenblick mit sich, als wäre es ihr peinlich. »Sexuell.«

»Kann man das so deuten, dass er an Praktiken interessiert war, bei denen Sie sich nicht wohlfühlten?«

»Ich bin nicht prüde, okay? Aber ja, John legte es gerne drauf an.«

Die Staatsanwältin warf einen Blick zu den Geschworenen, als wolle sie ihre Lust auf diese Art von Aussage einschätzen.

»Ms. Simpson, bei diesem Prozess geht es nicht darum, was in Ihrem Schlafzimmer geschah. Wir sind nicht an einer Neuauflage von *Fifty Shades of Grey* interessiert.«

»Amen«, warf der Richter ein.

»Aber ganz ehrlich«, sagte die Anklägerin, »es ist wichtig, dass die Geschworenen verstehen, was für eine Art Mensch John Simpson war. Hat er Ihnen je Schmerzen zugefügt?«

»Ja.«

»Hat er Ihnen je Verletzungen mit brennenden Zigaretten beigefügt?«

Hunt warf einen kurzen Blick zu Jack, als erwarte sie einen Einspruch, doch die Frage rekurrierte auf die Aussage des Gerichtsmediziners – die Wunden, die man auf Sosas Leiche gefunden hatte. Es war relevant. Und was noch wichtiger war: Jack wollte den Geschworenen nicht den Eindruck vermitteln, dass Isas Anwalt in irgendeinem Sinne des Wortes zur »Verteidigung« von John Simpson bereit war. Er ließ es durchgehen.

»Ja.«

»Hat er Sie jemals mit einem Stromkabel ausgepeitscht?«

Ilene schluckte schwer, als würde ihr die Beantwortung

solcher Fragen in der Öffentlichkeit schwererfallen als erwartet. »Ja.«

»Hat er Sie jemals an der Decke aufgehängt?«

»Ja.«

»Mit Ketten?«

»Ja.«

Die Staatsanwältin wagte einen weiteren kurzen Blick zu den Geschworenen und nahm die Stimmung der Gruppe auf. »Würden Sie sagen, dass es John Simpson Freude bereitete, anderen Menschen Schmerz zuzufügen?«

»Ohne jeden Zweifel.«

Die Anklägerin kehrte zum Podium zurück und blätterte zur nächsten Seite ihrer Notizen. Mehrere Geschworene wirkten erleichtert, als sie sahen, dass sie zum nächsten Thema zu wechseln schien.

»Ms. Simpson, ich möchte mit Ihnen zurückkehren zum konkreten Abend, um den es in diesem Prozess geht. Wo waren Sie an dem Abend, etwa um Mitternacht?«

»Ich war auf der Arbeit. Ich war Cocktailkellnerin im Club Vertigo. Heute heißt er Club Inversion. John war dort Stammgast. So haben wir uns kennengelernt.«

»Nur um keine Missverständnisse aufkommen zu lassen: In der Nacht von Gabriel Sosas Tod kannten Sie John Simpson bereits, korrekt?«

»Ja. Wir haben nicht direkt zusammengelebt. Aber ich habe vier- oder fünfmal die Woche bei ihm übernachtet.«

»Waren Sie auch in jener Nacht in seiner Wohnung?«

»So war es geplant gewesen.«

»Was ist passiert?«

»Ich hatte etwa um ein Uhr Feierabend. Gegen halb zwei traf ich in Johns Wohnung ein.«

»War er im Bett?«

»Nein. John war unter der Dusche.«

»Ihrer Erfahrung nach, war es da üblich für ihn, um halb zwei Uhr morgens zu duschen?«

»Ich würde sagen, eher nicht.«

»Was geschah als Nächstes?«

»Ich war noch nicht richtig müde. Ich habe ferngesehen, bis er mit seiner Dusche fertig war. Er kam mit einem Handtuch um die Hüfte aus dem Bad und wollte sich auf die Couch neben mich setzen. Doch sein Handy klingelte auf dem Küchentresen. Dort hatte er immer sein Ladekabel angeschlossen. Er ging rüber und nahm es hoch.«

»Wissen Sie, von wem der Anruf kam?«

»Nein.«

»Haben Sie gehört, was John gesagt hat?«

»Nicht so richtig. Ich habe auch nicht hingehört. Es klang, als habe er mit jemandem Streit. Einmal hat er sogar ins Telefon geschrien.«

»Was geschah nach dem Telefonat?«

»John zog sich ziemlich schnell an. Ich fragte ihn, wo er hinwolle.«

»Hat er es Ihnen erzählt?«

»Er sagte, dass ich ihn in einer Stunde in irgendeiner Werkstatt treffen solle. Er gab mir die Adresse.«

»Haben Sie dazu weitere Fragen gestellt?«

»Nein. Mir war klar, dass er stinksauer wegen des Anrufs war. Wenn John sich so benahm, stellte man ihm keine Fragen. Man tat einfach, was er einem sagte.«

»Hat er sonst noch etwas zu Ihnen gesagt?«

»Ja«, antwortete sie, und ihr Blick wanderte zur anderen Seite des Gerichtssaals – in Richtung der Verteidigung. »Er sagte, dass ich Isa Bornelli mitbringen soll.«

Auch die Geschworenen blickten in Isas Richtung. Jack widerstand dem Impuls, den Kopf zu drehen. Er bewahrte die Ruhe und konzentrierte sich weiter auf die Zeugin.

»Kannten Sie Ms. Bornelli?«, fragte die Staatsanwältin.

»Wir waren keine Freundinnen oder so. Aber ich hatte sie vorher schon mal im Club gesehen. Mit David Kaval.«

»Sie müssen mir helfen, hier etwas zu verstehen«, sagte Sylvia Hunt. »Wir sprechen von einer Zeit irgendwann zwischen zwei und drei Uhr morgens. Wie sollten Sie Ms. Bornelli um diese Uhrzeit einsammeln und zur Werkstatt bringen?«

»Dieselbe Frage habe ich auch gestellt. John meinte: ›Sag ihr einfach, es geht um Gabriel Sosa und ist wichtig. Sie wird kommen.‹«

»Haben Sie Ms. Bornelli abgeholt?«

»Ja. Ich rief sie an, und sie kam runter, vor ihrem Wohnheim.«

»Hat sie irgendwelche Fragen gestellt?«

»Ja, aber ich tat, was John verlangt hat: Ich sagte ihr, dass es um Gabriel Sosa gehe. Sie wollte wissen, was genau los ist, und ich antwortete ihr, dass ich es nicht wisse. Aber es sei wichtig.«

»Was dann?«

»Wie ich schon sagte, Isa kam runter und stieg in mein Auto. Ich fuhr zur Werkstatt – zu der Adresse, die John mir gegeben hatte.«

»Was taten Sie, als Sie die Werkstatt erreichten?«

»Ich parkte draußen und rief John auf seinem Handy an. Er kam raus.«

»Wie würden Sie sein Aussehen beschreiben?«

Sie senkte den Blick. Ihre Stimme zitterte. »Er hatte Blut auf seinem Hemd.«

»Was tat er?«

»Er ging zur Beifahrerseite und öffnete die Tür. Isa versuchte zu schreien, aber er legte ihr die Hand auf den Mund und befahl ihr, die Klappe zu halten.«

»Hörte sie auf zu schreien?«

»Ja. Dann packte er sie am Arm und brachte sie ins Gebäude.«

»Was taten Sie?«

»Ich hatte Angst. Ich wusste nicht, was ich tun sollte. Das war nicht das erste Mal, dass ich John so erlebte – in diesem Tunnel, so könnte man es wohl nennen. Aber all das Blut auf seinem Hemd, das war nichts, was ich je zuvor gesehen hatte. Ganz ehrlich, ich hatte Angst um Isa. Also folgte ich ihnen hinein.«

»Holten Sie sie ein?«

»Ja. John hatte sie am Arm gepackt und brachte sie sehr schnell durchs Büro. Ich folgte ihnen in die Werkstatt.«

»Was haben Sie gesehen?«

Ilene atmete durch. »Da war ein Mann auf dem Boden.«

Die Anklägerin zeigte der Zeugin ein Foto aus der Liste zugelassener Beweise. »Dieser Mann?«

Ilene nickte. »Ja.«

»Bitte ins Protokoll aufnehmen: Die Zeugin hat den Mann auf dem Boden als Gabriel Sosa identifiziert.«

»Wird aufgenommen«, sagte der Richter.

Hunt legte das Foto zur Seite. »Sind Sie sicher, dass sich Mr. Sosa auf dem Boden befand?«

»Ja. Auf seinen Knien. Er trug kein Hemd. Viele Stichwunden und blaue Flecken.«

»Hat er geblutet?«

»Ja. Er war blutig und sah verprügelt aus.«

»Was geschah als Nächstes?«

»Isa begann, John anzuschreien. Er packte sie am Kinn und zwang sie, still zu sein. Er brachte sie rüber zu dem Mann – zu Mr. Sosa. John sagte: *›Sieh ihn an! Sieh ihn an!‹*«

»Was geschah als Nächstes?«

»Mr. Sosa sagte etwas zu ihr.«

»Was sagte er zu Ms. Bornelli?«

»Ich weiß es nicht. Es war etwas auf Spanisch.«

»Was geschah dann?«

»Isa weinte. Sie schrie John an. ›Er war es nicht! Lass ihn gehen! Er hat nichts getan!‹ John packte sie einfach wieder am Kinn und sagte: ›Dafür ist es zu spät.‹«

»Was taten Sie als Nächstes?«

»Ich tat, was John befohlen hatte. Ich brachte Isa weg und fuhr sie zurück zum Wohnheim.«

»Wie lange dauerte die Fahrt?«

»Ich weiß nicht. Fünf Minuten vielleicht.«

»Rief Ms. Bornelli auf dem Weg zum Wohnheim die Polizei?«

»Nein. Sie rief niemanden an.«

Die Anklägerin raffte ihre Papiere zusammen und trat vom Pult weg. »Vielen Dank, Ms. Simpson«, sagte sie in sachlichem Ton. »Ich habe keine weiteren Fragen.«

Der Richter sah zu Jack. Richter Gonzalez war so stoisch wie eh und je, mit Ausnahme einer winzigen Hebung der linken Augenbraue, die Jack als ein *Viel Glück mit der hier* las.

»Kreuzverhör?«

»Ich würde mich gerne kurz mit Ihnen besprechen, Euer Ehren.«

Der Richter winkte die Anwälte zu sich nach vorn, und sie versammelten sich neben der Richterbank, auf der Seite, die am weitesten von der Geschworenenbank und dem Zeugenstand entfernt war.

»Ich bitte um Erlaubnis für ein voir dire mit der Zeugin«, sagte Jack. Das war Anwaltssprache, um einen Zeugen in Abwesenheit der Geschworenen zu befragen.

»Worüber wollen Sie die Zeugin in einem voir dire befragen?«, wollte der Richter wissen.

»Über das Versäumnis der Anklage, einen möglichen Drittparteien-Deal mit der Zeugin offenzulegen.«

Die Staatsanwältin war mehr als empört. »Was?«

»Das ist eine sehr schwerwiegende Anschuldigung«, erwiderte der Richter. »Falls Ms. Hunt Ihnen nicht erzählt hat, dass sie Ms. Simpson etwas im Gegenzug für ihre Aussage versprochen hat, müsste ich den Prozess für ungültig erklären.«

»Für diese Beschuldigung gibt es absolut keine Grundlage«, warf Hunt ein.

»Doch, gibt es«, sagte Jack. »Ms. Simpson lebt zurzeit mit David Kaval zusammen, was interessant ist, da sie ausnahmslos jeden *außer Kaval* in jener Nacht in der Werkstatt gesehen haben will, während Mr. Sosa gefoltert wurde.«

»Euer Ehren, die Staatsanwaltschaft hat absolut keine Versprechungen an Ms. Simpson abgegeben, dass sie keine Anklage erwartet.«

»Deshalb spreche ich ja auch von einem Drittparteien-Deal«, gab Jack zurück. »Ich möchte herausfinden, ob David Kaval aus dem Gefängnis freikam, weil Ilene Simpson – seine neue ›Freundin‹ – zugestimmt hat, als Hauptbelastungszeugin gegen meine Mandantin auszusagen.«

»Das ist absolut lächerlich«, stieß Hunt aus.

»Wissen Sie, Euer Ehren, das ist das dritte Mal, dass ich Ms. Hunt das Wort *absolut* benutzen höre, was ein ziemlich deutliches Anzeichen dafür ist, dass ein Anwalt ›absolut‹ mit Nebelkerzen um sich wirft.«

»In Ordnung«, sagte der Richter, »das reicht jetzt. Ich lehne den Wunsch auf ein voir dire der Zeugin vorerst ab. Aber, Mr. Swyteck, stellen Sie einen Antrag, und wenn Sie mir hinreichend Hinweise darauf präsentieren, dass ein möglicher Geheimdeal zwischen der Zeugin und dem Staat besteht, werde ich das überdenken. Ms. Hunt, lassen Sie mich eine Frage stellen: Wie viele weitere Zeugen haben Sie?«

»Keine. Ms. Simpson ist die letzte.«

»Also schließt der Staat die Beweisführung nach diesem Kreuzverhör ab?«

»Ja, Euer Ehren.«

»Perfekt«, erwiderte der Richter. »Ich hatte den Plan, den Fall der Anklage abzuschließen, bevor die Geschworenen ins Wochenende gehen. Mr. Swyteck, fahren Sie mit dem Kreuzverhör fort.«

»Euer Ehren, wenn ich ganz offen sprechen darf, weite Teile der eben gehörten Aussage haben mich komplett überrumpelt. Ich hätte gerne die Möglichkeit, mich über das Wochenende zu sammeln.«

»Mr. Swyteck, wie viele Verhandlungen haben Sie schon geführt? Sie wissen doch, was geschieht, wenn Ms. Hunt ihre Beweisführung nicht abschließt, bevor wir heute nach Hause gehen. Sie wird hier am Montag mit fünf weiteren Zeugen auftauchen. Dann findet der Prozess nie ein Ende.«

Dem konnte Jack nicht widersprechen, und tatsächlich gefiel ihm die Vorstellung, die Staatsanwaltschaft dazu zu drängen, ihre Beweisführung abzuschließen. Aber er hatte noch eine bessere Idee, um sein Ziel zu erreichen.

»Euer Ehren, ich hätte auch kein Problem damit, heute mit einem vorläufigen Kreuzverhör weiterzumachen. Allerdings bitte ich um Erlaubnis, Ms. Simpson zu einem späteren Zeitpunkt erneut in den Zeugenstand zu rufen, als Belastungszeugin gegen meine Mandantin, falls die Verteidigung beschließt, nächste Woche ihren Fall zu präsentieren.«

Der Richter machte eine Pause und dachte über Jacks Anliegen nach, und er schien die Genialität dahinter zu würdigen zu wissen: Jack zwang die Staatsanwaltschaft, ihre Beweisführung noch heute abzuschließen, hielt sich aber die Möglichkeit offen, sich in Ruhe vorzubereiten und sich nächste Woche mit aller Kraft auf Ilene Simpson zu stürzen.

»Kommen Sie schon, Richter«, warf die Staatsanwältin ein, »Mr. Swyteck versucht, auf zwei Hochzeiten gleichzeitig zu tanzen.«

»Da haben Sie vermutlich recht«, sagte der Richter. »Aber ich mag Hochzeiten. Mr. Swytecks Antrag, Ilene Simpson nächste Woche als Belastungszeugin aufzurufen, wird stattgegeben. Machen Sie mit Ihrem Kreuzverhör weiter.«

Die Anklägerin und Manny kehrten zu ihren jeweiligen Tischen zurück. Jack stellte sich vor die Zeugin. Da er nun die Möglichkeit hatte, sie nächste Woche noch einmal aufzurufen, würde er seine Befragung kurz halten. Sein einziges Ziel bestand darin, ihrer Aussage ein wenig die Schärfe zu nehmen, bevor die Geschworenen sich übers Wochenende zurückzogen. Falls Jack nur einen einzigen Treffer landen konnte, wäre das bereits ein Sieg.

Er zielte sofort zwischen die Augen.

»Ms. Simpson, Sie sagten aus, dass, als Sie Ihr Auto vor der Werkstatt parkten, John Simpson Isa Bornelli körperlich am Arm packte und vom Beifahrersitz zog. Korrekt?«

Sie antwortete nicht sofort, offensichtlich äußerst misstrauisch allem gegenüber, was Jack sagte, und nur zögerlich dazu bereit, zuzustimmen. Aber es gab nur eine Antwort. »Ja, das habe ich gesagt.«

»Und als Sie in der Werkstatt waren, packte John Simpson Ms. Bornelli erneut am Arm und führte sie zu der Stelle, an der Gabriel Sosa kniete.«

Eine weitere Pause, und Jack konnte beinahe sehen, wie die Rädchen in ihrem Kopf sich drehten, während sie versuchte herauszufinden, worauf er hinauswollte. »Ja«, antwortete sie.

Jack ging zu seinem Tisch und warf einen Blick in seine Notizen. »Und als er Ms. Bornelli direkt vor Mr. Sosa hatte, da hat er sie angeschrien.«

»Ja.«

»›Sieh ihn an!‹«, brüllte Jack, und dann wiederholte er es und hämmerte bei jedem Wort fest mit dem Finger auf seinen Notizblock. *»›Sieh … ihn … an!‹«*

»Ja«, gab sie mit leicht zitternder Stimme zurück. »Das hat er gesagt.«

Jack legte seinen Notizblock auf den Tisch zurück. »Ms. Simpson: Sie wissen, wieso er Ihnen aufgetragen hat, Ms. Bornelli um drei Uhr morgens in die Werkstatt zu bringen, nicht wahr?«

»Ich … ich bin mir nicht sicher.«

»Sie *wissen*«, sagte er und wurde lauter, »dass John Simpson wollte, dass Isa Bornelli sich den blutigen, geschundenen Körper Gabriel Sosas genau *ansah*. Das hat er doch gesagt, richtig? *›Sieh ihn an!‹*«

»Ja.«

»Sie *wissen*, dass John Simpson Ms. Bornelli eine Warnung geschickt hat, nicht wahr?«

»Ich …«

»Einspruch!«

Jack wartete nicht, bis der Richter entschied, er beschleunigte einfach das Tempo. »Sie *wissen*, dass er Ms. Bornelli klargemacht hat, dass, sollte sie *jemals* auch nur *irgendjemandem* erzählen, was in jener Nacht geschehen ist, dass *das* dann die Strafe wäre, die *ihr* zustoßen würde.«

»Einspruch, Euer Ehren!«

»*Ist das nicht wahr*, Ms. Simpson?«

»Mr. Swyteck, genug jetzt. Dem Einspruch wird stattgegeben.«

Jack drehte sich um und warf einen kurzen Blick auf die Stimmung im Saal. Der Richter funkelte ihn an. Sylvia Hunt schäumte. Die Geschworenen wirkten schockiert. Die Reporter leckten sich die Finger.

Und an seinem Tisch, neben seinem leeren Stuhl, schluchzte Isabelle Bornelli in ihre Hände, während ihr Mann seinen Arm um ihre bebenden Schultern gelegt hatte.

»Euer Ehren, ich habe keine Fragen mehr an diese Zeugin. Für den Moment«, fügte Jack hinzu und deutete an, dass noch mehr kommen würde. Dann kehrte er zu seinem Stuhl zurück.

KAPITEL 61

»Der Staat Florida schließt seine Beweisführung hiermit ab.«

Jack hätte erwartet, dass das die letzten Worte wären, bevor der Prozess übers Wochenende vertagt wurde. Doch Manny hatte andere Pläne. Er wartete, bis der Richter die Geschworenen verabschiedet hatte, und wagte dann einen Vorstoß.

»Euer Ehren, wir haben in diesem Gerichtssaal kein einziges Wort gehört, das die Anklage gegen Keith Ingraham stützt. Selbst wenn das Gericht davon ausgeht, dass es ausreichend Beweise gibt, um Isa Bornelli eine Beteiligung am Mord von Gabriel Sosa nachzuweisen, wurde kein einziger Beweisschnipsel präsentiert, um nahezulegen, dass Mr. Ingraham irgendetwas davon wusste. Wie das Gericht weiß, kann ein Ehepartner laut Gesetz des Staates Florida kein Gehilfe nach der Tat sein, wenn das Verbrechen von seinem oder ihrem Partner begangen worden ist; das einzig relevante Verhalten findet also *vor* der Eheschließung statt. Doch es wurde nichts präsentiert. Nichts, das vor der Eheschließung stattfand, und, wenn man es genau nimmt, nicht einmal etwas, das hinterher stattfand. Ich beantrage hiermit, dass das Gericht meinen Mandanten freispricht.«

»Ms. Hunt, eine Erwiderung?«

Die Staatsanwältin erhob sich. »Euer Ehren, der Staat Florida zieht seine Anklage gegen Keith Ingraham hiermit zurück.«

Richter Gonzalez schüttelte ruckend den Kopf – was Jack an seinen verrückten Hund Max erinnerte, wenn er sich nach dem Regen schüttelte –, als wolle er sagen: *Haben wir für einen Tag nicht schon genug Überraschungen erlebt?*

»In Ordnung«, sagte der Richter. »Mr. Ingraham, Sie sind hiermit vom weiteren Prozess befreit und ein freier Mann. Ms. Bornelli und Mr. Swyteck, Sie sehe ich am Montagmorgen um Punkt neun Uhr. Die Verhandlung ist vertagt.«

»Bitte erheben Sie sich!«

Gemurmel brandete durch den Gerichtssaal, als die Menge aufstand und der Richter von seiner Bank stieg. Die Tür zu seinen Büros schloss sich mit einem satten Geräusch, das als Startschuss für die Pressevertreter galt, die sofort zu dem niedrigen Gatter stürmten, das den Raum teilte. Manny ging zu ihnen. Isa und ihr Mann blieben in einer Umarmung gefangen auf ihren Stühlen sitzen. Jack ging direkt zu Sylvia Hunt.

»Es war wirklich scheiße, was Sie mit Keith Ingraham getrieben haben«, sagte er.

»Es war wirklich scheiße, was Sie mit Ilene Simpson getan haben.«

»Nein. Ilene ist ein rechtmäßiges Ziel. Ihre Anklage gegen Keith war lediglich ein Bauernzug. Er hat Ihnen bloß als Druckmittel gegenüber Isa gedient, um sie zu einem Deal zu drängen und damit sie auf Ihr Angebot eingeht, sich des Totschlags schuldig zu bekennen.«

Sie verschloss den Deckel ihres Aktenkoffers und verriegelte ihn. »Und wie sich zeigt, läuft der Prozess äußerst gut. Ich brauche kein Druckmittel, und sämtliche Deals sind vom Tisch. Keith Ingraham ist überflüssig. Also lasse ich ihn ziehen.«

»Ist das Ihr Ernst?«, fragte Jack.

»Sie müssen mir nicht danken. Wenn wir ehrlich sind, werden Sie mir auch nicht danken, nachdem die Geschworenen Ihre Mandantin verurteilt haben und sie für den Rest ihres Lebens ins Gefängnis wandert. Ich sehe Sie Montag, Jack.« Damit drehte sie sich um und ging in Richtung Schwingtür.

Jack sah zu, wie der Reporterschwarm, der sich um Manny gesammelt hatte, plötzlich aufstob und zur anderen Seite des Saals strömte, in der Hoffnung, ein Zitat der Staatsanwältin einzufangen. Einer von ihnen rief Jack seinen Namen zu – *»Hey, Swyteck!«* –, doch Jack ging an ihm vorbei zum Tisch der Verteidigung. Keith und Isa saßen noch immer auf ihren Stühlen, noch immer in ihrer intimen Blase mitten im öffentlichen Raum. Sie besetzten zwei der vier Stühle. Der Tisch der Verteidigung war halb voll. Oder halb leer. Das würden sie bald genug herausfinden.

Ja, Sylvia. Wir sehen Sie Montag.

KAPITEL 62

Die ersten Anzeichen von Uneinigkeit bemerkte Jack auf der Limousinenfahrt vom Gerichtsgebäude.

Wie üblich saßen Jack und Manny auf der nach vorn gerichteten Sitzbank, während ihre Mandanten rückwärts fuhren. Doch zwischen Keith und Isa gab es dieses Mal ein wenig mehr Raum für das einfallende Sonnenlicht. Und die Sicht nach draußen schien sie beide mehr zu interessieren als die Person neben sich. Zuerst hatte Jack geglaubt, es wäre einfach nur die Erschöpfung. Oder dass Keith eventuell an einem Fall von »Überlebendensyndrom« litt – Schuldgefühle, weil er frei war, Isa aber immer noch eine hohe Strafe drohte. Doch als sie das Freedom Institute erreichten, war klar: Zwischen den beiden gab es ein Problem.

Es war etwa fünfzehn Uhr, als sie sich zur Nachbesprechung in Jacks Büro versammelt hatten. Manny hing am Handy, seit sie das Gerichtsgebäude verlassen hatten. Ob er im Team bleiben würde, um bei Isas Verteidigung zu helfen, war einer der Punkte auf der Tagesordnung für diesen Nachmittag. Doch Keith hatte noch ein anderes Anliegen, das er besprechen wollte.

»Hatte Jack recht?«, wollte er wissen.

»Womit?«, fragte Isa.

»Seine Befragung von Ilene. Ist das der Grund, weshalb du nicht zur Polizei gegangen bist? Weil John Simpson gedroht hat, dir das anzutun, was er Sosa angetan hat?«

Er hätte die Frage auch in privatem Rahmen stellen können, wenn Mann und Frau unter sich waren. Doch Keith schien beschlossen zu haben, dass er nicht die einzige Person im Raum war, die eine ehrliche Antwort von Isa verdient hatte.

»Ja«, sagte sie, mit einer leichten Anspannung in der Stimme. »Ich hab es euch drei Mal im Gerichtssaal gesagt. *Ja.* Ich war neunzehn Jahre alt. Ich hatte Todesangst. Vermutlich hätte ich zur Polizei gehen sollen. Aber ich schwöre, ich dachte, dass sie damit fertig waren, Gabriel für das zu bestrafen, was er getan hatte. Ich habe sie angefleht, ihn nicht zu töten. Ich stand vor dem Mann, der mich vergewaltigt hat, und sagte John Simpson, dass Gabriel unschuldig wäre – alles, um ihn zu überzeugen, Gabriel gehen zu lassen.«

Keith schwieg. Isa versuchte, ihn zu überzeugen. »Keith, ich schwöre es bei meinem Leben. Ich schwöre es beim *Leben unserer Tochter*. Simpson hat mir gesagt, dass er fertig war. Als ich die Werkstatt verlassen habe, war Gabriel am Leben.«

»Nicht mehr für lange.«

»Das ist nicht meine Schuld!«

»Darüber kann man streiten.«

»Oh mein Gott, Keith. Warum behandelst du mich so? Du kanntest Gabriel Sosa nicht. Hast du irgendeine Vorstellung davon, was für ein Mensch er war?«

»Ich weiß nicht das Geringste von ihm.«

»Er ist der Mann, der deine Frau vergewaltigt hat! *So* ein Mensch war er. Er hat mich mit einem Messer bedroht und mich zwei Stunden geschändet, in jeden Teil meines Körpers, auf jede Art, auf die er es wollte. Willst du noch weitere Details, Keith? Ist es das, was eine Frau sagen muss, damit man ihr glaubt?

Und damit war er noch nicht fertig. Gabriel ging nicht weg. Er tauchte im Wellness Center auf, wenn ich dort trainierte. Er tauchte im Starbucks auf, wenn ich einen Kaffee trank. Er kannte meinen Tagesablauf, und er war immer da, nur, damit ich ihn sehen musste – damit ich spüren musste, wie er mich beobachtete. Und *dann* – nachdem ich ihn in der Werkstatt *in Schutz genommen habe* und zu John Simpson gesagt habe: ›Ihr habt den Falschen, bitte tut ihm nicht weh!‹ – weißt du, was Gabriel getan hat?«

Niemand fragte nach. Sie gaben Isa einfach Zeit, ihre Stimme zu beruhigen und weiterzusprechen.

»Du hast Ilenes Aussage gehört«, sprach sie weiter, »wie Gabriel etwas auf Spanisch sagte, das sie nicht verstanden hat. Das stimmt. Gabriel sah zu mir hoch und sagte: ›*Valió la pena.*‹«

Sie übersetzte nicht. Die Worte hingen in der Luft.

»Was bedeutet das?«, fragte Keith.

Isa schluckte schwer, unfähig, zu antworten.

Jacks Spanisch war ausreichend. »Das war es wert.«

Isa sprang von ihrem Stuhl auf und lief aus dem Zimmer. Die Männer waren totenstill. Niemand sah dem anderen in die Augen. Schließlich war es Keith, der das Schweigen brach.

»Ich wusste nichts von dem Messer.«

»Es gab kein Messer«, sagte Jack.

»Meinst du, sie hat gelogen?«

»Nein. Ich glaube alles, was sie sagt, mit Ausnahme der Sache mit dem Messer. Ich denke, damit wollte sie etwas klarmachen.«

»Klarmachen?«

»Vor zehn Jahren musste es ein Messer gegeben haben. Oder eine Pistole. Irgendetwas. Irgendetwas anderes als das Wort einer neunzehnjährigen Frau, dass sie einen Mann in ihr Wohnheimzimmer eingeladen hat und keinen Sex wollte. Ohne Waffe würde die Ärztin in der Campus-Klinik ihr nicht glauben. Die Polizei würde ihr nicht glauben. Nicht einmal ihr eigener Vater glaubte ihr, dass sie vergewaltigt worden ist.«

»Das hat sie sehr deutlich klargemacht«, sagte Manny.

»Außer …«, begann Keith.

»Außer was?«, wollte Jack wissen.

»Es waren nicht nur seine Gesinnung und Chauvinismus, die Felipe Bornelli davon abgehalten haben, Isa zu glauben, als sie zu Hause anrief und sagte, dass man sie vergewaltigt hat.«

»Weißt du etwas, das ich nicht weiß?«, fragte Jack.

»Isa hat mir erzählt, worüber sie und ihr Vater gesprochen haben, als sie sich im Cy's Place getroffen haben. Es stand nicht alles in dem Brief, den er ihr gegeben hat – der, den sie dir gezeigt hat.«

»Was steht nicht darin?«

»Ihrem Vater zufolge hat Isa wenigstens ein Mal in der Vergangenheit eine falsche Anschuldigung getätigt. Es ging dabei um ihren Vater und eine ihrer Freundinnen auf der Highschool.«

»Weißt du, wie das Mädchen hieß?«, fragte Jack.

»Alicia Morales.«

Jack rückte seinen Stuhl dichter heran und sah seinem Freund in die Augen. »Erzähl's mir, Keith. Bitte, nur ein einziges Mal brauche ich *irgendwen*, der mir alles erzählt, was es zu wissen gibt.«

KAPITEL 63

Der Anruf, den Jack an diesem Nachmittag um eine Minute vor fünf von Sylvia Hunt erhielt, überraschte ihn. Was sie ihm zu sagen hatte, überraschte ihn noch mehr. »Heute ist Ihr Glückstag«, sagte sie.

»Entschuldigen Sie bitte?«

»Ich sagte Ihnen bei Gericht, dass wir uns am Montag sehen – und es keine Deals mehr für Ms. Bornelli gibt. Ich bin immer noch der Ansicht, dass das der beste Weg ist. Aber es gibt mindestens eine Person hier im Büro der Staatsanwaltschaft, die das anders sieht.«

Jack wusste, wen sie meinte: Oberstaatsanwältin Carmen Benitez war schon immer ein vernünftiger Mensch gewesen.

»Wann legen Sie uns Ihr Angebot vor?«

»Ich werde das nicht am Telefon machen. Sprechen Sie mit Ihrer Mandantin. Holen Sie sich vorher von ihr die Zustimmung ein, was akzeptabel wäre. Kommen Sie um sechs Uhr in mein Büro, dann präsentiere ich Ihnen unser Angebot. Sie nehmen es entweder sofort an oder schlagen es sofort aus. Das sind die Regeln. Akzeptieren Sie sie, oder lassen Sie es sein.«

Jack akzeptierte. Er traf um kurz vor sechs am Graham Building ein. Ein Frischling aus der Anwaltsriege der Staatsanwaltschaft empfing ihn vor dem Gebäude, begleitete ihn durch die Wochenend-Security und brachte ihn im Fahrstuhl hinauf zu Sylvia Hunts Büro. Sylvia schloss die Tür. Das Treffen bestand nur aus ihr und Jack.

»Nun«, sagte Jack. »Wie lautet Ihr Angebot?«

Sie beugte sich auf ihrem Stuhl nach vorn und faltete die Hände auf dem Schreibtisch. »Bevor ich dazu komme, gibt es ein paar Dinge, die ich klären möchte. Erstens, es gibt keinen Drittparteien-Deal, wie Sie ihn Richter Gonzalez ins Ohr gesetzt haben. Ich habe nie versprochen, David Kaval das Leben zu erleichtern, wenn Ilene Simpson aussagt.«

»Dann gibt es ja nichts, worüber Sie sich Sorgen machen müssen«, sagte Jack. »Aber ich werde sie dennoch dazu befragen.«

»Tun Sie, was Sie tun müssen«, erwiderte sie. »Zweitens, ich war, das gebe ich zu, ziemlich wütend nach dem heutigen Prozesstag. Ich habe Dinge über Ihren Freund Keith gesagt, die ich nicht hätte sagen sollen. Ich möchte Ihnen versichern, dass dieses Büro ihn nicht als Bauernopfer angeklagt hat, wie Sie es ausdrückten. Wir haben einer Grand Jury Beweise vorgelegt, und es gab hinreichende Gründe, um zu glauben, dass er David Kaval zwanzigtausend Dollar gezahlt hat, damit dieser Stillschweigen bewahrt, bezüglich der Beteiligung von Mr. Ingrahams Frau an Gabriels Sosas Ermordung. Im Verlauf der Verhandlung fand ich heraus, dass Mr. Kaval nicht einmal in der Werkstatt war, als Gabriel ermordet wurde. Mir wurde klar, dass Mr. Ingrahams Zahlung kein Schweigegeld war. Es diente wirklich nur dazu, den Ehestatus zu klären. Deswegen habe ich die Anklage zurückgezogen.«

»Nun, Ende gut, alles gut, vermute ich«, antwortete Jack. »Ich hoffe, wir finden ein gutes Ende für Isa.«

»Ja«, entgegnete die Anklägerin. »Ich wurde autorisiert, mein vorheriges Angebot noch einmal auf den Tisch zu packen. Totschlag mit Vorsatz, vier Jahre Gefängnis.«

»Da müssen Sie sich schon etwas mehr Mühe geben.«

»Ich muss überhaupt nichts tun.«

»Sie könnten fair sein.«

»Das ist mehr als fair.«

»Sie sehen Isa Bornelli in der ganzen Sache überhaupt nicht als Opfer, oder?«

Sie funkelte Jack düster an, und in ihren Augen wurde derselbe Zorn sichtbar, den er bereits im Gerichtssaal gesehen hatte.

Sie riss ihre Schreibtischschublade auf, holte einen Schuhkarton hervor und schüttete den Inhalt auf ihren Schreibtisch.

Es war ein Stapel Briefe. Einige davon noch immer in ihren frankierten Umschlägen. Einige waren geöffnet.

»Was ist das?«

»Schauen Sie sie ruhig an. Schauen Sie, wer sie unterschrieben hat.«

Jack nahm einen der Briefe. Er war handgeschrieben und zwei Seiten lang. Jack drehte ihn um. Unterschrieben war er mit »Fatima Sosa.«

»Gabriels Mutter«, erklärte Sylvia. »Lassen Sie sich Zeit. Lesen Sie ihn.«

»Das brauche ich nicht«, erwiderte Jack.

»Und Sie brauchen mir auch nicht zu erzählen, wer in diesem Fall das Opfer ist«, schoss sie zurück, als sie ihm den Brief wieder wegnahm. Sie schob die Briefe zusammen und legte sie zurück in den Karton. »Also, akzeptieren Sie mein Angebot? Oder lehnen Sie es ab?«

Jack hatte bereits seine Bestätigung von Isa. Vier Jahre im Gefängnis waren nicht akzeptabel. Er stand auf und sagte: »Wir sehen Sie am Montag.«

Jack verließ das Graham Building und ging zu seinem Auto. Isa wartete auf seine Rückmeldung, doch sie war nicht die erste Person, die er anrufen musste. Ihm spukte noch etwas anderes im Kopf herum – eine Frage, die an ihm nagte, seit er diese Briefe von Fatima Sosa gesehen hatte.

Jack brauchte eine schnelle Antwort. Er rief Michael Posten von der *Miami Tribune* an. Im Laufe der Jahre hatte Jacks Beziehung zu Mike immer wieder zwischen Vertrauen und Misstrauen gependelt, zwischen Freund und Feind. Ihre Gespräche in Isas Fall machten da keinen Unterschied. Doch Posten wäre möglicherweise bereit, Jack aus dieser neuesten Zwickmühle herauszuhelfen, insbesondere, wenn er gar nicht wusste, dass er ihm half.

»Mike, hey, hier ist Jack Swyteck.«

»Jack, Kumpel. Genau der Mensch, mit dem ich sprechen wollte. Ich arbeite an einer Story für die Sonntagsausgabe und könnte ein Zitat brauchen.«

»Gerne. Aber vielleicht könnten Sie mir im Gegenzug einen kleinen Gefallen tun.«

»Wie klein?«

»Sie haben vor Prozessbeginn einen Artikel veröffentlicht. Ich meine mich zu erinnern, dass es einige Zitate von Fatima Sosa gab, Gabriels Mutter.«

»Ja, ich habe sie interviewt.«

»In Miami?«

»Ja. Sie wohnt hier.«

»Fatima Sosa lebt in Miami?«

»Ja. Bird Road, Ecke Ninety-seventh Avenue.«

»Und wie ist ihr Englisch?«

»Nicht existent. Wir haben Spanisch gesprochen. Warum fragen Sie?«

Das würde Jack ihm nicht erzählen. »Ach, ist nicht wichtig.«

Doch das war eine Lüge. Jack wusste, wie wichtig es war. Es *musste* wichtig sein. Fatima Sosa lebte in Miami und sprach nur Spanisch.

Die Briefe, die Sylvia Hunt auf ihrem Schreibtisch ausgekippt hatte, waren auf Englisch geschrieben und trugen Poststempel aus Caracas.

»Kommen wir also zu Ihrem Zitat«, sagte Posten.

»Tut mir leid, Mike. Das werden wir ein wenig verschieben müssen.«

KAPITEL 64

Isa wollte allein sein. Die Neuigkeiten von Jack waren schlecht, wenn auch nicht unerwartet. Sie brauchte nur ein paar Minuten, um wieder auf die Beine zu kommen.

Sie schob eine Portion Tater Tots für Melany in den Ofen – die Abmachung besagte, dass sie sie nur bekäme, wenn Sie den Spinatsalat aß, der auf dem Weg aus der Hotelküche nach oben war – und ging ins Schlafzimmer. Keith war draußen, am Handy, und lief von einem Ende der Terrasse zum anderen, während er jeden, den er zwischen Zürich und Hongkong kannte, aufweckte, um ihm die freudige Botschaft seines Freispruchs zu verkünden.

Isa versuchte, der Versuchung zu widerstehen, sich hinzulegen. Wenn sie das tat, würde sie mit Sicherheit vor Erschöpfung ohnmächtig werden, und die Tater Tots würden in Flammen aufgehen. Sie setzte sich auf den Rand der Matratze. Das gerahmte Foto auf dem Nachttisch zog ihren Blick auf sich. Keith und sie am Tag ihrer Hochzeit in Zürich. Glückliche Zeiten. Keine Sorgen. Ganz anders als heute.

Isa machte sich um vieles Sorgen, nicht nur um die Geschworenen, denen sie am Montag gegenübertreten musste. Sie sorgte sich darum, dass Melany ihre Mutter verlieren würde, wenn man sie verurteilte. Sie sorgte sich um ihre Zukunft mit Keith – selbst, wenn sie freigesprochen würde.

Isa hatte ihrem Mann Informationen verheimlicht, das war keine Frage. Sie wusste, ihre Handlungen hatten Zweifel in ihm gesät. Keith hatte sich selbst eingeredet, dass ihr gemeinsames Leben so viel besser gewesen wäre, dass sie jetzt an einem so viel besseren Ort wären, wenn Isa ihm doch bloß von Anfang an alles erzählt hätte.

Du liegst so falsch, Keith.

Es gab eine Nacht, ganz am Anfang ihrer Beziehung, über die Keith und Isa nie gesprochen hatten. Sie hatten sich ausgezogen und direkt ins Bett gestürzt. Es war nicht der beste Sex gewesen, den zwei Menschen je gehabt hatten. Es war nicht einmal der beste Sex gewesen, den sie je mit Keith gehabt hatte. Ehrlich gesagt, war es furchtbar gewesen. Es war mit Abstand der Schlimmste gewesen – und das nicht bloß wegen des Moments, den Keith hinterher mit einem Lachen als »unangenehm« abzutun versucht hatte. Keith dachte, dass Isa im Augenblick der Lust den Namen eines anderen Mannes geflüstert hatte, was natürlich wirklich »unangenehm« gewesen wäre.

Doch *unangenehm* begann nicht einmal das zu umschreiben, was Isa empfunden hatte oder was wirklich geschehen war.

Sie liebte Keith, und Isa hatte nie gewollt, dass Keith daran zweifelte, dass der Sex eine der Stärken ihrer Beziehung war. Das Allerletzte, was sie wollte, war, dass er fürchtete, sie könne das Gefühl haben, er dränge sich ihr auf. Doch die Wahrheit war, dass sie in jener speziellen Nacht keinen Sex gewollt hatte. Keith war sturzbetrunken gewesen, und mit dem Selbstvertrauen des Suffs *hatte* er sie dazu gedrängt. Die Situation war so verwirrend gewesen, so undurchsichtig und so negativ, dass sie eine Erinnerung hochgeholt hatte, die Isa über Jahre erfolgreich verdrängt hatte. Sie war sich dessen nicht einmal bewusst gewesen, dass sie es ausgesprochen hatte, dass sie, in einem Augenblick psychologischer Übertragung, ihren Liebhaber in diesem Licht betrachtet hatte. Für eine grausige Sekunde – in etwas, das alles andere als ein »Moment der Leidenschaft« gewesen war – hatte sie sich so hilflos und abgestoßen von dem Mann, den sie liebte, gefühlt, dass sie nicht verhindern konnte, es auszusprechen, selbst wenn sie es nicht so deutlich oder so klar gesagt hatte, wie sie sich erinnerte.

»Geh runter von mir, Gabriel!«

»Hey, Liebling«, sagte Keith, und seine Stimme ließ sie zusammenzucken, als er das Schlafzimmer betrat. Er setzte sich neben sie auf den Rand der Matratze.

»Hey«, erwiderte sie atemlos.

»Alles in Ordnung?«

»Ja, ich war wohl eine Sekunde in Gedanken versunken.«

»Ich wollte nur sagen, dass es mir leidtut. Es tut mir leid, was dir zugestoßen ist. Was du durchgemacht hast. Aber ich möchte, dass du weißt, dass ich für dich da sein werde. Ich werde für den Rest der Verhandlung da sein. Und wenn das vorbei ist, werde ich dir da durch helfen.«

Er umarmte sie, doch das weckte in Isa nicht den Wunsch, die Umarmung zu erwidern. Er hätte das unmöglich verstehen können, doch genau das hier war der Grund dafür, dass sie ihm nichts davon erzählt hatte. Keith war jemand, der Dinge in Ordnung bringen wollte. Ein Problemlöser. Isa wollte nicht seine Hilfe. Sie wollte niemanden, der sie rettet. Sie wollte ihren Ehemann zurück. Ihren Mann.

Keith umarmte sie weiter und wollte einfach nicht loslassen. *Das* war unangenehm.

KAPITEL 65

Jack sammelte seine Großmutter ein und fuhr auf der Bird Road nach Westen. Sie fuhren zu Fatima Sosas Haus.

»Ist sie eine Kommunistin?«, fragte Abuela auf Spanisch.

»Nein. Man sagte mir, sie sei eine Anti-Chavista.«

»*Bueno*. Dann werden wir gute Freunde werden.«

In Abuelas Welt gab es nur eines, das besser war, als ein Gegner von Castro zu sein: ein Gegner von Castros Protegés zu sein – selbst wenn diese schon tot waren. Jack erklärte ihr den Auftrag: herausfinden, wer wirklich diese englischen Briefe an die Staatsanwaltschaft geschrieben und in Venezuela abgeschickt hatte.

Jack kannte dank Michael Posten die ungefähre Gegend, in der Fatima lebte. Er hatte erfolglos im Internet nach der genauen Adresse gesucht und schließlich die treue und zuverlässige Hilfe von Bonnie, dem Roadrunner in Anspruch genommen. Sie hatte die Adresse innerhalb von dreißig Sekunden herausgefunden und ihn daran erinnert, dass es da dieses Ding namens Telefonbuch gab, das tatsächlich noch gedruckt wurde und die Namen, Adressen und Nummern jedes Festnetzanschlusses im Bezirk Miami-Dade auflistete.

Die Sonne ging unter, als Jack und seine *abuela* auf der anderen Straßenseite des einstöckigen Wohnhauses an der Southwest Fortieth Terrace parkten. Jack ging den Plan noch einmal durch. Abuela erklärte, dass sie verstanden habe. Sie waren sich einig, dass schon Jacks Anblick Fatima dazu bringen würde, ihnen die Tür vor der Nase zuzuschlagen. Jack wartete im Auto und sah von der anderen Straßenseite aus zu, wie Abuela allein zur Vordertür ging und auf die Klingel drückte.

Niemand kam an die Tür. Sie drehte sich um, sah zu Jack und zuckte mit den Achseln.

Plötzlich wurde die Tür geöffnet.

Jack war sich nicht sicher, was Abuela sagen würde. Wenn er ehrlich war, wusste er nie im Voraus, was ihr über die Lippen kam. Aber er hatte deutlich gemacht, dass die Sache wichtig war, und er wusste, dass sie ihr Bestes geben würde. Die beiden Frauen schienen sich zu unterhalten, was Jack als gutes Zeichen betrachtete. Eine Minute später sprachen sie immer noch miteinander – ein sehr gutes Zeichen. Sprachen immer noch. Jack sah auf die Uhr. Das ging nun schon fünf Minuten.

Jack konnte sich nicht vorstellen, worüber diese beiden alten Frauen so lange sprechen könnten. Vielleicht gab ihnen die geteilte Erfahrung, ein Kind in den Zwanzigern verloren zu haben, eine gemeinsame Basis. Schließlich wurde die Tür geschlossen. Abuela drehte sich um, kam zurück zu Jacks Auto und stieg auf den Beifahrersitz.

»Ich sollte für die CIA arbeiten«, sagte sie.

»Hast du es?«

»Sí«, antwortete sie, während sie die Tür zuzog.

»Wer hat die Briefe geschrieben?«

»La novia de Gabriel.«

»Gabriel Sosas Verlobte?«

»*Si.* Alicia Morales.«

Jack atmete tief durch, dankte Abuela und rief dann Theo auf dem Handy an. »Pack deine Tasche, Alter. Und steck deinen Reisepass ein.«

»Wo geht's denn hin?«

Der Poststempel auf den Umschlägen war ihr Ziel. »Caracas«, antwortete Jack.

KAPITEL 66

Um ein Uhr vierzig morgens begann Santa Barbara Airlines Flug Nummer 1526 seinen Landeanflug auf den Simón Bolívar International Airport. Es war der letzte Nonstop-Flug des Tages von Miami nach Caracas, und Jack und Theo waren an Bord.

Jack hatte einen Fensterplatz und verschlief bis auf die letzten dreißig Minuten den gesamten Dreieinhalb-Stunden-Flug. Er wachte gerade rechtzeitig auf, um die unzähligen funkelnden Lichter zu sehen, die sich neben dem Flughafen in die Hügel erstreckten. *Los ranchitos* – die Schlamm- und Wellblechhütten der von Verbrechen geplagten Barrios – wirkten nachts aus einem Flugzeug überraschend friedvoll und schön, auch wenn kein Tourist bei klarem Verstand es gewagt hätte, sie zu betreten, weder bei Tag noch bei Nacht; nicht mal mit einem Bodyguard.

Die Flugbegleiterin räumte die leeren Miniflaschen von Theos heruntergeklapptem Tisch, als sie sich auf die Landung vorbereiteten. Ein regelmäßiger Nachschub von Rum und Cola hatte die beiden Ladys auf der anderen Seite des Gangs schnell zu Freunden werden lassen: Mercedes und ihre noch attraktivere Schwester, die Stein und Bein schwor, dass sie Benz hieße.

»Mit Sicherheit«, sagte Jack und sprach eher zu sich selbst als zu Theo. »Und wer sind ihre Eltern? Deutsche Ingenieurskunst?«

Das Flugzeug landete kurz nach zwei Uhr. Sie kamen aus der Zollabfertigung und nahmen ein Taxi ins VIP Caracas, ein mittelpreisiges Boutique-Hotel im verhältnismäßig sicheren Finanzbezirk. In ihren Zimmern gab es keine Klimaanlagen, doch da sie im zweiten Stock wohnten, versicherte der Mitarbeiter an der Rezeption, dass sie bedenkenlos das Fenster offenlassen konnten. Jacks Matratze war halbwegs bequem, und er schlief noch einige Stunden. Er und Theo trafen sich um acht Uhr zum Frühstück im Speisesaal.

»Haste ein paar Schäfchen zählen können?«

»Ja, Gott sei Dank«, antwortete Jack. Während des Prozesses hatte er etwa vier Stunden Schlaf pro Nacht gefunden.

»Du hast die Schüsse gegen fünf Uhr nicht gehört?«

Offensichtlich hatte Theo den Rezeptionisten beim Wort genommen und das Fenster geöffnet. Jack war auf Nummer sicher gegangen. Caracas lag konsequent auf Platz zwei oder drei sämtlicher Listen von Städten mit der höchsten Gewalt außerhalb von Kriegsgebieten. Jedes durchschnittliche Wochenende brachte es auf bis zu vierzig Morde. Der Besitz einer Waffe war lediglich Soldaten, Polizisten und der boomenden Branche privater Sicherheitsfirmen gestattet, was bedeutete, dass die Menge illegaler Waffen irgendwo in den Millionen rangierte.

»Hab keinen Piep gehört«, antwortete Jack.

Theo machte seinen ersten Gang zum Frühstücksbüfett. Jack rief seine E-Mails auf dem Smartphone ab und stellte mit Freude fest, dass ein Freund von Andie ihm seine Hilfe hatte zuteilwerden lassen. Jack würde seine Frau nie bitten, direkt ihre Quellen beim FBI anzuzapfen, doch sie kannte eine ganze Menge ehemaliger Agents, die inzwischen als Privatermittler arbeiteten und die die aktuelle Adresse der richtigen Alicia Morales herausfinden konnten – denn von denen gab es Jacks Schätzung zufolge Hunderte in Caracas.

»Alicia wohnt im Catia-Distrikt«, erklärte Jack.

Theo biss einen Monsterhappen einer frischen Ananas ab. »Wo liegt der?«

»Westlich von hier. Gar nicht weit weg vom Präsidentenpalast.«

»Ist er sicher?«

»Nein.«

»Fahren wir hin?«

»Deswegen bist du hier, Kumpel.«

Nach dem Frühstück gingen sie zum Taxistand vor dem Hotel. Der fünfte Fahrer, den sie ansprachen, war entweder mutig genug, dumm genug oder hungrig genug, um sie zu ihrem Ziel zu fahren. Nach zehn Minuten Fahrt allerdings kamen Jack Zweifel bezüglich der Route, die sie nahmen. Sein Spanisch war eine nie endende Baustelle, doch er war entschlossen, Riley zweisprachig aufwachsen zu lassen, und seit ihrer Geburt hatte Jack seine eigenen Kenntnisse so weit verbessert, dass er den Fahrer darauf ansprechen konnte. Die leidenschaftslose Antwort des Fahrers schien durch und durch ehrlich zu sein.

»Was hat er gesagt?«, wollte Theo wissen.

»Er sagt, dass er nicht mehr über den Highway an den Slums vorbeifährt. Die Gangs werfen Felsen von der Überführung. Wenn der Fahrer anhält, um den Schaden zu überprüfen, stürmen die anderen Gangmitglieder aus den Büschen und rauben ihn aus. Einem seiner Freunde haben sie dabei vor zwei Wochen in den Kopf geschossen.«

»Nett«, sagte Theo.

Caracas liegt in einem Tal neben dem Berg Ávila, einem Neuntausender, der die Stadt vom Karibischen Meer trennt und den Großteil der Landschaft um die Stadt herum beherrscht. Die Reichen wohnen östlich des zentralen Finanzbezirks. Die Hügel im Westen sind die Heimat der Barrios, wo knapp die Hälfte der Stadtbevölkerung von etwa fünf Millionen lebt. Jack und Theos Fahrer führte sie entlang der Avenida Sucre ins westliche Caracas und am Mikro Supermarkt vorbei, wo etliche hundert Leute jeglichen Alters in der Morgensonne Schlange standen. »Sie hoffen, die Tür zu erreichen, bevor Zucker und Mehl ausgehen«, erklärte der Fahrer. Die Straßen wurden schlechter und die Fahrt holperiger, als das Taxi weiter die Hügel hinauffuhr. Wie viele Venezolaner liebte der Fahrer eine gute Konversation. Er sprach über alles, vom

Trockene-Toiletten-Projekt im La Vega Barrio, einem Bezirk ohne Anschluss ans örtliche Wassernetz, bis zu den Liedtexten des verstorbenen Politaktivisten Alí Primera, der einst voller Leidenschaft über die Wahrheit Venezuelas sang, die in den Hügeln lag – die Menschen und ihre Unruhen. Wenn dem so war, dann lag »die Wahrheit« direkt vor Jacks Fensterscheibe.

Das Taxi hielt an. Der Fahrer deutete auf ein Haus auf der anderen Straßenseite. Er gab ihnen noch einen letzten Tipp, wobei er langsam genug sprach, dass Jack ihn verstand. *Seid vorsichtig. Zeigt kein Geld herum. Und denkt daran, für die Barrios gilt dasselbe wie für fast alle Orte mit schlechtem Ruf: Die meisten Menschen sind freundlich. Haltet bloß die Augen nach den schlechten auf.*

»*Gracias*«, antwortete Jack. Er bezahlte den Fahrtpreis und gab dem Fahrer fünfzig Dollar extra, damit er auf sie wartete, sodass sie sich keine Sorgen um die Rückfahrt zum Hotel machen mussten. Der Fahrer stimmte freudestrahlend zu und nahm das Geld. Jack und Theo stiegen aus und schlossen die Türen.

Die Reifen quietschten, als der Fahrer so schnell wie möglich abzischte.

»Ich schätze, ein Fünfziger war nicht genug«, murmelte Jack, während er zusah, wie das Taxi davonraste.

»Hoffentlich hast du ’n Plan B, Kumpel.«

Daran arbeitete Jack noch. Theo folgte ihm über die Straße. Das war nicht die Gegend voller Lehm- und Wellblechhütten, in die dämliche amerikanische Touristen stolperten, in der Hoffnung, ihre Urlaubspostings auf Instagram ein wenig aufzupeppen, nur um kurz darauf in irgendeinem Straßengraben zu enden, nackt, ausgeraubt und voller Fragen, wie sie ohne Telefon oder Reisepass wieder nach Hause kommen sollten. Doch die Gegend hier war arm, daran gab es keinen Zweifel, und Jack war froh darüber, Theos Muskeln auf seiner Seite zu wissen.

»Lebt Felipe Bornelli auch hier irgendwo?«, fragte Theo.

»Nicht mehr. Isa sagte, ihre Eltern wären in dieser Gegend aufgewachsen, aber Felipe ging es gut unter Chavez. Jetzt lebt er auf der Ostseite der Stadt. Ich glaube nicht, dass Isa je einen Fuß hierhergesetzt hat.«

»Aber Alicia Morales war ihre Freundin, richtig?«

»Ihre Freundin aus Miami, als Alicias Mutter für Felipe gearbeitet hat.«

»Hier endet man also, nachdem man im venezolanischen Konsulat gearbeitet hat?«

Das erschien einem wirklich seltsam, und Theos Frage zielte direkt auf das Herz des vor ihnen liegenden Rätsels.

Die Heimat der Morales' war ein einstöckiger Bau aus unbemalten Ziegeln und schlampiger Maurerkunst. Das flache Dach hing in der Mitte durch, und das Fundament kippte unschön nach links, sodass es sich der Neigung des Hügels anpasste. Wäsche flatterte an einer Leine im Wind, die wie ein trauriges Lächeln zwischen Alicias Haus und dem ihrer Nachbarn hing.

Jack ging zur Eingangstür und klopfte. Niemand reagierte. Jack bemerkte das Sicherheitssystem des Hauses: Flaschenscherben und andere gezackte Spitzen, die in den Zement vor den Fensterrahmen eingedrückt waren, um jeden Einbruchsversuch abzuschrecken, oder jeden, der es dennoch versuchte, schwer zu bestrafen.

»Hey, Jack, sag Cheese«, ertönte hinter ihm Theos Stimme, als er von der Straße aus ein Foto von Jack machte.

»Bist du irre?«

»Ist unterwegs«, erwiderte Theo, und Jacks Handy stieß einen Ton aus, als die Nachricht eintraf.

»Verdammt, Theo! Steck das Handy weg, bevor uns jemand ausraubt.«

Der Nachbar im Haus nebenan kam zum Zaun und beäugte sie misstrauisch. »Wer sind Sie?«

Jack antwortete, und sie führten das Gespräch auf Spanisch fort. Der Mann wusste nicht, wer Isabelle Bornelli war, kannte jedoch den Namen Felipe Bornelli.

»Alicia ist nicht hier«, sagte der Nachbar.

»Wo können wir sie finden?«

»Das würde ich Ihnen nicht mal sagen, wenn ich es wüsste. Sie hat keinerlei Interesse daran, irgendwem aus der Bornelli-Familie zu helfen.«

»Warum nicht?«, wollte Jack wissen.

»Warum?«, fragte der Nachbar ungläubig. »Felipe Bornelli hat ihren Verlobten nach Vista Hermosa geschickt.«

»Vista Hermosa?«

»In Ciudad Bolívar. Es ist ein Gefängnis.«

»Die Hölle auf Erden«, sagte Theo nur zu Jack. »Ich hab erwachsene Männer bei der Vorstellung weinen sehen, ausgewiesen und dorthin überstellt zu werden. Das Staatsgefängnis von Florida ist im Vergleich zu dem Laden ein verschissenes Fünf-Sterne-Hotel.«

Jack sprach weiter mit dem Nachbarn auf Spanisch. »Was hat er verbrochen?«

»Politischer Gefangener. Was eine Lüge ist. Er war ein Chavista. Wie alle Leute in den Hügeln.«

Jack widersprach ihm nicht, doch er wusste aus guter Quelle, dass Gabriels Mutter das nicht war. Abuela hätte es keine fünfzehn Sekunden auf der Veranda einer Chavista ausgehalten.

»Jack«, warnte Theo. »Feind auf drei Uhr.«

Jack warf einen Blick zur Seitenstraße. Eine Gruppe von acht jungen Männern näherte sich. Sie konnten auf der Suche nach einem neunten für ein *Beísbol*-Team sein, aber Jack vertraute Theos Instinkten. Außerdem hatte er mehr als genug Reiseführer gelesen, um von den Nachbarschaftswachen gehört zu haben, die die mangelnde Polizeipräsenz ausglichen – Schläger, die ihre eigenen Gesetze durchdrückten.

»Nicht sicher hier für Sie«, sagte der Mann. »Sie sollten gehen.«

Eine Hupe ertönte, und ein Taxi fuhr heran. *Dasselbe* Taxi. Ihr Fahrer war zurückgekehrt.

Gott sei Dank.

Jack bedankte sich bei dem Nachbarn, dann liefen er und Theo schnell zum Taxi und sprangen auf den Rücksitz.

»Ich dachte, Sie hätten uns zurückgelassen«, sagte Jack dem Fahrer auf Spanisch, als sie davonjagten.

»Nein, nein. Ich muss in Bewegung bleiben. Diese Jungs würden mir die Kehle aufschneiden für das Geld, das Sie mir gegeben haben.«

Jack ließ sich gegen die Rückbank sinken.

»Was hat er gesagt?«, wollte Theo wissen.

Jack warf einen Blick durch die Heckscheibe. Ein Hund lief über die Straße. Ein barfüßiges, junges Mädchen rannte hinter ihm her. Die achtköpfige Gang beobachtete das Ganze.

»Er sagte, ich sollte diese Scheiße nicht mehr machen«, antwortete Jack. »Ich hab eine zwei Jahre alte Tochter.«

KAPITEL 67

Isa fühlte sich zur Universität hingezogen.

Keith und ein anderer Vater aus Melanys Kindergartengruppe nahmen ihre Töchter am Samstag mit zum Bowlen. Isa fuhr mit der Metrorail zur Station der Universität. Ihre Handtasche lag auf ihrem Schoß, zusammen mit dem Flyer von Emma, der für die Campus-Versammlung an der Universität von Miami warb.

Isa hatte niemandem gesagt, dass sie hinfahren wollte. Bis heute Morgen war sie selbst noch nicht entschlossen gewesen. Sie starrte ihr Spiegelbild im Badezimmerspiegel an und versuchte zu ermessen, wer sie war.

Opfer? Mörderin?

Opfer? Falschanklägerin?

Opfer? Lügnerin?

Das Treffen mit ihrem Vater im Cy's Place war der Tiefpunkt gewesen – bis zu Ilene Simpsons Aussage, was der neue Tiefpunkt gewesen war. Dann kam der tiefste aller Punkte: das Treffen in Jacks Büro, bei dem Isa schmerzhaft bewusst wurde, dass alle Männer – selbst die guten Männer – einen eingebauten Verarbeitungsdefekt besaßen, der es ihnen nahezu unmöglich machte, das Konzept eines »Date-Rapes« überhaupt zu begreifen.

Eine kleine Menschentraube hatte sich auf dem Campus-Hof versammelt. Einige standen, und ein paar Dutzend saßen auf Klappstühlen auf dem Rasen, alle der kleinen Bühne zugewandt. Isa stellte sich in die hinteren Reihen. Es war kein Zufall, dass eine Veranstaltung, welche das Bewusstsein für sexuelle Übergriffe an der Universität schärfen sollte, neben den Wohnheimen abgehalten wurde, und Isa war sich der Tatsache allzu bewusst, dass sie lediglich zwei Gebäude von ihrem ehemaligen Wohnheim entfernt stand. Das »SASA«-Banner spannte sich zwischen zwei Palmen. Der Campus-Sender war mit Kameras da und berichtete über die Veranstaltung. Isa ging zu einem freien Sitz in der letzten Stuhlreihe, als der Präsident der Studierendenschaft das Podium an die SASA-Präsidentin Emma Barrett übergab.

Es folgte ein kurzer Applaus, bevor das Publikum still wurde, um zuzuhören.

»Ist euch je aufgefallen, dass es kein einziges Haus einer Studentinnenverbindung auf diesem Campus gibt?«, fragte Emma vom Podium aus. »Wir haben Studentinnenverbindungen, und es gibt jede Menge Häuser von Studentenverbindungen, aber kein einziges Studentinnenverbindungshaus. Habt ihr euch je gefragt, warum? Ein schlüpfriges Gerücht besagt, dass es illegal war, wenn mehr als fünf Frauen gemeinsam im selben Haus lebten. So etwas wurde als Bordell betrachtet. Das passt wunderbar zu der Legende von Al Capone, der im Biltmore Hotel rumhing. Aber es ist ein Gerücht, keine Tatsache. Dabei ist die Wahrheit noch wesentlich bizarrer.

Die Philosophie der frühen 1960er Jahre, als Häuser mit griechischen Buchstaben auf dem ganzen Campus wie Pilze aus dem Boden schossen, betrachtete die Universität von Miami als ›Mädchenpensionat‹ für junge Damen. Frauen mussten in einem Wohnheim auf dem Campus wohnen. Wir mussten uns an- und abmelden, und es gab eine ›Hausmutter‹, die für jeden Stock zuständig war und sicherging, dass die ›Damen‹ sich an die Regeln hielten, die in dem ›Kleinen Grünen Buch‹ festgehalten waren, welches von der Dekanin der weiblichen Studenten herausgegeben wurde.

Das ›Kleine Grüne Buch‹ existiert nicht mehr. Die Regeln haben sich geändert. Die Einstellungen haben sich langsamer geändert. Worüber wir heute hier sprechen wollen, ist Folgendes: Wenn man College-Campusse sicher für Frauen machen will – und respektvoll gegenüber Frauen –, dann macht man das nicht, indem man Kleiderordnungen, Ausgehsperren und ›Kleine Grüne Bücher‹ verteilt. Man muss die Kultur verändern, in welcher sechzig Prozent aller Vergewaltigungsopfer und Opfer sexueller Übergriffe weiterhin schweigen.«

Isa stimmte in den Applaus ein, überrascht von ihrem eigenen Enthusiasmus. Es war das erste Mal seit ihrer Rückkehr nach Miami, dass sie in der Öffentlichkeit war und man ihr das Gefühl gab, keine Kriminelle zu sein. Isa schaute nach links, dann nach rechts. Sie sah andere Frauen. Sie wusste, dass sie nicht die Einzige im Publikum war von denen, die sich zu dieser Veranstaltung hingezogen fühlten, die nie etwas angezeigt oder gesagt hatten, die Teil dieser schweigenden sechzig Prozent waren.

»Isa?«

Sie drehte sich um, als sie ihren Namen hörte, und hielt den Atem an. Plötzlich war sie sprachlos. Selbst nach all diesen Jahren erkannte sie das Gesicht auf der Stelle, doch die Frau stellte sich ihr dennoch vor.

»Ich bin es. Alicia.«

KAPITEL 68

Jacks Rückflug landete am frühen Samstagnachmittag in Miami. Isa hatte ihn nach der SASA-Versammlung in Caracas angerufen. Bevor Jack ihr hatte sagen können, was für eine schlechte Idee es gewesen war, dort zu erscheinen, hatte sie ihm von Alicia Morales erzählt – woraufhin er ihr alles verziehen hatte. Es war Zeit für Jack, sie kennenzulernen. Er setzte sich in ein Taxi und fuhr vom Flughafen direkt zur Brickell Avenue.

Mit vierundsechzig Stockwerken war das Four Seasons das höchste Gebäude Miamis und ein Leuchtfeuer des Luxus, selbst in dieser Stadt. Jack konnte ganz ehrlich behaupten, dass er nicht dort würde leben wollen, doch der endlose Strom an Reparaturmaßnahmen im Freedom Institute ließ ihn manchmal denken, dass ein Fünf-Sterne-Service und eine Vierundzwanzig-Stunden-Verhätschelung gar nicht so schlecht klangen. Nachdem er den Morgen in den westlichen Hügeln von Caracas verbracht hatte, konnte Jack nur erahnen, wie Alicia sich bei dem Blatt fühlte, welches das Schicksal ihr ausgeteilt hatte, und bei dem Leben, das ihre Freundin von der Highschool führte.

»Ich habe sie gehasst«, erzählte Alicia. »Jeden Tag wachte ich auf und hasste Isa mit jeder Faser meines Körpers.«

Sie waren in Isas Küche und saßen um einen polierten Granittresen. Sie waren nur zu dritt. Mannys Aufgabe war erledigt. Keith war mit Melany in Coconut Grove, um eine Pizza zu essen.

Isa blickte aus dem Fenster. Sie hatte offenkundig von dem Groll gegen sie gewusst, schon seit Jahren, und vielleicht hatte Alicia es ihr früher schon ins Gesicht gesagt. Nichtsdestotrotz schienen die Worte aus Alicias Mund sie zu treffen.

»Ich mache dir keine Vorwürfe«, sagte Isa.

»Nein«, erwiderte Alicia. »Mein Hass war auf die falsche Person gerichtet.«

Jack hörte zu, als Alicia fortfuhr, sich alles von der Seele zu reden, und alles bestätigte, was Jack von ihrem Nachbarn in Catia erfahren hatte – und noch mehr. Jack unterbrach sie nur, wenn es notwendig war. Alle paar Minuten legte Alicia von selbst eine Pause ein, um sich zu sammeln. Sie und Isa wechselten hier und dort einen Blick oder ein trauriges Lächeln, doch Jack sah das nicht als Hinweis darauf, dass die beiden Alicias Worte in irgendeiner Form abgesprochen oder geprobt hatten. Isa hatte ihm vorher schon Informationen vorenthalten, ihm Halbwahrheiten oder sogar glatte Lügen aufgetischt. Doch an diesem Samstagabend, in ihrer Küche, als dort nur Jack, seine Mandantin und ihre beste Freundin von der Highschool waren – da gab es keine Lügen mehr. Davon war Jack überzeugt.

»Isa, haben Sie und Alicia über den Post-it-Zettel gesprochen?«

»Nein«, antwortete Isa.

Jack erzählte Alicia von ihrer Flucht aus dem Gerichtsgebäude nach einem harten Prozesstag und von der Nachricht, die jemand an seine Laptoptasche geklebt hatte und die er in der Limousine gefunden hatte: *Sie wird nicht aussagen.*

»Wir haben die Filmaufnahmen der Nachrichtensender Bild für Bild untersucht. Darauf sieht man, wie jemand aus der Menge den Arm ausstreckt und den Zettel dort anklebt, während wir das Gerichtsgebäude verlassen. Die Hand scheint einer Frau zu gehören.«

Alicia schaute weg und ihn dann wieder an. »Eine ältere Frau, meinen sie. Jemand, der nicht viel von Computern versteht und dem Internet nicht genügend vertraut, um zu glauben, dass eine E-Mail Sie tatsächlich erreichen würde, sodass sie die Nachricht per Hand aufschreiben musste.«

Das waren keine Fragen. Alicia führte Jack zu einer Antwort.

»Gabriels Mutter?«, fragte er.

»Ja. Ich habe die Notiz für sie geschrieben. Auf Englisch. So wie ich ihre Briefe an die Staatsanwältin geschrieben habe.«

»Fatima will offensichtlich nicht, dass Sie aussagen«, sagte Jack.

»Nein. Will sie nicht.«

Jack warf einen Blick zu Isa, und ihr Gesichtsausdruck machte klar, dass, falls jemand Alicia um einen Gefallen bitten sollte, es Jack sein müsste.

»Am Montag ist es Isas Aufgabe, Beweise zu präsentieren«, sagte er. »Ist die Notiz Ihr letztes Wort in der Angelegenheit?«

Alicia zögerte. Es war deutlich, dass noch immer ein Band zwischen Alicia und der Frau bestand, die ihre Schwiegermutter geworden wäre, und Alicia würde den Pakt, den die beiden über ihre Beteiligung am Prozess geschlossen hatten, nicht leichtfertig brechen.

»Es ist nicht das letzte Wort«, sagte sie mit Überzeugung. »Ich *werde* aussagen.«

KAPITEL 69

Der Montag kam schnell. Die Verhandlung gegen Isabelle Bornelli wurde um neun Uhr fortgesetzt.

Jack stand hinter seinem Stuhl am Tisch. Isa saß links von ihm. Sie waren nur noch zu zweit.

»Die Verteidigung ruft Alicia Morales in den Zeugenstand.«

Alicia war seit Samstagabend bei Isa geblieben, doch selbst als Jack heute Morgen zum Gericht gefahren war, hatte er einen panischen Anruf von Isa befürchtet, die ihm sagte, dass Alicia ihre Meinung geändert hätte und auf dem Weg zurück nach Venezuela wäre. Sie mit einer richterlichen Vorladung festzunageln hätte ihr Erscheinen sichern können, sie aber auch in eine Zeugin für die Anklage verwandeln können. Es war eine große Erleichterung zu sehen, wie die Doppelschwingtüren am Ende des Gerichtsaals sich öffneten und Alicia schweigend den Mittelgang entlangkam.

Jack hatte kaum Zweifel daran, dass die beiden alten Freundinnen die hübschesten Mädchen in ihrer Highschoolklasse gewesen waren und dass sie wie Schwestern ihre Klamotten hatten untereinander tauschen können. Der marineblaue Anzug und die burgunderfarbene Bluse, die sie sich von Isa geliehen hatte, standen Alicia hervorragend. Unechte Perlen waren ein angemessen dezenter Schmuck, und sie ging geübt in mittelhohen Absätzen. Äußerlichkeiten waren nicht alles, aber es gab keine zweite Chance für einen ersten Eindruck. Und Alicia *wurde* beobachtet. Die Pressetribüne war so vollgestopft, dass einige Reporter auf die öffentlichen Sitzplätze hatten ausweichen müssen, die ebenfalls bis zum letzten Stuhl belegt waren. Die Erwartungen waren hoch, angeheizt vor allem durch Gerüchte, dass Isa selbst in den Zeugenstand treten würde. Alicia, so hoffte Jack, würde das überflüssig machen.

»Schwören Sie, die Wahrheit zu sagen, die ganze Wahrheit …«

Die Vereidigung war nicht bloß eine Formalie, dennoch erwischte sich Jack dabei, wie sein Blick langsam von der Zeugin zu den Geschworenen schwenkte und dann weiter hinaus zum gefüllten Zuschauerraum. Keith saß in der ersten Reihe hinter dem Tisch der Verteidigung; das polierte Geländer trennte ihn von seiner Frau. Während der ersten Prozesswoche hatte Gabriels Mutter auf der Seite der Anklage im Gerichtssaal gesessen. Auch für die zweite Woche war sie wieder da.

Jack näherte sich der Zeugin. »Guten Morgen, Ms. Morales.«

Ihr Lächeln war ein wenig zaghaft. »Guten Morgen.«

Jack half ihr mit einfachen Standardfragen über ihre Nervosität hinweg. Geboren in Caracas. Aktueller Wohnort in Catia. Nein, nie die Highschool beendet. Letzte Arbeitsstelle in einer Fabrik, die T-Shirts näht.

»Wo haben Sie während der letzten beiden Monate gelebt, Ms. Morales?«

»Ich wohnte bei Fatima Sosa. Gabriels Mutter. Sie lebt mit einer gültigen Aufenthaltserlaubnis hier in Miami. Ich bin mit einem dreimonatigen Nichteinwanderungsvisum hier.«

Jack machte eine Pause und gab den Geschworenen Zeit, die Bedeutung der Tatsache zu ermessen, dass die erste Zeugin der Verteidigung bei der Mutter des Opfers lebte. Jack hätte den Punkt noch betonen können. Er hätte enthüllen können, wie Fatima Jacks *abuela* erzählt hatte, dass Alicia die Briefe an die Staatsanwaltschaft geschrieben, dabei aber verschwiegen hatte, dass Alicia seit Ende des Sommers in ihrem Haus wohnte. Stattdessen hatte Fatima Abuela sogar glauben gemacht, dass Jack nach Venezuela reisen müsste, um sie zu finden. Doch es waren bereits alle Blicke auf Alicia gerichtet, auch der von Fatima Sosa, und Jack musste den Druck nicht erhöhen, indem er die Mutter eines toten Sohnes angriff.

»Gehen wir noch mal einen Schritt zurück«, sagte Jack. »Ihr Englisch ist ziemlich gut, Ms. Morales. Wo haben Sie die Sprache gelernt?«

»Hier in Miami. Meine Mutter arbeitete für den Generalkonsul der Bolivarischen Republik Venezuela in der Brickell Avenue.«

»Wie lange hat sie dort gearbeitet?«

»Fünf Jahre, als ich in der Mittelstufe und in der Highschool war. Ich hatte Englisch als Zweitsprache.«

»Für wen arbeitete Ihre Mutter in dem Konsulat?«

»Sie war eine Verwaltungsassistentin von Señor Felipe Bornelli.«

Jack lenkte die Aufmerksamkeit der Geschworenen auf seine Mandantin; er hoffte, Isa war bereit dafür. »Ist Felipe Bornelli der Vater der hier Angeklagten, Isabelle Bornelli?«

»Ja.«

»Kannten Sie Ms. Bornelli?«

»Ja. Wir waren gute Freundinnen«, antwortete sie und warf erneut einen Blick in Isas Richtung. »Beste Freundinnen. Bis hin zum Schluss.«

»Wie alt waren Sie, als Sie und Isa aufhörten, beste Freundinnen zu sein?«

»Siebzehn. Wir waren im ersten Jahr der Highschool.«

»Was ist geschehen?«

Alicia zögerte. Jacks Liste einfacher Fragen war zum Ende gekommen. Das Schweigen hielt an. Der Richter meldete sich: »Vielleicht können Sie die Frage etwas konkreter stellen, Mr. Swyteck.«

»Natürlich, Euer Ehren. Ms. Morales, haben Sie irgendetwas gesagt, das zum Bruch zwischen Ihnen und Isabelle Bornelli führte?«

Jack spürte, wie gerne die Anklägerin Einspruch erhoben hätte, doch es war kein Hörensagen, wenn ein Zeuge seine eigenen Worte wiederholte. »Isa und ich haben einander alles erzählt. Eines Abends, als wir allein waren, habe ich mich wohl nicht wie ich selbst benommen. Ich erzählte ihr, was mit mir nicht stimmte.«

»Was haben Sie ihr erzählt?«

»Das … das war sehr schwer für mich. Aber ich sagte ihr, dass ihr Vater mir nahegekommen war.«

»Sie erzählten Ms. Bornelli, dass ihr Vater einen unerwünschten sexuellen Annäherungsversuch gewagt hatte, stimmt das?«

»Ja«, sagte sie leise.

»Haben Sie außer Ms. Bornelli sonst noch jemandem davon erzählt?«, fragte Jack.

»Ja. Wir schrieben eine offizielle Beschwerde an den Generalkonsul.«

»Sie sagten ›wir‹. Hat Ihnen jemand bei dieser Beschwerde geholfen?«

»Ja. Isabelle Bornelli.«

»Wie hat sie Ihnen geholfen?«

»Sie … im Grunde hat Isa mich dazu *gebracht*, sie zu schreiben. Und Isa war diejenige, die uns reinbrachte, damit wir den Generalkonsul sprechen konnten. Meine Mutter war eine Sekretärin. Ihr Vater ein Diplomat. Sie hatte den Status. Wir gingen gemeinsam zum Büro des Generalkonsuls und händigten ihm die Beschwerde persönlich aus.«

»Wie sah die Reaktion des Konsuls aus?«

»Soweit ich weiß, gab es keine.«

»Was geschah, nachdem Sie Ihre Beschwerde abgegeben haben?«

»Etwa eine Woche später wurde meine Mutter gefeuert. Wir wurden zurück nach Venezuela geschickt.«

Jack trat kurz vom Podium weg, aus keinem anderen Grund, als um der Zeugin eine kurze Verschnaufpause zu gönnen. Dann machte er weiter.

»Erzählten Sie noch irgendjemandem davon, dass Felipe Bornelli ›Ihnen nahegekommen‹ sei?«

»Nicht in Miami. Ich erzählte niemandem davon, bis meine Mutter und ich nach Caracas zurückzogen.«

»Wem erzählten Sie es?«

Sie schaute zu den Geschworenen. »Ich erzählte es Gabriel Sosa.«

Selbst der Richter wirkte plötzlich munter, wie Jack feststellte. »Woher kannten Sie Mr. Sosa?«, fragte Jack.

»Wir lernten uns etwa drei Monate nach meiner Rückkehr nach Caracas kennen. Wir fingen an, uns zu verabreden. Kurz darauf verlobten wir uns.«

»Wie kam es dazu, dass Sie ihm von dem erzählten, was in Miami mit Felipe Bornelli geschehen war?«

Sie nahm sich Zeit, über ihre Worte nachzudenken. »Das war nach unserer Verlobung. Ich entfernte mich von Gabriel. Nicht, weil ich ihn nicht liebte. Das tat ich. Ich sagte ihm, dass es nicht seine Schuld sei – dass mir in Miami etwas zugestoßen sei.«

Jack gefiel es nicht, die nächste Frage stellen zu müssen, doch dieser Prozess ließ keinen Spielraum für Unklarheiten.

»Es ist sehr wichtig, dass wir erfahren, was genau Sie ihm erzählt haben, Ms. Morales. Erinnern Sie sich an Ihre genauen Worte?«

Sie atmete tief ein, bevor sie antwortete. »Ich erzählte ihm, dass Mr. Bornelli mich vergewaltigt habe.«

Jack hätte es dabei belassen können. Die logische Folgefrage – *Hat* er Sie vergewaltigt? – war extrem riskant. Ein Nein als Antwort würde aus seiner Hauptzeugin eine Falschanklägerin machen. Doch wenn Jack die Frage nicht stellte, würde Sylvia Hunt es tun.

»Ms. Morales, mir ist klar, dass dies eine schwierige Frage ist, die Sie beantworten sollen, aber wurden Sie Opfer eines sexuellen Übergriffs von Felipe Bornelli?«

Schweigen. Sie antwortete nicht.

Der Richter stupste sie an. »Ms. Morales, Sie müssen die Frage beantworten.«

»Verzeihung. Könnten Sie die Frage wiederholen?«

Das tat Jack. Er wartete. Der Gerichtssaal wartete.

»Nein«, antwortete sie. »Das war eine Lüge.«

Jack spürte, wie ihm jemand den Boden unter den Füßen wegzog. Das war nicht die Antwort, die er erwartet hatte. Das war nicht die Geschichte, die sie ihm am Samstagabend in Isas Apartment erzählt hatte.

Richter Gonzalez meldete sich. »Mr. Swyteck, haben Sie noch eine weitere Frage?«

Jacks Pause musste länger gewesen sein als geplant. Er würde weitermachen und einen Weg finden müssen, mit dem er um Alicias plötzlichen Sinneswandel herumarbeiten konnte – und um den Wandel in ihrer Geschichte.

»Was tat Gabriel Sosa, nachdem Sie ihm sagten, dass Sie vergewaltigt worden seien?«

»Er ging, um mit Mr. Bornelli zu sprechen. Ich habe ihn angefleht, es nicht zu tun. Doch er tat es dennoch.«

»In Miami?«

»Nein. Zu der Zeit hatte die venezolanische Regierung das Konsulatsbüro in Miami geschlossen. Mr. Bornelli war zurück in Caracas und arbeitete dort für die Chávez-Regierung.«

»Was geschah, nachdem Gabriel Mr. Bornelli aufgesucht hatte?«

»Etwa zwei Tage später wurde Gabriel verhaftet und ins Gefängnis von Vista Hermosa gebracht.«

»Was wurde ihm vorgeworfen?«

»Anstiftung zur Gewalt. Eine Anklage, die die Chávez-Regierung gegen politische Feinde benutzte.«

»*War* Gabriel Sosa ein Feind der Regierung?«

»Nein.«

»Wie lange war er in Vista Hermosa?«, fragte Jack.

»Sechs Monate.«

»Haben Sie ihn besucht?«

»Nein. Einmal habe ich es versucht.«

»Was ist passiert?«

»Zu gefährlich. Das Gefängnis wurde erbaut, um vierhundert Insassen gefangen zu halten, und es waren mehr als fünfzehnhundert Gefangene darin. Der einzige Teil von Vista Hermosa, den die Wärter kontrollieren, ist das Eingangstor. Innen wird es von den Gefangenen geleitet. Sie haben Messer. Wenn man die Regeln der Banden bricht, dann ...«

»Einspruch«, rief die Staatsanwältin und stand auf. »Euer Ehren, das liegt weit außerhalb der persönlichen Erfahrungen der Zeugin.«

»Stattgegeben.«

Jack war zuversichtlich, dass die Geschworenen das Wesentliche erfasst hatten. Selbst ein guter Tag in Vista Hermosa war eine grausame und untypische Bestrafung. »Wann haben Sie Gabriel das nächste Mal gesehen?«

»Als er entlassen wurde.«

»Wie war er nach seiner Entlassung?«

Sie senkte den Blick, die Stimme voll Traurigkeit. »Er war ein anderer Mensch. Zornig. Brutal. Extrem brutal.«

»Hat er Sie je geschlagen?«

Sie zögerte, nickte dann. »Ja.«

Jack war versucht zu fragen, ob er sie je sexuell genötigt habe – sie hatte das Samstagabend angedeutet – doch Fatima Sosa saß im Zuschauerraum, was Alicias Aussage beeinflussen könnte, und Jack konnte sich keinen weiteren Rückschlag mit dieser Zeugin leisten.

»Blieben Sie und Gabriel Sosa weiterhin verlobt?«, fragte er.

»Nein. Ich habe das aufgelöst.«

»Blieb er in Caracas?«

»Nein. Er ging nach Miami.«

»Was hatte er vor, als er nach Miami kam?«

Die Staatsanwältin stand auf. »Einspruch. Die Frage zielt auf Spekulationen ab.«

»Stattgegeben.«

Die Entscheidung war angemessen, doch auch ohne den Einspruch war die Antwort offensichtlich. Es gefiel Jack nicht, mit einem Rückschlag zu enden, aber er hatte möglicherweise genug, um den Geschworenen deutlich zu machen, dass Gabriel Sosa nach Miami gekommen war, um eine Rechnung zu begleichen. »Einen Augenblick, bitte, Euer Ehren. Ich bin möglicherweise fertig.«

Jack schaute in seine Notizen. Je länger er darüber nachdachte, desto unwohler fühlte er sich damit, wie die Dinge im Augenblick standen. Alicias Glaubwürdigkeit bei den Geschworenen war von entscheidender Bedeutung. Sie hatte sich selbst als Lügnerin bezeichnet – eine Frau, die ihren eigenen Verlobten belogen und ihm erzählt hatte, dass Felipe Bornelli ein Vergewaltiger war. Im Kreuzverhör würde sie aufgespießt werden. Jack musste sie rehabilitieren. Ob es ihm gefiel oder nicht, er musste noch einmal auf den schwersten Teil ihrer Aussage zurückkommen.

»Ms. Morales, Sie sagten vorhin aus, dass Sie eine Vergeltung von Felipe Bornelli fürchteten. Ihrer Ansicht nach war Mr. Bornelli ein sehr mächtiger Mann, richtig?«

»Ja.«

»Er ist immer noch ein mächtiger Mann, oder nicht?«

»Einspruch, Euer Ehren.«

»Euer Ehren, ich frage lediglich nach der gegenwärtigen Einschätzung der Zeugin«, wehrte sich Jack.

Der Richter dachte einen Augenblick nach. »Die Zeugin soll antworten.«

»Ja«, sagte Alicia. »Soweit ich weiß, genießt Mr. Bornelli immer noch eine Menge Hochachtung von der Partei und gegenwärtigen Regierung.«

»Nachdem Sie sich beim Generalkonsul über Mr. Bornelli beschwert hatten, wurde Ihre Mutter gefeuert und zurück nach Caracas geschickt. Korrekt?«

»Ja.«

Jack hatte das Haus gesehen, in dem sie lebten. Er hielt es für wichtig, dass die Geschworenen es ebenfalls sahen. Das einzige Foto, das er besaß, war das, das Theo ihm per Nachricht geschickt hatte – und für das Jack ihn beinahe erwürgt hätte. Jack rief es auf seinem iPhone auf und zeigte es dem Richter, der Staatsanwältin und schließlich der Zeugin.

»Ist dies das Haus in Caracas, in das Sie und Ihre Mutter gezogen sind?«, fragte Jack.

Sie wirkte überrascht, dass Jack ein Foto hatte – und vielleicht noch überraschter, dass Jack mit drauf war. »Ja.«

Mit Erlaubnis des Richters zeigte Jack das Foto den Geschworenen. Dann kehrte er zum Podium zurück. »Ms. Morales, es gibt schlimmere Häuser als dieses in Caracas, oder nicht?«

»Ja. Eindeutig.«

»Es gibt Teile im Bezirk Catia, in denen das Verbrechen außer Kontrolle geraten ist. Stimmt das?«

»An manchen Stellen würde ich niemals leben wollen.«

»Dieses Haus ist nicht der gefährlichste Ort, an dem Sie und Ihre Mutter enden könnten. Oder?«

Alicia schien zu verstehen, worauf Jack hinauswollte, doch die Staatsanwältin warf sich dazwischen. »Einspruch, Euer Ehren. Ich erkenne keinerlei Relevanz in all dem.«

»Nein, ich auch nicht. Stattgegeben.«

Jack wollte erklären, dass es relevant war – dass seine Zeugin davor zurückgeschreckt war, den Geschworenen die grausige Wahrheit über Felipe Bornelli zu erzählen, und dass sie es aus

Furcht vor derselben Form von Vergeltung getan hatte, die sie als Teenager heimgesucht hatte.

»Euer Ehren, ich …«

»Ich habe dem Einspruch bereits stattgegeben, Mr. Swyteck. Machen Sie bitte weiter.«

»Kann ich bitte meine Antwort ändern?«, fragte Alicia.

Jacks Lebensgeister schossen empor. Alicia schaute direkt zu Isa, und Jack spürte, dass beide, seine Mandantin und die Zeugin, verstanden hatten, worauf er mit seinen Fragen abgezielt hatte – und dass die beiden alten Freundinnen zu einer stillschweigenden Vereinbarung gekommen waren: dass es an der Zeit war, die Wahrheit zu erzählen.

Sylvia Hunt wusste nicht, was sie sagen sollte, warf aber dennoch etwas ein: »Euer Ehren, es steht gar keine Frage im Raum.«

»Das kann ich ändern«, sagte Jack. Er agierte immer noch anhand einer Ahnung, doch ein Blick zurück zu Isa bestätigte ihm, dass sein Instinkt ins Schwarze getroffen hatte. Er stellte seine Frage voller Vertrauen.

»Ms. Morales, ich verstehe, wie schwer das für Sie sein muss, aber können Sie uns bitte sagen: Wurden Sie von Felipe Bornelli sexuell genötigt?«

Schweigen. Sie antwortete nicht.

Sie schaffen das, rief Jack ihr zu, wenn auch nur in Gedanken.

Der Richter stupste sie an. »Ms. Morales, Sie müssen die Frage beantworten.«

»Verzeihung. Könnten Sie die Frage wiederholen?«

Das tat Jack. Er wartete. Der Gerichtssaal wartete.

Seien Sie stark, dachte Jack.

»Ja, das ist wahr«, sagte sie und schluckte schwer. »Felipe Bornelli hat mich vergewaltigt.«

Sie hatte es gesagt. Laut ausgesprochen. In einem vollbesetzten Gerichtssaal. Und Jack sah keine Anzeichen von Reue.

»Ms. Morales, Sie sagten vorhin aus, dass Sie Isabelle Bornelli erzählt haben, dass ihr Vater sexuelle Annäherungsversuche unternommen habe. War es das, was Sie ihr erzählten?«

»Ja. Ich hatte Angst, mehr zu sagen.«

»Sie sagten vorhin aus, dass Sie Gabriel Sosa erzählt haben, dass Sie von Felipe Bornelli vergewaltigt wurden. War es das, was Sie ihm erzählten?«

»Ja. Ich habe ihm das erzählt, weil es die Wahrheit war.«

»Als Gabriel Sosa nach Miami kam, wusste er also, dass Isabelle Bornellis Vater Sie vergewaltigt hat?«

Erneut spürte Jack, dass die Staatsanwältin am liebsten aufgesprungen wäre, um Einspruch zu erheben, doch sie tat es nicht.

»Ja«, antwortete Alicia. »Er wusste es. Weil ich es ihm erzählt habe.«

Jack lächelte Alicia mit den Augen zu – nichts Offensichtliches, gerade genug, um sie wissen zu lassen, dass sie das Richtige getan hatte. Dann trat er vom Podium zurück.

»Ich habe keine weiteren Fragen, Euer Ehren.«

KAPITEL 70

Der Montag endete mit einem Wimmern. Jack hätte nicht zufriedener sein können.

Sylvia Hunts Kreuzverhör von Alicia hatte keinen Schaden angerichtet. Den Rest des Nachmittags verbrachte die Staatsanwältin mit dem Versuch, den Richter davon zu überzeugen, Alicias Aussage für unzulässig zu erklären, da sie nachteilig sei.

»Natürlich ist sie *nachteilig*«, erklärte der Richter ihr. »Ich denke nicht, dass Mr. Swyteck sie in den Zeugenstand gerufen hat, um der Anklage zu *helfen*. Die Aussage wird für zulässig erklärt.«

Die Verhandlung wurde um siebzehn Uhr unterbrochen. Jack beschloss, nicht mit den Medien zu sprechen. Seine Befragung von Alicia hatte ihnen mehr als genug Gesprächsstoff für die Abendnachrichten verschafft. Außerdem war es wichtig, dass Isa und Alicia das Gerichtsgebäude getrennt verließen. Die Verteidigung konnte sich den Vorwurf nicht leisten, ungebührlichen Einfluss auf eine Zeugin ausgeübt und Beweise geschaffen zu haben.

Isa und Keith fuhren zu ihrem Apartment. Jack kehrte ins Freedom Institute zurück. Er hatte wichtige Arbeit zu erledigen.

Jacks schwerste Entscheidung war gewesen, ob er die Dinge so stehen lassen sollte, wie sie waren, oder ob er zusätzliche Beweise zu Isas Verteidigung anführen sollte. Alicias Aussage hatte mehr als deutlich gemacht, dass Gabriel Isa vergewaltigt hatte, um seine Rechnung mit der Bornelli-Familie zu begleichen; die Vergewaltigung von Felipe Bornellis Tochter war Gabriels Vorstellung von »Gerechtigkeit« für Alicia. Der zweite Teil von Jacks Argument war reine Deduktion: Felipe hatte die Folterung und Hinrichtung von Gabriel Sosa angeordnet, um die Vergewaltigung seiner Tochter zu rächen. Dafür hatte Jack keine Beweise. Und er wusste auch nicht, woher er welche nehmen sollte – es sei denn, er riefe Isas Vater in den Zeugenstand.

»Irgendwelche Hinweise, wo wir Felipe Bornelli finden könnten?«, fragte Jack.

Hannah, Brian und Eve waren mit Jack im Zimmer. Das gesamte Team vom Freedom Institute half ihm in diesem Stadium, und der Arbeitseifer war hoch. Der Sieg schien zum Greifen nahe.

»Ich habe drei Ermittler dran«, antwortete Hannah. »Nicht mal Andies Freund – der pensionierte FBI-Agent – hat irgendwas gefunden.«

»Wenn er nicht in Miami ist und wir ihn nicht vorladen können, muss ich morgen unter Umständen *die* Entscheidung treffen.«

Jeder wusste, was »*die* Entscheidung« war: Sollte Isa zu ihrer eigenen Verteidigung aussagen?

»Bist du vorbereitet, wenn du sie aufrufst?«, wollte Hannah wissen.

»Ich habe mich den größten Teil des Wochenendes auf Alicia konzentriert. Es wäre schön, einen Extra-Tag zu haben und Isas Aussage bis Sonntag zu verzögern, wenn wir das können.«

»Du könntest Ilene Simpson zurück in den Zeugenstand rufen«, sagte Brian. »Der Richter sagte doch, dass die Verteidigung sie als Teil ihrer Beweisführung noch einmal aufrufen könne.«

»Das ist eine großartige Idee, Brian. Kannst du mir die Stichpunkte für die Befragung zusammenstellen?«

»Kein Ding.«

Sie teilten noch weitere Aufgaben auf – Beweisstücke, die sie anzubieten planten, Einwände bei der Beweisaufnahme, denen sie sich möglicherweise stellen mussten, und Weiteres. Die anderen zogen sich in ihre Büros zurück. Jack war allein, als er den Anruf von Alicia erhielt.

»Wie geht es Ihnen?«, fragte Jack.

»Oh, mir geht es gut«, antwortete sie.

Jack konnte die Anspannung in ihrer Stimme hören. »Sind Sie sicher?«

»Ähm – ich bin bei Fatima Sosa. In ihrem Haus.«

Jack konnte sich problemlos vorstellen, dass das zu Anspannung führte. »Ist alles in Ordnung?«

»Fatima würde gerne mit Ihnen sprechen.«

»Jetzt?«

»Ja.«

»Worüber?«

»Was glauben Sie denn?«

Die Antwort hatte er verdient. Jack hoffte, dass das der Durchbruch war, der den Fall beendete. Doch es könnte auch etwas anderes sein. »Ich könnte in zwanzig Minuten dort sein.«

»Ich glaube, Sie sollten kommen«, sagte sie, die Anspannung noch immer deutlich in ihrer Stimme vernehmbar. »Ich *bitte* Sie darum, zu kommen.«

Die Art, wie sie das sagte, war ein wenig seltsam, aber sie hatte auf jeden Fall klargemacht, dass es wichtig war.

»Okay«, sagte Jack. »Ich bin unterwegs.«

KAPITEL 71

Jack fuhr zu Fatima Sosas Haus – die Adresse war nach der Fahrt mit Abuela noch in seinem Navi –, und dieses Mal parkte er in der Einfahrt. Alicia öffnete die Tür und bat ihn ins Wohnzimmer. Fatima war nicht zu Hause.

»Aber Sie sagten, dass Fatima mit mir sprechen wollte«, sagte Jack.

»Alicia hat gelogen«, erklärte Felipe Bornelli, als er aus dem dunklen Flur trat und zu ihnen ins Wohnzimmer kam. »Aber sie tat es auf meine Anweisung hin.«

Felipe hielt eine Pistole in der Hand. Sie war auf Jack gerichtet. »Leg die Kette vor, Alicia.«

Sie gehorchte, die Kette klimperte in ihrer zitternden Hand. Sie standen wie ein Dreieck da – Alicia nahe der Tür, Felipe am dichtesten am Flur und Jack beim Fenster, vor den zugezogenen Vorhängen.

»Felipe, Sie begehen einen großen Fehler«, sagte Jack.

»Sie haben den Fehler begangen, Mr. Swyteck, als Sie mich unterschätzt haben.«

»Es gibt nichts, das Sie erreichen könnten, indem Sie mich erschießen.«

»Das ist wahr«, sagte er. »Deshalb wird Alicia das tun.«

»Nein! Werde ich nicht«, entgegnete sie.

Die Pistole weiter auf Jack gerichtet, zog Felipe einen kleinen Revolver aus seiner Jackentasche. »Nimm sie, Alicia.«

»Nein.«

Er legte die Waffe auf den Beistelltisch. »Nimm sie auf. Richte sie auf seine Brust. Und drück ab. So wird das hier laufen.«

Jack hatte keine Waffe, nur seine Worte. Er versuchte, Felipe herauszufordern. »Wen haben Sie angeheuert, Felipe? David Kamal oder John Simspon?«

»Das ist hier kein Gerichtssaal. Sie werden mir keine Fragen stellen.«

»Gabriel hat Isa vergewaltigt, also haben Sie ihren Schlägerfreund bezahlt, um ihn umzubringen? Hab ich das richtig kombiniert? Sie sind der Rachemörder?«

Er lächelte höhnisch. »Rache hatte nichts damit zu tun. Gabriel ist im Gefängnis gelandet, weil er versucht hat, mich zu erpressen. Ich hab ihm gegeben, was er verdient hat. Bedauerlicherweise schien das Gefängnis ihn nur noch mutiger gemacht zu haben. Ich wusste, dass er es nicht bei der Vergewaltigung meiner Tochter belassen würde. Er würde mich den Rest meines Lebens erpressen. Er musste verschwinden.«

»Das ist nicht wahr«, widersprach Alicia.

»Traurig, aber wahr«, erwiderte er, die Stimme voller Unaufrichtigkeit. »Ah, ruiniert dir das alles, Alicia? Dachtest du, wenn du Gabriel erzählst, dass du vergewaltigt wurdest, dass er mich zur Rede stellt, um die Ehre seiner Verlobten zu verteidigen? Dein Ritter in schimmernder Rüstung? Wohl kaum. Er wollte fünfzigtausend Dollar.«

»Das ist eine Lüge!«

»Nimm die Waffe auf, Alicia.«

»Nein.«

»Du triffst eine sehr schlechte Wahl. Das wird für dich kein gutes Ende nehmen. Ich erschieße dich und Swyteck, und deine Mutter wird in einer Lehmhütte am Ende der beschissenen Startbahn des Simón Bolívar leben. Ich biete dir den einzigen Ausweg an. Swyteck hat dich gezwungen, über mich und Gabriel im Zeugenstand zu lügen. Das hat dich angewidert. Du hast ihn erschossen. Du wirst auf dem halben Weg nach Venezuela sein, bevor ich die Polizei rufe. Das garantiere ich dir.«

Es folgte Schweigen. Dann, ganz langsam, griff Alicia nach der Waffe auf dem Tisch.

»Tun Sie das nicht«, sagte Jack.

Sie nahm den Revolver und hielt ihn locker in der Hand.

»Du hast schon mal eine Waffe abgefeuert, oder nicht?«, fragte Felipe. »Wo du doch in Catia lebst.«

»Ja. Zwingen Sie mich nicht, das zu tun.«

»Ich kann dich und deine ganze Familie vernichten, Alicia. Ist es das, was du willst?«

»Ich werde *Sie* erschießen«, sagte sie, doch sie zielte nicht auf ihn. Die Waffe lag flach in ihrer Hand.

»Nein, wirst du nicht. Ich bin ein mächtiger Mann, Alicia. Das war die eine Sache, die du in dem Gerichtssaal erzählt hast, die wahr ist.«

»Alles, was ich in dem Gerichtssaal gesagt habe, ist wahr.«

»Dass ich dich vergewaltigt habe?«, erwiderte er und stieß höhnisch die Luft aus. »Wirklich? Soweit ich mich erinnere, habe ich der kleinen Teenager-Schlampe genau das gegeben, was sie gewollt hat. Und jetzt halte die Waffe, als ob du es ernst meinst, ziele und drück ab.«

Alicia packte den Revolver mit beiden Händen. Sie zitterten sichtlich, als sie ihn hob und die Arme ausstreckte, um die Haltung eines Schützen einzunehmen. Der Lauf zielte direkt auf Jacks Brust.

»So ist's richtig«, sagte Felipe. »Und jetzt drück ab.«

»Tu das nicht«, sagte Jack.

Die Qual war ihr überall im Gesicht abzulesen. Ihr stiegen Tränen in die Augen, ihre Hände zitterten, und Jack sah, dass ihre Unterlippe zu beben begann.

»Lass ihn dir nicht noch mehr wegnehmen, Alicia«, sagte Jack.

»Ignorier ihn«, drängte Felipe.

»Er hat sich genommen, was nicht ihm gehörte. Er hat dir dein Leben in Miami genommen. Deinen Verlobten. Deine Zukunft. Deinen Körper.«

»Drück ab!«

»Jetzt will er deine Seele«, sagte Jack.

»Tu es!«, brüllte Felipe.

Ihr Griff wurde fester, und Jack wusste, dass seine Chance immer kleiner wurde. Er suchte in seinem Verstand nach irgendeinem Aufhänger, irgendeinem überzeugenden Argument, um diese Situation gegen Felipe wenden zu können. Plötzlich erinnerte er sich an das Gespräch am Samstagabend in Isas Apartment, wie Isa und Alicia sich auf der Versammlung an der Universität wiedergetroffen hatten. Irgendetwas hatte Alicia zu dieser Veranstaltung hingezogen, so wie es Isa dorthin gezogen hatte.

»Was würde Emma Barrett tun?«, fragte Jack.

Für Felipe war das ein unbekannter Name, der ihn überraschte und für den Bruchteil einer Sekunde aus der Bahn warf; für Alicia war es das entscheidende Argument.

»Wer«, fragte Felipe, doch bevor er reagieren konnte, schwenkte Alicia die Mündung der Waffe von Jack zu Felipe und drückte ab. Dann drückte sie wieder ab. Und wieder und wieder.

Sie hörte erst auf, als alle sechs Kammern leer waren. Dann ließ sie die Waffe fallen und sank auf die Knie. Tränen flossen, scheinbar endlos, und ihre Schultern schüttelten sich in erlösendem Beben.

Jack überprüfte, ob Felipe noch einen Puls hatte, doch er war tot. Er ging zu Alicia, kniete neben ihr und legte einen Arm um sie. Dann fasste er in Worte, was er ihr im Gerichtssaal nur durch Blicke gesagt hatte.

»Es ist gut, Alicia. Du hast das Richtige getan.«

KAPITEL 72

Am Dienstagmorgen fuhr Jack ins Gericht, um Sylvia Hunts formeller Einstellung des Verfahrens gegen Isa beizuwohnen. Richter Gonzalez verkündete von seiner Bank aus den Freispruch.

»Alles Gute, Ms. Bornelli. Sie sind frei und dürfen gehen.«

Sie ging, ohne ein Sekunde zu zögern.

Isa, Keith und Melany hatten den Nachtflug über Toronto nach Hongkong gebucht. Ein Praktikant des Miami-Büros der IBS würde alles, was er finden konnte, in einen Koffer packen und ihnen nachschicken. Key Biscayne lag nicht auf dem Weg zum Flughafen, aber sie hielten beim Haus, um sich von Jack, Andie und Riley zu verabschieden. Isa bat um einen Augenblick allein mit Jack. Sie gingen auf die hintere Veranda. Jack zog die Schiebetür zu, und sie setzten sich an den Glastisch, nur sie beide.

Die kühle Brise von der Bucht fühlte sich inzwischen mehr nach Herbst an. Jack konnte die Brandung in der Dunkelheit hören.

»Ich weiß, dass ich keine vorbildliche Mandantin war«, sagte Isa. »Vermutlich hab ich Sie manchmal in den Wahnsinn getrieben.«

»Nein, Sie … nun, offen gestanden, ja.«

Sie wechselten ein kleines Lächeln, dann wurde Isa ernst. »Ich möchte nicht, dass Alicia irgendetwas Schlimmes zustößt.«

»Ihr wird es gut gehen. Felipe war bewaffnet und drohte damit, uns beide zu töten. Der deutlichste Fall von Notwehr, der mir je untergekommen ist.«

»Denkt die Staatsanwältin genauso?«

»Ja. Ich habe mit Sylvia Hunt telefoniert, nachdem der Richter Ihren Fall abgewiesen hat. Es wurde etwas mehr als das übliche ›Nichts für ungut‹-Gespräch. Alicia wird nie angeklagt werden. Für David Kaval und Ilene Simpson kann ich das nicht behaupten.«

»Sie wird sie anklagen?«

»Ilene Simpson hat nie einen Anwalt engagiert. Sie hat es tatsächlich versäumt, sich mit einer offiziellen Immunität abzusichern. Es ging ihr nur darum, ihren neuen Freund Kaval zu schützen, also hat sie sich der Staatsanwaltschaft auf dem Silbertablett präsentiert. Sylvia sagt, sie wird sie sich vorknöpfen.«

»Und Kaval?«

»Der hat sich selbst reingeritten. Sein ganzer Deal beinhaltete die Klausel, dass er sich bis nach dem Prozess von Ilene fernzuhalten hatte. Der Vollidiot hat sie quasi bei sich einziehen lassen. Er marschiert wieder ins Gefängnis.«

»Nun«, sagte Isa, »wer hätte das gedacht? Ein Happy End.«

»Außer, dass es nicht das Ende ist, oder? Sie haben mich nicht auf die Veranda geschleppt, um zu hören, was es Neues gibt. Sie wollten mir etwas erzählen.«

Isa sah zur Bucht. Es dauerte eine Minute, bis sie anfangen konnte, und schließlich setzte sie sich gerade auf und sprach mit dem Gebaren eines Menschen, der sich seine Worte zurechtgelegt hatte, ihnen aber nicht zwangsläufig treu blieb.

»Es ist keine Entschuldigung für all den Ärger, den ich Ihnen verursacht habe. Aber vielleicht hilft es, einige meiner Handlungen zu verstehen. Ich wollte, dass Sie es wissen.«

Isa griff in ihre Handtasche und legte einen einseitigen, handgeschriebenen Brief auf den Tisch. Er war auf Spanisch.

»Was ist das?«, fragte Jack.

»Das ist der Brief, den meine Mutter mir schrieb, bevor sie starb. Sie war krank – zu krank, um ihn abzuschicken. Oder vielleicht wollte sie auch einfach nicht, dass ich ihn bekommen, solange sie noch da ist. Mein Vater sollte ihn mir vor neun Jahren auf ihrer Beerdigung geben. Das tat er nicht. Er gab ihn mir, als wir uns im Cy's Place trafen.«

»Haben Sie den Brief Keith gezeigt?«

»Nein. Ich habe nie jemandem davon erzählt.«

Jack nahm den Brief. Er konnte Spanisch recht gut lesen, doch Schreibschrift im Dunkeln überstieg seine Fähigkeiten. Es war auch eine sehr schlechte Handschrift – die verzerrten Kringel einer Frau auf dem Sterbebett.

»Es ist eine Entschuldigung«, erklärte Isa, die seine Schwierigkeiten bemerkte. »Meine Mutter wollte, dass ich weiß, dass es ihr leidtat.«

»Was tat ihr leid?«

Isa warf einen weiteren Blick zur Bucht, dann sah sie wieder Jack an. »Nur damit Sie das verstehen: Das ist die Art, mit der mein Vater versucht hat, mich zu überzeugen, dass ich niemals jemandem erzählen sollte, dass ich vergewaltigt wurde. Manny hatte ein ziemlich gutes Bauchgefühl mit seinem ›keine Vergewaltigung, kein Motiv‹-Ansatz. Mein Vater hatte denselben Gedanken. Nur, dass es in diesem Brief nicht um *mein* Motiv für Rache an Gabriel geht.«

»Sondern um das Ihres Vaters?«

»Nein«, sagte Isa. »Meiner Mutter.«

Jack blinzelte heftig und versuchte zu begreifen, was er gerade gehört hatte.

»Ihrer Mutter?«

»Mein Vater hat mich nie am College besucht. Meine Mutter schon. Sie hat David Kaval kennengelernt. Sie wusste, dass er ein Schläger war. Sie hasste es, dass wir uns trafen. Nachdem ich David erzählt hatte, dass ich vergewaltigt wurde, rief ich meine Mutter an. Ich hatte Angst. Ich erzählte ihr, wie wütend David war und dass ich Angst hätte, er könne die Dinge selbst in die Hand nehmen. Ich wusste es nie, aber sie nahm Kontakt zu David auf.« Sie machte eine Pause, bevor sie hinzufügte: »Und nicht, um ihn aufzuhalten.«

Plötzlich spürte Jack, wie alles an seinen Platz fiel. »Ihre Mutter hat David Kaval gebeten …«

»Gabriel eine Lektion zu erteilen. Nicht, ihn umzubringen.«

»Aber Ihr Vater hat mir gestanden, dass *er* hinter Gabriels Folter und Mord stand.«

»Irgendwo auf dem Weg wurde mein Vater in die Sache verwickelt. Meine Mutter muss ihm von ihrem Gespräch mit David erzählt haben. Mein Vater übernahm die Kontrolle, wie er es immer tat, und machte aus der Sache Ernst – er passte alles so an, dass es zu seinen eigenen Plänen passte.«

Jack schnaufte durch. »Wow.«

»Ja«, antwortete sie tonlos. »Wow. Wenn also dieser Prozess jemals bis zum Ende geführt worden wäre – wenn mein Vater noch am Leben wäre, um seine Geschichte von Vergewaltigung und Rache zu erzählen –, wäre meine Mutter zum Schurken geworden. Und sie hätte keine Möglichkeit gehabt, sich zu wehren. Außer durch mich.«

Jack schwieg.

»Mein Vater hat sie noch im Tode missbraucht«, stellte Isa fest. Dann blickte sie Jack in die Augen und sagte: »Ich bin froh, dass er tot ist. Ich schätze, es ist schrecklich, wenn eine Tochter das über ihren eigenen Vater sagt, aber es ist die Wahrheit.«

Jack nickte, sagte jedoch nichts.

Isa stand auf und streckte die Hand aus. Es gab keine Umarmung, nur einen Handschlag. »Ich danke Ihnen, Mr. Swyteck. Ich danke Ihnen für alles.«

Als sie umkehrten und ins Haus zurückgingen, hallten Isas Worte in seinem Kopf nach – *Ich bin froh, dass er tot ist.* Und plötzlich wurde ihm etwas klar:

Zum ersten Mal seit dem Frühling war er sich absolut sicher, dass seine Mandantin ihm die Wahrheit sagte.

DANKSAGUNGEN

Die Leser trafen Jack Swyteck zum ersten Mal 1994, in meinem Debüt *Im Namen des Gesetzes*. Damals war er ein idealistischer und etwas naiver junger Anwalt, dessen Liebesleben einen ganzen Band von »Amors Regeln von Liebe und Krieg – Ausgabe für Idioten« gefüllt hätte. Seit damals ist er deutlich reifer geworden. Und ich bin es ebenfalls. *Zwischen Wahrheit und Lüge* ist mein – *schluck* – fünfundzwanzigster Roman.

Nr. 25 ist ein Meilenstein, und ich bin dem Team hinter der bisher zurückgelegten Strecke dankbar. Zu meinem großen Glück habe ich seit *Im Namen des Gesetzes* denselben Herausgeber (HarperCollins) und denselben Agenten (Richard Pine und vor ihm seinen Vater, Artie). Vor mehr als zwanzig Jahren übernahm Carolyn Marino die Rolle meiner Lektorin, um sicherzustellen, dass ich kein »One-Hit-Wonder« werde, und seit damals ist Jack nichts widerfahren, das nicht zuvor den »Carolyn-Test« bestanden hat.

Meine Betaleser sind die unbesungenen Helden. Janis Koch – unter ihren Schülern und Schülerinnen einst berühmt als »Conan, der Grammatikar« – wurde mit Jack Swytecks fünftem Roman zu einem unersetzlichen Mitglied des Teams. Janis und meine langjährige Freundin Gloria Villa haben Hunderte Fehler korrigiert, die andernfalls mitgedruckt worden wären. Die Leser können ihnen für die Politur danken und mir die Schuld an allen übrig gebliebenen Fehlern geben.

Abschließend danke ich meiner Frau, Tiffany, die während der Katastrophe vor *Im Namen des Gesetzes* dabei war, die weiß, weshalb *Zwischen Wahrheit und Lüge* nicht Nummer sechsundzwanzig ist, und die mir nichts als Liebe und Unterstützung zukommen ließ, im Guten wie im Schlechten, bei Erfolg und Rückschlag.

JMG, Mai 2016